LES CHEVALIERS D'ÉMERAUDE

Déjà paru

Les Chevaliers d'Émeraude, tome I :
Le Feu dans le ciel

À paraître

Les Chevaliers d'Émeraude, tome III :
Piège au Royaume des Ombres
Les Chevaliers d'Émeraude, tome IV :
La Princesse rebelle
Les Chevaliers d'Émeraude, tome V :
L'Île des Lézards
Les Chevaliers d'Émeraude, tome VI :
Le Journal d'Onyx
Les Chevaliers d'Émeraude, tome VII :
L'Enlèvement
Les Chevaliers d'Émeraude, tome VIII :
Les Dieux déchus
Les Chevaliers d'Émeraude, tome IX :
L'Héritage de Danalieth
Les Chevaliers d'Émeraude, tome X :
Représailles
Les Chevaliers d'Émeraude, tome XI :
La Justice céleste
Les Chevaliers d'Émeraude, tome XII :
Irianeth

Les Éditions de Mortagne © Ottawa 2003
© Éditions Michel Lafon, 2007.
© Michel Lafon Poche, 2012, pour la présente édition.
7-13, boulevard Paul-Émile-Victor – Île de la Jatte
92521 Neuilly-sur-Seine Cedex

www.lire-en-serie.com

Anne Robillard

Les Chevaliers d'Émeraude

Tome 2 : Les Dragons de l'Empereur Noir

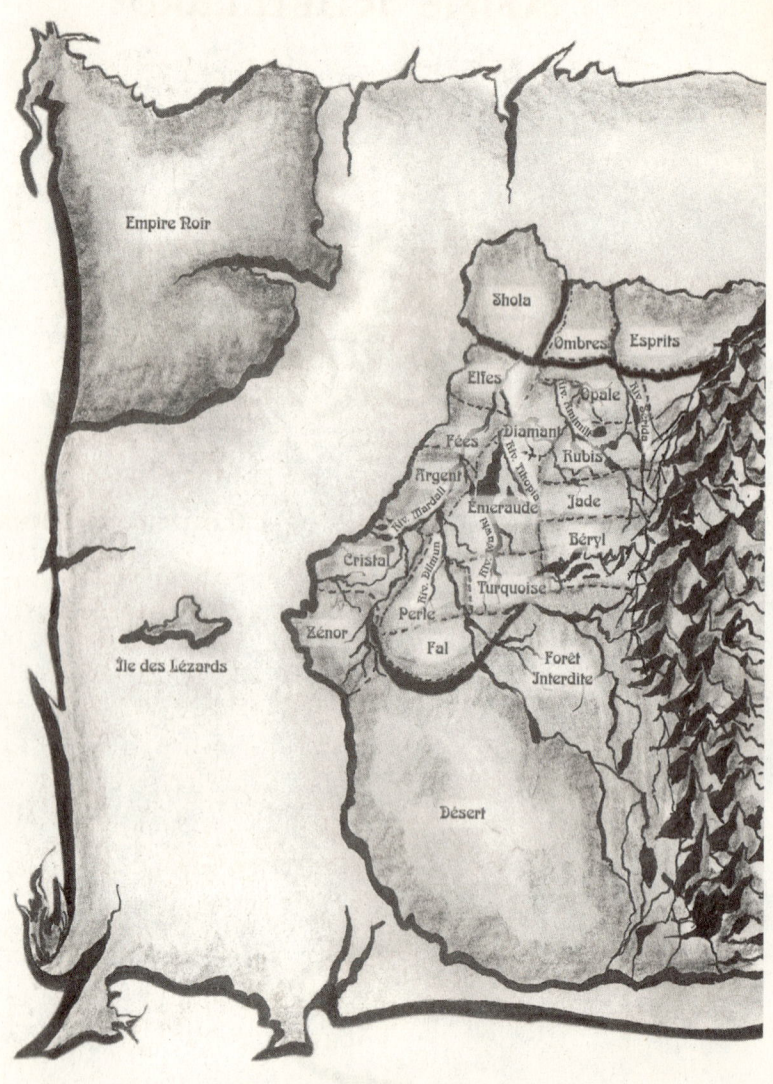

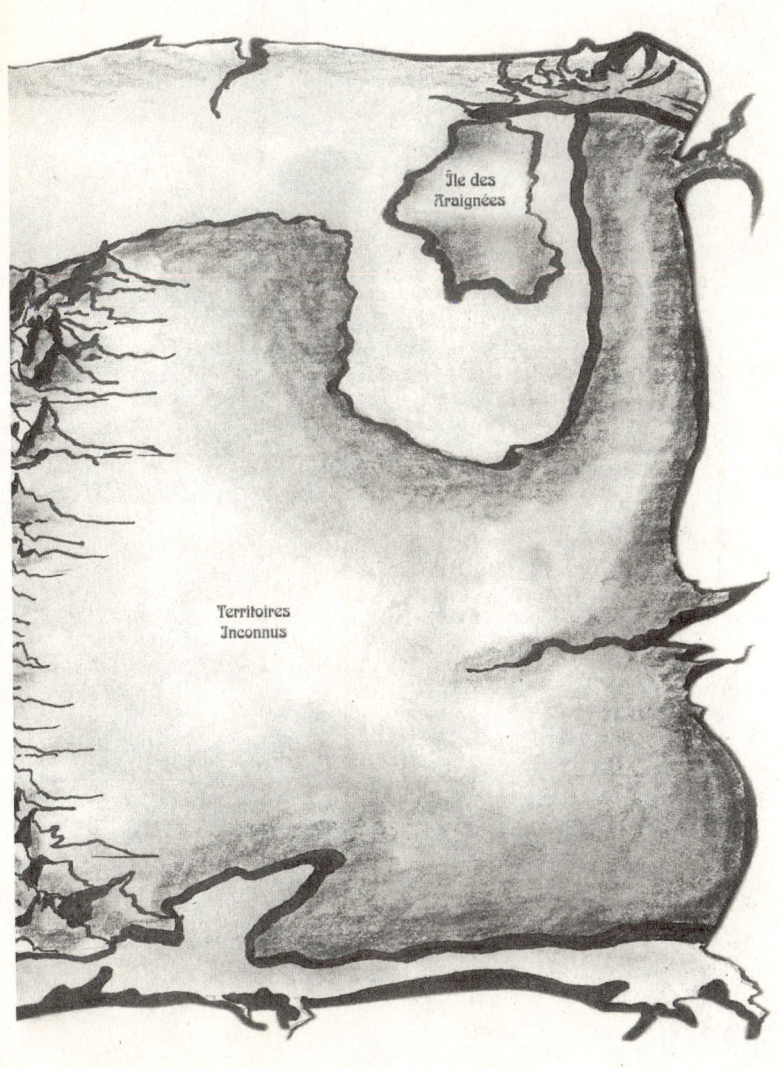

La Croix de l'Ordre

L'Ordre
Première génération

Chevalier Wellan d'Émeraude
Écuyer Cameron

*

Chevalier Bergeau d'Émeraude
Écuyer Curtis

*

Chevalier Chloé d'Émeraude
Écuyer Ariane

*

Chevalier Dempsey d'Émeraude
Écuyer Colville

*

Chevalier Falcon d'Émeraude
Écuyer Murray

*

Chevalier Jasson d'Émeraude
Écuyer Morgan

*

Chevalier Santo d'Émeraude
Écuyer Hettrick

L'Ordre
Deuxième génération

Chevalier Bridgess d'Émeraude
Écuyer Swan

*

Chevalier Buchanan d'Émeraude
Écuyer Derek

*

Chevalier Kerns d'Émeraude
Écuyer Pencer

*

Chevalier Kevin d'Émeraude
Écuyer Milos

*

Chevalier Nogait d'Émeraude
Écuyer Corbin

*

Chevalier Wanda d'Émeraude
Écuyer Kagan

*

Chevalier Wimme d'Émeraude
Écuyer Brennan

1
L'adoubement

Après avoir connu cinq cents ans de paix, le vaste continent d'Enkidiev suscita de nouveau la convoitise d'Amecareth, le seigneur des hommes-insectes. Voulant s'approprier de plus en plus de territoire, l'Empereur Noir lança d'abord de petites troupes sur toute la côte. Pendant les sept ans qui suivirent la première attaque à Zénor, les forces ennemies menèrent des raids de plus en plus fréquents contre les humains. Les Chevaliers d'Émeraude réussirent à contrer toutes ces tentatives d'invasion, sans comprendre pourquoi les hommes-insectes adoptaient continuellement les mêmes tactiques contre eux, puisque toutes leurs garnisons étaient systématiquement éliminées à chacun des débarquements sur le continent.

À leur retour au Château d'Émeraude, lors d'une trêve bien méritée, les Chevaliers en parlèrent à maître Abnar, l'Immortel qui, sous le masque d'un apprenti mage, s'occupait de l'éducation des futurs Écuyers avec le magicien d'Émeraude. Ils en vinrent à la conclusion, après un examen minutieux d'un grand nombre de batailles, que l'ennemi persistait sans doute dans son schéma d'attaque en espérant que les Chevaliers finiraient par devenir négligents et qu'ils les laisseraient passer. « Sans doute le cerveau de ces créatures diffère-t-il de celui des humains au point où celles-ci ne peuvent pas concevoir une autre façon de conquérir un nouveau territoire », pensa Wellan. Tout en continuant de sonder régulièrement la côte à l'aide de ses sens magiques, le grand Chevalier décida de profiter de ces quelques jours de répit pour adouber leurs apprentis : Bridgess, Kerns, Wanda, Buchanan, Nogait, Wimme et Kevin.

Ayant loyalement servi leurs maîtres pendant ces dernières années, les Écuyers purent enfin devenir Chevaliers. Un grand banquet fut organisé en leur honneur dans le hall du palais, et les nouveaux guerriers se régalèrent des meilleurs mets du royaume et dégustèrent de bons vins du Sud. Dans l'allégresse, les jeunes gens chantèrent, dansèrent sur les tables et se racontèrent les blagues qu'ils avaient entendues pendant leurs nombreuses missions. Ils savaient que cette fête serait suivie de plusieurs années de combats et de privations et ils en savourèrent chaque seconde. Mais, au milieu des rires et des chants, Bridgess constata que Wellan, son mentor, ne mangeait pas, le regard baissé sur son assiette, perdu dans ses pensées.

Le grand Chevalier était amoureux d'une belle dame fantôme qui lui apparaissait surtout lorsque l'ennemi s'apprêtait à attaquer le continent. Il s'agissait d'un amour étrange et peu satisfaisant, selon Bridgess, puisque son ancien maître sombrait continuellement dans la mélancolie. Décidée à l'égayer un peu ce soir-là, elle déposa sa coupe de vin et traversa la grande salle bruyante pour s'asseoir près de lui. Wellan leva ses yeux glacés sur Bridgess, la fixa un moment, puis un sourire admiratif se dessina sur ses lèvres. Tout comme lui, elle portait ses cheveux blonds un peu plus bas que l'épaule et elle ne les attachait que lors des combats. Les yeux bleu plus sombre de la jeune femme commandaient le respect, et ses traits volontaires lui conféraient une beauté princière. Ce n'était plus la petite fille qu'on avait confiée au chef des Chevaliers plusieurs années auparavant, mais une belle jeune femme aux muscles d'acier et à l'intelligence aiguë.

— Cela me peine de vous voir aussi triste, maître, déplora-t-elle.

— Tu ne peux plus m'appeler ainsi, Chevalier, lui rappela Wellan, surtout que j'aurai un nouvel Écuyer dans quelques jours. Et toi aussi, d'ailleurs.

Bridgess glissa ses doigts entre ceux de Wellan et les serra doucement en lui transmettant une vague d'apaisement. Il s'agissait d'une technique que les Chevaliers utilisaient souvent avec leurs Écuyers lorsqu'ils se sentaient inquiets ou effrayés, mais Bridgess n'avait jamais cessé de l'employer chaque fois que le cœur de Wellan s'attristait.

— Appelle-moi Wellan et souviens-toi que nous sommes maintenant sur un pied d'égalité.

— Moi, sur un pied d'égalité avec le grand chef des Chevaliers d'Émeraude ? se moqua la jeune femme. J'en doute fort...

Wellan l'observa en silence, et elle le sentit fermer de nouveau son cœur. Il était le plus puissant de tous les Chevaliers, le meilleur stratège du continent et le plus malheureux des hommes. Il embrassa Bridgess sur le front et quitta le hall aussi discrètement qu'un fantôme.

Le grand chef traversa le palais et se rendit dans l'aile où logeaient les Chevaliers. Il la trouva déserte et silencieuse. Il entra dans la chambre où il avait passé très peu de temps ces dernières années et se défit de sa cuirasse verte sertie de pierres précieuses en forme de croix. Son armure lui sembla soudainement plus lourde. Il enleva sa tunique et son pantalon, et se laissa tomber sur sa couchette. Déprimé, il tourna la tête vers la fenêtre et contempla les étoiles. Là-haut, dans le monde des morts, sa reine adorée l'avait oublié.

À la dérive dans un océan de tristesse, Wellan ne sentit pas l'approche de Bridgess. Elle se faufila en douce dans sa chambre et se glissa dans son lit, le faisant sursauter. Avant même qu'il ait pu réagir, elle s'allongeait sur lui. Ses yeux n'étaient plus ceux d'une enfant, mais ceux d'une femme capable de scruter les replis les plus profonds de l'âme d'un homme. Comme elle ne portait plus que sa tunique, il sentit la chaleur de son jeune corps sur sa peau nue. Wellan s'était toujours bien comporté avec elle pendant ses années d'apprentissage et jamais il ne lui avait prodigué ce genre d'encouragement.

— Je suis venue te proposer un marché, Wellan d'Émeraude, murmura-t-elle à son oreille. Nous ressentons tous les deux le besoin de nous blottir entre les bras tendres et chaleureux d'un compagnon, sans toutefois vouloir partager sa vie. Pourquoi ne pas soulager ainsi la tension de nos corps, de temps à autre ?

— Tu as trop bu, répliqua Wellan qui ne voulait surtout pas profiter de la situation.

— Au contraire, Chevalier. J'ai les idées très claires, et ma proposition est sensée.

Les lèvres de Bridgess effleurèrent tendrement celles du grand Chevalier. Cédant à son besoin de tendresse, Wellan se laissa d'abord embrasser, puis il se fit violence. Il prit les poignets de la jeune femme et l'éloigna en douceur.

— Je sais que tu en as envie, minauda-t-elle.

— Il serait malhonnête de ma part de profiter de cette situation, Bridgess.

— Quelle situation ? lança-t-elle. Je t'aime !

— Tu es ivre.

Il l'obligea à s'asseoir devant lui et caressa son beau visage avec un sourire navré.

— Dans d'autres circonstances, peut-être, mais pas ce soir, trancha-t-il.

Il était le plus beau de ses compagnons et, même s'il ne voulait pas avouer les sentiments qu'il éprouvait pour elle, Bridgess ne cesserait jamais de l'aimer. Elle baissa la tête et quitta sa chambre sans même le regarder.

Malgré l'heure tardive, le palais était encore en pleine effervescence, et les jeunes élèves du magicien Élund n'arrivaient pas à dormir. Les enfants n'avaient pu assister aux festivités, mais ils entendaient les rires et les chants des nouveaux Chevaliers et ils pensaient au jour où ils seraient à leur tour adoubés. Les plus vieux allaient bientôt devenir des Écuyers et ils rêvaient tous de servir Wellan.

Parmi ces candidats se trouvait Kira. Moins âgée que ses compagnons de classe, elle maîtrisait la magie mieux que les autres et elle connaissait déjà le code de chevalerie par cœur. Il ne lui restait plus qu'à apprendre à monter à cheval et à manier l'épée, et elle pourrait enfin venger ses parents qui avaient jadis péri aux mains de l'ennemi. Tous croyaient que Kira était la fille de la Reine Fan de Shola et du Roi magicien Shill. Bien qu'il y eût des Elfes et des Fées parmi ses ancêtres, rien ne pouvait expliquer la peau mauve de la fillette et ses quatre doigts griffus. Seuls Wellan, Élund et Abnar connaissaient la vérité à son sujet, mais ils avaient décidé d'attendre que la petite princesse soit plus âgée avant de lui révéler sa véritable identité, car Kira était en réalité la fille de l'Empereur Noir.

Malgré son apparence différente, Kira avait su se faire des amis parmi les jeunes élèves d'Émeraude.

Secrètement amoureuse de l'apprenti magicien Hawke, un jeune Elfe aux yeux vert vif qui avait lui aussi les oreilles pointues, elle réservait tout de même une partie de son cœur au séduisant Chevalier Wellan d'Émeraude. Kira ne voyait pas souvent le grand chef, car il partait souvent en mission à l'extérieur du royaume et parce que les Chevaliers entretenaient très peu de contacts avec les élèves. Mais elle se régalait de tous les exploits qu'on racontait à son sujet et elle s'imaginait à ses côtés lors de combats fantastiques.

Même si elle était la pupille du Roi d'Émeraude et si elle dormait dans le palais plutôt que dans la tour avec les autres enfants, Kira ne jouissait d'aucun traitement de faveur. Elle assistait aux mêmes cours et recevait les mêmes leçons que ses compagnons. Elle se doutait bien que maître Abnar l'aimait beaucoup, mais elle ne cherchait jamais à abuser de ce privilège. C'était justement parce qu'elle se sentait comme tous les autres élèves que la fillette mauve se présenta dans la grande cour pour l'attribution des Écuyers. Il y avait désormais quatorze Chevaliers, et Kira pourrait sans doute servir Chloé, Wanda ou Bridgess, même si son cœur réclamait Wellan.

En rang devant les enfants, les mains sur les hanches, les pierres précieuses de leur cuirasse étincelant au soleil, les Chevaliers attendaient la proclamation d'Élund. Le magicien commença par assigner des apprentis aux nouveaux Chevaliers, soit Milos à Kevin, Brennan à Wimme, Corbin à Nogait, Derek à Buchanan, Kagan à Wanda, Pencer à Kerns et Swan à Bridgess. Kira vit donc s'envoler ses premières chances. Kira ressentit une chaleur inexplicable s'élever en elle et l'envelopper de tendresse, tentant de la protéger contre une amère déception. Élund poursuivit en attribuant Colville à Dempsey, Murray à Falcon, Morgan à Jasson, Curtis à Bergeau, Hettrick à Santo, Cameron à Wellan et Ariane à Chloé.

Kira sentit ses jambes se dérober sous elle. Aucun de ces enfants ne maîtrisait la magie comme elle le faisait. Pourquoi n'avait-elle pas été choisie ? Elle baissa les yeux sur ses mains. Sans doute les Chevaliers auraient-ils eu honte de s'afficher avec une apprentie qui ressemblait davantage à une chauve-souris qu'à un être humain. Pendant que les nouveaux Écuyers s'apprêtaient à partir avec leurs maîtres pour la traditionnelle présentation des nouveaux apprentis au peuple, Kira s'esquiva silencieusement, entra dans le palais et gravit les escaliers en courant jusqu'au dernier étage. Elle se glissa par une fenêtre, alla se réfugier sur le toit, sous un repli de pierre, et pleura toutes les larmes de son corps.

Malgré ses neuf ans, elle n'était pas très grande et elle ne réussissait pas à prendre du poids bien qu'elle mangeât comme un ogre. Même si ses pupilles verticales rappelaient celles des chats, son intelligence et son cœur, eux, étaient bel et bien humains. Selon les règles de l'Ordre, les Chevaliers ne pourraient former des Écuyers que dans sept ans, et elle serait alors trop vieille pour devenir apprentie. Pourquoi Élund et Abnar ne l'avaient-ils pas prévenue que sa candidature pouvait être rejetée ? Ne savaient-ils pas qu'ils l'humilieraient devant tout le château ? Tous les élèves de son âge étaient désormais des apprentis ; elle ne pouvait pas s'imaginer partager les mêmes classes que les novices qui commençaient à peine à apprendre la magie. Ses rêves venaient de s'écrouler. Jamais elle ne serait un Chevalier, jamais elle ne pourrait venger la mort de ses parents.

Ce fut Abnar qui, le premier, remarqua l'absence de la fillette mauve après le départ des Chevaliers et de leurs nouveaux apprentis. À l'aide de ses sens magiques, il la repéra sur l'un des hauts toits et capta sa peine. S'assurant que personne ne s'intéressait plus à lui, il se dématérialisa et réapparut à quelques pas de Kira.

— Mais que se passe-t-il, petite princesse ? demanda-t-il innocemment.

Kira cacha son visage en larmes dans ses bras enlacés autour de ses jambes, incapable d'arrêter ses sanglots. Marchant prudemment sur les tuiles, Abnar s'approcha et prit place près d'elle.

— Je t'en prie, calme-toi.

— Laissez-moi, maître Abnar, pleura-t-elle. Je veux être seule.

— Je partirai quand tu m'auras dit la cause de tout ce chagrin.

— Vous la savez déjà.

Il ne pouvait pas lui expliquer qu'elle devait rester au Château d'Émeraude où la magie des Immortels la protégerait. Elle croyait que son père était le Roi magicien Shill, exilé à Shola en même temps que son grand-père, le belliqueux Roi Draka, car on lui avait caché ses origines.

En réalité, Kira avait été conçue lors du viol de la Reine Fan de Shola par l'Empereur Noir, le commandant en chef des armées d'hommes-insectes qui s'acharnaient à la reprendre. Mais ni Abnar, ni les Chevaliers d'Émeraude ne les laisseraient s'emparer d'elle, puisque sans cette petite à la peau mauve, la prophétie ne pourrait jamais se réaliser.

Un Chevalier naîtra et il portera en lui la lumière qui anéantira Amecareth, mais seulement avec l'aide de la princesse sans royaume.

À l'âge de neuf ans, Kira n'aurait certes pas supporté le choc de cette terrible vérité. Abnar la laissait donc grandir le plus normalement possible parmi les autres enfants du château, même si son destin semblait fort différent.

— Il y a d'autres façons de combattre l'empereur, ajouta-t-il.

— Pourquoi m'avez-vous laissée suivre le même entraînement que mes amis ? sanglota Kira. Savez-vous seulement à quel point j'ai été humiliée aujourd'hui, maître Abnar ? Jamais plus je ne pourrai les affronter...

— Je suis persuadé qu'ils comprendront que tu suis un sentier différent du leur.

— Tout ce qu'ils comprendront, c'est qu'un monstre à la peau mauve n'est pas digne de devenir un Chevalier !

Elle se releva et s'éloigna de l'Immortel en marchant sur les tuiles métalliques. Elle s'arrêta devant le mur de la tour la plus proche et l'escalada à l'aide de ses griffes. « Son chagrin est trop grand pour que je parvienne à la raisonner aujourd'hui », comprit Abnar. Il attendit donc qu'elle se soit réfugiée sur l'appui d'une haute fenêtre et s'évapora.

De son perchoir, Kira aperçut les Chevaliers et leurs apprentis chevauchant fièrement dans la campagne. Savaient-ils seulement à quel point elle était malheureuse ? Elle regarda encore plus loin, en direction du sud-ouest, vers Zénor, là où avaient eu lieu la plupart des combats contre l'envahisseur et ses terribles dragons. Elle rêvait de tenir dans ses mains la plus puissante de toutes les épées jamais forgées et de trancher la tête aux meurtriers de ses parents.

Elle demeura recroquevillée et ne rentra au palais que lorsque la fraîcheur de la nuit commença à traverser l'étoffe de sa tunique. Les bruits de la fête avaient enfin cessé dans le château, mais des serviteurs erraient toujours dans les couloirs éclairés par des torches. En se dissimulant derrière les statues, les énormes vases de fleurs et les tapisseries, Kira se rendit dans sa chambre en passant inaperçue. Ayant désormais honte de son apparence, elle n'aurait pas supporté la moindre remarque, aussi innocente soit-elle, de la part de l'entourage du roi.

Dans sa chambre, des chandelles brûlaient tout autour de son lit dont les couvertures étaient repliées, la conviant au sommeil. Elle s'avança lentement dans la pièce en se demandant pourquoi le roi la gardait ainsi sous sa protection, alors que les Chevaliers ne voulaient même pas d'elle. Elle s'arrêta près du lit et trouva sur son oreiller un rouleau de papier mauve. Elle hésita un long moment puis le déroula. Il ne contenait que quelques mots, mais ils lui réchauffèrent aussitôt le cœur. *Je t'aime, Armène.* Kira pressa le court message contre elle. La fidèle servante, qui avait toujours pris soin d'elle et qui avait réussi avec un tendre acharnement à remplacer sa mère, l'aimait encore.

La fillette courut jusqu'à la grosse porte en bois et l'entrouvrit. Personne. Elle s'élança vers la chambre de la servante et y entra sans frapper, ne voulant surtout pas attirer l'attention des domestiques dans le couloir. Assise sur son lit, Armène brossait ses longs cheveux. Elle arrêta son geste en distinguant les yeux violets humides de la fillette qui brillaient dans la pénombre.

— Les dieux soient loués, tu es saine et sauve ! s'écria-t-elle avec soulagement.

— Mène... hoqueta Kira.

Elle courut se jeter dans ses bras comme elle le faisait toujours lorsqu'elle avait du chagrin. La scrvante la serra sur son cœur, humant ses doux cheveux violets et sa peau à l'odeur sucrée.

— J'ai eu si peur que tu fasses une bêtise.

— Ce n'est pas moi qui ai fait une bêtise, c'est Élund, pleura Kira en cachant son visage dans le cou d'Armène. Je ne veux plus jamais le voir. Je veux qu'il disparaisse à tout jamais.

— Tu dis ça parce que tu es fâchée, mais, au fond, je sais que tu as un grand cœur.

— Plus maintenant, il n'en reste plus rien. Élund et les autres ont détruit tous mes rêves, Mène, tous mes rêves...

— Mais tu n'es encore qu'une enfant, Kira. Tu n'es certainement pas à court de rêves.

— Je voulais devenir un Chevalier, mais ils n'acceptent pas de monstres dans leurs rangs. Ils préfèrent leur trancher la tête.

— Kira ! soupira la servante sur un ton de reproche.

La fillette recula sur ses genoux et prit le visage angoissé d'Armène dans ses petites mains mauves en faisant bien attention de ne pas l'écorcher avec ses griffes.

— Regarde-moi, Mène. As-tu déjà vu, sur tout le continent, une personne qui me ressemble ? J'ai lu beaucoup de livres sur les autres royaumes et aucun de leurs habitants n'a la peau mauve. Aucun ! Mais, l'autre jour, j'ai trouvé un vieux parchemin qui décrivait des monstres.

— Non ! Je ne veux pas entendre pareilles sottises ! se fâcha Armène. Tout comme toi, ta mère ne ressemblait à personne sur Enkidiev. Elle avait la peau blanche, les cheveux et les yeux argentés et une voix douce comme le miel. À mon avis, il n'y a rien d'étonnant à ce qu'elle ait mis au monde une fille aussi exceptionnelle que toi, Kira. Et si elle avait eu d'autres enfants, je suis certaine qu'ils auraient été uniques eux aussi.

— Tu dis ça parce que tu m'aimes, bougonna la fillette.

— Kira, je t'aime plus que tout au monde et tu me fais de la peine quand tu te tortures comme ça.

— Je ne veux pas te faire de la peine.

L'enfant passa les bras autour de son cou et la serra avec affection. « Pas question de la laisser dormir seule dans cet état de détresse », trancha Armène. Elle l'attira près d'elle sous les couvertures et souffla les chandelles. Se sentant tout à coup en sécurité, Kira se blottit contre la servante, mais ne put fermer l'œil. Cette nuit-là, elle décida de prendre elle-même son avenir en main. Si les Chevaliers ne voulaient pas lui enseigner l'art de la guerre, alors elle s'adresserait à un autre maître d'armes. Les vieux grimoires d'Élund renfermaient des formules magiques servant à invoquer les esprits du monde des morts. Douée en magie, elle arriverait certainement à faire revivre un ancien Chevalier capable de lui enseigner ce qu'elle voulait apprendre.

2

Le Roi Hadrian

Au petit matin, Kira quitta le lit d'Armène en douceur et se rendit à la cuisine encore déserte pour y choisir quelques fruits dans les énormes paniers d'osier alignés sur la table. Elle grimpa ensuite le grand escalier de pierre du palais et fila à la bibliothèque pour fureter dans la section défendue. À la lueur d'une chandelle, elle découvrit les vieux livres poussiéreux qui allaient lui permettre d'arriver à ses fins sans l'aide du magicien grincheux et des Chevaliers d'Émeraude.

Elle parcourut les feuilles jaunies par le temps tout en croquant dans une pomme et découvrit enfin ce qu'elle cherchait. Il s'agissait d'un sortilège rarement utilisé, rédigé dans la langue des Anciens, mais elle connaissait désormais la plupart des langues du continent. Ses yeux violets déchiffrèrent rapidement les mots sur le parchemin flétri. Les ingrédients étaient faciles à trouver, mais il lui faudrait dénicher un endroit tranquille afin de pratiquer cette sorcellerie. Malheureusement, le palais grouillait de monde... sauf dans les catacombes. On n'y descendait que lorsqu'un souverain mourait et, le Roi d'Émeraude étant en parfaite santé, on ne risquait pas de vouloir l'y ensevelir avant longtemps.

Elle arracha la page du vieux livre en pensant que, de toute façon, les autres enfants n'en auraient jamais besoin, puisqu'ils bénéficiaient de l'entraînement de véritables Chevaliers, puis replaça les grimoires sur les tablettes où ils dormiraient pendant quelques centaines d'années encore. Elle souffla la chandelle et se glissa dans le couloir en direction de la tour d'Élund. Puisqu'il passait souvent ses nuits à observer les étoiles, le vieux magicien éprouvait toujours de la difficulté à se lever avec le soleil, alors elle pourrait commettre son larcin à son insu.

Elle entra silencieusement dans son antre sombre où flottaient de mystérieuses odeurs d'encens et de poudre magique. Dans la pénombre, elle contourna les pupitres des élèves, la table de cristal et les piles de livres, et gravit prudemment l'escalier. En atteignant l'étage supérieur, elle entendit ronfler le vieil homme. Elle s'étira le cou et le vit, couché sur le dos, sur son énorme lit qui ressemblait davantage à un coffret en bois géant. C'était le moment ou jamais.

Kira longea des étagères où s'entassaient une panoplie de pots et de flacons et repéra tout de suite ce qu'elle cherchait. Sous les regards intrigués des chats d'Élund, couchés un peu partout dans la pièce, elle replia le bord de sa tunique et y entassa ce dont elle avait besoin, puis quitta la tour sur la pointe des pieds. Elle retourna à sa chambre et plaça son butin dans un grand sac de toile. Il lui fallait maintenant deux épées, puisque c'était un guerrier qu'elle voulait ramener à la vie, et un anneau en or qui lui permettrait d'invoquer le fantôme à volonté.

Kira ne possédait aucun bijou, mais le roi, lui, en avait une impressionnante collection. Elle se faufila donc dans les appartements de Sa Majesté qui dormait paisiblement à cette heure. Le trésor se cachait dans une petite salle d'audience privée tout au bout d'un couloir décoré de portraits des anciens monarques du royaume. Émeraude Ier lui avait jadis montré les magnifiques joyaux accumulés par tous ses ancêtres, mais, à l'époque, la petite fille n'y avait pas vraiment prêté attention. Elle s'arrêta devant le coffre et tendit l'oreille. Le roi respirait lentement et profondément. Elle souleva le couvercle et écarquilla les yeux en y découvrant toutes ces richesses.

— Il me faut un anneau de l'or le plus pur, murmura-t-elle en plaçant la main au-dessus des bijoux.

Ils se mirent à trembler et Kira redouta que le bruit cristallin des colliers, des broches et des bagues s'entrechoquant ne finisse par trahir sa présence dans les appartements royaux. Au moment où elle allait abandonner sa quête, de crainte de réveiller son protecteur, un minuscule anneau doré se dégagea des rubis, des topazes, des émeraudes et des diamants, et se mit à flotter à quelques centimètres au-dessus du coffre. Avec un sourire de triomphe qui dévoila ses petites dents pointues, la fillette mauve s'empara de l'anneau et referma silencieusement le coffre. Il ne lui manquait plus que les deux épées. Elle retourna dans le couloir et se dirigea vers la salle d'armes où son protecteur exposait une fabuleuse collection de lances, d'épées et de poignards anciens, ainsi que les armures ayant appartenu à ses prédécesseurs.

Des serviteurs commençaient à circuler dans le palais, ce qui allait lui compliquer la tâche. Comment parviendrait-elle à transporter deux épées dans les catacombes sans qu'ils la voient ? Elle entra dans la grande pièce lourde de souvenirs. Elle n'aimait pas vraiment le spectacle de ces armures sans tête et sans bras qui se tenaient bien droites comme si des êtres invisibles s'y cachaient. Des frissons parcoururent son dos pendant qu'elle marchait le long du mur où pendaient les épées. En levant les yeux, elle constata avec consternation qu'elles étaient énormes. Jamais elle n'arriverait à les soulever, encore moins à les traîner dans le palais. Elle promena son regard sur toute la pièce et découvrit finalement, sur le mur opposé, deux armes à la lame fine qui lui semblèrent plus légères. Mais pour les atteindre, il lui fallait affronter les spectres qui hantaient les cuirasses vides. Kira inspira profondément et s'approcha en tremblant. Son projet valait-il vraiment le risque de perdre ainsi son âme à jamais ? Un éclat de lumière attira son regard dans un coin de la pièce. Le soleil du matin dardait ses rayons sur la cuirasse usée et tachée de sang de l'un des premiers Chevaliers d'Émeraude, faisant étinceler ses pierres précieuses. Alors elle se rappela pourquoi elle devait s'approprier ces armes.

Elle fit quelques pas hésitants en surveillant étroitement les armures, mais elles ne bougèrent pas. Se servant de ses griffes, elle escalada le mur de pierre en vitesse, et aucun des guerriers invisibles ne tenta de lui saisir les bras ou les jambes. Elle décrocha prestement les deux épées et sauta sur le sol. Elle scruta la pièce en tournant sur elle-même et aperçut des étoffes étalées dans une vitrine. À quoi pouvaient-elles bien servir ? Elle en déplia une et constata qu'elle était rectangulaire et juste assez grande pour envelopper ses armes. Elle déposa le morceau de tissu noir brillant sur le plancher, plaça les épées au centre et le replia soigneusement. Puis elle retourna à sa chambre et enfouit les armes dans le sac de toile.

Dès que les serviteurs s'affairèrent à servir le repas aux habitants du château, Kira s'empara d'une des marmites suspendues au plafond de la cuisine et fila dans le couloir comme une souris ayant subtilisé un bout de fromage. Tout son matériel désormais rassemblé, la fillette mauve le transporta avec soin parmi les escaliers qui plongeaient dans les catacombes, convaincue que personne ne se doutait de ses plans. Elle pouvait entendre au-dessus de sa tête les pas pressés des servantes, les rires des Chevaliers dans la salle à manger et les courses des jeunes élèves sortant du bain et se dirigeant vers les tours d'Élund et d'Abnar pour les cours du matin.

D'un geste de la main, Kira alluma les torches suspendues au mur. Il régnait dans les caves du palais une épouvantable odeur de moisi qui lui piquait le nez, mais elle ne reculerait devant rien. Elle déposa la marmite au pied de l'escalier et s'entoura d'un écran de fumée bleue afin d'échapper aux magiciens et aux Chevaliers. Il s'agissait d'une des nombreuses techniques qu'elle avait apprises par elle-même dans les livres défendus et qui allait bien la servir ce jour-là.

Kira se planta devant le gros chaudron noir et suivit les instructions sur la page du grimoire. Elle alluma un feu magique sous la marmite dans laquelle elle versa lentement les ingrédients. Une fumée jaunâtre s'éleva de la concoction, serpentant vers le plafond humide. En rassemblant son courage, Kira glissa l'anneau à son doigt et prononça solennellement les incantations dans la langue ancienne. Le contenu du chaudron s'enflamma brusquement et explosa en secouant tout le château.

*
* *

Dans la salle à manger, les Chevaliers bondirent sur leurs pieds et utilisèrent leurs sens magiques pour trouver la source de cette déflagration. Ils ne pouvaient pas détecter la présence de la petite

Sholienne sous leurs pieds, cachée derrière un mur invisible, et crurent qu'on les attaquait.

— Mais l'ennemi n'aurait pas pu se rendre jusqu'ici sans que nous captions son approche ! s'exclama Buchanan, incrédule.

— Fouillez quand même le château, ordonna Wellan.

Sans la moindre hésitation, les Chevaliers se précipitèrent vers la porte et les Écuyers leur emboîtèrent le pas. Wellan les suivit en pensant que le choc ressemblait beaucoup trop aux pas lourds des dragons de l'ennemi. Il ne croyait pas que ces énormes bêtes aient pu se rendre jusqu'au Royaume d'Émeraude sans être repérées, mais il ne voulait courir aucun risque. La sauvegarde d'Émeraude Ier étant sa responsabilité, Wellan se dirigea prestement vers l'escalier central en direction des appartements du roi, le jeune Cameron sur les talons.

*
* *

Dans les catacombes, Kira fut projetée au sol par l'explosion d'étincelles dorées, mais ne subit heureusement aucune blessure. Elle se releva en balayant de la main la fumée jaune devant ses yeux et aperçut le fier guerrier se tenant au milieu de la pièce enfumée. Il portait bien la cuirasse verte des Chevaliers d'Émeraude, mais elle ne le connaissait pas. Ses cheveux noirs soyeux retombaient sur ses épaules et encadraient un visage volontaire à la peau très pâle. Ses yeux gris perçants ressemblaient à ceux des loups.

— *C'est vous qui m'avez sommé dans le monde des morts ?* demanda-t-il sur un ton contrarié.

— Oui, c'est moi, répondit bravement l'enfant mauve.

— Seuls les puissants magiciens ont le droit de réclamer la présence de leurs ancêtres dans le monde des vivants. Êtes-vous de ma descendance ?

— Je n'en sais rien, sire. Je suis Kira, fille de la Reine Fan de Shola et du Roi magicien Shill du Royaume d'Argent.

— *D'Argent ?* s'égaya soudainement le guerrier. *Dans ce cas, tout s'explique. Je suis Hadrian, fils du Roi Kogal d'Argent et chef des Chevaliers d'Émeraude.*

Ses traits s'éclairèrent et un magnifique sourire étira ses lèvres minces. Le chef des premiers Chevaliers devait être un homme très séduisant de son vivant.

— *De quelle façon puis-je vous servir, milady ?*

— Je veux devenir un guerrier comme vous. J'aimerais donc que vous m'appreniez à me servir d'une épée, d'une lance et d'un poignard.

Hadrian arqua les sourcils, et Kira craignit pendant un instant qu'il n'éclate de rire, mais il n'en fit rien. Dans la trentaine, avec des épaules puissantes et des bras musclés, il commandait le respect de la même façon que Wellan d'Émeraude. Le fantôme examina l'enfant et tâta ses bras maigrelets sans cacher son découragement.

— *Il faut du muscle pour pouvoir manier une épée, jeune fille.*

— Pas mes épées.

Kira déplia l'étoffe noire avec empressement et lui tendit les deux armes légères. Les yeux brillant d'amusement, il les scruta de la garde à la pointe.

— *Et vous pensez vraiment pouvoir vous battre avec ces jouets ?*

— C'est seulement pour apprendre, assura Kira, jusqu'à ce que je me procure une potion pour raffermir mes muscles.

— *On n'y arrive pas à l'aide de grimoires, chère demoiselle. Il faut les exercer à la sueur de son front.*
— Montrez-moi comment.

D'un tempérament décidément plus conciliant que les nouveaux Chevaliers, Hadrian matérialisa une lourde sphère métallique et la déposa dans la petite main de l'enfant. Patiemment, il lui enseigna la façon de soulever correctement l'objet en repliant ses coudes afin de renforcer ses bras. Il lui fit également exécuter des exercices destinés à augmenter la résistance de ses jambes et lui suggéra de courir tous les jours sur de longues distances.

— *L'escrime n'est pas que le maniement d'une épée ou d'un sabre*, déclara-t-il. *C'est aussi l'art de répartir son poids sur ses pieds afin d'encaisser les coups de l'adversaire sur sa lame sans fléchir. Il faut être solide comme le roc avant de devenir un bon escrimeur. Vous êtes encore bien jeune, milady, mais avec le temps, je n'ai nul doute que vous deviendrez un redoutable guerrier. Vos ancêtres étaient tous de fiers soldats.*

Il ne se préoccupait nullement de sa peau mauve ou de ses pupilles verticales, et il la traitait en égale, sans doute parce qu'ils partageaient la même ascendance. Pour lui faire plaisir, il lui enseigna quelques feintes à l'épée, et Kira découvrit qu'elle aimait bien se bagarrer, malgré la douleur que lui causaient ses griffes, la garde de l'épée étant trop petite pour sa main.

*
* *

Ce fut le cliquetis des lames de métal s'entrechoquant à intervalles réguliers qui alerta Wellan. Avec ses compagnons, il parcourut le château, des hautes tours jusqu'aux écuries, sans déceler la moindre trace de l'ennemi. Il retournait dans la grande salle à manger avec son apprenti lorsqu'il perçut le bruit du combat. Il s'arrêta près du grand escalier de pierre et fit signe à son Écuyer de demeurer silencieux. Il ouvrit prudemment les grandes portes des catacombes et jeta un coup d'œil dans l'escalier. « Pourquoi y a-t-il autant de lumière dans cet endroit qui n'est visité qu'à la mort des rois ? » se demanda-t-il. *Reste ici et sois prêt à aller chercher de l'aide*, ordonna-t-il à Cameron à l'aide de son esprit. Il descendit silencieusement les marches, l'épée au poing.

Kira sentit aussitôt l'approche du grand Chevalier. Elle retira précipitamment l'anneau de son doigt et le dissimula dans sa ceinture. Hadrian disparut en fumée, et son épée s'écrasa sur le sol en résonnant dans la crypte. Comment allait-elle expliquer toute cette mise en scène à Wellan sans s'attirer ses foudres ou celles d'Élund ? On lui avait appris à ne jamais mentir, mais elle ne voulait pas qu'on la sépare du seul guerrier ayant accepté de lui enseigner l'art de la guerre, même s'il n'était qu'un fantôme. Utilisant ses pouvoirs magiques, elle expédia la marmite et son sac de toile dans un couloir s'enfonçant sous le palais. Juste à temps. Wellan mettait le pied sur la dernière marche. Il chassa la fumée devant lui et vit la petite Sholienne, une épée de fantaisie à la main.

— Que fais-tu ici ? explosa le Chevalier. Et d'où vient cette fumée ?

Kira baissa la tête sans répondre. Les yeux de Wellan parcoururent la pièce sans pouvoir déterminer l'origine de la fumée. Il reporta son regard sur l'enfant mauve en se demandant pourquoi elle se trouvait dans les catacombes avec une arme au poing.

— Est-ce qu'Élund et Abnar savent que tu es ici ?

Le Magicien de Cristal apparut aussitôt près de lui, et la petite fille comprit qu'elle risquait d'être sévèrement punie pour sa désobéissance.

— Non, déclara Abnar sur un ton neutre. Je n'en savais rien.

— Dis-moi ce que tu fais ici, Kira, et regarde-moi dans les yeux quand je te parle, exigea Wellan sur un ton impérieux.

— C'est une obligation qu'ont les Écuyers, sire, pas les élèves qui ont été écartés de ce noble titre, lui rappela la fillette en continuant d'observer ses pieds.

Le grand Chevalier comprit enfin la raison de son comportement rebelle. Elle protestait contre leur décision de ne pas la nommer Écuyer. Mais il n'allait certainement pas s'aventurer sur ce terrain dangereux avec Kira, car il risquait de lui avouer plus de choses qu'elle n'était prête à en entendre.

— Est-ce toi qui as fait trembler le château ? lui demanda-t-il en tentant de conserver son sang-froid.

— Je ne sais pas de quoi vous parlez.

— J'ai entendu le choc de deux épées en descendant ici. Contre qui te battais-tu ?

— Personne.

— Peut-être que le Magicien de Cristal, lui, pourra me le dire ?

— Je me battais toute seule ! s'écria l'enfant en feignant l'indignation.

En utilisant ses puissantes facultés de télékinésie, elle souleva l'épée d'Hadrian et la projeta en direction de Wellan qui eut juste le temps de la dévier avec sa propre lame avant que l'arme s'enfonce dans sa poitrine.

— Tu seras punie pour cette effronterie ! s'emporta le grand Chevalier.

— C'était la seule façon de vous faire comprendre que je dis la vérité ! riposta Kira sur le même ton.

Piqué au vif par son impertinence, Wellan fit un pas vers elle avec l'intention de la corriger, mais Abnar lui agrippa solidement le bras.

— Je m'occupe de son châtiment, intervint calmement l'Immortel. Allez plutôt rassurer vos jeunes Écuyers qui craignent une attaque.

Wellan le fixa avec colère pendant un instant, puis tourna les talons et grimpa rapidement l'escalier. Abnar regarda Kira en silence, et elle sentit ses sens glacés pénétrer jusqu'au fond de son âme. Mais elle ne pouvait pas lui révéler son secret sans risquer de perdre son nouvel ami de l'au-delà. Elle referma donc prestement son esprit, à la grande surprise de l'Immortel, qui n'avait jamais pensé que cette enfant se servirait un jour de cette technique défensive contre lui.

— Ce n'était pas une bonne idée de le fâcher, lui reprocha-t-il.

— De toute façon, il me déteste, grommela la petite.

— Ce n'est pas vrai, Kira. Il se soucie de ta sécurité. Quand il t'a vue avec cette arme à la main, il a pensé que quelqu'un s'en prenait à toi.

— Je veux devenir un Écuyer, maître Abnar. Mes ancêtres ont combattu dans la dernière guerre et certains d'entre eux ont même été des Chevaliers d'Émeraude. Ils ne seraient pas contents d'apprendre que j'ai été écartée de ce grand privilège parce que ma peau est mauve.

— Je crois qu'il est grand temps que nous ayons une discussion à ce sujet, jeune fille.

Abnar lui prit la main, et Kira fut soudainement emportée dans un tourbillon de lumière multicolore. Elle n'eut pas le temps de distinguer les formes étranges qui la frôlaient à une vitesse vertigineuse que ses pieds touchaient déjà le sol. Le kaléidoscope disparut brusquement, et elle se retrouva dans la tour de l'Immortel.

— Incroyable ! s'émerveilla-t-elle. Montrez-moi comment faire !

— Chaque chose en son temps, petite princesse.

Abnar prit place sur son lit et l'observa un moment en se demandant quoi lui avouer sans attiser sa rébellion. En pleine crise d'identité, il risquait de la déstabiliser à jamais. Il ne pouvait certes pas lui promettre un apprentissage auprès d'un Chevalier, puisqu'il désirait la garder au château afin de veiller sur elle.

— Kira, le roi t'aime beaucoup, commença-t-il en adoptant un air sérieux, et comme il n'a jamais eu d'enfant, il songe à te nommer héritière du trône d'Émeraude.

Le choc n'aurait pas pu être plus brutal. Bien sûr, elle était de sang royal, et cela lui conférait le droit de gouverner, mais elle ne voulait pas devenir reine, elle voulait être soldat. Pourquoi s'entêtaient-ils tous à contrer son désir le plus cher ? Le Magicien de Cristal possédait pourtant le don de déchiffrer les émotions des mortels et il s'était toujours montré compréhensif envers elle. Il devait sûrement savoir qu'elle mettrait tout en œuvre pour arriver à ses fins, avec ou sans l'aide des Chevaliers d'Émeraude. Kira sentit sa petite poitrine palpiter comme si elle allait se mettre à pleurer et décida d'ignorer la dernière déclaration de son mentor.

— À cette heure, vous devriez enseigner à vos élèves, déclara-t-elle en se dirigeant vers l'étroite fenêtre de la tour.

— Ils ont assez de travaux à achever pour se passer de moi pendant quelques minutes. N'essaie pas de changer de sujet.

— Je ne serai pas reine, maître Abnar, ajouta-t-elle en faisant volte-face.

— Mais tu ne peux pas non plus devenir Écuyer parce que c'est trop dangereux en ce moment.

— Et ce ne l'est pas pour mes amis ?

— Ils ne se sont pas au cœur d'une importante prophétie.

— Je refuse d'être traitée comme un objet fragile et je vais vous prouver que je suis aussi humaine qu'eux, même si je suis mauve !

Elle lança sur le sol l'épée qu'elle tenait toujours à la main et se précipita dans l'escalier menant à l'étage inférieur. Elle en avait assez de toutes ces restrictions stupides qui l'empêchaient d'agir à sa guise. Hadrian était le seul à la comprendre, le seul qui voyait en elle le potentiel d'un grand guerrier.

3

Le monde des morts

Dès que Kira eut retiré l'anneau en or de son doigt, Hadrian se sentit aspiré dans le sol humide des catacombes. Il avait appris, durant sa vie mortelle, que les grands magiciens arrivaient parfois à invoquer l'esprit des défunts. Depuis son arrivée dans le monde des morts, il n'avait assisté à aucun événement semblable, mais les grandes plaines de lumière grouillaient d'âmes ayant quitté le plan physique et il ne les connaissait pas toutes.

Il s'écrasa brutalement sur le dos dans un grand pré ensoleillé parsemé de petites fleurs multicolores. Une fois le choc du retour dissipé, il se releva et tourna quelques fois sur lui-même pour s'orienter. Mais où étaient passés sa femme et ses enfants avec qui il bavardait avant l'intervention de sa descendante ? N'apercevant personne à l'horizon, il choisit une direction au hasard et se mit à marcher dans l'herbe haute.

Tous les mortels se rendaient dans ce paradis exquis à leur mort. Ne possédant pas l'immatérialité des Immortels, ils ne pouvaient pas accéder au monde magique des dieux afin de les servir pour l'éternité. Mais, dans sa grande bonté, Parandar, le chef incontesté du panthéon, avait créé cet endroit de son propre souffle, afin que les humains ne disparaissent pas dans l'Éther à la fin de leur vie. Présentant toutes les caractéristiques physiques du monde des vivants, les grandes plaines de lumière ne connaissaient par contre aucune tempête ou déchaînement des éléments. La température y était toujours clémente et les saisons, inexistantes. Personne ne souffrait de faim, de soif ou de douleurs, et les animaux ne craignaient pas les défunts.

Le temps n'existait pas sur les grandes plaines, et Hadrian se promena sans compter les heures. Devant lui s'ouvrit soudain un vallon tout aussi désert que le pré. Sans doute avait-il réintégré le monde des morts au mauvais endroit. Il refusa de se décourager et descendit en direction d'une rivière qui chantait une douce mélodie.

Il se mit à songer aux circonstances de sa mort physique, survenue cinq cents ans plus tôt. Hadrian était très vieux lorsqu'il avait rendu l'âme dans son grand lit du Palais d'Argent, entouré de ses enfants, de ses petits-enfants et de ses arrière-petits-enfants. Par ailleurs content de la vie qu'il avait menée, il avait pour seul regret de n'avoir jamais retrouvé son ami Onyx.

En longeant le cours d'eau, il se remémora le visage moqueur du jeune paysan d'Émeraude élevé au rang de Chevalier lors de la première invasion des hommes-insectes. Mais pourquoi recommençait-il à penser à lui tout à coup ? Ces souvenirs s'étaient pourtant dissipés quelque temps après son arrivée dans le monde des morts...

Hadrian atteignit un bois qu'il traversa rapidement et s'arrêta sur le bord d'une falaise. Au pied de cet à-pic, sur les immenses plaines, déambulaient les autres défunts. « *Mais comment vais-je retourner parmi eux ?* » se demanda-t-il. Où était sa famille ? « *Est-ce de la détresse que je ressens à cet instant ?* »

s'étonna-t-il. Ces émotions n'appartenaient pourtant pas à ce monde. Son court séjour chez les mortels pouvait-il les avoir ravivées ?

— *Éléna !* s'écria-t-il en appelant son épouse.

Sa voix se répercuta sur les plaines et effraya même une colonie de hérons immaculés qui s'envolèrent dans le ciel éternellement bleu du paradis. Sa femme, par contre, ne l'entendit pas. Il appela le nom de tous ses descendants et de ses lieutenants de jadis. Personne ne lui prêta la moindre attention. Tous poursuivaient leurs activités dans l'allégresse et l'insouciance, sans remarquer sa présence.

— *Je ressens du découragement*, constata-t-il à voix haute. *Ce n'est pas normal...*

— C'est ce qui arrive aux âmes qui se baladent entre les deux mondes, lança une voix derrière lui.

Hadrian fit volte-face, croyant qu'il s'agissait de l'un de ses Chevaliers, mais trouva un Immortel devant lui. Vêtu d'une tunique lumineuse, il flottait au-dessus du sol et ses longs cheveux blancs descendaient en cascade dans son dos.

— *Mon séjour dans le monde des mortels était purement accidentel, vénérable maître*, répliqua-t-il.

— Les lois divines ne se préoccupent pas de la raison des digressions. Elles se contentent d'appliquer leurs sanctions.

— *Les dieux sont beaucoup trop justes pour punir un serviteur qui n'a rien fait de mal.*

— Préféreriez-vous qu'ils sévissent contre le sorcier qui, par son mauvais sort, vous prive désormais de votre repos éternel ?

— *Il s'agissait d'une enfant*, protesta l'ancien roi. *Vous n'oseriez pas vous en prendre à elle !*

— Pourtant, l'un de vous devra subir le châtiment prévu par les dieux.

Hadrian se rappela sa courte entrevue avec sa jeune descendante, son visage innocent et ses grands yeux pleins de curiosité. Elle commençait à peine sa vie et elle n'avait réalisé aucun de ses rêves.

— *Dans ce cas, ce sera moi*, déclara-t-il bravement. *Que dois-je faire pour apaiser l'ire des dieux ?*

— Accepter l'exil jusqu'à ce qu'ils vous laissent réintégrer les grandes plaines, déclara sévèrement l'Immortel.

Hadrian sentit son cœur sombrer dans sa poitrine, une autre émotion qu'il avait cru perdue à tout jamais.

— *Eh bien, soit !* se rendit-il, la gorge serrée.

L'Immortel disparut subitement devant lui, l'abandonnant à son sort. Les dernières paroles de son ancien frère d'armes Onyx lui revinrent alors en mémoire : « Cesse de faire confiance aux Immortels, Hadrian, ce sont des imposteurs. Ils veulent notre perte. »

4

La résolution de Kira

Kira traversa la cour à toutes jambes et pénétra dans le palais. Elle courut jusqu'à sa chambre et s'arrêta net en trouvant le roi debout au milieu de ses appartements, vêtu de sa grande tunique de velours bourgogne et coiffé de sa couronne. On l'avait donc distrait au milieu de ses fonctions officielles.

— Majesté, fit-elle en s'inclinant devant lui.

— Je ne suis pas très fier de toi, Kira, laissa tomber Émeraude Ier en posant sur elle un regard mécontent.

L'enfant baissa aussitôt la tête mais ne chercha pas à se dérober. Son châtiment serait certainement moins sévère s'il provenait de l'homme qui l'aimait comme un père plutôt que du chef des Chevaliers.

— Wellan me dit que tu as levé une arme contre lui et il veut que je sévisse.

— Dans ce cas, Majesté, il vous faudra aussi punir ceux qui complotent contre moi depuis mon arrivée dans ce château.

Émeraude Ier haussa les sourcils, surpris. Il invita l'enfant à s'asseoir devant lui dans l'un des fauteuils confortables du boudoir et écouta ses plaintes.

— Je suis flattée de l'affection que vous me portez, Majesté, et je vous serai toujours reconnaissante de m'avoir recueillie et traitée comme votre propre fille, mais ma place n'est pas dans votre palais. Elle est auprès de vos vaillants Chevaliers. Je veux apprendre à me battre et je veux venger la mort de mes parents. C'est ma seule raison de vivre.

— Mais tu n'es encore qu'une petite fille, Kira, lui rappela le roi, déconcerté.

— J'ai presque le même âge qu'Ariane et Swan qui sont devenues Écuyers ! s'indigna-t-elle.

— Élund me dit que tu n'es pas encore prête à être soumise à ce genre d'entraînement militaire.

— C'est absurde ! Ma magie est encore plus puissante que celle de tous les apprentis réunis !

— Ce n'est pas ta magie qui lui a fait prendre cette décision, mon enfant, mais ton refus de t'astreindre à la discipline qui fait les bons Écuyers. Aucun Chevalier ne veut avoir un apprenti qui n'en fait qu'à sa tête, qui réplique tout le temps et qui attaque même notre brave Wellan.

Kira baissa misérablement la tête en pensant qu'après son affrontement avec le grand chef, personne ne voudrait plus jamais lui faire confiance. Elle serait contrainte de passer le reste de ses jours dans ce château, de porter une couronne et d'apprendre les usages de la cour. Trop orgueilleuse pour pleurer devant le roi, elle sauta sur le sol et se dirigea vers la porte.

— Mais où vas-tu ? s'étonna Émeraude Ier.

— Nulle part, on dirait...

Elle quitta la pièce en traînant les pieds comme une âme en peine. Maintenant que Wellan savait qu'elle visitait les catacombes, elle ne pourrait plus jamais y retourner. Le château de son protecteur était immense, mais il n'y avait aucun endroit où elle pouvait s'isoler. Elle parcourut tous les couloirs en évitant les quartiers des magiciens qui ne comprenaient pas son chagrin. La troisième tour était un entrepôt où l'on conservait de la nourriture et la quatrième, une ancienne prison. L'escalier menant à l'étage supérieur de cette dernière s'était écroulé, et on ne l'avait jamais remplacé.

À l'aide de ses griffes, elle escalada le mur et se faufila dans le trou du plafond où aboutissaient autrefois les marches de pierre. Elle fut bien étonnée d'arriver devant une dizaine de cellules fermées par des barreaux d'acier rouillés. La porte de l'une d'elles pendait misérablement sur ses gonds, et les autres ne semblaient pas en meilleur état. Elle jeta un coup d'œil dans chaque cellule, se demandant qui avait bien pu y être enfermé. Persuadée que personne ne la surprendrait dans cet endroit isolé, elle glissa l'anneau en or à son doigt, et le Chevalier Hadrian se matérialisa devant elle, sans aucune explosion fort heureusement. À la lumière du jour, il lui parut encore plus beau avec ses cheveux noirs comme la nuit et ses yeux d'acier.

— *Milady, je suis ravi de vous revoir*, déclara-t-il avec courtoisie.

— Pas autant que moi, se lamenta l'enfant. Vous êtes la seule personne dans tout l'univers qui fait preuve de gentillesse envers moi.

— *Mais c'est tout à fait normal, puisque je suis votre humble serviteur.*

— Je préférerais que vous soyez mon ami, sire Hadrian, parce que je n'en ai plus un seul. Ils m'ont tous abandonnée.

— *Est-ce la raison pour laquelle vous désirez apprendre à vous battre ? Avez-vous l'intention de provoquer quelqu'un en duel ?*

— Oh non ! s'exclama l'enfant. Je veux venger la mort de mes parents. Je devrai affronter le même ennemi que vous avez jadis combattu lorsque vous étiez le chef des Chevaliers.

— *C'est une noble entreprise, jeune demoiselle, mais nous avons fort à faire avant d'en arriver là. Les guerriers de l'Empereur Noir sont des adversaires coriaces et ils ne feraient qu'une bouchée d'une enfant comme vous.*

— Oui, je le sais... Mais je travaillerai très fort pour y parvenir. Malheureusement, on m'a confisqué mes épées.

— *N'ayez crainte. Je saurai nous en procurer d'autres. Si votre désir est de combattre notre ennemi commun, il est de mon devoir de vous venir en aide.*

Kira le fixa un long moment en pensant que les Chevaliers d'antan avaient décidément meilleur caractère que ceux de la présente incarnation de l'Ordre.

— Je serai l'élève la plus assidue que vous ayez jamais eue ! promit-elle.

— *Ce qui ne sera pas difficile puisque je n'ai jamais entraîné qui que ce soit de mon vivant.*

— Les Chevaliers de votre époque n'entraînaient pas d'Écuyers ?

— *Non. Nous n'aurions certes pas eu le temps de veiller sur des enfants.*

— Racontez-moi comment vous êtes devenu Chevalier.

Kira s'assit aussitôt sur le sol devant lui, ses yeux violets brillant de curiosité. Un sourire bienveillant apparut sur les lèvres d'Hadrian qui se rappela ses propres enfants au même âge.

— *Nous étions déjà des soldats lorsque le Magicien de Cristal nous a ensorcelés*, déclara-t-il en portant son regard au loin.

Il lui raconta que les humains s'étaient défendus courageusement contre les incursions des guerriersinsectes, mais que, leur nombre augmentant sans cesse, une action concertée devint rapidement nécessaire. Il lui parla des armées levées par chacun des royaumes, ce qui étonna beaucoup l'enfant, puisque le continent, décimé à la suite de la première invasion, ne comptait presque plus de soldats. Fascinée, elle but les paroles de son nouveau mentor jusqu'à ce que son apparence se mette à flétrir.

— Sire, que se passe-t-il ? s'alarma-t-elle.

— *Je crains que mon séjour dans votre monde n'ait été un peu trop long, cette fois*, déplora-t-il. *Je dois vous quitter*.

Elle le remercia de sa gentillesse à son égard et retira l'anneau pour le libérer. En marchant jusqu'à la fenêtre de la cellule à la porte à demi arrachée, elle décida de vivre la nuit plutôt que le jour et d'éviter les habitants du château jusqu'à ce qu'elle ait atteint son but. Elle se glissa dans l'étroite ouverture et retourna à ses appartements en escaladant les murs extérieurs des bâtiments comme une araignée. Elle réintégra sa chambre en silence et dormit jusqu'à ce qu'Armène la secoue pour le repas du soir.

— Le roi réclame ta présence à sa table, mon petit cœur, déclara-t-elle joyeusement en lui apportant une tunique propre.

Kira cacha l'anneau dans sa paume et laissa Armène l'habiller et coiffer ses cheveux soyeux sans maugréer. La servante l'accompagna ensuite jusqu'au hall en la tenant par la main, pour être bien certaine qu'elle ne se sauve pas, et la sentit se raidir lorsqu'elle constata qu'Abnar et Wellan se trouvaient avec le roi. « Ce n'est pas un souper, c'est un procès ! » comprit-elle en grimpant sur le fauteuil de velours. Les serviteurs posèrent les plats de nourriture devant eux. Kira ferma hermétiquement son esprit pour se protéger et se concentra sur son assiette. Leur présence lui coupait l'appétit mais, si elle avait refusé de manger, ils auraient utilisé ce prétexte pour la réprimander.

« Les loups de la Forêt Interdite chassent en meute et ils s'attaquent toujours aux proies les plus vulnérables », se rappela-t-elle.

— Nous avons discuté de ton cas, l'informa le roi.

« Lequel d'entre eux me mordra à la gorge le premier ? » se demanda-t-elle en gardant les yeux baissés sur sa nourriture.

— Nous ne savons plus très bien quoi faire de toi, Kira, poursuivit Émeraude Ier avec découragement. Tu ne veux pas de mon royaume et tu es trop jeune pour devenir Écuyer.

Elle garda le silence, car ils avaient probablement déjà pris une décision à son sujet. Il ne lui servait à rien de protester maintenant, surtout en présence du grand Chevalier dont elle captait la mauvaise humeur grâce à ses sens aiguisés.

— Maître Abnar nous suggère d'attendre encore quelques années avant de te demander comment tu veux vivre ta vie, reprit le roi.

— Maître Abnar a sûrement raison, répondit la fillette sans enthousiasme.

— Et Wellan t'évaluera à ce moment-là, si tu souhaites toujours te joindre à l'Ordre d'Émeraude.

— C'est trop aimable de sa part.

Son sarcasme empourpra le Chevalier assis de l'autre côté de la table, mais il ravala ses commentaires désobligeants pour ne pas chagriner le monarque qui aimait cette enfant comme sa propre fille. Ne désirant pas leur donner d'emprise sur elle,

Kira chassa aussitôt les émotions négatives de Wellan de son esprit.

— En échange de cette promesse, ajouta Émeraude Ier, nous aimerions que tu nous expliques pourquoi le château a tremblé ce matin.

— Cela m'a également intriguée, répondit-elle avec une innocence désarmante. J'ai lu quelque part que la terre tremblait parfois quand il y avait trop de pression dans ses entrailles.

N'y tenant plus, Wellan abattit brutalement son poing sur la table. La petite Sholienne sursauta.

— Comment peux-tu espérer devenir Chevalier si tu n'es même pas capable de nous dire la vérité ? tonna-t-il, ses yeux bleus remplis de courroux.

— Wellan, je t'en prie, s'interposa le roi.

Le Magicien de Cristal quitta son fauteuil et s'approcha de Kira qui fixait le grand chef avec appréhension. L'Immortel s'accroupit près d'elle et posa une main rassurante sur la sienne.

— Tu as invoqué quelqu'un dans les catacombes, Kira, fit-il d'une voix douce mais ferme. Je l'ai ressenti, mais je n'arrive pas à l'identifier. Il ne sert à rien de nous mentir.

La fillette scella davantage son esprit, sachant fort bien qu'Abnar était un puissant mage et qu'il pouvait extraire cette information directement de ses pensées s'il le voulait.

— Il est très dangereux de redonner la vie aux esprits qui séjournent dans le monde des morts, poursuivit Abnar. Si cette âme se promène en ce moment dans le Château d'Émeraude, nous devons en être informés.

Kira se referma comme une huître, et Wellan comprit qu'il n'arrivait pas à s'entendre avec elle parce qu'elle lui ressemblait trop. Comme lui, elle ne désirait pas que les autres s'approchent de son cœur et elle n'aimait pas qu'on se mêle de ses affaires.

— Est-ce ta mère que tu as invoquée, Kira ? voulut savoir le roi.

Wellan se redressa sur sa chaise à la mention de la défunte reine.

— Non, assura l'enfant en secouant la tête.
— Ton père ?
— Non.
— Nous savons que tu as matérialisé quelqu'un, insista Abnar. Nous voulons juste savoir de qui il s'agit.
— Ce n'est qu'un ami... geignit l'enfant. J'avais besoin d'un ami.

Elle éclata en sanglots, et le roi la prit dans ses bras pour la consoler. Accoudé sur la table, Wellan cacha son visage dans sa large main. Ils n'arriveraient jamais à tirer quoi que ce soit de la fillette en présence d'Émeraude Ier, car elle le manipulait comme une marionnette. Abnar, lui, persista.

— Et quel est le nom de cet ami ? l'encouragea-t-il.
— Ça ne sert à rien de vous le dire, hoqueta Kira. Le Chevalier Wellan l'a fait fuir à tout jamais...

Wellan enleva brusquement la main de son visage en grondant de colère. Cette enfant les faisait tous marcher. Était-il le seul à s'en apercevoir ?

— S'il est retourné dans le monde des morts, il n'y a aucun mal à nous révéler son identité, souligna Abnar.
— C'était Hadrian d'Émeraude, fils du Roi Kogal d'Argent et chef des premiers Chevaliers d'Émeraude, avoua l'enfant en essuyant ses larmes.
— Pourquoi l'as-tu choisi ?
— Je n'ai rien choisi du tout ! explosa Kira en cachant son visage pointu dans le cou du roi.

— Il est plutôt étrange d'invoquer un légendaire Chevalier d'Émeraude quand on a neuf ans et que l'on ne cherche qu'un ami, leur fit remarquer Wellan.

— Il est venu tout seul ! protesta l'enfant.

— Ce qui est bien normal, puisqu'elle ne maîtrise pas encore parfaitement sa magie, expliqua Abnar à Wellan. Je crois qu'elle a prononcé la formule sans vraiment savoir ce qui allait se passer.

— Ce qui va tout à fait à l'encontre du code, maugréa le Chevalier.

Kira arbora un air inquiet. Elle ne souhaitait pas, malgré tout, être exclue de l'Ordre à tout jamais.

— Mais elle n'a heureusement pas réussi à terminer cette opération, trancha Émeraude Ier. Le château n'est pas en danger.

Le visage à demi caché dans le cou du roi, Kira n'allait certainement pas leur en dévoiler davantage sur le maître d'armes qui résidait dans l'anneau dissimulé sous sa ceinture. Après l'avoir consolée, le roi la remit aux bons soins d'Armène, et Wellan en profita pour sortir de table.

Chassant cette contrariété de son esprit, le grand chef retourna à l'aile des Chevaliers et s'assit près de son Écuyer pour boire un peu de vin et écouter Bergeau raconter aux nouveaux apprentis de quelle façon les Chevaliers s'étaient débarrassés des dragons sur le continent. Graduellement, l'alcool et la chaleur de l'âtre eurent raison de la colère du grand chef. Après tout, Kira n'était qu'une enfant gâtée par le roi. « Qu'il paie pour son manque de fermeté », pensa-t-il.

Les Écuyers commençant à montrer des signes de fatigue, les Chevaliers les ramenèrent à leurs chambres. Cameron se déshabilla et s'endormit en posant la tête sur son oreiller. Wellan souleva sa couverture en pensant qu'il était plutôt déroutant d'avoir sous sa tutelle un enfant aussi différent de Bridgess. Mais Élund n'avait pas fait de mauvais choix en leur assignant leurs premiers Écuyers et il lui ferait confiance une fois de plus. Il s'assit sur son propre lit et enleva ses bottes et sa ceinture, puis il ôta ses vêtements. La pièce devint glaciale.

— Fan... murmura-t-il avec espoir.

La magicienne de Shola se matérialisa devant lui, et il ne ressentit plus le froid sur sa peau nue. Fan posa doucement la main sur la tête du jeune Écuyer endormi pour s'assurer qu'il ne se réveille pas, puis s'approcha de Wellan qui la regardait avec des yeux pleins d'adoration. Il l'agrippa par la taille, la ramena contre lui et l'embrassa fougueusement. Après quelques langoureux baisers, la reine fantôme recula, et un air de reproche assombrit soudainement son beau visage.

— *Vous êtes très dur avec ma fille, Chevalier.*

— Je suis désolé, Majesté, mais Kira est tout simplement impossible... s'excusa-t-il.

— *Elle est audacieuse et téméraire, comme vous l'étiez au même âge, et pourtant vous êtes incapable de lui pardonner ses fautes.*

— Je ne puis oublier qu'elle a été conçue dans la violence par un...

La reine appliqua vivement sa main diaphane sur sa bouche pour le faire taire, et Wellan regretta aussitôt ses paroles. Inutile de rappeler son odieux viol à cette femme qui avait souffert à cause d'un homme-insecte répugnant venu d'un autre monde. Fan s'était sacrifiée pour protéger Kira et assurer la survie de la race humaine, mais, dans son monde éthéré, elle ne subissait pas les caprices de sa fille.

— *Elle se sent très seule, Wellan.*

— Mais elle a trouvé la façon d'invoquer des amis de votre univers avec sa magie, maugréa-t-il en se rappelant qu'elle avait aussi fait trembler le château.

— *Le Chevalier Hadrian ? Elle l'a seulement matérialisé pour qu'il lui enseigne le maniement des armes.*

— Quoi ? Mais elle ne peut pas être formée par un fantôme ! C'est insensé !

— *S'il ne le fait pas, qui le fera ? Vous ?*

— J'ai déjà un Écuyer à entraîner, et votre fille n'est pas suffisamment disciplinée pour porter une épée de toute façon.

— *Il est important qu'elle devienne un Chevalier d'Émeraude, Wellan. C'est son destin et il est lié au vôtre.*

C'était bien la dernière chose qu'il voulait entendre. Il ferma les yeux un instant en chassant sa colère, afin de ne pas déplaire davantage au fantôme.

— Fan, je vous en prie, oubliez que vous êtes sa mère et mettez-vous à ma place. Kira est trop jeune pour suivre un enseignement aussi rigoureux. Sans doute arriverons-nous à l'entraîner dans quelques années, lorsqu'elle sera plus disciplinée, mais en ce moment…

— *Je veux bien m'en remettre à votre jugement, mais vous ne devez pas permettre au Roi d'Émeraude d'en faire son héritière. Cela mettrait vos vies en péril.*

Il demeura muet, en proie à une grande hésitation. Comment un soldat pouvait-il contrer la volonté d'un roi ?

— *Wellan, je vous en conjure…* supplia la reine.

— Je vous ai promis, il y a fort longtemps, que je protégerais Kira, se radoucit-il, se laissant fléchir par son regard insistant. Je tiendrai ma promesse, mais en ce qui concerne le trône d'Émeraude…

Elle déposa un baiser amoureux sur ses lèvres en l'incitant à faire un effort pour gagner la confiance de l'enfant mauve et à intercéder auprès du roi. Wellan avait un si grand besoin des caresses de Fan qu'il acquiesça à ses requêtes sans réfléchir. Elle le combla toute la nuit et, au matin, lorsqu'il ouvrit les yeux, elle lui annonça sur un ton alarmé que l'Empereur Noir rassemblait ses guerriers dans son sombre château.

— Ne craignez rien, nous le repousserons une fois de plus, affirma-t-il bravement.

— *Il s'agit cette fois d'un grand nombre de guerriers, Wellan.*

Le Chevalier se dressa aussitôt sur ses coudes sans quitter sa belle maîtresse des yeux.

— Quand débarqueront-ils à Enkidiev ? s'enquit-il.

Immobile, recueillant les renseignements que lui fournissait l'Éther, Fan ressemblait à l'une des magnifiques statues d'albâtre de la chapelle du palais. Wellan la contempla sans la presser, savourant chaque seconde à ses côtés.

— *L'empereur ne l'a pas encore décidé...* murmura-t-elle en frissonnant.

Wellan voulut l'attirer dans ses bras, mais elle s'esquiva.

— *Je dois retourner auprès des dieux, mais je reviendrai dès que je connaîtrai les intentions d'Amecareth.*

Elle se dématérialisa sous ses yeux en lui soufflant un baiser rempli de promesses, et le Chevalier se laissa retomber sur le dos. Gorgé d'amour, il demeura immobile à songer que, malgré toute sa bonne volonté, Bridgess n'arriverait jamais à remplacer sa belle reine.

5
L'escapade dans la montagne

Lorsque le palais fut endormi, Kira se faufila par la fenêtre de sa chambre et descendit dans la cour. Elle courut pendant une heure autour des enclos sous les regards étonnés des chevaux, puis se rendit à l'écurie où elle trouva de nombreux objets lourds avec lesquels elle exécuta des flexions des bras comme le lui avait enseigné son mentor. Elle se rendit ensuite dans les bains et nagea pendant de longues minutes avant d'enfiler sa tunique et de se rendre à la bibliothèque du château. Pas question d'invoquer le Chevalier Hadrian avant qu'elle puisse soulever une véritable épée... ou qu'elle ait besoin de parler à un ami.

Dans les jours qui suivirent, elle fouilla les rayons de livres sur l'histoire ancienne et découvrit quelques pages dans de vieux ouvrages traitant des rois ayant participé à la guerre contre les hommes-insectes, à l'époque où les premiers Chevaliers d'Émeraude avaient vu le jour. Parmi tous ces soldats de fortune ayant spontanément reçu des pouvoirs magiques du Magicien de Cristal, Hadrian d'Argent avait été le seul à n'en avoir jamais abusé. En plus de le qualifier de stratège efficace dans la guerre contre l'ennemi, l'historien ajoutait qu'il avait été un mari affectueux et un bon père. Kira en vint donc à la conclusion qu'Abnar se trompait en le disant dangereux et que, de toute façon, son fantôme ne pouvait pas errer dans le château, puisqu'il sommeillait dans son anneau.

Lorsque le soleil commença à chasser l'obscurité de la nuit, Kira retourna dans sa chambre et se mit au lit. Armène tenta en vain de la réveiller quelques heures plus tard et dut abandonner devant ses grondements et ses dents pointues. Kira lui annonça qu'elle n'assisterait plus aux cours de magie d'Abnar, son horaire étant désormais changé. Elle se lèverait quand bon lui semblerait et occuperait son temps selon son humeur jusqu'à ce que le roi et ses magiciens reconnaissent leur erreur dans le choix des Écuyers. La servante, découragée, céda. « Qu'elle profite de sa jeunesse », pensa-t-elle en quittant sa chambre.

L'enfant se rendormit et n'ouvrit l'œil qu'après le repas du midi. Elle contempla de sa fenêtre la fière montagne derrière le palais séparant les Royaumes d'Émeraude et de Diamant. Généralement reconnu comme étant l'antre du Magicien de Cristal, le sommet de ce pic imposant était continuellement coiffé de nuages. Son flanc sud escarpé où nichaient aigles et faucons lui fournirait certainement un bon exercice et lui permettrait d'échapper, pendant quelques heures, aux bruits agaçants de l'entraînement à l'épée des nouveaux apprentis. Elle mangea seule à la cuisine, remplit une gourde d'eau fraîche et se dissimula sous une cape de couleur sable. Pas question de divulguer sa destination à qui que ce soit au palais, car elle ne voulait pas que le Chevalier Wellan l'empêche de quitter la forteresse.

Longeant la muraille de la grande cour, la fillette mauve n'adressa pas même un regard aux Chevaliers enseignant l'escrime à leurs Écuyers et poursuivit sa route jusqu'aux grandes portes ouvertes. Malgré l'écran de protection dont Kira s'était entourée, les sens aigus de Wellan l'alertèrent aussitôt d'une présence suspecte. Au moment où il montrait au jeune Cameron comment parer son attaque, du coin de l'œil il vit passer un étrange petit personnage enveloppé dans une cape, le visage caché sous un immense capuchon. Les paysans ne couvraient jamais leur tête, ni les serviteurs, d'ailleurs. Tout en assenant des coups sur la lame de son Écuyer, Wellan épia le trajet de la silhouette suspecte. Mais lorsqu'elle quitta l'enceinte du château, il se sentit contraint de la suivre afin de s'assurer qu'il ne s'agissait pas d'un espion. Il demanda à Bergeau de continuer l'entraînement de Cameron en prétextant une urgence.

— Deux contre un ! s'exclama l'homme du Désert. Ça, c'est intéressant !

Mais, en même temps, Bergeau porta un regard réprobateur sur son chef puisqu'il n'emmenait pas son apprenti avec lui. Wellan ignora ses reproches silencieux. Il replaça son épée dans son fourreau et s'élança à la poursuite du personnage masqué jusqu'à la Montagne de Cristal, demeurant à distance respectable sur le sentier de terre. Il ne reconnut Kira que lorsqu'elle laissa tomber sa cape pour grimper sur la surface lisse de la falaise, une gourde accrochée dans son dos. Il se rappela les paroles d'Abnar et de Fan de Shola. Si cette enfant périssait, aux mains de leurs ennemis ou autrement, tous les espoirs des habitants d'Enkidiev mourraient avec elle. Mais comment l'empêcher de mettre continuellement sa vie en péril alors qu'elle ne reconnaissait l'autorité de personne ?

Wellan ne pouvait plus l'intercepter, maintenant qu'elle escaladait la falaise avec l'agilité d'un lézard.

En se rappelant qu'elle avait du sang d'insecte dans les veines, un frisson d'horreur lui parcourut l'échine à la pensée qu'il était fort probable que les envahisseurs grimpent les murs de la même façon. Kira s'arrêta sur une corniche pour boire de l'eau. Wellan dirigea ses sens invisibles vers elle, mais elle avait complètement fermé son jeune esprit. Que leur cachait-elle cette fois ? Une foule de questions assaillit l'esprit du grand Chevalier. Son père insecte la maîtrisait-il à distance ? En arrivant à l'âge adulte, se transformerait-elle en scarabée elle aussi ?

Wellan se cacha derrière un bosquet d'arbres centenaires pour surveiller Kira sans qu'elle le voie. S'il ne pouvait rien lire dans son énergie, il était en mesure de deviner ses intentions en l'observant. La fillette demeura un moment assise sur la corniche, puis redescendit en s'accrochant au roc avec les griffes de ses pieds et de ses mains. Une fois sur le sol, elle reprit son souffle et grimpa de nouveau. Wellan fronça les sourcils. À quoi lui servait-il de répéter deux fois le même exercice ? Était-ce là un rituel des enfants de sa race ?

Lorsqu'elle eut achevé sa deuxième descente, Kira but le reste de l'eau et jeta la cape sur ses frêles épaules. Elle cacha sa tête violette sous son capuchon et se dirigea vers le château. Intrigué, Wellan la suivit à distance, sans comprendre ce qu'elle tentait d'accomplir. Lorsqu'elle disparut par la porte des cuisines, le grand Chevalier rejoignit Bergeau et leurs Écuyers qui s'exerçaient au milieu de la cour. Il les observa un instant, corrigea la position du bras de Cameron et l'encouragea à attaquer son frère d'armes avec plus d'aplomb. Un large sourire éclairant son visage basané, Bergeau s'amusait à parer les coups frénétiques des deux enfants. Voyant qu'ils s'épuisaient rapidement, Wellan interrompit l'exercice et les envoya chercher de l'eau. Malgré leur fatigue, les garçons lui obéirent sans barguigner.

— On dirait que tu passes le moins de temps possible avec ton nouvel Écuyer, le critiqua Bergeau.

— J'ai dû m'acquitter d'une tâche plutôt pressante, éluda l'autre en détournant le regard.

— Nous avons pourtant prêté le serment de toujours emmener ces enfants avec nous pour qu'ils commencent à vivre la vie d'un Chevalier.

Bergeau avait raison, et Wellan observa un silence coupable.

— Que lui reproches-tu exactement, Wellan ?

— Rien... sauf peut-être son manque d'enthousiasme... Bridgess me mettait davantage à l'épreuve à tous points de vue.

— Mon nouvel Écuyer aussi est différent du premier, mais c'est normal, tu ne crois pas ? Toi et moi, nous ne sommes pas pareils non plus parce que les dieux le veulent ainsi. Je te suggère de l'emmener avec toi la prochaine fois que tu auras une urgence, sinon il va commencer à penser que tu ne l'aimes pas.

Wellan hocha doucement la tête, acceptant la remontrance et contempla les deux garçons qui revenaient du puits avec un seau d'eau et des gobelets. Ils offrirent à boire à leurs maîtres puis étanchèrent leur propre soif. Wellan examina Cameron à la dérobée. Avec les yeux doux de Santo et le cœur gonflé de bonne volonté de Bergeau, il affichait une docilité étrangère à Bridgess. Pourquoi Élund lui avait-il confié un enfant aussi tranquille ?

— Te reste-t-il suffisamment de force pour poursuivre ton entraînement avec moi ? l'interrogea le Chevalier.

— Évidemment, maître ! s'exclama Cameron, fou de joie.

Le grand Chevalier ressentit le soulagement du garçon qui craignait de ne pas être à la hauteur de ses attentes. Il posa une main rassurante sur son épaule et l'entraîna au centre de la cour pour lui enseigner de nouvelles feintes.

*
* *

Dans les jours qui suivirent, Wellan accorda plus de temps à son jeune protégé et regagna graduellement sa confiance. Il lui enseigna à monter à cheval et à manier les armes au galop. Cameron se révéla très doué pour le combat et cela lui plut énormément.

Kira n'était pas réapparue dans la cour sous son déguisement, et Wellan se demanda si elle connaissait une autre façon de quitter le château. Puis, un matin, au cours d'un exercice à la lance, sous un ciel chargé de gros nuages gris il la vit se diriger de nouveau vers les portes des remparts, enveloppée dans une cape blanche. Cette fois, Cameron accompagna son maître et ils suivirent silencieusement la petite Sholienne en direction de la montagne. Le Chevalier et l'Écuyer se dissimulèrent derrière un bosquet et l'observèrent de loin.

— Est-ce un brigand, maître ? voulut savoir l'Écuyer.

— Non, Cameron. C'est Kira.

— Mais que fait-elle ici ?

— J'aimerais bien le savoir.

— Je n'arrive pas à lire ses pensées.

— C'est parce qu'elle nous en bloque l'accès.

— Maître Abnar dit que nous ne devons bloquer nos pensées qu'à nos ennemis, mais nous ne sommes pas ses ennemis, n'est-ce pas, maître ?

— C'est exact.

— Pourquoi devons-nous l'épier ainsi ?

— Parce que, selon la prophétie, lorsqu'elle sera grande, elle assurera la protection d'un Chevalier qui détruira l'Empereur Noir. Notre devoir est de la garder en vie jusque-là.

Cameron lui jeta un regard incrédule, et Wellan sourit avec bonté. Cette série d'hypothèses était sans doute difficile à comprendre pour un petit garçon de onze ans, mais Wellan devait lui dire la vérité maintenant que l'Écuyer dépendait de lui.

— Il serait bien plus raisonnable qu'elle reste au palais, lâcha alors celui-ci. Si un dragon se mettait à grimper sur la montagne pour la dévorer, nous ne pourrions rien faire pour l'en empêcher.

Heureusement, ces bêtes sanguinaires n'avaient jamais réussi à franchir les trappes creusées sur la côte d'Enkidiev. Wellan et Cameron attendirent que la petite se mette en route pour le château et firent demi-tour afin de retourner dans la cour avant elle. S'assurant qu'on ne la suivait pas, Kira longea silencieusement la muraille, dissimulée sous son large capuchon, se faisant aussi invisible que possible. Elle atteignit les premiers bâtiments, puis sursauta en arrivant nez à nez avec la pointe effilée d'une large épée et releva les yeux sur la main qui tenait l'arme et sur la tunique verte de son propriétaire. Wellan !

— Seuls les voleurs entrent dans les châteaux des rois en cachant ainsi leur visage, déclara-t-il, menaçant.

Kira enleva son capuchon d'un geste ennuyé. Autour d'eux, les Chevaliers et les Écuyers continuaient de s'entraîner dans un cliquetis infernal de lames s'entrechoquant. Elle capta le regard désapprobateur de Cameron mimant l'expression autoritaire de son maître. Pourtant, il avait été son ami lorsqu'ils étaient tous deux étudiants d'Émeraude.

— Que faisais-tu à l'extérieur du château ? demanda Wellan, sans abaisser sa lame.

— J'ai seulement escaladé la montagne.

— Montre-moi ta permission signée de la main du roi.

La fillette écarquilla ses yeux de chat. Depuis quand les sujets du royaume devaient-ils obtenir une autorisation spéciale pour se balader dans la campagne ?

— Je n'en ai pas, grommela-t-elle finalement.

— C'est une faute très grave de s'aventurer au-delà des murs sans l'accord de Sa Majesté.

— C'est une faute d'aller grimper dans la montagne ? rouspéta Kira.

— Oui, quand on le fait sans prévenir personne. Le roi décidera de ta punition. Avance.

Elle prit un air outragé, poussa sa lame de côté du bout de ses griffes violettes et marcha en direction du palais, la tête haute. Wellan la suivit, l'épée à la main, comme si elle était une voleuse. Les Chevaliers cessèrent les combats pour les regarder passer. Kira sonda rapidement l'esprit des apprentis et constata avec beaucoup de chagrin qu'ils désapprouvaient son geste. Décidément, le Chevalier qu'elle admirait le plus était celui qui la mettait sans cesse dans l'embarras.

Cameron les suivit en silence jusqu'à la salle d'audience du roi où le monarque tranchait un différend opposant deux paysans. Émeraude Ier s'arrêta et leva des yeux découragés sur le trio entrant dans la pièce. Pourquoi sa pupille portait-elle une cape de voyage ? Avait-elle tenté de s'enfuir ? La présence de l'épée dans la main de Wellan effraya la foule qui s'écarta pour le laisser passer.

— Qu'a-t-elle fait, cette fois ? s'attrista le roi.

— Elle a quitté l'enceinte du château sans votre permission, Altesse, le renseigna le Chevalier d'une voix forte. Je remets donc son sort entre vos mains, tel que le recommande le code des Chevaliers d'Émeraude.

Kira sentit se tourner vers elle les regards réprobateurs des dignitaires. Bien sûr qu'elle était fautive, mais fallait-il que tout le royaume le sache ? Pourquoi Wellan se sentait-il obligé de l'humilier chaque fois qu'il en avait l'occasion ? Un jour, lorsqu'elle arriverait enfin à soulever une véritable épée, elle lui ferait regretter ses affronts.

— Kira... soupira Émeraude Ier sans trop savoir que faire d'elle.

— Notre grand chef s'énerve sans raison, Majesté, s'empressa-t-elle de protester. Je suis seulement allée m'exercer dans la campagne.

— Les membres de la famille royale ne peuvent quitter la forteresse d'Émeraude sans votre consentement, Votre Altesse, lui rappela Wellan. Cette règle existe depuis la nuit des temps.

Les dignitaires et les conseillers du roi approuvèrent cette dernière déclaration en murmurant entre eux.

— C'est une règle stupide ! s'exclama Kira qui les sentait se liguer contre elle.

— Mais le Chevalier Wellan a raison, mon enfant. Il est dangereux pour un membre de la famille royale de quitter ce château sans escorte.

— Le code prévoit une peine sévère pour ce genre d'inconduite, sire, lui rappela Wellan avant qu'il cède une fois de plus devant les larmes de la petite. Où dois-je la conduire ?

Émeraude Ier fixa sa protégée pendant un long moment. Il comprenait pourquoi le chef de ses Chevaliers agissait ainsi : la sécurité de la jeune princesse était primordiale à la survie du continent, et ils ne pouvaient la laisser se balader seule à l'extérieur du château.

— À ses appartements, décida-t-il finalement. Et placez un homme de ma garde personnelle à sa porte.

Content de sa victoire, Wellan s'inclina devant son monarque et fit signe à la Sholienne d'avancer vers la porte à la droite du trône.

— Abaissez votre arme, sire, ordonna-t-elle, ses petites oreilles pointues se rabattant sur son crâne.

Wellan ne broncha pas, et la cour observa la confrontation silencieuse avec beaucoup d'inquiétude.

— Kira, fais ce qu'il te demande, insista Émeraude Ier.

Gardant la tête haute, mais le cœur en pièces, Kira tourna les talons et se dirigea vers la droite du monarque. Elle poussa brutalement la porte à battants avec sa botte et s'engagea dans le couloir d'un pas furieux. Le grand Chevalier et son Écuyer la suivirent en silence. Lorsqu'ils arrivèrent devant la porte de ses appartements, l'enfant se retourna brusquement vers Wellan.

— Un jour, je vous ferai amèrement regretter votre méchanceté, Chevalier, siffla-t-elle.

— Un jour, tu comprendras pourquoi je suis contraint d'agir ainsi, rétorqua-t-il sans ciller.

D'un geste élégant, il remit l'épée dans son fourreau et attendit que Kira entre dans l'antichambre. Les yeux glacés de Wellan n'exprimaient aucune émotion et, pendant un instant, Kira eut envie de les lui arracher. Elle recula, agrippa la porte et la claqua durement sous son nez. Un sourire s'épanouit sur le visage du grand Chevalier, étonnant son Écuyer.

— Elle a du caractère, lui expliqua Wellan en apercevant sa mine déconfite. Je crois bien que c'est ce qui lui permettra de survivre au bout du compte. Allez, viens. Nous devons prévenir la garde de ses nouvelles fonctions.

Wellan enfila un long couloir, et son apprenti s'empressa de le suivre.

*
* *

Dans sa chambre à coucher, Kira lança sa cape blanche sur le sol d'un geste furieux et poussa un cri de rage. Wellan n'avait pas le droit de l'empêcher de faire de l'exercice ! Ne comprenait-il pas que sa survie en dépendait ? Elle sauta sur son lit et mit son oreiller en pièces avec ses griffes en traitant Wellan de tous les noms. C'est donc dans un nuage de plumes que la trouva Armène quelques minutes plus tard.

— Mais que se passe-t-il ici ? suffoqua la servante en promenant un regard alarmé sur le tableau duveteux.

Kira se jeta dans ses bras et la serra contre elle en se lamentant des mauvais traitements que lui infligeait continuellement Wellan d'Émeraude. Armène l'écouta en lui frictionnant le dos et lui promit d'intervenir auprès du roi pour qu'il lève ce châtiment ridicule, mais rien ne consolait la petite Sholienne. La servante la porta sur un fauteuil et l'y cajola jusqu'à ce qu'elle se calme.

6
Les ailes des fées

Le soleil se levait à peine lorsque Chloé fut réveillée par les pleurs d'Ariane, sa jeune apprentie de onze ans. Le moment qu'elles redoutaient était arrivé. La femme Chevalier repoussa ses couvertures et, d'un geste de la main, alluma toutes les chandelles sur la commode en bois. Couchée sur le ventre, la fillette s'accrochait désespérément à son matelas de plumes, en proie à une effroyable douleur.

Chloé s'agenouilla près de l'enfant effrayée et caressa tendrement sa tête. Les longs cheveux noirs d'Ariane, trempés de sueur, lui collaient au crâne.

— Tiens bon, ma chérie, l'encouragea le Chevalier en lui transmettant une vague d'apaisement.

— Vous m'avez dit qu'on me débarrasserait de mes ailes si je décidais de devenir Écuyer, sanglota la fillette.

— Et je t'ai dit la vérité, Ariane, mais pour pouvoir couper tes ailes, elles doivent d'abord naître.

— Je n'en veux plus... Ça fait trop mal...

Chloé n'aimait pas voir souffrir les autres. Depuis son arrivée à Émeraude, elle s'employait à soulager la douleur physique et morale de ceux qu'elle côtoyait. Mais Ariane constituait un mystère pour elle. Fille du Roi des Fées, et quoiqu'elle ressemblât physiquement aux humains, sa complexion était fort différente. Son corps ne possédait pas la même densité et souffrait de maux distincts. Même les vagues d'apaisement des Chevaliers ne la réconfortaient pas toujours.

La robe de nuit de l'enfant se mit à s'agiter, comme si un petit animal s'y débattait. Le Roi Tilly avait mentionné cette métamorphose des Fées lors de leur adolescence sans leur fournir plus de détails.

— Maître, aidez-moi… implora Ariane.

Chloé ne se fit pas supplier. Elle retira à Ariane sa robe de nuit et la recoucha sur le ventre, horrifiée à la vue de la peau violacée entre ses omoplates. Elle allait assister à la naissance de ses ailes, privilège rare pour un humain. Les pleurs de la petite redoublèrent, et Chloé appliqua ses paumes sur ses tempes. Elles s'illuminèrent un moment, mais ne soulagèrent nullement son apprentie.

— Les humains ont de la chance de ne pas avoir d'ailes… geignit l'enfant.

— Ils ont bien d'autres tourments, crois-moi, répondit Chloé en se demandant si des compresses froides pourraient atténuer la douleur.

Elle posa doucement ses mains sur le dos d'Ariane et sentit des mouvements saccadés sous sa peau.

— Maître ! cria la petite Fée en se tordant de douleur.

Chloé n'écouta que son courage et fendit la chair avec ses ongles. Au lieu de la fontaine de sang à laquelle elle s'attendait, quatre longues ailes transparentes recouvertes d'une curieuse gelée blanche jaillirent des blessures et retombèrent mollement sur le lit. « Elles sont magnifiques », s'émerveilla le Chevalier en les effleurant du bout des doigts.

— Ariane, est-ce que ça va ? s'inquiéta-t-elle en ne l'entendant plus gémir.

Aucune réponse. Chloé la sonda avec ses sens magiques et constata qu'elle s'était évanouie. Les enfants Fées souffraient-ils tous de cette façon, lorsqu'ils entraient dans l'adolescence ? Elle épongea doucement le visage désormais serein de son apprentie, mais n'osa pas nettoyer ses ailes de crainte de les endommager. Elle retourna à son propre lit et éteignit magiquement les chandelles. Dans la semi-obscurité de l'aube, elle veilla pendant de longues minutes sur la petite, mais, épuisée, finit par sombrer dans le sommeil.

Lorsque la jeune Fée ouvrit finalement les yeux, ses ailes transparentes comme celles des libellules s'étaient refermées de façon toute naturelle sur son dos. Elle se releva sur ses coudes et jeta un coup d'œil du côté de son maître endormi. Pas question de la réveiller après ses efforts de la nuit.

Ariane utilisa donc ses sens magiques afin d'étudier les nouveaux muscles destinés à actionner ses ailes. Aurait-elle le temps d'apprendre à les utiliser avant qu'on les lui enlève ? Avec un peu de crainte, elle resserra les omoplates, et les ailes s'allongèrent brusquement de chaque côté de son corps. Une autre pression et elles s'agitèrent lentement à l'unisson, sans lui causer la moindre douleur. Encouragée, la Fée leur ordonna mentalement de battre plus rapidement et un bourdonnement emplit la petite pièce. À sa grande surprise, Ariane se sentit aspirée vers le plafond. Elle poussa un cri, et ses ailes s'immobilisèrent brusquement, la laissant retomber dans le vide.

Son éclat réveilla aussitôt Chloé qui la vit s'écraser sur le ventre sur son matelas. Elle sauta de son lit et se précipita à son secours.

— Es-tu blessée ? s'inquiéta le Chevalier.
— Non, maître, seulement étourdie.

Chloé l'aida à s'asseoir, fascinée par sa soudaine transformation.

— Je ne pourrai jamais me présenter ainsi devant vos frères et vos sœurs d'armes, s'attrista Ariane en baissant la tête.

— Allons, tu n'as aucune raison d'avoir honte, répliqua le maître avec un large sourire. Tout le monde ici sait que tu es une Fée. Et tes ailes sont éblouissantes.

— Je préférerais quand même ne pas en avoir.

Le Chevalier l'embrassa sur le front pour la réconforter et lui promit de ne pas l'obliger à affronter les autres avant qu'elle ne soit prête à le faire. Elle fit ensuite appeler une des couturières du palais et, ensemble, elles adaptèrent une tunique de l'enfant pour que ses ailes puissent bouger librement. Chloé demanda aussi à l'un des serviteurs d'apporter de la nourriture que la petite dévora sur son lit.

— Je crois qu'il est maintenant temps d'informer notre grand chef de ton nouvel état, déclara Chloé lorsque l'apprentie eut terminé son repas.

Ariane savait bien qu'elle ne pourrait pas passer le reste de ses jours dans cette chambre de l'aile des Chevaliers et qu'elle devrait affronter les membres de l'Ordre tôt ou tard. Elle accepta donc l'inévitable en hochant doucement la tête.

Chloé partit à la recherche de Wellan, ne désirant pas l'appeler avec son esprit, puisque tous leurs compagnons auraient capté leur échange. Elle le trouva dans le hall avec les autres, à terminer son repas du matin. Elle s'approcha de lui et posa un baiser sur sa joue avant de lui confier son secret.

— J'en veux un aussi ! s'exclama Nogait, assis de l'autre côté de la table.

— Tu auras ton tour, répliqua Chloé avec un sourire radieux.

— Et qu'a donc fait notre grand chef pour mériter ce baiser ? demanda Jasson avec un air espiègle.

— Il ne s'agit pas de ce qu'il a fait, mais de ce qu'il fera pour moi.

Les Chevaliers manifestèrent leur amusement par des murmures et des ricanements, mais le visage de Wellan demeura impassible. Il savait fort bien que Chloé ne lui demandait son aide que lorsqu'elle avait épuisé toutes ses ressources. Que s'était-il donc passé ?

— J'aimerais que tu me suives, murmura-t-elle à son oreille.

Wellan s'excusa auprès de ses compagnons qui lui lancèrent des bouts de pain en chuchotant des commentaires moqueurs. Le grand Chevalier suivit sa sœur d'armes vers la porte, son Écuyer sur les talons. Ils marchèrent en silence dans le long couloir, puis Chloé s'adressa à son frère d'armes lorsqu'ils franchirent la porte de sa chambre.

— Ariane est désormais une Fée, annonça-t-elle fièrement, mais je ne sais plus très bien quoi faire.

— Je n'ai pas lu beaucoup d'ouvrages sur ces créatures magiques, confessa-t-il.

— Mais tu es un expert de la diplomatie, alors dis-moi si je dois me rendre au pays des Fées pour que sa famille lui retire ses ailes ou si nous devons la faire venir à Émeraude.

— Des ailes ? répéta Cameron, intrigué.

Les deux adultes se tournèrent vers lui en même temps, le faisant rougir jusqu'aux oreilles. Le gamin avait grandi avec Ariane et il avait du mal à s'imaginer qu'elle soit soudainement différente des autres apprentis d'Émeraude.

— Elles ont poussé d'un coup durant la nuit, expliqua Chloé à l'Écuyer de Wellan. C'est ce qui arrive aux jeunes Fées qui passent de l'enfance à l'adolescence.

— Mais pourquoi voulez-vous les lui enlever, Chevalier Chloé ?

— Parce qu'elles nuiraient à son travail de défenseur d'Enkidiev et parce qu'elles seraient très certainement abîmées lors des combats. Est-ce que tu comprends, Cameron ?

— Je crois que oui et je pense que vous avez raison.

Elle lui ébouriffa amicalement les cheveux et poussa la porte sous le regard attendri de Wellan. Il ne cessait de lui envier sa douceur et sa compassion. Jamais, depuis son arrivée à Émeraude à l'âge de cinq ans, Chloé n'avait eu un mouvement de colère contre qui que ce soit.

Wellan et Cameron la suivirent dans la petite chambre et s'arrêtèrent brusquement devant le magnifique spectacle qui les y attendait. Ariane se tenait debout devant la fenêtre et les rayons du soleil traversaient ses quatre longues ailes transparentes, dessinant des arcs-en-ciel sur tous les murs. Ressentant la présence du grand chef de l'Ordre derrière elle, la fillette se retourna et baissa tristement la tête.

— Tu n'as aucune raison de te sentir humiliée par ton nouvel état, intervint aussitôt Chloé pour la réconforter.

Wellan analysa rapidement la situation. Même si un Chevalier ailé lui aurait été fort utile, il jugeait préférable d'augmenter leur force de frappe au sol. Se rappelant l'insouciance des Fées qui ne répondaient jamais aux missives des autres monarques du continent, il décida qu'il serait préférable de conduire la petite jusqu'à son père qui lui retirerait ses ailes en toute sécurité. Il proposa de demander à quelques-uns de ses frères d'accompagner Chloé jusqu'au royaume du Roi Tilly, mais cette dernière s'y opposa.

— Tu auras besoin de tout le monde si l'empereur frappe de nouveau Enkidiev. Quant à moi, je serai certainement en mesure de vous rejoindre au combat, même si je dois laisser Ariane aux bons soins de sa famille pendant quelque temps.

Chloé avait raison, une fois de plus. Wellan se résolut à la laisser partir seule en lui recommandant la plus grande prudence.

7
Chloé

Acquiesçant à la demande d'Ariane, Chloé lui permit de rester dans sa chambre et prépara elle-même leur départ pour le Royaume des Fées. Elle sella deux chevaux et attacha solidement les sacoches contenant la nourriture. Elle allait conduire les bêtes dans la cour lorsque son frère d'armes Dempsey fit irruption dans l'allée centrale de l'écurie. Nul besoin de pouvoirs magiques pour constater qu'il était dans tous ses états. « Wellan n'a pas changé d'avis, j'espère », se dit-elle.

— Je ne viens pas de sa part, affirma aussitôt son compagnon en lisant ses pensées.

Ayant grandi ensemble au Royaume d'Émeraude, Chloé et Dempsey, qui avaient le même âge, arrivaient toujours à capter leurs émotions respectives, mais ce jour-là la jeune femme ne comprenait pas ce qu'elle sentait en lui.

— Dis-moi ce qui te bouleverse, Dempsey, fit-elle en le fixant avec insistance.

Les deux Chevaliers avaient quelques traits semblables : mêmes cheveux couleur des blés portés courts, mêmes yeux bleu ciel. Mais Chloé avait vu le jour au nord de la Montagne de Cristal, sur les terres généreuses du Royaume de Diamant, tandis que Dempsey était né dans les montagnes rocailleuses du Royaume de Béryl. Là où la jeune femme utilisait son intuition pour résoudre ses problèmes, son compagnon préférait un raisonnement entièrement logique. Âmes complémentaires en tous points, ces deux Chevaliers éprouvaient beaucoup d'affection l'un pour l'autre. Mais, depuis peu, Dempsey ressentait une émotion nouvelle au fond de son cœur lorsqu'il contemplait le beau visage de Chloé.

— Je ne veux pas que tu partes seule avec ton apprentie, avoua-t-il. C'est beaucoup trop dangereux avec tous ces raids sur la côte.

— Mets-tu en doute ma capacité à me défendre ? fit-elle mine de s'offenser.

— Non, loin de là. Tu m'as déjà servi une bonne leçon à cet égard, il y a quelques années.

Chloé ne s'en vantait pas, mais elle n'oublierait jamais sa victoire à l'épée contre ses six frères d'armes, adolescents à l'époque. Ce petit bout de femme les avait tous battus l'un après l'autre lors d'un tournoi amical.

— C'est plutôt l'Empereur Noir que je redoute, poursuivit Dempsey. Wellan a raison de dire qu'il prépare quelque chose, même si nous ne saisissons pas encore ses sombres desseins.

— Les hommes-insectes attaqueront les royaumes sur la côte s'ils traversent l'océan et, de mon côté, j'ai l'intention de voyager à l'intérieur des terres. Tu vois bien que tu t'inquiètes sans raison.

— Il serait quand même plus sûr que certains d'entre nous t'accompagnent.

— Et priver ainsi Wellan de vos épées si Amecareth se décide à frapper ? protesta-t-elle. Ce serait bien égoïste de ma part. Et puis, une femme et une petite fille dans la forêt passeront davantage inaperçues qu'une bande d'hommes bavards comme des pies.

Elle l'embrassa sur la joue et tira sur les guides des chevaux. Dempsey s'écarta pour la laisser passer. Son cœur brûlait de lui avouer les sentiments qui l'habitaient, mais était-ce le bon moment de le faire ? Elle risquait de croire à une nouvelle tactique pour l'empêcher de partir seule. Avant qu'il puisse agir, la jeune femme quitta l'écurie.

Chloé fit marcher les bêtes jusqu'à l'entrée de l'aile des Chevaliers. Ayant ressenti son approche, Wellan et Cameron firent sortir la petite Fée de sa cachette et l'escortèrent jusqu'à la cour. En grimpant en selle, Ariane faillit écorcher l'une de ses longues ailes transparentes sur les sacoches de cuir. Wellan réagit aussitôt à la situation et la souleva légèrement. L'enfant le remercia en bafouillant de timidité, et le grand chef lui tapota amicalement la cuisse en souriant. Il contourna ensuite les chevaux et s'approcha de Chloé. Il lui tendit le bras, et elle le serra aussitôt à la manière des Chevaliers.

— Ne joue pas à l'héroïne, recommanda-t-il très sérieusement.

— Sois sans inquiétude, grand chef.

Wellan recula et regarda partir la femme Chevalier vêtue d'une armure verte parée d'émeraudes étincelantes et la fillette dont les ailes frémissaient dans la brise. Il surveillerait la côte avec ses sens magiques pendant leur voyage pour s'assurer que les soldats de l'Empereur Noir ne les surprendraient pas au Royaume du Roi Tilly.

*
* *

Afin de ne pas attirer l'attention des paysans, Chloé choisit de chevaucher dans les forêts d'Émeraude, à l'ouest de la Montagne de Cristal, plutôt que dans les champs cultivés. Elle fit également attention de n'emprunter que des pistes larges, Ariane ne maîtrisant toujours pas le fonctionnement de ses ailes de deux mètres d'envergure.

Elles atteignirent la frontière qui séparait les Royaumes d'Émeraude et d'Argent à la tombée du jour et établirent leur campement en bordure de la rivière Wawki, qui remontait vers le nord en serpentant entre les arbres. Ariane alluma le feu avec beaucoup de prudence et prépara le repas pendant que son maître s'occupait des chevaux. En s'asseyant sur sa couverture, la petite Fée poussa un soupir de lassitude.

— Un peu de courage, l'encouragea Chloé. Nous serons au palais de tes parents demain soir.

Le Chevalier s'assit près de l'enfant libellule et accepta volontiers une écuelle de potage bien chaud.

— Je suis contente de pouvoir passer un peu de temps seule avec vous, maître, avoua Ariane. J'aime bien vos frères et vos sœurs d'armes, mais ils sont plutôt envahissants.

Chloé éclata de rire devant la franchise de l'enfant. Il était bien vrai qu'en présence de ses compagnons exubérants, les apprentis avaient parfois du mal à s'exprimer.

Elles avalèrent leur repas avec appétit puis grignotèrent des figues fraîches. La lune se levait paresseusement à la cime des arbres, et des milliers d'étoiles scintillaient dans le ciel d'encre. Un vol de chauves-souris passa au-dessus de leurs têtes, en quête d'insectes nocturnes. La forêt palpitait de vie, et Ariane en ressentait la moindre vibration.

Une brise fraîche souffla dans les branches, faisant chanter les feuilles. Chloé aida son apprentie à refermer ses ailes et déposa une couverture sur ses épaules pour la garder au chaud.

— Merci, maître, fit aussitôt l'enfant en posant un regard débordant de gratitude sur le Chevalier.

— Je ne t'ai pas fait mal, au moins ?

Ariane hocha négativement la tête. Chloé prépara du thé et lui en tendit un gobelet qui réchauffa ses petites mains.

— Quand m'entraînerez-vous à maîtriser les éléments ? demanda l'Écuyer.

— Lorsque nous ne risquerons pas de te voir t'envoler involontairement vers le ciel, se moqua le maître en portant le gobelet à ses lèvres.

En fait, Ariane l'avait vue, dans la cour du château, lever des vents terribles qui avaient déplacé les charrettes des paysans aussi facilement que des coquilles de noix.

— Et puis les Chevaliers ne possèdent pas tous les mêmes pouvoirs, ajouta Chloé. Tu pourrais ne pas y arriver, mais nous étonner avec des facultés nouvelles.

Elle raconta à Ariane de quelle façon chacun de ses frères avait découvert ses talents uniques, et la petite but ses paroles, surtout celles qui concernaient Wellan. Comme ses compagnons, il savait guérir les plaies, lancer des rayons incendiaires, allumer magiquement les chandelles, lire les pensées, communiquer avec son esprit, ressentir la présence d'êtres vivants à des kilomètres, mais il semblait également posséder le don d'influencer les autres avec sa voix. Tout le monde l'écoutait quand il parlait, que ce soit pour raconter une légende ou pour donner des ordres.

— C'est aussi le plus beau des Chevaliers, déclara soudainement Ariane.

Elle n'eut pas aussitôt prononcé ces paroles que ses joues rougirent d'embarras.

— Moi, je les trouve tous séduisants, répliqua Chloé, mais il est vrai que Wellan a un petit air royal bien à lui.

— Sa voix fait obéir les gens, reprit Ariane. Vous maîtrisez les éléments. Le Chevalier Jasson possède un puissant pouvoir de lévitation. Le Chevalier Santo est un grand guérisseur. Le Chevalier Falcon est rapide comme l'éclair, tandis que le Chevalier Bergeau a des muscles d'acier, mais quel est le talent du Chevalier Dempsey ?

— C'est sa lucidité en toutes circonstances. Je crois qu'aucune sorcellerie ne pourrait le détourner de nos buts. Nous pouvons toujours compter sur Dempsey.

Elles s'enroulèrent dans leurs couvertures et se couchèrent près du feu. Le chant des grillons et le clapotis des vagues les firent rapidement sombrer dans le sommeil. Mais, au milieu de la nuit, Ariane ouvrit subitement les yeux. Elle se servit de ses sens magiques, comme le lui enseignait Chloé, et balaya les alentours. Elle perçut aussitôt une source de vie étrange.

Ariane s'assit prudemment et promena son regard sur la forêt. Rien. Les chevaux continuaient de somnoler à quelques pas d'elles. S'il y avait eu un réel danger, ils les auraient averties. Une légère brume flottait sur le sol jusqu'à la rivière, réduisant la visibilité. Persuadée qu'il s'agissait d'une fausse alerte, la petite s'apprêtait à se recoucher lorsqu'elle perçut un mouvement près de la berge. Elle vit une crête sombre déchirer la brume et entendit distinctement la course d'une petite bête dans les roseaux. La peur électrifia son corps, réveillant aussitôt Chloé près d'elle.

— Que se passe-t-il ? s'alarma le Chevalier.
— J'ai vu quelque chose par là... réussit à articuler la Fée.

Chloé bondit sur ses pieds et agrippa la garde de son épée. Elle scruta toute la région avec ses sens magiques, mais ne détecta rien d'anormal. Se détendant, elle se tourna vers l'enfant tremblante et conclut qu'il s'agissait probablement d'un mauvais rêve. Elle s'assit auprès d'elle et passa prudemment son bras autour de ses épaules pour ne pas abîmer ses ailes.

— Je ne sais pas ce que c'était, mais ce n'est plus là, assura-t-elle. Et s'il s'agissait d'un prédateur, il devait être très petit, puisque les chevaux n'ont pas jugé qu'il représentait une menace sérieuse.

Voyant que la petite n'était guère rassurée, Chloé augmenta magiquement l'éclat des flammes qui éclairèrent toute la clairière, ce qui servirait à éloigner les animaux un peu trop curieux. Elles se recouchèrent sans voir les deux yeux intensément rouges, cachés dans les roseaux, qui guettaient leur campement.

*
* *

Elles poursuivirent leur expédition aux premières lueurs de l'aube, et Ariane ne reparla pas de ses craintes de la veille. « Tant mieux », pensa Chloé, puisque la première chose qu'un Chevalier devait apprendre à son apprenti, c'était de maîtriser sa peur en tout temps. Émotion néfaste et paralysante, elle risquait de causer la mort d'un soldat sur le champ de bataille.

Elles chevauchèrent toute la journée et descendirent dans la belle vallée enchantée au moment où le soleil entreprenait sa longue descente dans l'océan. Le cœur d'Ariane se gonfla de joie en contemplant les marguerites géantes aux coloris éclatants, les tulipes écarlates et les énormes branches de muguet odorant où les oiseaux-mouches se succédaient gaiement.

— Tu te rappelles de tout ceci, n'est-ce pas ? s'émut Chloé.

— Oui, maître. Je jouais ici avec mes cousines. Par là, se trouvent une belle rivière aux eaux lumineuses et des bosquets d'arbres dont les fruits sont délicieux.

Chloé la laissa prendre les devants et, quelques minutes plus tard, elles atteignirent la berge. Des grenouilles fluorescentes plongèrent aussitôt dans les vagues limpides, et des poissons aux yeux globuleux sortirent la tête de l'eau pour observer les étrangers. Ariane poursuivit sa route jusqu'au petit pont et huma le parfum exquis de grands arbres gorgés de curieux fruits dorés.

Elles traversèrent le cours d'eau sans se presser et arrivèrent devant une colline d'herbe bleue, parsemée de champignons immaculés. Un intense bourdonnement les assaillit et, venant de nulle part, un essaim de petites Fées foncèrent sur elles en bavardant toutes en même temps. Ressemblant à des poupées de porcelaine, les créatures magiques voletèrent autour d'Ariane en effleurant ses ailes et en l'incitant à les suivre.

Puis, soudainement, elles se dispersèrent comme de petits oiseaux effrayés, et le couple royal se matérialisa devant les visiteurs.

— Soyez la bienvenue, Chevalier Chloé, déclara le Roi Tilly.

La jeune femme mit pied à terre et s'inclina devant les deux majestueux personnages vêtus d'une multitude de voiles légers. En contemplant les cheveux presque transparents du roi et les boucles blondes de la reine, Chloé se demanda pourquoi leur fille avait les cheveux aussi noirs que la nuit.

— Je vois que vous me ramenez ma fille, poursuivit-il.

— Cela dépend d'elle, Majesté, répondit Chloé en lançant un clin d'œil à son apprentie.

Elle aida l'enfant à descendre de cheval en prenant garde à ses ailes transparentes. La Reine Calva s'approcha d'Ariane, les yeux rayonnant de bonheur, et s'agenouilla dans l'herbe pour être à sa hauteur.

— Tu n'es plus la petite fille que j'ai remise aux bons soins du magicien Élund, déclara-t-elle en caressant son visage de pêche. Depuis quand as-tu tes ailes ?

— Depuis quelques jours seulement, Votre Altesse, répondit poliment Ariane, impressionnée de se retrouver devant ses parents.

— Vous m'avez dit que vous les lui retireriez si c'était son vœu de devenir Chevalier, intervint Chloé pour expliquer le but de leur présence dans leur royaume.

— Je m'en souviens très bien, répondit Tilly en perdant son sourire. Je vous en prie, suivez-nous.

Tilly et Calva s'élevèrent dans les airs et prirent les devants. Le Chevalier et l'Écuyer agrippèrent les rênes de leurs chevaux et marchèrent derrière eux. Aussitôt, le paysage enchanté se métamorphosa en une grande cour intérieure au sol couvert de petits cailloux arrondis. Sur les quatre murs de l'enclave couraient de longues galeries décorées de fleurs scintillantes.

— Vous pouvez laisser vos bêtes ici, déclara le roi. Elles seront nourries et abreuvées.

Chloé connaissait suffisamment les Fées pour savoir qu'elles tiendraient parole. Elle fit signe à Ariane d'obéir et continua de suivre le roi et la reine en poussant doucement son apprentie devant elle. Magiquement, elles se retrouvèrent dans une grande salle aux murs transparents laissant entrer les chaudes teintes du couchant. De luxueuses chaises couvertes de velours turquoise glissèrent silencieusement jusqu'à elles, et les Fées les convièrent à s'asseoir.

— Notre belle Ariane est donc prête à devenir un soldat, comprit le roi en étudiant l'enfant.

— Mais elle peut aussi choisir de reprendre sa place au sein de sa famille, n'est-ce pas ? s'inquiéta la reine.

— L'Ordre d'Émeraude ne retient personne contre sa volonté, Majesté, affirma Chloé. Cette décision appartient à Ariane.

L'enfant regardait partout autour d'elle en se remémorant sa tendre enfance. La vie d'une Fée consistait surtout à s'amuser et à prendre soin des animaux de la forêt enchantée. Chloé savait qu'elle était confrontée à un choix difficile, seulement, la vie d'un Chevalier étant composée d'une multitude d'avenues différentes, il s'agissait d'une leçon importante pour son Écuyer.

— Mais elle n'est pas obligée de la prendre tout de suite, protesta la reine qui ne quittait pas la fillette des yeux. Goûtez d'abord à notre hospitalité.

Le roi se joignit à elle et persuada finalement Chloé de passer quelques jours dans leur palais de verre. Wellan ne serait pas content de l'apprendre, mais le code obligeait les Chevaliers à se plier aux désirs des rois.

8
Un choix difficile

Chloé et Ariane prirent le repas du soir en compagnie du Roi Tilly et de sa cour. Étant humaine, la femme Chevalier éprouvait de la difficulté à distinguer une Fée d'une autre. Elles se ressemblaient toutes avec leurs beaux visages de poupée et leurs innombrables voiles diaphanes. Le monarque lui présenta ses dignitaires avec beaucoup de fierté et elle les salua avec courtoisie, en remarquant qu'il y avait très peu d'hommes dans l'entourage immédiat du roi.

Ce soir-là, on lui offrit une chambre au milieu de laquelle se trouvait un nid douillet en forme de coupole. Une brise parfumée y soufflait et le plafond transparent laissait briller les étoiles. Un Chevalier ne devant jamais se séparer de son apprenti, Chloé demanda qu'un second lit soit installé près du sien, mais les serviteurs répondirent que la reine avait d'autres plans pour la princesse. La jeune femme allait protester lorsque son Écuyer posa la main sur son bras.

— Laissez-moi lui faire plaisir ce soir, maître, implora Ariane.

Chloé capta l'insistance dans les yeux bleus de l'enfant et comprit qu'elle voulait rendre la séparation moins douloureuse pour la famille royale. Elle lui accorda donc cette permission inhabituelle et la laissa partir avec les autres Fées. Étant en contact permanent avec Ariane, elle pourrait toujours la retrouver au besoin. Elle se lova donc sur le lit, remonta les soyeuses couvertures sous son menton et la luminosité de la pièce s'amenuisa jusqu'à ce qu'elle soit enveloppée d'obscurité. Couchée sur le dos, elle admira la voûte étoilée en se rappelant ses cours sur les dieux qui y résidaient. Elle ne connaissait pas le nom de tous ces astres comme Wellan mais, plus poétique que lui, elle en appréciait davantage la beauté.

*
* *

Ariane suivit les Fées sans se servir de ses ailes et se retrouva dans une grande pièce dont les murs pastel changeaient constamment de couleur. La Reine Calva l'attendait, les mains jointes sur sa poitrine, toujours émerveillée par la métamorphose de sa fille.

— Mais avance, Ariane, la pria-t-elle de sa voix si douce.

Les Fées se retirèrent en réponse à un commandement silencieux de leur maîtresse, laissant la fillette marcher seule jusqu'à elle.

— Te souviens-tu de cette chambre ? demanda Calva.

— Non, Majesté.

— C'était la tienne et personne ne l'a utilisée depuis ton départ. Tu peux la reprendre si tu veux.

Ariane marcha en admirant les meubles miniatures : une vanité de bronze au grand miroir en forme de cygne, une brosse en argent et une multitude de flacons colorés, un coffre à jouets en verre, un petit nid de paille blanche parsemée de glaçons scintillants. Elle souleva une poupée de chiffon aux longs cheveux transparents, incapable de se remémorer quoi que ce soit.

— Maintenant que tu as tes ailes, nous te laisserons choisir les meubles de ton choix, évidemment.

L'enfant remit la poupée dans le nid et posa instinctivement la main sur la garde de sa petite épée. En quittant le royaume de ses parents, six ans plus tôt, elle avait abandonné ses jouets pour étudier intensivement la magie, l'histoire, les mathématiques, les langues anciennes et la diplomatie. Sa place était-elle auprès de ses parents ou de son maître ? Calva et Tilly lui offraient de redevenir une princesse d'Enkidiev, mais en demeurant un Écuyer d'Émeraude elle servirait mieux le continent.

— Il s'agit d'un choix difficile... murmura-t-elle en observant les motifs colorés qui se formaient sur le mur devant elle.

— Tu veux vraiment perdre tes ailes ? demanda la reine qui la sentait pencher vers son allégeance pour Émeraude.

Ariane se retourna vers cette femme magique aux belles boucles dorées dont les yeux s'emplissaient graduellement de tristesse. Elle s'avança et lui prit les mains en rassemblant son courage.

— Mère, je vous aime et je vous aimerai toujours, mais en devenant une élève du magicien Élund, je me suis engagée à servir vos pairs.

— En répondant à l'appel du Roi d'Émeraude, ton père voulait seulement lui prouver notre bonne volonté, puisque notre peuple n'entretient pas beaucoup de contacts avec le monde extérieur. Mais jamais nous n'avons désiré que tu deviennes un mercenaire comme ces Chevaliers qui ont tout ravagé sur leur passage il y a des années, protesta Calva.

— Ce ne sont pas les mêmes soldats, Majesté. La nouvelle version de l'Ordre est sage et bien intentionnée. Je suis certaine que mon père et vous serez fiers de moi si j'aide les Chevaliers d'Émeraude à protéger le continent contre les attaques répétées de l'Empereur Noir. Je ne pourrais jamais redevenir une princesse des Fées en sachant qu'il fait souffrir les habitants d'Enkidiev.

— Tu as donc fait ton choix.

— Oui, Votre Altesse, et je regrette le chagrin qu'il vous cause.

Résignée, Calva entraîna sa fille vers la porte en forme d'arche afin de la conduire à son père qui lui seul possédait le droit de séparer une Fée de ses ailes.

*
* *

Le chant enjoué d'un oiseau rose réveilla Chloé au matin. Elle ouvrit l'œil et aperçut la petite bête ailée qui, perchée sur le rebord du lit circulaire, manifestait sa joie au milieu d'un rayon doré de soleil. La femme Chevalier s'étira, constatant avec surprise qu'elle se sentait tout à fait reposée.

— J'espère que je ne t'ai pas privé de ton nid, bâilla-t-elle en s'asseyant.

L'oiseau s'élança et voleta autour d'elle avant de filer vers le plafond de verre qu'il traversa sans la moindre difficulté. « C'est comme un rêve qui n'en finit plus », pensa Chloé en sautant sur le sol. Rien dans cet univers ne semblait réel. Elle se dirigea vers la porte qui s'ouvrit d'elle-même lorsqu'elle tendit la main vers la poignée de bronze.

— Je ne m'habituerai jamais à ce royaume, soupira-t-elle intérieurement.

— Vous n'en aurez pas le temps, affirma une voix d'enfant.

Le visage rayonnant d'Ariane lui apparut dans l'ouverture. Avant que Chloé puisse dire un mot, l'apprentie lui sauta dans les bras et la serra de toutes ses forces. Ce n'est qu'à ce moment que le Chevalier remarqua l'absence de ses ailes.

— Mon père me les a enlevées hier soir et il m'a bercée dans ses bras toute la nuit, répondit Ariane à sa question silencieuse.

— As-tu souffert ? s'inquiéta Chloé.

— Non, pas vraiment. Leur ablation est beaucoup moins douloureuse que leur naissance.

La jeune femme la libéra et repoussa quelques mèches rebelles derrière ses fines oreilles.

— J'ai eu peur que tu veuilles rester avec ta famille, déclara-t-elle.

— Ma mère aurait bien aimé que je reprenne ma place auprès d'elle, confessa l'enfant. Mais j'ai finalement compris que la sauvegarde du continent était plus importante. Je suis prête à vous suivre au bout du monde, maître.

— Si nous commencions par casser la croûte ? suggéra Chloé, fière de son apprentie.

Ariane lui prit la main et l'entraîna dans les couloirs transparents du palais, en direction de la grande salle à manger où les Fées avaient commencé à se rassembler.

9

L'étalon sauvage

Sur les plaines du Royaume de Perle, les dresseurs de chevaux guettaient un troupeau de jeunes juments vigoureuses depuis quelque temps déjà. Habituellement, ils n'éprouvaient aucune difficulté à les rassembler et à les diriger vers la forêt où ils dissimulaient un vaste enclos. Une fois capturées, les bêtes se révélaient faciles à apprivoiser. Les hommes les partageaient ensuite entre eux de façon équitable et se dirigeaient vers des royaumes différents afin de les vendre.

Mais, cette année-là, leur tentative de capture fut déjouée par la soudaine apparition d'un énorme étalon noir, arrivant du nord au galop. C'était un animal magnifique à la robe lustrée et au poitrail musclé. Sa longue crinière soyeuse volait au vent et ses sabots martelaient furieusement le sol. Il poussa quelques hennissements stridents, et les juments se dispersèrent devant les hommes qui les attendaient à cheval.

— D'où vient-il, celui-là ? s'écria l'un des dresseurs en brandissant une corde enroulée sur elle-même au bout de ses bras.

— On dirait qu'il arrive d'Émeraude, lui répondit un de ses compères posté plus loin.

— Concentrez-vous sur lui ! Il vaut certainement une petite fortune !

Les dresseurs convergèrent vers l'étalon couleur de nuit et le poursuivirent toute la matinée en le dirigeant vers la forêt. L'animal majestueux s'esquivait habilement, évitant les nœuds coulants. Des hennissements aigus se firent entendre, semant la panique parmi les juments de la plaine. Tandis qu'il galopait à toute allure à la lisière du bois, un homme se braqua devant lui, l'obligeant à faire un crochet entre deux conifères. Dès qu'il s'enfonça dans la forêt, les dresseurs comprirent qu'ils l'avaient coincé.

Formant un éventail, ils pourchassèrent l'étalon noir entre les arbres jusqu'à ce qu'il pénètre dans l'enclos fabriqué avec des sapins, des pierres et des planches rustiques. Comprenant qu'il était piégé, le cheval sauvage se retourna brusquement, mais deux hommes refermèrent la barrière derrière lui. Il se cabra et balaya l'air de ses sabots luisants en menaçant ses geôliers.

— Il est splendide ! s'exclama l'un des dresseurs.

— Mais pas très commode, ajouta un autre en se grattant le menton. Pour pouvoir le vendre, il nous faudra le mater et cela risque d'être long.

— Commençons par l'attacher et le sortir d'ici, si nous voulons capturer les juments.

Les dresseurs lancèrent tous leurs nœuds coulants en même temps et seulement deux d'entre eux s'enroulèrent autour de l'encolure musclée. Furieuse, la bête se mit à tourner en rond, mais les hommes tinrent bon pendant que les autres jetaient leurs cordes. L'animal ne semblait pas s'épuiser. Il continuait de piaffer, de se cabrer et de renâcler. L'un des dresseurs plongea la pointe d'un dard dans une fiole qu'il portait au cou et l'inséra dans un petit tube de bambou.

— Mais tu n'y penses pas, Timka ! s'opposa l'un des hommes qui retenaient de leur mieux l'étalon en tirant sur sa corde. On n'utilise ce poison que sur les chats sauvages ! Tu pourrais le tuer avec ce produit et, une fois mort, il ne vaudra plus rien !

— À moins que tu aies une meilleure idée, je ne vois pas d'autre façon de le tranquilliser pendant quelque temps, et s'il continue de hennir nous perdrons le reste du troupeau.

Timka porta le tube à ses lèvres, visant l'épaule de l'étalon. Il souffla de toutes ses forces et le dard décolla comme une flèche pour se loger dans la robe noire de l'animal. La potion anesthésiante fit son effet et le cheval cessa graduellement de résister. Craignant qu'il ne s'effondre au milieu de l'enclos, les dresseurs foncèrent sur lui et l'en firent sortir afin de le conduire plus loin dans la forêt. Ils l'attachèrent solidement entre deux gros arbres centenaires et laissèrent Timka avec lui pour le surveiller pendant qu'ils tentaient de rassembler les juments sur la plaine.

Timka observa attentivement l'étalon. Dès sa plus tendre enfance, son père lui avait appris à dresser les chevaux et il connaissait désormais toutes leurs races, mais aucune ne ressemblait à cet animal. Il s'en approcha davantage pour examiner ses yeux et, malgré le poison qui circulait dans ses veines, le cheval secoua la tête de façon menaçante. Timka recula par prudence et s'assit sur un tronc mort en se demandant s'il ne s'agissait pas de l'animal préféré d'un dieu. Si c'était le cas, le ciel ne mettrait pas longtemps à réagir.

Ce soir-là, lorsque les juments furent finalement capturées, les hommes établirent leur campement auprès de l'étalon noir qui continuait de les fixer avec défiance, mais qui, heureusement, était incapable de bouger un seul muscle. Ils savaient qu'il leur faudrait mener un farouche combat contre lui lorsque la potion cesserait ses effets, mais, espérant en obtenir un bon prix, ils étaient prêts à risquer leur vie pour le dresser. Ils fermèrent l'œil après le repas, sauf Timka qui étudiait toujours l'animal. Son père lui avait enseigné à préparer la potion destinée à le protéger des chats sauvages en lui disant qu'on ne pouvait l'utiliser qu'une seule fois sur un animal. Il espérait que les effets de la potion allaient durer jusqu'à ce qu'ils puissent le vendre.

10

Hathir, cheval ou dragon ?

Au Château d'Émeraude, les apprentis réalisaient de nets progrès dans le maniement des armes. Ces enfants savaient fort bien se servir de leurs pouvoirs magiques dans le but de se défendre, mais il se présentait parfois dans la vie d'un Chevalier des situations exigeant l'utilisation de l'épée, de la dague ou de la lance.

Dans la grande cour, assis sur un tombereau vide laissé tout près des remparts, Jasson constatait distraitement les améliorations de son jeune Écuyer Morgan qui affrontait Curtis, celui de Bergeau. Les deux gamins du même âge étaient plutôt différents. Cette fois, Élund avait assigné à Jasson un garçon costaud, presque aussi grand que lui à onze ans. Originaire du Désert, il affichait la même endurance physique que Bergeau et promettait de devenir aussi musclé que lui. Quant à Curtis, il avait vu le jour à Zénor et comptait davantage sur sa ruse et son sens de l'observation pour vaincre ses adversaires.

Ce combat aurait dû intéresser Jasson, mais Bergeau s'aperçut tout à coup que son regard suivait plutôt le doux roulement des hanches de deux jeunes paysannes marchant derrière la charrette de leur père, laquelle transportait des paniers de fleurs. Les Chevaliers de la première génération ayant désormais atteint l'âge de se marier, il était tout à fait normal qu'ils s'intéressent aux femmes, mais pas lorsqu'ils étaient censés surveiller l'évolution de leurs apprentis.

Afin de rappeler son frère d'armes à l'ordre, Bergeau contourna le tombereau, s'empara des brancards et souleva brusquement la voiture, le précipitant sur le sol. Jasson roula dans la poussière sous les regards étonnés des Écuyers et des Chevaliers, puis bondit sur ses pieds, prêt à se battre. En voyant Bergeau sourire, debout près de la voiture, il comprit aussitôt ce qui s'était passé.

— Les règles de l'Ordre sont pourtant bien claires au sujet de notre engagement, lui rappela l'homme du Désert en marchant vers lui.

Bergeau indiqua du doigt les règles taillées dans la pierre de la muraille, à quelques pas d'eux. Jasson y jeta un rapide coup d'œil sans saisir le message de son compagnon.

— Il est défendu de rester assis lorsque nos Écuyers s'entraînent ? tenta-t-il, plutôt confus.

Bergeau lui administra une claque amicale dans le dos en riant de bon cœur. Il adorait l'innocence et la pureté d'enfant de son jeune frère d'armes. Avec une moue moqueuse, l'homme du Désert se mit à marcher devant lui en se déhanchant comme une femme. Les Écuyers éclatèrent de rire devant sa bouffonnerie.

— Oh, ça... balbutia Jasson, rougissant.

— Les règles prévoient que nous pouvons désormais nous marier, mais pas pendant que nous entraînons des Écuyers, lui rappela Bergeau.

Soudain, un terrible vacarme éclata à l'extérieur de la forteresse. Les Chevaliers se tournèrent vers les grandes portes et utilisèrent leurs facultés magiques pour s'assurer qu'il ne s'agissait pas d'une attaque surprise.

— Ce sont des chevaux, annonça Dempsey en s'approchant d'eux.

— Et ils n'ont pas de cavaliers, ajouta Falcon.

— Rassemblez les Écuyers près du mur, ordonna Wellan qui sortait de l'aile des Chevaliers, alerté par le déplacement d'énergie.

Utilisant leur esprit, les soldats transmirent ce commandement à leurs apprentis qui se hâtèrent vers les remparts. Les chevaux sauvages envahirent la cour du château au galop, balayant la poussière sur le chemin, et les dresseurs les dirigèrent habilement vers un enclos désert près de l'écurie. Les hommes sautèrent de leurs montures et refermèrent vivement la barrière sur les animaux affolés. Les palefreniers accoururent afin de remplir les auges d'eau.

— Ce seront sans doute les chevaux de vos Écuyers, déclara Dempsey à Colville.

Un sourire amusé se dessina sur les lèvres de l'apprenti aux longs cheveux noirs et aux yeux bridés. Ces enfants allaient bientôt avoir douze ans et l'idée d'avoir son propre Écuyer amusa beaucoup Colville.

*
* *

De la fenêtre de sa chambre, Kira admira les magnifiques bêtes sauvages, surtout l'étalon noir qui se cabrait devant les dresseurs, secouant ses sabots de façon menaçante pour les empêcher de s'approcher des juments. Comme elle, ces chevaux étaient prisonniers des hommes. Malgré les nombreuses demandes d'Armène, Émeraude Ier avait refusé de lever sa sanction et il la faisait suivre par sa propre garde partout où elle allait, même à la bibliothèque.

La saison des pluies approchait, et les Chevaliers se prélassaient toujours au château. Pourquoi ne partaient-ils pas en mission ? N'y avait-il plus d'hommes-insectes à intercepter sur la côte ? Malgré ses pratiques d'escrime nocturnes avec le Chevalier Hadrian, la vie de la petite princesse mauve était devenue insupportable.

Intriguée par le comportement agressif du cheval noir, Kira dirigea ses sens magiques vers lui et ce qu'elle identifia dans son esprit la bouleversa. Le cerveau de cette bête n'appartenait pas au monde des humains. Il ressemblait à son esprit à elle ! « Mais comment est-ce possible ? » s'étonna l'enfant. Elle sonda les autres chevaux sans détecter cette même turbulence glacée en eux. Sidérée, elle aperçut Wellan qui se hâtait vers les enclos. Ressentait-il la même chose qu'elle ?

*
* *

Une fois que les chevaux sauvages furent enfermés dans l'enclos, le grand chef s'approcha des dresseurs, le jeune Cameron sur ses talons. Il captait l'essence maléfique d'un dragon, mais ses yeux ne voyaient que des chevaux. En remarquant son intérêt, l'un des marchands s'approcha aussitôt de lui.

— Je suis Timka, noble seigneur. Ce sont de belles bêtes, n'est-ce pas ?

— Je dois l'avouer, oui, commenta le Chevalier en étudiant attentivement le troupeau.

Les Chevaliers et leurs Écuyers s'approchèrent aussi afin d'examiner les nouveaux chevaux. La téméraire Swan fit preuve d'audace en grimpant sur la clôture, malgré la menace que représentait l'étalon grattant la terre de ses sabots. Bridgess la saisit par la taille et la ramena sur le sol malgré ses protestations avant que Wellan n'intervienne, mais leur grand chef semblait fasciné par le cheval noir.

— De jeunes juments d'à peine deux ans qui pourraient vous rendre de précieux services lors de vos combats, ajouta le dresseur en accompagnant Wellan jusqu'à la barrière. Il s'en est fallu de peu que nous ne puissions pas capturer ces bêtes. Cet étalon est le plus féroce que j'aie jamais vu. Mais nous avons réussi à le coincer et à le conduire jusqu'ici grâce à une vieille technique que m'a apprise mon père.

Wellan observait justement l'énorme animal en se demandant pourquoi il provoquait un si grand malaise en lui. En essayant de pénétrer son esprit, il se heurta à un mur de glace. Il avait bien la forme physique d'un cheval, mais son essence était étrangère et son odeur lui rappelait celle des dragons... Était-ce là une nouvelle arme de l'Empereur Noir ?

— Qu'allez-vous en faire si vous n'arrivez pas à le dresser ? s'enquit-il.

— Il faudra l'abattre ou le relâcher. Je vois qu'il vous intéresse, Chevalier.

— C'est un bel étalon.

— Une monture parfaite pour un grand chef tel que vous, si je puis me permettre.

— Si vous arrivez à le mater, je vous l'achète, déclara Wellan.

— Je n'ai jamais rencontré de cheval que je ne pouvais pas dresser. Donnez-moi quelques jours, et il est à vous.

Le grand Chevalier lui serra la main pour sceller le marché et poursuivit sa route vers l'écurie, ressentant la soudaine inquiétude de son Écuyer qui marchait derrière lui.

— Tu as peur pour moi, Cameron ? le taquina le Chevalier.

— Ce n'est pas un cheval comme les autres, maître, répliqua le garçon. Il ne craint pas l'homme.

— Et c'est un défaut chez un destrier, selon toi ?

— Non, mais un cheval qui ne respecte pas son maître représente certainement un danger pour lui.

— Mais j'ai bien l'intention de me faire respecter, jeune homme.

Wellan posa une main chaleureuse sur son épaule et ils pénétrèrent dans l'écurie où l'apprenti harnacherait seul son cheval sous son œil scrutateur.

*
* *

Kira était si bouleversée par ce qu'elle ressentait en sondant l'esprit de l'étalon qu'elle ne put rien faire de la journée. Elle délaissa le grand livre d'histoire qu'elle apprenait par cœur depuis quelque temps et se coucha sur son lit. Elle toucha à peine au repas que lui apporta Armène et prit son bain sans rien dire. La servante l'examina de la tête aux pieds pour s'assurer qu'elle n'était pas souffrante et comprit finalement que sa séquestration commençait à la rendre apathique. Une fois de plus, elle se rendit aux appartements du roi afin de protester contre ce traitement injuste et de lui demander d'accorder son pardon à l'enfant. Mais Émeraude Ier mangeait en compagnie de ses conseillers et elle dut remettre son intervention au lendemain.

Au crépuscule, Kira descendit de son lit en silence et sortit par la fenêtre, n'étant vêtue que de sa robe de nuit. S'agrippant fermement aux pierres du mur avec ses griffes, elle descendit dans la cour. Le fier étalon arpentait l'enclos en hennissant à pleins naseaux, protestant contre son sort. Kira grimpa sur la clôture et admira les pattes musclées de ce magnifique cheval qui soulevait la poussière autour de lui.

— Je sais exactement ce que tu ressens, mon pauvre ami, maugréa-t-elle en pensant à sa propre captivité dans le palais.

La bête s'arrêta brusquement et se retourna vers la petite fille mauve assise sur la clôture. Au grand étonnement de Kira, ses yeux s'enflammèrent. La fillette ne savait pas ce qui se passait, mais elle comprit qu'elle était en danger. Elle sauta sur le sable et recula de quelques pas. Tous les Chevaliers dormaient à cette heure, et personne ne viendrait à son aide si le cheval prenait le mors aux dents.

L'étalon galopa jusqu'à la barrière et s'arrêta net en humant l'air, comme s'il reconnaissait une odeur. Il poussa des hennissements plaintifs en secouant sa longue crinière noire. Rassemblant son courage, l'enfant s'approcha prudemment et tendit la main. Les énormes naseaux effleurèrent ses quatre doigts et sa langue lécha sa main.

— Tu n'es pas si terrible que ça, s'égaya Kira.

Elle grimpa sur la clôture, et l'étalon renifla sa robe de nuit et ses cheveux violets. Kira tendit lentement la main et caressa son encolure. La texture de sa robe ressemblait à celle des autres chevaux, mais elle n'était pas aussi soyeuse. Au toucher, son poil très court rappelait plutôt la peau des petites grenouilles avec lesquelles elle jouait au bord de l'étang, près des enclos.

— Tu es un drôle de cheval, toi.

L'étalon pencha sa tête sur ses genoux comme un bon chien et émit de curieux sifflements. Les oreilles de Kira se dressèrent malgré elle. Elle comprenait ce qu'il lui disait ! Il s'appelait Hathir et il n'était qu'un bébé âgé de quelques mois qui cherchait ses parents.

— C'est impossible ! s'exclama Kira. Les poulains ne sont pas gros comme toi !

Cela n'avait aucun sens... Mais elle n'allait certainement pas s'adresser à Wellan, le plus savant des Chevaliers, pour obtenir une explication du curieux phénomène. Le cheval continua de se plaindre de sa solitude, aucune créature ne lui ressemblant sur la terre des hommes.

Sachant très bien qu'elle ne pourrait élucider ce mystère cette nuit-là et ne ressentant aucune crainte au contact de l'animal, Kira lui demanda la permission de grimper sur son dos. Hathir se rapprocha sur-le-champ de la clôture pour l'aider. L'enfant n'avait jamais fait d'équitation, puisque c'était un privilège réservé aux Écuyers et aux Chevaliers. Mais la cour étant déserte, personne ne saurait qu'elle enfreignait les règles. Elle s'accrocha donc à la crinière de l'animal et donna un petit coup de talon dans ses flancs comme elle avait vu les Chevaliers le faire.

Les puissants muscles du cheval se contractèrent et il fit un premier tour d'enclos au pas. Ragaillardie, Kira pressa davantage les jambes sur la robe soyeuse, et Hathir s'enleva au trot. Son petit corps se fondit dans celui de la bête, ses jambes devinrent les siennes et ses cheveux volèrent au vent comme sa crinière. Quelle expérience fantastique ! Pourquoi Élund la privait-il de cette grande joie ? L'étalon se mit à galoper, et Kira ne sentit plus le mouvement de ses épaules sous ses cuisses. Après une dizaine de tours d'enclos, de peur d'être prise sur le fait et punie une fois de plus, la princesse sauta sur la clôture et embrassa le cheval entre les yeux.

— Si tu veux, je reviendrai chaque soir, Hathir, mais tu ne dois pas le dire aux autres, sinon ils mettront des barreaux à ma fenêtre. Tu comprends ?

Le cheval noir secoua la tête en hennissant et Kira sut qu'ils seraient des amis pour la vie. Hathir lui redonnait le goût de vivre et de devenir un grand guerrier. Il deviendrait son destrier lorsqu'elle aurait enfin l'âge de se battre et, ensemble, ils vaincraient l'empire des hommes-insectes.

11

Le nouveau serviteur de l'Empereur

Durant les jours suivants, le dresseur tenta en vain de soumettre l'étalon à sa volonté. Appuyé contre la clôture, Cameron à ses côtés, Wellan observa son travail avec intérêt. Jamais il n'avait rencontré une bête aussi féroce. L'un des plus fidèles serviteurs de l'homme, le cheval affichait un tempérament habituellement docile, mais cette bête se comportait comme un grand chat sauvage du Royaume de Rubis pris au piège. Indépendant et ne désirant pas établir de relations avec les humains, l'animal bondissait dans l'enclos, ruant et secouant son cavalier, le projetant sans cesse au sol. Le troisième jour, tous les muscles de son corps endoloris, Timka rejoignit finalement Wellan en claudiquant à l'extérieur de l'enclos.

— C'est un véritable démon ! s'exclama-t-il en secouant la tête. Je regrette de devoir annuler notre marché, Chevalier, mais aucun homme ne domptera jamais cette créature malfaisante !

— Vous avez fait tout ce que vous avez pu, soutint Wellan.

— Nous prendrons une décision à son sujet demain, ajouta Timka.

L'homme s'éloigna en boitant, tandis que le grand chef observait l'étalon arpentant victorieusement l'enclos. Le Chevalier posa les mains sur la barrière et ressentit aussitôt la trace de l'énergie de Kira dans le bois. Elle était donc venue le voir, malgré l'interdiction du roi de quitter le palais. Si ce cheval étrange partageait des origines avec la petite fille mauve, que s'était-il passé lorsqu'ils s'étaient retrouvés face à face ?

— Maître ? s'inquiéta l'enfant près de lui.
— Qu'y a-t-il, Cameron ? murmura Wellan, encore prisonnier de ses pensées.
— Vous êtes déçu, n'est-ce pas ?

Wellan ne devait pas mentir à l'enfant, puisque cela allait à l'encontre de l'esprit du code, mais il ne désirait pas l'effrayer non plus.

— Disons que j'ai des doutes quant aux origines de ce cheval et que, si je l'avais possédé, j'aurais pu jeter plus de lumière sur ce mystère.

Cameron écarquilla les yeux en déchiffrant les sous-entendus de la déclaration de son maître. Bien que plus docile que Bridgess au même âge, il n'en était pas moins intelligent.

— Vous pensez qu'il s'agit d'un cheval en provenance de l'empire ?
— C'est une possibilité, mais tant que nous n'en serons pas certains, je ne veux pas que tu en parles aux autres. Est-ce que tu comprends ?

Le gamin hocha vivement la tête, heureux de partager un secret avec le grand chef des Chevaliers.

— Allez, viens, jeune homme. Nous avons nos propres chevaux à monter et tu dois apprendre à maîtriser le tien davantage. Allons nous promener dans la campagne.

Cameron poussa un cri de joie et prit les devants en direction de l'écurie. Wellan jeta un dernier coup d'œil à l'animal en se promettant de revenir seul pour le sonder jusqu'à la moelle.

*
* *

Ayant chevauché presque toute la journée afin d'apprendre à diriger son destrier uniquement à l'aide de ses genoux, Cameron s'endormit en posant sa tête sur l'oreiller. Assis près de lui, Wellan attendit patiemment que les habitants du château se mettent au lit avant d'exécuter son plan. Il médita un moment, se retirant dans la caverne de cristal de son enfance et, lorsqu'il rouvrit les yeux, la nuit avait complètement enveloppé Émeraude.

Enfilant ses bottes les plus souples, il quitta sa chambre sans faire de bruit. Il traversa un interminable couloir de pierre en sondant les chambres. Ses compagnons dormaient. Comme un spectre, il se glissa dans la cour, se dissimula derrière une charrette et s'assura qu'il n'y avait plus personne. Ce qu'il entrevit dans l'enclos ne le surprit guère.

L'étalon sauvage exécutait des tours de piste comme une bête admirablement bien dressée, la petite Sholienne assise sur sa large croupe. N'ayant pas réussi à faire débarquer ses guerriers sur le continent, l'Empereur Noir avait donc dépêché cette bête pour lui ramener sa fille. « Heureusement que les Chevaliers d'Émeraude veillent », pensa Wellan en demeurant dans l'ombre. Il ne portait que son poignard à sa ceinture, ce qui ne lui serait d'aucun secours si l'animal sautait la barrière avec l'enfant, mais il pourrait sans doute utiliser sa magie pour la lui reprendre.

Kira galopa dans l'enclos pendant de longues minutes, puis arrêta le cheval près de la clôture. Elle y prit place et caressa la tête de l'animal avec affection. Puis, soudainement, elle sauta sur le sol, courut jusqu'au palais et en escalada le mur sans aucune difficulté avant de disparaître par la fenêtre de sa chambre. « Il n'y a donc aucun endroit où la confiner pour sa sauvegarde », soupira Wellan.

Il retourna dans sa chambre, se dévêtit et pria Theandras, la déesse de Rubis, lui demandant de le protéger lorsqu'il tenterait de mettre l'animal à mort le lendemain.

*
* *

Wellan ne dormit que quelques heures et, à l'aube, après le bain rituel, il rejoignit ses compagnons dans le hall. Buchanan se montra particulièrement volubile au cours du repas, et personne ne remarqua l'humeur sombre du grand chef. Lorsqu'ils se séparèrent pour poursuivre l'entraînement de leurs apprentis, le grand Chevalier retourna à sa chambre et s'empara de sa lance la plus effilée avant de quitter l'aile des Chevaliers. Pensant qu'il s'agissait d'un nouvel exercice, Cameron le suivit sans poser de questions, mais lorsque Wellan entra dans l'enclos des chevaux sauvages, l'enfant s'immobilisa, la poitrine comprimée par la peur.

— Maître ! s'alarma-t-il.
— Reste là, ordonna Wellan sans se retourner.

Les Chevaliers captèrent la frayeur de l'apprenti. Bridgess, Nogait, Kevin et Buchanan sortirent en courant de l'écurie, tandis que Bergeau, Jasson, Dempsey, Falcon, Kerns, Wimme et Wanda mettaient fin aux exercices à l'épée et accouraient dans l'enclos. Près des cuisines, Santo soignait une vilaine brûlure sur le bras d'une cuisinière. Bien qu'inquiet, il termina tout de même le traitement avant de rejoindre ses compagnons avec son Écuyer Hettrick.

Scrutant le château avec leurs sens magiques, les Chevaliers perçurent aussi une présence maléfique, mais ils attendirent les ordres de leur chef avant de se mettre à sa recherche. En apercevant Wellan, lance à la main, devant l'étalon immobile, Jasson crut que des hommes-insectes avaient réussi à se dissimuler parmi les chevaux. Il sauta aussitôt dans l'enclos et s'approcha prudemment de son frère d'armes en sondant ses intentions.

— Où sont-ils ? s'énerva le fougueux Chevalier, fouillant du regard les alentours et ne discernant aucun ennemi. Pourquoi t'apprêtes-tu à te battre alors que je ne vois personne ?

L'étalon noir se mit à avancer vers eux, ses yeux rougissant. Accrochés à la clôture, les apprentis poussèrent un cri de surprise, et leurs maîtres voulurent rejoindre Jasson pour seconder Wellan.

— Non, ordonna le grand chef en arrêtant leur geste. Jasson, retourne avec les autres maintenant.

Sans discuter, Jasson recula lentement, ne quittant pas le cheval des yeux. Parfaitement immobile, Wellan attendait le moment de frapper le cœur de l'animal, ce qu'il ne pourrait faire qu'une seule fois. Aucun de ses frères ne devait le distraire.

*
* *

Dans sa chambre, Kira brossait ses longs cheveux violets devant la glace lorsqu'elle ressentit la sombre énergie de l'affrontement entre l'homme et la bête. Elle laissa tomber la belle brosse de nacre sur le sol et courut à sa fenêtre. Un frisson d'horreur lui parcourut l'échine lorsqu'elle vit le grand Chevalier au milieu de l'enclos, une arme mortelle à la main.

— Non ! hurla-t-elle.

Elle fonça vers la porte et l'ouvrit brusquement, faisant sursauter le soldat qui montait la garde. N'ayant pas le temps de lui expliquer où elle allait, elle se faufila entre ses jambes et courut jusqu'à l'escalier qu'elle dévala en catastrophe, malgré les exhortations de son gardien.

La moitié du palais à ses trousses, l'enfant mauve se précipita dans la cour et sauta sur la clôture entre Bergeau et Dempsey. Les deux Chevaliers tentèrent aussitôt de s'emparer d'elle, mais ils ne furent pas assez rapides. Kira atterrit dans l'enclos et bondit entre Wellan et sa proie.

— Vous ne pouvez pas faire ça ! cria l'enfant, toutes griffes dehors.

Derrière elle, l'étalon se dressa sur ses pattes postérieures en poussant un hennissement furieux. Le garde du corps et les serviteurs de la princesse s'arrêtèrent à la barrière, trop effrayés pour la poursuivre dans le corral.

— Kira, ne fais aucun geste brusque et reviens tout de suite vers moi, ordonna Wellan, les yeux rivés sur sa cible. Cet animal est très dangereux.

— C'est faux ! protesta-t-elle en reculant vers l'étalon. Il est doux comme un agneau !

Mais le cheval balançait ses sabots au-dessus de sa petite tête violette de façon menaçante et, d'une minute à l'autre, il risquait de lui fendre le crâne. Wellan ne pouvait pas laisser partir la lance tant que Kira se tenait entre lui et sa proie. Serrant fermement l'arme dans une main, il étendit lentement l'autre bras et se servit de sa magie pour tirer la petite jusqu'à lui. Kira sentit la main invisible la saisir par la taille. Elle planta aussitôt ses talons dans le sable et résista de toutes ses forces.

— Je ne vous laisserai pas lui faire de mal ! hurla-t-elle.

Un halo violet l'entoura et la libéra abruptement de l'emprise invisible de Wellan, lui faisant presque perdre l'équilibre. Si sa magie ne pouvait l'écarter de l'animal, il ne savait plus très bien comment il pourrait l'abattre sans du même coup blesser la princesse.

L'un d'entre vous connaît-il une façon de la sortir d'ici sans mettre sa vie en danger ? demanda-t-il à ses frères d'armes. Bridgess sauta aussitôt dans l'enclos et s'approcha prudemment de lui en montrant à la fillette qu'elle n'était pas armée. Les deux Chevaliers échangèrent un rapide coup d'œil, et la jeune femme comprit ce qu'elle devait faire.

— Kira, je ressens ton amour pour cet animal, mais tu ne dois pas laisser tes émotions mettre la vie de mes compagnons en danger. Les Chevaliers d'Émeraude n'agissent pas de cette façon, et je sais que tu rêves de devenir un jour Chevalier. Analyse cette situation avec ta tête plutôt qu'avec ton cœur comme un véritable soldat. Il s'agit d'un animal dangereux pour nous et pour toi.

— Mais ce n'est qu'un bébé ! répliqua l'enfant mauve. Comment pourrait-il être dangereux ?

Wellan arqua un sourcil. Ce cheval énorme devant lui n'était certes pas un poulain. Il estimait même qu'il devait avoir trois ou quatre ans. Avant qu'il puisse protester, Bridgess intervint.

— Et si je te promets de convaincre Élund de faire de toi mon Écuyer, poursuivit-elle, accepteras-tu de me suivre jusqu'au palais ?

— Non... Si je pars, le Chevalier Wellan tuera Hathir... Je ne veux pas qu'il le tue... Les Chevaliers d'Émeraude protègent les innocents, même les animaux...

Des larmes se mirent à couler sur ses joues mauves, rendant l'étalon encore plus furieux. Il reposa brusquement les sabots sur le sol et fonça sur Wellan. Kira tendit aussitôt le bras et l'étalon s'arrêta net en hennissant.

— Cet animal est un serviteur de l'Empereur Noir ! tonna Wellan en relevant sa lance avec l'intention de s'en débarrasser une fois pour toutes.

— Mais comment est-ce possible ? s'étonna Bridgess sans quitter le cheval des yeux.

— Il possède la même énergie que les dragons que nous avons combattus ces dernières années.

Tout à coup, Abnar se matérialisa aux côtés des deux Chevaliers, et on pouvait lire la consternation sur le visage des apprentis qui n'avaient jamais vu Élund utiliser ce genre de magie. L'Immortel portait sa longue tunique blanche habituelle, mais l'anneau de cristal suspendu à son cou émettait une aveuglante lumière. L'étalon se mit aussitôt à reculer dans l'enclos en secouant furieusement la tête. Si cela ne suffisait pas à convaincre l'enfant que ce cheval appartenait à l'Empereur Noir, rien n'y parviendrait.

— Kira, il y a beaucoup de choses que tu ignores encore et que je ne peux te révéler maintenant, déclara le Magicien de Cristal en posant un genou en terre, mais les Chevaliers ont raison. Cette bête est une créature de l'empereur qui l'a envoyée ici pour t'enlever.

— M'enlever ? Moi ? Mais il ne me connaît même pas !

— Tu sais que je ne te mens jamais. Cette bête n'est pas un véritable cheval et elle a pour mission de te ramener jusqu'à Amecareth.

— Mais je ne suis rien du tout ! Je n'ai plus de parents, plus de royaume ! Je ne suis même pas digne d'être un Écuyer ! C'est le Chevalier Wellan qu'il devrait enlever, pas moi !

— Je ne peux pas te l'expliquer maintenant, petite princesse, mais tu dois me faire confiance. Cet animal n'est gentil avec toi que pour endormir ta méfiance et t'emmener loin de nous pour toujours.

Kira lança un coup d'œil inquiet à l'animal derrière elle, car elle savait que le Magicien de Cristal ne mentait jamais, contrairement au Chevalier Wellan qui prenait un malin plaisir à la torturer. Parfaitement immobile, l'étalon noir observait Abnar avec ses yeux brillants comme des flammes. Elle ne savait pas très bien où se situait l'empire ou ce qu'on y faisait, mais si ses habitants se montraient tous aussi gentils qu'Hathir, ce ne pouvait pas être aussi mal qu'on voulait le lui faire croire.

— Les soldats de l'empereur acceptent peut-être les apprentis mauves, pensa-t-elle tout haut.

— Je crains que non, persévéra Abnar. Ils les donnent à manger à leurs dragons.

L'Immortel ressentit le combat dans le cœur de l'enfant. Malheureuse au Royaume d'Émeraude, elle se demandait avec raison si ses talents seraient reconnus ailleurs.

— Laisse le Chevalier Wellan faire son travail et viens avec moi, exigea le Magicien de Cristal.

— Non... résista-t-elle. Je ne veux pas qu'Hathir soit mis à mort seulement parce qu'il est différent des autres chevaux. Moi aussi, je suis différente, et vous ne m'avez pas tuée...

Wellan se rappela avec honte qu'il avait pourtant failli le faire alors qu'elle n'était âgée que de deux ans, croyant ainsi pouvoir sauver Enkidiev.

— Laissez-le retourner chez lui, je vous en supplie, pleura Kira.

— Si je le libère, tu ne seras plus jamais en sécurité lorsque tu iras te balader à l'extérieur du château malgré les interdictions du roi, riposta Wellan.

— Vous savez bien que je ne sortirai jamais de ce château, sire, puisque vous avez réussi à convaincre le roi que je ne valais rien... s'étrangla la petite.

Ce n'était vraiment pas le moment de se quereller avec elle.

— Kira, écoute-moi, intervint une fois de plus Abnar. Nous avons de bonnes raisons de veiller ainsi sur toi. Si tu viens avec moi, je te dirai tout ce que les dieux me permettent de dire à ton sujet.

L'enfant n'avait aucune raison de se méfier de l'Immortel et encore moins des dieux. Elle se retourna vers le cheval noir et alla serrer sa large poitrine dans ses petits bras mauves, sous les regards angoissés de tous. Mais l'animal sembla plutôt se calmer à son contact.

— Tu vas me manquer, Hathir... sanglota-t-elle. Je ne pourrai jamais sortir d'ici, mais toi, tu peux encore être libre... Je veux que tu sois libre... Est-ce que tu comprends ?

Le cheval pencha doucement la tête pour flairer les cheveux de l'enfant, et Abnar saisit délicatement son anneau entre le pouce et l'index en se redressant, prêt à intervenir.

Kira agrippa la longue crinière noire de l'étalon et le conduisit vers l'Immortel.

— Je ferai tout ce que vous voudrez si vous obligez le Chevalier Wellan à baisser son arme.

Abnar consulta le grand chef du regard, mais ne reçut pas l'approbation qu'il recherchait.

— Je vous en conjure, faites ce qu'elle demande, exigea l'Immortel.

Wellan demeura parfaitement immobile et garda la main crispée sur sa lance, persuadé que l'animal allait tenter d'enlever la petite si on lui ouvrait la barrière. Abnar vit le regard insistant de l'enfant.

— Nous le libérerons ensemble, déclara-t-il.

L'Immortel dissimula aussitôt l'anneau dans sa tunique et lui tendit la main. Kira la prit avec beaucoup de confiance et ils marchèrent ensemble vers la barrière que le dresseur s'empressa d'ouvrir. Wellan se raidit au passage du cheval et sa main se tendit vers son épée mais, avant qu'il puisse compléter son geste, Bridgess agrippa solidement son bras et lui servit un regard brûlant de reproche. S'il tenait à abattre ce cheval, il devrait le faire à l'extérieur du Château d'Émeraude et en l'absence de l'enfant. En ravalant sa colère, Wellan baissa le javelot.

Tous les habitants du château s'écartèrent pour laisser passer l'étalon. Kira le libéra au-delà des larges portes qui donnaient sur la campagne. Il fila comme le vent sans même regarder derrière lui. La mort dans l'âme, la fillette mauve retira sa main de celle de l'Immortel et détala en pleurant. Les Chevaliers la suivirent des yeux jusqu'aux portes du palais où elle s'engouffra, suivie de son garde du corps et des serviteurs du château.

Bridgess se tourna immédiatement vers Wellan, qui contenait sa colère de son mieux. Leurs compagnons s'empressèrent de les entourer, curieux d'entendre ce qu'ils avaient à dire.

— Pourquoi cette enfant ne fait-elle pas partie de nos Écuyers ? s'étonna Bridgess.

— Elle est incapable de se soumettre à la moindre discipline, grommela le grand chef, le regard toujours vissé sur les portes par où le cheval avait disparu.

— C'est ce que prétend Élund ?

Wellan n'avait pas vraiment envie de leur parler de la relation entre l'enfant mauve et l'Empereur Noir. Enfin, pas tout de suite. D'ailleurs, il était préférable, pour la sécurité de Kira, que personne ne connaisse ses origines.

— Élund craint-il que la prophétie ne se réalise pas s'il la laisse sortir du palais ? poursuivit Bridgess sur un ton inquisiteur.

— Oui, et je pense qu'il a raison, rétorqua Wellan en plantant son regard de glace dans le sien. C'est plus prudent ainsi.

— À mon avis, le fait qu'elle devienne Écuyer n'empêcherait pas la réalisation de la prophétie. Sa magie est exceptionnelle, Wellan. Personne n'a jamais réussi à se libérer de ton pouvoir d'attraction, mais cette fillette l'a brisé d'un seul coup.

— Il faut plus que de la magie pour devenir un bon Chevalier, et tu le sais aussi bien que moi.

Wellan aperçut la frayeur sur les jeunes visages de leurs apprentis. Ils avaient donc remarqué les yeux de feu de cette nouvelle espèce de dragon, et la colère qu'ils percevaient maintenant dans son cœur les déstabilisait. Mais il n'eut pas le temps de les rassurer que ses compagnons se mettaient à échafauder des hypothèses.

— Si l'Empereur Noir avait déposé des chevaux sur les plages du continent, quelqu'un nous l'aurait certainement signalé, se troubla Santo.

— Surtout des chevaux qui ressemblent à celui-là, ajouta Kevin.

— Kira a dit que cet étalon était un bébé, leur rappela Buchanan. Comment est-ce possible ?

— Il aurait pu naître sur Enkidiev, avança Nogait.

— Nos chevaux auraient-ils pu mettre au monde de telles créatures hybrides ? s'étonna Buchanan.

— Pour saillir les juments, il aurait d'abord fallu que des dragons traversent nos trappes, affirma Falcon, ce qui nous ramène à notre point de départ. Personne ne nous a signalé de brèche.

— Il y a une autre explication, hasarda Wanda.

Toutes les têtes se tournèrent vers la femme Chevalier nouvellement adoubée, ce qui la fit rougir, mais le regard insistant du grand Chevalier la somma de leur révéler sa pensée.

— La sorcellerie, avança-t-elle.

Sombres créatures, les sorciers utilisaient les forces maléfiques pour accomplir leurs desseins. Ils servaient l'obscurité, jamais la lumière. Mais ils ne possédaient pas le pouvoir de créer des créatures maléfiques, seulement des illusions convaincantes. Wellan vit qu'il devait intervenir avant que les enfants ne succombent à l'angoisse.

— Si un sorcier est à l'œuvre ici, nous le débusquerons et nous lui montrerons de quel bois nous nous chauffons, affirma-t-il en laissant tomber sa colère. Mais pour les affronter, il faut d'abord savoir se servir d'une épée.

Des sourires timides apparurent sur les jeunes visages. Comprenant ce que Wellan tentait de faire, leurs maîtres entourèrent aussitôt leurs épaules et les emmenèrent dans différents coins de la cour pour leur donner des leçons d'escrime ou d'équitation.

Bridgess ne les suivit pas tout de suite. Elle fixa Wellan un moment, puis s'éloigna avec Swan. Le grand chef pouvait sentir les questions qui se bousculaient dans sa tête mais, malgré son affection pour elle, il ne pouvait tout simplement pas trahir sa promesse à la mère de Kira.

— Et nous, maître ? demanda Cameron.

— Je pense qu'il est temps que tu t'exerces à la lance.

Ils se dirigèrent vers les bottes de foin entassées à l'extérieur de l'enclos où l'Écuyer lancerait le javelot sans risque de blesser les animaux ou les palefreniers.

12

Une demi-vérité

Au lieu de retourner dans sa chambre au palais, Kira grimpa dans la tour de l'ancienne prison et se mit en boule sur un vieux grabat en fer, cela tout en se rappelant qu'elle n'avait pas apporté l'anneau qui lui permettait d'invoquer son seul ami, le Roi Hadrian.

Abnar se matérialisa devant elle et l'observa pendant un moment. Il comprenait son désarroi, mais il ne pouvait pas encore lui expliquer pourquoi son entourage s'employait ainsi à la protéger. Le Magicien de Cristal prit finalement place auprès de l'enfant, sur le lit bas, et posa une main amicale sur son genou.

— Il nous était impossible de garder ce dragon au château, petite princesse.

— Je sais... et je vous remercie d'être intervenu, hoqueta la petite, toujours recroquevillée.

— Tout comme toi, je pense qu'il est insensé de tuer un animal qui n'est que la marionnette d'une personne méchante, mais les Chevaliers d'Émeraude sont ainsi entraînés. Ils ne courent jamais de risques avec la vie des autres. Notre grand Chevalier n'aurait pas hésité une seconde à transpercer le cœur de cet animal si je le lui avais demandé. Est-ce vraiment ce genre de guerrier que tu aimerais devenir ?

— Je ne veux pas tuer de chevaux, mais je tiens à devenir un Chevalier.

— Il faudrait d'abord que tu fasses preuve de discipline, Kira.

L'enfant mauve se redressa et leva ses yeux baignés de larmes sur l'Immortel. Elle savait bien que ni lui, ni son protecteur le roi, ni le Chevalier Wellan n'accepteraient de la laisser vivre sa vie à sa façon, ayant déjà décidé de la garder enfermée à Émeraude.

— Pourquoi cet empereur essaie-t-il de m'enlever ? s'alarma-t-elle soudainement. Je vous en prie, maître Abnar, dites-le-moi.

— Il veut t'empêcher d'accomplir ton destin, répondit l'Immortel. Mais ne crains rien, nous ne le laisserons pas s'approcher de toi.

— Dans ce cas, parlez-moi de mon destin. Donnez-moi une seule raison de poursuivre cette existence d'oiseau en cage.

— Plus tard, tu assureras la protection d'un jeune Chevalier qui aura le pouvoir de détruire l'Empereur Noir. C'est pour cette raison qu'il cherche à t'éliminer pendant que tu n'es qu'une enfant.

Ce n'était qu'une demi-vérité, mais le reste de l'histoire attendrait encore quelques années. Lui apprendre maintenant que son père était un insecte meurtrier ne ferait que lui empoisonner le cœur.

— Comment sait-il tout cela ? s'inquiéta Kira.

— Ou bien il sait déchiffrer lui-même les étoiles ou bien il a à son service un sorcier qui le fait pour lui. Mais cela ne lui sera d'aucun secours puisque nous ne le laisserons jamais se rendre jusqu'à toi. Comme tu as pu le constater tout à l'heure, de vaillants Chevaliers veillent sur toi et sont prêts à tout pour repousser tes ennemis.

Kira demeura songeuse un instant, ses petites oreilles pointues frémissant comme celles d'un chat.

« Comment pourrai-je assumer la protection de ce Chevalier, si je n'en deviens pas un ? » Abnar capta ses pensées.

— Pour pouvoir le défendre, tu dois poursuivre tes études de magie avec moi.

— Avec les novices ? s'insurgea-t-elle. Non merci !

— Non, tu serais seule avec moi.

Kira fronça ses sourcils violets en réfléchissant à sa proposition.

— Je ne pense pas que ce soit une bonne idée, déclara-t-elle finalement. Un Chevalier aurait de bien meilleures chances de le protéger, parce qu'il est à la fois guerrier et magicien.

— Mais la magie que je pratique est différente de la leur et elle ferait de toi un guerrier encore plus redoutable même si tu ne manies pas l'épée. Viens me rejoindre ce soir dans ma tour, après le repas, et je commencerai à te l'enseigner.

Un éclair de plaisir traversa les yeux violets de l'enfant, au grand soulagement de l'Immortel. Soudainement rassérénée, elle lui sauta dans les bras et l'embrassa sur la joue en s'excusant d'avoir douté de son amitié et du courage des Chevaliers d'Émeraude.

*
* *

Contente que le Magicien de Cristal s'intéresse de nouveau à elle, Kira courut jusqu'à ses appartements et s'arrêta net devant le roi et Armène dans l'antichambre. Sans remarquer l'inquiétude qui ravageait leurs visages, la petite grimpa dans les bras d'Émeraude Ier et se blottit contre lui.

— Vous aviez dit vrai, Majesté, ronronna-t-elle. Les Chevaliers tiennent vraiment à moi, même sire Wellan.

— Et nous qui craignions que tu sois en pièces après ce qui vient de se passer dans l'enclos... confessa le roi.

— C'était un piège du méchant empereur, mais maître Abnar et les Chevaliers m'ont sauvée.

Émeraude Ier la serra contre lui, heureux du dénouement de cette fâcheuse affaire, et demanda à Armène de préparer une collation qu'il prendrait seul avec sa pupille dans son salon privé.

13

Les questions de Bridgess

Du côté des Chevaliers, l'incident du cheval-dragon fut vite oublié, et l'entraînement des apprentis s'intensifia. Chloé revint au château avec sa jeune apprentie soulagée de ses ailes de Fée et se joignit à ses compagnons. Wellan voulant quitter Émeraude tout de suite après la saison des pluies, afin de défendre ou de patrouiller la côte ouest du continent, leurs Écuyers devaient être en mesure de se battre ou de prendre une décision seuls si leurs maîtres tombaient au combat.

Le grand chef s'employa donc à simuler toutes sortes de situations difficiles pour Cameron afin de mettre son intelligence et ses réflexes à l'épreuve. Il dessina un dragon sur un parchemin en lui indiquant ses forces et ses faiblesses, et lui montra les plans des fosses creusées à la frontière de plusieurs royaumes d'Enkidiev. Il lui enseigna ensuite à enflammer de petits objets en utilisant sa magie, car c'était, selon lui, la façon la plus efficace de tuer ces monstres.

Après une journée de ce régime épuisant, Cameron était si las qu'il arrivait à peine à mastiquer ses aliments au dîner. En l'observant, Wellan comprit qu'il exigeait des efforts surhumains de lui, mais l'ennemi n'attendrait pas que ces enfants soient plus âgés et plus résistants avant de s'en prendre à eux. Après les histoires de Bergeau, la chanson à la harpe de Santo et une courte leçon d'histoire de Wellan, ce dernier aida son apprenti à marcher jusqu'à leur chambre et le déshabilla pour le mettre au lit.

— Je m'endurcirai, maître, promit Cameron en se glissant entre ses draps.

— Je n'en ai aucun doute, sourit Wellan. Tu es courageux, et je suis très fier de toi. Repose-toi, mon petit, tu le mérites bien.

Puis il l'embrassa sur le front. Avant même qu'il se soit redressé, l'enfant s'endormait. Wellan enleva ses bottes et sa tunique et prit place sur son lit pour méditer. Il vida son esprit de toute préoccupation guerrière et se réfugia dans son sanctuaire secret : la caverne aux murs de cristal cachée au fond de son cœur.

L'esprit en paix, il réintégra le monde physique une heure plus tard et remercia Theandras de veiller sur ses compagnons. Il éteignit magiquement la chandelle et s'allongea sur le dos. Il allait fermer les yeux lorsqu'il ressentit l'approche de Bridgess dans le noir. Elle se faufila silencieusement jusqu'à lui et posa la main sur son bras pour qu'il ne sursaute pas.

— Je dois te parler, chuchota-t-elle.

— Pas ici, l'avertit Wellan, puisque la nuit, lorsqu'il n'y avait plus un son dans le château, il était facile d'entendre ce qui se passait dans les pièces adjacentes.

Wellan enfila sa tunique en vitesse et suivit la jeune femme à l'extérieur de l'aile des Chevaliers. Seules quelques torches éclairaient la grande cour déserte, et des milliers d'étoiles embellissaient le ciel. La saison des pluies approchant, elles céderaient bientôt la place à de gros nuages chargés de pluie et d'électricité mais, ce soir-là, le temps était doux et agréable.

Le grand chef prit place sur la margelle du puits et attendit que Bridgess ait le courage de lui poser les questions qui lui trottaient dans la tête depuis l'épisode de l'étalon. Elle ne portait qu'une tunique verte toute simple et ses pieds étaient nus. La lune éclairant toute la cour créait des reflets d'argent dans ses cheveux blonds. « Elle ressemble à Fan... » pensa le grand Chevalier avec un serrement de cœur.

— Je crois que j'ai enfin découvert ce que tu me caches depuis le début de cette guerre, déclara-t-elle au lieu de le questionner. Et je crois que ton secret concerne Kira. Est-ce que je me trompe ?

Wellan ne répondit pas. Ayant été son Écuyer pendant de nombreuses années, Bridgess avait toujours su déchiffrer ses pensées et ses émotions. Que devait-il faire ? Lui avouer toute la vérité ou fermer hermétiquement son esprit pour qu'elle n'y découvre rien ? Elle s'agenouilla devant lui, comme elle le faisait enfant, et ne le quitta pas des yeux, attendant sa réponse.

— La prophétie n'est qu'un prétexte pour la garder au Château d'Émeraude, n'est-ce pas ? poursuivit-elle devant son silence obstiné.

— Pourquoi dis-tu ça ? lui demanda Wellan, méfiant.

— Parce que personne sur ce continent n'a la peau mauve, des griffes et des dents pointues. De plus, le cheval-dragon ne manifestait aucune agressivité envers elle. Elle pouvait approcher ce serviteur de l'empereur trop facilement. Qui est-elle vraiment, Wellan ?

— Ton intelligence ne cessera jamais de m'impressionner, avoua le grand Chevalier.

— N'essaie pas de détourner mon attention avec des compliments et dis-moi la vérité.

— C'est trop dangereux.

— Es-tu le seul à la connaître ?

— Non. Les magiciens sont au courant.

— Donc, s'il vous arrivait malheur à tous les trois, personne ne saurait quoi faire de la petite ?

Elle savait toujours comment le désarmer avec sa logique, mais n'était-ce pas lui qui avait façonné son esprit pour qu'il ressemble au sien ? Et, parce qu'elle lui ressemblait, elle insisterait jusqu'à ce qu'il lui dise ce qu'elle voulait savoir.

— Je mettrais sa vie en danger en divulguant cette information, lança-t-il finalement.

— Mais le code défend ce genre de secret entre Chevaliers d'Émeraude, Wellan. Rappelle-toi le serment que tu as prononcé lors de ton adoubement. C'est notre unité qui fait notre force. Tu n'as pas le droit de nous cacher des renseignements indispensables à la survie d'Enkidiev.

— J'ai gardé le silence à la demande du Magicien de Cristal qui est, comme tu le sais, le véritable chef de notre Ordre. Il n'est pas soumis aux mêmes restrictions que nous.

Elle se releva et son visage devint soudainement plus sérieux.

— Il y a autre chose, confessa-t-elle. La raison pour laquelle je te harcèle ce soir, c'est qu'une voix de femme dans ma tête m'exhorte de la prendre sous mon aile. Ce ne peut être que celle d'une déesse et tu sais comme moi que nous leur devons obéissance.

« Peut-il s'agir de la Reine de Shola ? » songea Wellan. Fan étant un maître magicien, elle pouvait parler directement à l'esprit des mortels, même à partir du monde des morts, et la survie de sa fille lui tenait tout particulièrement à cœur. À moins qu'il s'agisse de Theandras...

— Je demanderai à Élund la permission de l'entraîner, ajouta Bridgess en interrompant le fil de ses pensées.

— Le roi a déjà décidé qu'elle était trop jeune pour devenir Écuyer, répliqua-t-il.

— Trop jeune pour nous suivre à la guerre, j'en conviens, mais nous sommes toujours au château. Laisse-moi lui enseigner l'escrime et l'équitation, Wellan. Si l'empereur cherche à l'empêcher de protéger le porteur de lumière, elle doit apprendre à se défendre.

Le regard vide, il se leva et fit quelques pas dans la cour, se demandant s'il s'agissait là d'une sage décision. C'était évidemment le rêve le plus cher de Kira de devenir un Chevalier d'Émeraude, et la prophétie semblait lui donner raison. Mais Bridgess avait-elle suffisamment d'expérience pour entraîner convenablement l'enfant de l'Empereur Noir ? Une seule erreur de sa part et la petite serait tentée d'utiliser ses nouveaux pouvoirs du côté de l'obscurité.

— Elle est la fille d'un homme-insecte ? se troubla Bridgess.

Wellan se retourna vivement vers elle en réalisant qu'elle lisait ses pensées. Autrefois, en tant qu'apprentie, il aurait eu le droit de la punir pour cette effronterie, mais elle était désormais son égale. Il la fixa en silence, se demandant ce qu'elle avait appris en pénétrant dans ses pensées.

— Mais comment est-ce possible ? s'effraya la jeune femme en reculant. La seule fois où ces insectes ont mis le pied ici, ils ont tué tous les habitants de Shola...

— Ce que je vais te révéler maintenant devra rester entre nous, l'avertit Wellan en lui prenant les bras.

Je veux que tu me donnes ta parole de Chevalier que tu n'en parleras à personne.

— Pas même à nos frères d'armes ?

— Non. À personne.

Elle hésita un instant puis acquiesça d'un signe de tête. Wellan la relâcha et lui raconta le premier raid de l'empereur sur Shola lors duquel il avait fécondé la mère de Kira et ses intentions de reprendre sa fille pour qu'elle règne à ses côtés. Bridgess l'écouta avec intérêt, trouvant ridicule de décimer tout un continent uniquement pour réclamer ses droits de paternité.

— C'est tout ce qu'il veut ? s'étonna-t-elle.

— Tu la lui remettrais ? s'enquit Wellan.

— Pour sauver des vies, oui. C'est notre premier devoir de Chevalier.

— Même en sachant que l'empereur utiliserait cette enfant pour conquérir le reste de l'univers ? Rappelle-toi que nous avons réussi à triompher de lui jusqu'à présent parce qu'il ne pense pas comme un être humain. En s'alliant à Kira, il disposerait d'un général capable de prévoir le moindre de nos gestes.

Bridgess baissa les yeux et plissa le front en réfléchissant à cette possibilité.

— Dans ce cas, il faudra éliminer Kira pour le bien de tous, décida-t-elle, bien que cette solution ne lui plût guère.

— J'y ai déjà pensé lorsque Kira n'était qu'un bébé, avoua Wellan, mais j'ai découvert que l'empereur avait conçu un autre enfant mauve avec une humaine cinq cents ans auparavant. Le Roi Jabe d'Émeraude l'a immolé de sa main sur le champ de bataille, croyant mettre fin à l'invasion des hommes-insectes.

— Mais l'empereur est revenu sur Enkidiev pour concevoir Kira, comprit la jeune femme. Si nous la tuons, il recommencera jusqu'à ce qu'il puisse mettre la main sur un héritier vivant.

— C'est aussi ce que je crois. Et il ne faut surtout pas oublier la prophétie. Le Magicien de Cristal est persuadé que Kira pourra protéger le Chevalier porteur de lumière si elle est bien guidée.

— Mais pas toi.

Wellan soupira profondément. Le manque de discipline de cette enfant gâtée le contrariait beaucoup, mais il n'allait certainement pas contredire un Immortel.

— Sait-elle qu'elle est une hybride ? demanda soudainement Bridgess.

— Non ! s'exclama Wellan. Et elle ne doit jamais l'apprendre !

— Donc, tu n'as aucune intention de la laisser choisir son propre camp.

— Surtout pas ! se fâcha-t-il.

Il fit les cent pas, cherchant à calmer sa colère dont Bridgess n'était nullement responsable. Elle le suivit des yeux en tentant de comprendre ce qui l'avait ainsi enflammé dans ses propos. Elle jeta un coup d'œil dans son cœur et y trouva de la haine.

— Tu détestes Kira... se troubla-t-elle.

Wellan arrêta de marcher et darda son regard de glace sur la jeune femme. Il y avait des frontières en lui que même un autre Chevalier n'avait pas le droit de franchir. Il voulut protester, mais les mots s'étouffèrent dans sa gorge.

— Kira n'est pas responsable de ce qu'Amecareth a fait subir à la Reine Fan, la défendit Bridgess. Elle n'est que le produit du crime, pas le crime lui-même.

Wellan fit volte-face et se dirigea à grands pas vers l'aile des Chevaliers. Bridgess s'élança à sa poursuite et le rattrapa dans le long couloir de pierre jalonné de portes. Lui agrippant le bras, elle l'obligea à lui faire face.

— Nous avons fait le vœu de protéger tous les habitants du continent, chuchota-t-elle pour ne pas réveiller ceux qui dormaient. Nous avons l'obligation de protéger Kira parce qu'elle est un sujet d'Enkidiev.

— Je me souviens de mon serment, siffla le grand Chevalier entre ses dents, et Theandras sait à quel point il m'est difficile de le respecter en ce moment. Il y a de la colère en moi, Bridgess. Il y en a toujours eu. Je ne suis jamais arrivé à la chasser. Et lorsque des injustices sont commises, elle s'élève en moi comme un tourbillon de flammes et me fait commettre des gestes inconsidérés.

— Comme chez le Roi des Elfes... se rappela-t-elle.

Il libéra brutalement son bras et poursuivit sa route dans le couloir, mais n'entra pas dans sa chambre. Voyant qu'il se dirigeait vers les bains, Bridgess le suivit. Elle entra dans la grande pièce de tuiles brillantes où brûlaient encore quelques lampes et trouva Wellan assis près du bassin, le dos appuyé contre le mur, ses longues jambes repliées contre lui. Elle s'approcha de lui en sondant son cœur et y découvrit un profond chagrin.

— Chaque fois que je regarde Kira, je ne peux m'empêcher de penser à ce que cette créature immonde a fait à sa mère, s'affligea-t-il.

Il enfouit son visage dans ses larges mains et éclata en sanglots. Bridgess l'avait rarement vu pleurer pendant toutes ces années sous sa tutelle, sauf lorsqu'il se remettait à penser aux longues absences de la reine fantôme. Pourquoi un homme aussi intelligent chérissait-il pareille illusion tandis qu'il côtoyait une femme de chair et de sang qui l'aimait de tout son cœur ?

Elle s'agenouilla près de lui, passa un bras autour de son cou et caressa ses cheveux comme il l'avait fait si souvent avec elle dans les moments difficiles.

— Elle ne sait même pas qu'elle est la fille d'un monstre, Wellan, le consola-t-elle. Comme tu me l'as si souvent dit, les Chevaliers vivent au moment présent et ils assurent l'avenir. Ils n'ont rien à faire du passé, sauf ne pas répéter ses erreurs. Je sais que tu aimes toujours cette reine magicienne et que sa mort te rend malheureux, mais tu ne peux rien y changer. Accepte son départ pour l'autre monde et rends-lui hommage en protégeant sa fille au lieu de la détester.

Les sanglots coupables de Wellan redoublèrent, et Bridgess posa ses mains sur ses tempes afin de lui transmettre une vague d'apaisement. Tous les muscles de son corps se détendirent d'un seul coup. Elle le força à enlever ses mains de son visage bouleversé de douleur. Apercevant la profonde détresse dans ses yeux bleus, elle comprit qu'il n'arriverait jamais à s'apaiser par lui-même.

— Dis-moi ce que je dois faire pour t'aider, Wellan.

— Remonter le temps pour que nous empêchions l'Empereur Noir d'attaquer Shola, pleura-t-il.

— Si j'étais un maître magicien, tu sais bien que je t'accorderais ce souhait.

Elle essuya ses larmes d'une main douce, presque maternelle. Elle était amoureuse de ce beau Chevalier aux traits durs et au cœur tendre, même s'il appartenait à la défunte Reine Fan. Si elle ne pouvait pas devenir sa compagne, Bridgess savait certainement lui redonner du courage chaque fois qu'il en avait besoin.

Elle le serra dans ses bras et attendit patiemment qu'il se calme, car Wellan arrivait toujours à maîtriser ses émotions. Lorsqu'il arrêta finalement de pleurer, elle déposa un baiser sur ses lèvres, puis un deuxième.

— Si tu savais à quel point je t'aime, murmura-t-elle en caressant son visage.
— Parce que tu crois que je ne le sais pas ?
— Quels sont tes sentiments envers moi, Wellan ?
— J'éprouve une grande admiration et une profonde affection pour toi.
— Et encore ? le pressa-t-elle.

Les baisers de la jeune femme se firent plus ardents. Wellan risquait évidemment de la repousser s'il rêvait à la Reine de Shola, mais il pouvait également céder à ses avances. Elle ressentit le terrible combat qu'il menait contre son propre cœur et se fit plus insistante. Soudain, le grand Chevalier l'enlaça. Cette nuit-là, sur le plancher légèrement embrumé des bains, Wellan libéra enfin toutes les émotions emprisonnées en lui, et Bridgess se retrouva étreinte par un homme qu'elle ne reconnaissait plus, un être tendre, passionné et attentif qui la rendit très heureuse. Elle se serra contre lui après l'amour et souhaita que cet enchantement ne prenne jamais fin, bien qu'elle se doutât que Wellan lui fermerait son cœur dès les premières lueurs du jour.

Ils restèrent un long moment enlacés, puis Bridgess se rappela qu'ils avaient laissé leurs Écuyers seuls trop longtemps. Après un dernier baiser, ils quittèrent les bains et retournèrent à leurs appartements.

Bridgess referma la porte de sa chambre en silence. Dans son lit, Swan dormait à poings fermés. Elle aimait bien veiller sur la vie et la sécurité d'une enfant de cet âge.

Était-ce en raison de sa vocation de Chevalier ou de son instinct maternel ? Elle s'allongea sur son lit et la regarda dormir paisiblement.

Même si les règlements de l'Ordre prévoyaient que les Chevaliers pouvaient se marier et concevoir des enfants après avoir entraîné leurs premiers Écuyers, Bridgess savait bien que ses frères et ses sœurs d'armes ne connaîtraient jamais une vie normale. Aucun d'entre eux n'avait eu le temps de rencontrer un compagnon avec l'existence qu'ils avaient menée lors des dernières années.

Au lieu de chercher un partenaire pendant cette période d'accalmie, les Chevaliers les plus âgés avaient plutôt accepté de prendre un deuxième apprenti. Ils en formeraient bien d'autres avant de s'arrêter et de fonder leur propre famille.

14

L'entraînement de Kira

Au matin, après le bain rituel et le repas, Bridgess se rendit dans la tour du magicien Élund, son Écuyer sur les talons. La saison des pluies s'étant abattue sur Émeraude, la grande cour était couverte de boue. Les palefreniers avaient abrité les chevaux dans l'écurie, et aucun paysan ne circulait dans les espaces à découvert, bien que le pont-levis fût descendu. Il était encore tôt et les jeunes élèves se trouvaient toujours dans le grand hall du roi à déguster leur premier repas de la journée. C'était donc pour Bridgess le moment idéal d'adresser sa requête au magicien d'Émeraude.

Elle frappa à la porte de la tour, qui s'ouvrit magiquement. Toujours suivie de Swan, elle entra dans la grande pièce circulaire. Vêtu d'une longue tunique bleue, ses cheveux gris épars sur ses épaules et les yeux endormis, Élund descendit l'escalier en grognant. Il avait dû observer les étoiles toute la nuit avant l'arrivée des nuages chargés de pluie. Bridgess s'inclina devant lui, mais n'osa pas sonder son esprit pour connaître son humeur.

— Que me vaut cette visite inattendue ? grommela le magicien en fronçant les sourcils.

— Je suis venue vous demander une faveur, maître Élund, déclara bravement la jeune femme. J'aimerais que vous me donniez la permission d'entraîner la pupille du Roi d'Émeraude.

— Kira ? s'exclama-t-il. Mais il a déjà été décidé qu'elle était trop jeune pour devenir Écuyer.

— Je ne vous demande pas d'en faire mon apprentie, seulement de me laisser lui enseigner à combattre, car je crains que nos ennemis cherchent à la détruire pour empêcher la prophétie de se réaliser. Ce serait une bonne chose qu'elle puisse se défendre.

L'expression d'Élund passa de l'étonnement à l'agacement, car il n'aimait pas que les Chevaliers prennent une décision à sa place ou qu'ils essaient de lui forcer la main. Et ce jeune démon mauve lui causait déjà suffisamment d'ennuis au château sans qu'elle se balade avec une épée en plus. Mais, d'une certaine manière, la jeune femme avait raison. Même s'il ne l'aimait pas, l'intervention de Kira constituait le cœur de la prophétie qui sauverait Enkidiev des griffes d'Amecareth.

— Le maniement des armes ne la protégerait guère des dragons, riposta-t-il.

— Vous avez raison, acquiesça Bridgess, mais si des hommes-insectes tentaient de s'emparer de Kira, elle en triompherait facilement, car ils sont de bien piètres adversaires en combat singulier.

Le vieux magicien observa la jeune femme pendant un moment. L'esprit toujours limpide comme de l'eau de source, elle avait été sa plus brillante élève après Wellan, et, aujourd'hui, elle portait fièrement la cuirasse des Chevaliers d'Émeraude. Quelle belle réussite !

— Pourquoi t'intéresses-tu à Kira ? voulut-il savoir.

— Parce que personne d'autre ne le fait et parce qu'une voix dans ma tête me demande de l'entraîner sans tarder.

— Une voix... Tu n'es pas sans savoir que cette enfant a très mauvais caractère ?

— Mais je suis habituée aux gens difficiles, maître Élund, répondit moqueusement Bridgess. N'ai-je pas été formée par le grand Chevalier Wellan lui-même ? Et j'ai survécu !

Un sourire amusé se dessina sur les lèvres du vieux magicien qui se rappela les années d'apprentissage de ce jeune et rebelle Prince du Royaume de Rubis. Élund avait en effet eu beaucoup de mal à faire de lui un serviteur du peuple. Bien qu'il eût reçu le même entraînement que les autres, sa force de caractère l'avait élevé au-dessus d'eux. Pourtant, le code de chevalerie prévoyait que ces guerriers étaient égaux et qu'ils devaient prendre toutes les décisions ensemble. Wellan avait changé les règles du jeu dès son arrivée au Château d'Émeraude sans que personne conteste son autorité. Même à cinq ans, il commandait le respect des autres enfants. Quelle intelligence, quelle curiosité et quelle impertinence aussi ! Seul élève à avoir mis en doute son enseignement, il avait également eu le culot de lui apporter des preuves concrètes de ses prétentions.

— Kira relève entièrement de l'apprenti magicien Abnar, lui rappela alors Élund. Il ne me laissera pas t'assister dans son entraînement.

— J'en suis parfaitement consciente, maître, mais c'est le maniement des armes que je désire lui enseigner, pas la magie.

— Alors soit, tu peux t'occuper d'elle si tu en as envie.

Bridgess s'inclina devant lui et quitta la tour avec son Écuyer. Élund referma magiquement la porte. « Pourvu que ce jeune Chevalier ne regrette pas sa décision », songea-t-il en grimpant l'escalier qui conduisait à ses appartements privés.

*
* *

Bridgess et Swan se rendirent ensuite au palais et demandèrent audience au roi. Inquiet de recevoir une telle requête de la part d'un Chevalier, Émeraude Ier les reçut sur-le-champ. Bridgess lui expliqua ses craintes, puis son désir de former Kira à l'art de la guerre afin d'assurer sa survie. Le roi l'écouta en silence, le menton appuyé sur sa main.

Il était vrai que la petite trouvait le temps long dans ses appartements privés. Elle avait passé l'âge de jouer avec ses poupées et ses blocs de bois, et les travaux de couture ou de broderie ne lui étaient guère accessibles en raison de ses griffes. Sans doute cet entraînement la désennuierait-il. Mais comment expliquer à la fillette qu'elle y serait soumise sans pouvoir devenir un Écuyer ?

— Je saurai la persuader, Majesté, affirma Bridgess.

En examinant les bras musclés et le regard intelligent de la jeune femme, le roi n'eut aucune raison d'en douter.

— Elle ne voudra peut-être pas faire d'efforts si elle ne reçoit pas de récompense, la prévint-il.

— Dans ce cas, je lui dirai qu'elle gravira des échelons dans l'Ordre lorsqu'elle nous aura prouvé avoir acquis suffisamment de discipline. Cet entraînement sera une période d'essai pour elle et je suis certaine qu'elle en comprendra l'importance.

— Et elle aura moins d'occasions de faire des bêtises... ajouta le roi pour lui-même.

Émeraude Ier lui accorda donc la permission de faire ce que bon lui semblait avec l'enfant. Fières de leur victoire, la femme Chevalier et son apprentie quittèrent la salle d'audience et se rendirent aux appartements de Kira en empruntant les couloirs décorés de tapisseries et de statues de dieux, de déesses et d'anciens rois. Armène les introduisit dans la chambre de la princesse mauve. Allongée sur le ventre, Kira lisait un gros manuscrit.

En les voyant entrer, l'enfant se demanda ce qu'on avait à lui reprocher cette fois.

— Si ce n'est pas un bon moment, Kira, nous reviendrons plus tard, assura amicalement Bridgess.

— Non ! C'est un excellent moment ! s'exclama la fillette qui recevait si peu de visiteurs. Je prenais seulement un peu d'avance dans mes études.

— Je ne savais pas que tu étais retournée en classe.

— J'étudie la magie avec maître Abnar, le soir, et il me donne plein de leçons et de devoirs dont je dois m'acquitter durant la journée.

— Est-ce qu'il te reste un peu de temps pour faire autre chose ?

— Oui, mais il n'y a rien que je puisse vraiment faire à cause de mes griffes. De toute façon, le roi exige que je reste au palais où je suis en sécurité.

— Et si je t'enseignais l'escrime, est-ce que ça te plairait ?

Kira se redressa lentement sur son lit, étonnée du soudain intérêt que lui portait Bridgess. Le Chevalier n'eut pas à lire ses pensées pour les deviner.

— Si tu te souviens bien, lorsque tu as accepté de libérer le cheval noir, je t'ai promis de t'entraîner, et les Chevaliers d'Émeraude tiennent toujours leurs promesses. Est-ce que ça t'intéresse ?

— Bien sûr, que ça m'intéresse !

Bridgess lui tendit la main, et Kira sauta du lit pour s'en emparer. Bridgess s'étonna de la tiédeur de sa peau mauve. Son contact lui sembla tout à fait humain. Elle était sans doute moins insecte que ne semblait le croire l'Empereur Noir.

Le Chevalier emmena Kira et Swan dans le grand hall du roi maintenant désert. Les élèves étant retournés en classe, les serviteurs avaient desservi les plats et rangé les tables en bois contre les murs. Bridgess pourrait donc entraîner les fillettes en paix. Elle tendit une épée miniature à Kira qui la reçut avec beaucoup de révérence, mais lorsque la petite referma la main sur la garde, ses griffes violettes s'enfoncèrent dans sa paume et elle poussa un cri de douleur.

Le Chevalier s'agenouilla devant elle et examina ses blessures. Elle les referma avec une douce lumière blanche émanant de ses paumes et embrassa l'enfant sur le front pour la réconforter. Jamais Kira n'avait reçu une telle marque d'amour de la part d'une autre personne que le roi et Armène, et son cœur se gonfla de bonheur.

Bridgess enroula la garde de l'épée d'une bande d'étoffe afin d'en augmenter la taille. Ce n'était pas très confortable pour Kira, mais au moins elle ne se blesserait plus en serrant les doigts. Elle lui tendit l'épée et s'assura qu'elle la tenait en toute sécurité. Pendant les heures qui suivirent, le Chevalier enseigna les fondements du combat singulier aux deux fillettes et comprit rapidement que Kira était douée. Évidemment, elle ignorait que la Princesse de Shola recevait des leçons particulières du défunt Chevalier Hadrian au moins une fois par semaine.

Bridgess libéra la Sholienne au repas du midi et s'amusa en la voyant exécuter une courbette à la Élund pour la saluer et la remercier. « Pourquoi l'accuse-t-on d'être indisciplinée ? » se demanda le Chevalier. Elle manifestait pourtant plus de docilité que Swan. Un lien étrange était en train de se tisser entre la jeune femme et Kira, le même qu'elle partageait avec Wellan et qu'elle tentait d'établir avec son apprentie.

— On m'a permis de t'entraîner en me précisant que tu ne pourrais pas être mon Écuyer, fit Bridgess en posant la main sur l'épaule de la fillette, mais je vois les choses différemment.

Kira arqua légèrement les sourcils. Elle ne comprenait pas pourquoi le Chevalier violait délibérément les règles du code de chevalerie pour elle.

— Moi, je suis capable d'avoir deux apprenties à la fois, poursuivit la jeune femme, mais mes compagnons n'ont pas besoin de le savoir.

— Je pourrais vous appeler maître ? s'étonna Kira.

— Seulement si tu veux.

En état de choc, l'enfant mauve vacilla sur ses jambes. Bridgess ajouta qu'elle était honorée d'avoir sous sa tutelle deux petites filles aussi douées que Swan et elle, et que si elles s'appliquaient elles deviendraient sans aucun doute les meilleurs Chevaliers de tout l'Ordre. Émue, Kira ne trouva pas les mots qui auraient pu exprimer sa gratitude. Bridgess lui caressa la tête en lui recommandant de ne manger que des aliments sains.

Le cœur battant, Kira retourna à ses appartements en se demandant pourquoi toutes ces bénédictions lui tombaient sur la tête tout à coup. Wellan n'était sûrement pas au courant de la démarche de sa sœur d'armes, car jamais il n'y aurait consenti. Armène l'attendait dans son petit salon privé afin de manger avec elle. La princesse sauta sur son fauteuil de velours et jeta un coup d'œil inquisiteur à sa nourriture au lieu de s'empiffrer comme elle le faisait habituellement.

— Tu n'as pas faim ? s'inquiéta la servante.

— Je dois m'assurer que ce sont des aliments sains, répondit-elle en retournant les tranches de viande froide.

— Parce que tu t'imagines que je te servirais de la nourriture malsaine ? s'offusqua-t-elle.

— Ce n'est pas ce que j'ai voulu dire, Mène.

L'enfant sauta sur le sol et grimpa dans les bras de sa mère adoptive en lui serrant le cou avec amour. Armène savait bien qu'elle passait lentement de l'enfance à l'adolescence et qu'il arriverait de plus en plus souvent qu'elle se donne ainsi de grands airs. Elle la ramena à son fauteuil et mangea avec elle en l'écoutant vanter toutes les qualités du Chevalier Bridgess.

Une fois repue, Kira se jeta à plat ventre sur son lit, soulevant la poussière du vieux traité de magie, mais au lieu d'étudier elle laissa voguer son imagination. Elle se vit assise sur un grand cheval noir, portant la cuirasse verte resplendissant de pierres précieuses des Chevaliers, sa cape volant dans son dos, son épée sur sa hanche. La vision devint si réelle qu'elle sentit même le vent jouer dans ses cheveux soyeux. Elle était enfin heureuse.

*
* *

Avant d'aller se restaurer dans le hall avec ses compagnons, Bridgess se rendit chez le fabricant d'armes, à l'autre bout du château. Toujours chaude et occupée, la forge était l'un des endroits préférés des Écuyers. Tous, sans exception, y avaient travaillé quelques jours avec Morrison durant la saison des pluies, la dernière année de leur apprentissage, fabriquant une épée, une pointe de lance ou même des fers pour les sabots des chevaux de guerre.

Bridgess contourna les fourneaux rougeoyants et s'approcha du géant qui battait le fer chaud sur l'enclume. Swan ouvrit de grands yeux curieux en se postant près d'elle. Elle observa le dur travail de l'armurier avec intérêt. Âgé d'une quarantaine d'années, ce dernier était encore plus grand et costaud que Wellan. Les cheveux perpétuellement attachés dans le dos, le visage buriné par la chaleur de la forge, il sortait rarement de son antre infernal. Pour ceux qui ne le connaissaient pas, il paraissait bourru, puisqu'il souriait rarement. Mais, en réalité, il possédait un cœur d'or et il éprouvait beaucoup d'affection pour les Chevaliers.

Remarquant la présence de la belle jeune femme et de son apprentie à proximité, l'homme plongea la lame de l'épée dans l'eau. Le métal hurla en laissant échapper des spirales de vapeur, faisant reculer Bridgess et Swan. Le forgeron éclata de rire et déposa la lame sur son établi.

— Que puis-je faire pour vous, belles dames ? demanda-t-il en penchant légèrement la tête de côté comme pour mieux les examiner.

— Il s'agit d'une commande spéciale pour la Princesse Kira, répondit Bridgess en s'approchant.

Pendant qu'elle lui montrait la garde enveloppée dans l'étoffe, Swan s'approcha des soufflets en se demandant à quoi ils pouvaient bien servir. Morrison écouta les explications de Bridgess au sujet des griffes de la petite puis mesura la garde, en visualisant déjà la tâche à effectuer. Le Chevalier le remercia, agrippa le bras de son Écuyer au passage et quitta la forge.

Cette arme étant destinée à la pupille du roi, le forgeron en fit une véritable œuvre d'art qu'il présenta à Bridgess la semaine suivante. La femme Chevalier examina avec satisfaction la petite épée à la garde volumineuse mais tout de même légère. L'armurier y avait sculpté des renforcements pour chacun des doigts de la fillette afin d'en améliorer la poigne et il y avait enchâssé les pierres précieuses mauves qu'Armène lui avait apportées, un don du trésor d'Émeraude Ier. Bridgess lui remit une bourse de pièces d'or, et il s'inclina devant elle avec gratitude.

*
* *

En se présentant dans le hall, ce matin-là, Kira fut surprise de recevoir des mains de Bridgess la magnifique épée faite sur mesure pour elle. Elle recula d'un pas en ouvrant de grands yeux surpris sans oser y toucher.

— Elle est à toi, assura Bridgess. C'est un cadeau du roi.

La fillette mauve glissa prudemment les doigts dans les renforcements sous le regard inquiet de Swan. Constatant que l'arme ne lui causait aucune douleur, elle serra la garde avec fierté.

— Comme ça, tu m'asséneras de véritables coups, déclara Swan.

— Elle est vraiment magnifique, maître, balbutia Kira, bouleversée.

— Maître ? lâcha une voix étonnée en provenance de la porte.

Bridgess et les deux fillettes firent volte-face. Wellan et Cameron se tenaient à l'entrée du hall, et le grand

Chevalier avait posé les mains sur ses hanches, un très mauvais signe. Sentant la colère s'emparer de son chef, Bridgess marcha jusqu'à lui en sondant son cœur.

— Élund m'a donné la permission de l'entraîner, expliqua-t-elle calmement.

— Et d'en faire ton Écuyer ? persifla Wellan.

— Non, il n'en a jamais été question.

— Pourquoi t'appelle-t-elle maître ?

— Parce que ça me flatte, le défia Bridgess.

Wellan la transperça du regard, mais n'ajouta rien. Il se tourna plutôt vers Kira et pénétra son esprit comme un poignard afin de s'assurer que Bridgess lui disait la vérité. « Pourquoi est-il toujours aussi méchant avec moi ? » grommela intérieurement l'enfant mauve.

— Depuis combien de temps l'entraînes-tu ? s'enquit le grand chef.

— Quelques jours.

— Donc, elle sait se défendre maintenant ? s'impatienta-t-il en mettant la main sur la garde de sa propre épée.

— Wellan, non ! s'opposa durement Bridgess. Elle n'est qu'une néophyte. Tu la mettras à l'épreuve lorsqu'elle aura reçu le même entraînement que tous les autres Écuyers d'Émeraude, pas avant.

— Tu contestes mon autorité, Bridgess ?

— Cette enfant est sous ma protection et je ne laisserai rien lui arriver tant qu'elle ne saura pas se défendre.

Les deux Chevaliers s'observèrent avec colère pendant un moment, puis Wellan tourna les talons et quitta le hall avec le jeune Cameron. Soulagée d'avoir évité cet affrontement ridicule, Bridgess retourna vers ses apprenties et aperçut les minois effrayés des petites.

— Il s'est levé du pied gauche, plaisanta-t-elle pour les rassurer.

Mais Kira continuait de regarder la porte en se demandant pourquoi Wellan la détestait tant. Bridgess ne lui donna pas le temps d'y penser davantage et soumit les deux enfants à une longue séance d'échauffement, puis à une leçon d'escrime en leur prodiguant beaucoup d'encouragements.

Après l'exercice, sa belle épée toute neuve à la main, l'enfant mauve sortit du hall en courant, grimpa le grand escalier de pierre jusqu'à l'étage des salles d'audience afin d'aller remercier le roi qui lui avait offert sa nouvelle arme. Elle se glissa prudemment au milieu des dignitaires qui écoutaient la sentence du roi au sujet d'un litige dans son royaume. Dissimulant sa petite lame sous les pans de sa tunique, elle perçut les dernières paroles de son protecteur et attendit que tous se soient inclinés devant lui. Autrefois, elle aurait foncé au travers de cette foule bigarrée et grimpé sur les genoux d'Émeraude Ier pour couvrir son visage de baisers, mais elle n'était plus un bébé.

Dès que les derniers conseillers eurent quitté la belle salle décorée des fanions d'Émeraude, Kira trottina sur les carreaux brillants et posa un genou en terre devant le roi.

— Mais qu'avons-nous là ? s'amusa Émeraude Ier en la voyant.

— Une petite fille bien contente du présent que vous lui avez offert, Majesté, répondit-elle avec un large sourire.

— Le Chevalier Bridgess m'a dit que Morrison avait fait du bon travail.

— Voyez par vous-même.

Elle posa l'épée à plat sur ses deux paumes et s'approcha de son père adoptif. Émeraude Ier examina l'arme avec beaucoup d'intérêt et admira les belles pierres précieuses sur la garde.

— Je suis bien content qu'elle te plaise.

Incapable de s'en empêcher, Kira se jeta au cou du roi. Émeraude Ier remit l'arme au serviteur près de lui et étreignit l'enfant avec amour.

*
* *

Bridgess poursuivit l'entraînement des deux fillettes pendant toute la saison des pluies sans plus d'interférence de la part de Wellan. À sa grande satisfaction, Kira augmenta graduellement sa vitesse d'exécution et sa ruse. Elle était menue, mais rapide comme un chat, et ses petits bras se renforçaient davantage. Évidemment, le fantôme du Roi Hadrian en était en partie responsable, mais l'enfant mauve ne pouvait parler de lui à personne.

Au premier jour de la saison chaude, au milieu d'un orage terrible qui secouait le hall du roi à chaque coup de tonnerre, la Princesse de Shola vainquit finalement l'Écuyer Swan lors d'un match amical à l'épée. Kira poussa un cri de joie et sauta dans les bras de sa jeune adversaire en la serrant avec bonheur. Contente de leurs progrès, Bridgess les félicita toutes les deux et décida de leur offrir une récompense.

15

Un dragon à Émeraude

Après les longs mois de pluie et d'obscurité, les vents chauds repoussèrent les nuages vers le nord, provoquant de violents orages sur tout Enkidiev. Le soleil recommença graduellement à briller dans un ciel de plus en plus bleu et les fleurs sortirent timidement de terre. Les oiseaux se remirent à chanter et à se pourchasser dans les arbres, et les paysans sortirent enfin de leurs maisons pour s'occuper des semailles.

En se levant un matin, Bridgess se rendit à l'écurie afin d'en ramener un cheval pour Kira. Ses apprenties ayant travaillé très fort pendant les derniers mois, elles méritaient une récompense. Pas question non plus d'aller se balader dans la campagne avec Swan et de laisser Kira au château. Les palefreniers lui présentèrent une jument isabelle qui n'avait pas été retenue par les Chevaliers en raison de sa petite taille. Bridgess conduisit donc l'animal dans la cour où Swan sellait déjà leurs chevaux sous l'œil inquisiteur de la princesse mauve.

— Kira, voici Espoir. C'est une pouliche de trois ans en bonne santé. Je t'en fais cadeau.

L'enfant regarda la bête à la robe claire puis le Chevalier sans pouvoir prononcer un seul mot. Depuis qu'elle s'occupait d'elle, Bridgess n'arrêtait pas de lui faire des présents et, ne possédant rien, Kira ne pouvait lui rendre la pareille.

— Dis-moi au moins que l'animal te plaît, plaisanta Bridgess qui comprenait ce que la fillette ressentait.

— Oh oui, maître ! réussit enfin à articuler Kira. Je n'ai jamais vu une jument aussi belle !

— Elle n'a pas tout à fait la taille ou l'endurance d'un cheval de guerre, mais elle t'apprendra au moins à bien te tenir en selle, ajouta Swan en empruntant un air adulte.

— Même si Espoir était grosse comme une souris, je serais contente !

— Mais tu n'irais pas bien loin, ajouta l'apprentie en riant.

Bridgess enseigna à la petite Sholienne excitée à seller elle-même son cheval puis la fit grimper sur son dos. La fierté qu'elle vit sur le visage de l'enfant mauve la réjouit. Pour la première fois de sa vie, Kira sentit qu'elle appartenait à l'ordre des choses. Le Chevalier ajusta ses étriers, s'assura que toutes les sangles étaient bien attachées, puis monta sur son cheval gris.

Elles se dirigèrent vers les grandes portes de l'enceinte fortifiée. Le terrain sablonneux à l'extérieur du château était encore détrempé, mais les sabots des chevaux ne s'y enfonçaient pas. Kira galopa derrière le Chevalier et l'Écuyer en goûtant à fond chaque seconde de sa liberté. Elles demeurèrent d'abord sur la route descendant vers le sud, puis entrèrent dans un bosquet où l'air était plus frais. Le sentier longeait la rivière Wawki, bordée de grands arbres et de plantes aquatiques balançant paresseusement leurs têtes dans la brise.

Elles traversèrent le cours d'eau à gué et grimpèrent la colline d'où elles pouvaient apercevoir la forteresse. Kira laissa ses sens se griser des parfums nouveaux dont elle avait ignoré jusque-là l'existence. Elle ne chevauchait pas le bel étalon noir de ses rêves et elle ne portait pas la cuirasse des Chevaliers d'Émeraude, mais elle se sentait enfin libre et puissante. À cette distance, le Château d'Émeraude ressemblait à une maison de poupée. Derrière lui, s'élevait l'immense Montagne de Cristal aux pans rocheux dont le sommet se perdait dans le brouillard. Elle se retourna sur la selle et ne vit pas la fin des terres. Le monde était encore plus grand qu'elle l'imaginait.

— Ce que tu vois, ce n'est que le Royaume d'Émeraude, lui dit Bridgess qui suivait le cours de ses pensées. Au-delà de ses frontières se cachent les Royaumes de Perle et de Turquoise et, encore plus loin, celui de Fal.

— Où le Chevalier Santo est né... se rappela l'enfant. Est-ce que je verrai ces beaux pays un jour, maître ?

— Oui, tu les verras, assura Bridgess. En ce moment, tu n'es qu'une enfant, mais tu grandiras et tu maîtriseras le maniement des armes et la magie. Notre grand chef sera alors forcé d'admettre que tu possèdes les qualités d'un Chevalier.

— Je ne pourrai jamais assez vous remercier de votre confiance en moi et de votre compréhension.

— Ma récompense sera de te voir vaincre l'Empereur Noir une fois pour toutes.

Kira n'osa pas lui avouer que cette éventualité l'effrayait beaucoup et se concentra plutôt sur son bonheur de chevaucher près d'elle au milieu de la campagne d'Émeraude. Bridgess laissa souffler les chevaux avant de reprendre le chemin du château. Wellan ne serait sans doute pas content d'apprendre qu'elle avait emmené la pupille du roi à l'extérieur des fortifications, mais cette enfant enfermée depuis trop longtemps dans ses appartements méritait certes qu'on lui donne un peu d'espoir.

— Il faut rentrer maintenant, annonça Bridgess. Nous allons emprunter un autre chemin où poussent des fleurs orangées uniques dans notre pays.

De larges sourires apparurent sur le visage des fillettes qui voulaient tout connaître du monde. Tandis qu'elles s'apprêtaient à redescendre la colline, un grondement rauque leur parvint de la forêt, quelques mètres plus bas.

— Qu'est-ce que c'était, maître ? demanda Swan en se redressant sur sa selle.

— Probablement une bête sauvage, répondit Bridgess en retenant fermement son cheval qui commençait à s'affoler. Ne restons pas ici.

Ses deux élèves n'ayant pas sa maîtrise de l'équitation, il fallait rapidement les ramener au château avant que leurs montures ne s'emballent à l'approche d'un prédateur. Elle dirigea donc les petites filles vers un sentier s'éloignant des arbres et demeura derrière elles pour sonder les alentours. Captant une présence froide et meurtrière, elle ordonna aux enfants d'accélérer.

Elles atteignirent la rivière et la traversèrent aussi rapidement que possible. Bridgess n'eut pas le temps de lancer son cheval au galop qu'une horrible créature apparut devant elles. La bête aussi sombre que la nuit avait deux fois la taille de leurs montures et était d'une humeur belliqueuse. Sa peau recouverte d'écailles noires luisait sous les rayons crus du soleil, et ses yeux rouges flamboyaient de chaque côté de sa petite tête triangulaire. Flairant les humains, le monstre adopta aussitôt une posture d'attaque en poussant un terrible rugissement. Les chevaux se cabrèrent en hennissant de terreur et Kira, qui n'était pas encore très solide en selle, fut durement projetée sur le sol.

— Swan, sauve-toi ! ordonna Bridgess en sautant à terre.

L'Écuyer ne pouvait désobéir à un ordre de son maître sans s'exposer à un terrible châtiment et, même si elle aurait préféré combattre aussi le dragon, elle pressa son cheval vers la rivière en lui martelant les flancs de ses talons.

Bridgess dégaina son épée et se plaça devant Kira toujours effondrée sur le sol, étourdie. *Wellan ! Tous mes frères d'armes ! J'ai besoin de vous !* cria silencieusement la jeune femme en étudiant les griffes et les dents acérées du monstre devant elle.

*
* *

Dans la cour du château, Wellan entraînait Cameron à la lance lorsqu'il reçut l'appel de détresse et l'image du dragon menaçant dans son esprit. Autour de lui, ses frères d'armes cessèrent aussitôt l'entraînement de leurs Écuyers. Rapidement, le grand chef sonda les alentours et repéra sa jeune compagne en bordure de la rivière Wawki.

— À vos montures, Chevaliers ! cria-t-il de sa voix forte. Les Écuyers restent ici !

Ayant aussi entendu la voix de Bridgess dans leur tête, les guerriers coururent vers l'écurie et les enclos où les palefreniers eurent juste le temps de passer une bride à leurs destriers. Wellan prit les devants et galopa sans retenue en direction des portes. Ils foncèrent à travers les champs à peine ensemencés, effrayant les paysans, empruntant le plus court chemin jusqu'au cours d'eau.

Ils croisèrent Swan au milieu d'un grand pré, tandis qu'elle revenait vers le château à bride abattue.

L'Écuyer tira de toutes ses forces sur les rênes pour arrêter son cheval effrayé devant ceux des Chevaliers.

— Un dragon attaque mon maître ! s'écria-t-elle.

— Retourne au château ! lui ordonna Wellan en talonnant aussitôt son cheval.

Swan ne pouvait certes pas désobéir au grand chef, bien qu'elle se sentît tout à fait de taille à affronter un monstre. Elle émit un cri de rage et poursuivit sa route en direction de la forteresse.

Lorsque les Chevaliers atteignirent enfin le pied de la colline, un terrifiant spectacle les attendait. Debout, l'épée à la main, Bridgess affrontait bravement le dragon qui se contentait pour l'instant de rugir et de secouer la tête. Mais Wellan avait vu les dommages infligés par ces monstres aux Sholiens et il craignit pour la vie de la jeune femme. Il sauta à terre et remit les guides de son cheval à Wanda, directement à côté de lui.

— Mais comment un dragon s'est-il rendu jusqu'ici ? s'écria Bergeau en retenant sa monture effrayée.

Wellan dégaina son épée en courant se placer aux côtés de Bridgess. Pour vaincre ces monstres, il fallait les confiner dans un espace restreint et les brûler vifs. Il n'y avait dans le Royaume d'Émeraude aucune trappe où ils auraient pu l'attirer et en mettant le feu à cet animal en terrain découvert, ils risquaient de le voir prendre la fuite et tout enflammer sur son passage, y compris les chaumières des villageois à quelques kilomètres au sud, le long de la rivière Wawki. L'autre façon de s'en débarrasser, si les Chevaliers agissaient ensemble, consistait à le pousser dans la rivière pour qu'il s'y noie.

— Kira, cours jusqu'à Chloé ! commanda Wellan.

Chloé, ramène-la tout de suite au château. Sonne l'alarme et fais remonter le pont-levis ! poursuivit le grand chef par télépathie. *Chevaliers, venez m'aider à détruire cette abomination !*

Ils sautèrent tous à terre, sauf Chloé qui attendit Kira, malgré sa monture qui voulut s'enfuir avec les autres chevaux. Ses petits membres tremblant de peur, l'enfant mauve se releva et recula pendant que les compagnons de Wellan et Bridgess accouraient.

Dès qu'elle eut commencé à s'éloigner, le dragon se dressa brusquement sur ses pattes arrière et laissa échapper un cri strident. Sans attendre son reste, Kira tourna les talons et courut de toutes ses forces. Furieux de la voir s'échapper, le monstre s'élança derrière elle, forçant Wellan et Bridgess à s'écarter de son chemin pour ne pas être écrasés sous ses membres musclés. Bergeau et Dempsey tentèrent de le frapper de leurs épées au passage, mais leurs lames rebondirent sur ses écailles dures comme du roc. Jasson leva les bras et, utilisant son pouvoir de lévitation, réussit à peine à ralentir sa course. Pour le contenir, il lui faudrait également compter sur les pouvoirs de ses frères.

Voyant que Chloé n'arrivait plus à maîtriser son cheval qui tournait sur lui-même en hennissant de frayeur, Kira décida d'assurer sa propre survie. De grands arbres bordaient la rivière et, si elle grimpait jusqu'à leur sommet, le monstre ne serait certainement pas en mesure de l'atteindre. Elle fit un crochet vers le cours d'eau malgré les exhortations de Chloé qui ne pouvait pas aller la chercher. Mais Kira n'entendait plus que les palpitations de son propre cœur.

Il ne lui restait que quelques mètres à franchir avant de pouvoir sauter sur l'écorce du plus gros des arbres lorsqu'elle fut frappée par-derrière et tomba face la première dans l'herbe trempée. Terrorisée, elle se retourna vivement sur le dos et aperçut une rangée de crocs étincelants au-dessus d'elle. Son cri d'effroi glaça le sang des Chevaliers.

Wellan fut le premier à rattraper le dragon. Il lui assena de violents coups d'épée sur la queue sans lui faire la moindre entaille. Son attention uniquement fixée sur Kira, la bête ne sentit même pas son intervention. Elle posa les pattes près de l'enfant, enfonçant ses griffes dans la terre de chaque côté de sa petite poitrine haletante pour l'empêcher de s'enfuir. Les Chevaliers rejoignirent leur chef en courant et n'eurent pas plus de succès que lui avec leurs armes.

— Rengainez vos épées ! cria Wellan. Il faut l'entraîner dans la rivière en nous servant de notre magie !

Jasson, Bergeau, Chloé, Dempsey, Falcon, Santo, Bridgess, Buchanan, Kerns, Kevin, Nogait, Wanda et Wimme se positionnèrent en éventail autour du monstre, qui grondait en refusant de partager sa proie. Jasson se concentra profondément et leva brusquement ses paumes vers la bête. Un vent violent s'éleva devant lui et son puissant pouvoir de lévitation, conjugué à celui de ses frères, poussa inexorablement la bête vers la rivière. Le dragon résista en baissant la tête, mais le bouclier invisible des soldats magiciens le força à reculer. Kira n'attendit pas qu'on vienne à son secours. Dès qu'elle fut libérée du monstre, elle bondit vers les arbres. Le dragon la vit s'enfuir. Poussant un cri aigu de protestation, il s'élança de côté pour la poursuivre, échappant à l'emprise des Chevaliers.

L'enfant mauve sauta sur un énorme tronc et, à l'aide de ses griffes, l'escalada comme un écureuil. Le dragon s'arrêta au pied de l'arbre et y accrocha brutalement ses pattes, tendant son long cou à la manière d'un serpent. Ses mâchoires se refermèrent sur la jambe de Kira qui hurla de douleur.

Wellan fonça sans réfléchir. Empoignant la garde de sa large épée à deux mains, il frappa les pattes du dragon avec toute sa puissance pour lui faire lâcher la petite. Agacée, la bête lui administra un violent coup de queue, qui le projeta des mètres plus loin sur le sol. Le grand Chevalier roula plusieurs fois sur lui-même et se releva avec difficulté, une douleur aiguë lui déchirant l'avant-bras.

— Enflammez-le ! hurla-t-il.

Les Chevaliers lui obéirent sans discuter, et un brasier magique apparut sous le monstre, léchant ses sombres écailles. Le dragon lâcha aussitôt la jambe de l'enfant, ses cris de colère redoublant. Kira poursuivit prestement son escalade dans les branches, tandis que le dragon se laissait lourdement retomber sur le sol en faisant trembler la terre. Il se retourna vers les humains et, enragé, les attaqua.

— Faites-le tomber à l'eau ! s'écria Wellan.

Le bouclier invisible se reforma sur-le-champ dans un formidable crépitement d'énergie. Ses griffes labourant le sol, le dragon se débattit furieusement contre l'emprise magique des Chevaliers, mais cette fois, Jasson n'allait pas le laisser s'échapper. Avec l'aide de tous ses frères, il avança vers le monstre, les paumes relevées. La puissance de son intervention secoua les arbres autour de l'animal maléfique qui continuait de résister en manifestant son courroux. Mais les Chevaliers furent plus forts que lui, et le dragon s'abîma dans la rivière Wawki où il coula comme une pierre.

Serrant son bras meurtri contre sa poitrine, Wellan courut jusqu'à la berge et ne se détendit que lorsque la bête monstrueuse cessa de se débattre au fond de l'eau. Sondant rapidement les alentours, il fut soulagé de constater qu'aucune autre créature semblable ne rôdait dans les parages. Il leva les yeux vers la cime de l'arbre centenaire où l'enfant mauve s'était réfugiée.

— Kira, tu peux descendre ! lança-t-il. Le dragon est mort !

Mais l'enfant terrorisée pleurait à chaudes larmes et continuait de s'accrocher fermement à la branche. Wellan comprit qu'il ne la convaincrait pas de quitter son perchoir par sa seule autorité. Il promena donc son regard sur ses compagnons et, bien que l'utilisation de ses pouvoirs magiques eût diminué ses forces, Jasson offrit aussitôt d'aller la chercher. Ce Chevalier, originaire d'un village du Royaume de Perle, situé en bordure des forêts de Turquoise, avait appris à escalader les arbres de façon sûre dès son jeune âge. Il grimpa à la hauteur de l'enfant et vit le sang ruisselant sur sa jambe mauve.

— Kira, c'est moi, Jasson, fit-il d'une voix amicale. Je vais t'aider à descendre.

Morte de peur, l'enfant se cramponna davantage en geignant. Le Chevalier se mit donc à détacher ses griffes une à une de l'écorce malgré ses plaintes stridentes et réussit finalement à l'attirer dans ses bras. Kira s'accrocha aussitôt à lui comme une chauve-souris, s'agrippant solidement à son armure verte.

— Heureusement que je portais ma cuirasse aujourd'hui, déclara-t-il en entreprenant la longue descente.

Jasson sauta finalement sur le sol et s'arrêta devant Wellan. Tous les Chevaliers tentèrent de décrocher l'enfant, mais elle enfonça encore plus profondément ses griffes dans l'armure de Jasson et continua de se lamenter, refusant de quitter la sécurité des bras du Chevalier. Il fut donc décidé que Jasson la porterait jusqu'au château. Leurs chevaux ayant pris la fuite dès le début de l'affrontement avec le dragon, ils entreprirent de rentrer à pied.

Pendant la longue marche, Wellan, le bras toujours replié sur sa poitrine, analysa l'incident sous tous les angles. Le dragon était plus petit que ceux qu'ils avaient affrontés sur la côte, ce qui laissait croire qu'il s'agissait d'un animal plus jeune. Mais comment avait-il réussi à franchir les pièges ? Était-il le seul à y être parvenu ?

*
* *

Les Écuyers accoururent en voyant leurs maîtres franchir les portes de la forteresse, soulagés de les savoir sains et saufs. Trottinant au côté de Wellan, Cameron ressentit aussitôt sa douleur.

— Maître, vous êtes blessé ? s'inquiéta-t-il, en posant une douce main sur son bras valide.

— Ce n'est rien, mon petit.

Pourtant, il tremblait tandis qu'il luttait contre la souffrance. Les Chevaliers s'arrêtèrent dans la grande cour pour reprendre leur souffle. Alertée par les servantes, Armène sortit du palais et courut jusqu'au Chevalier qui portait sa protégée dans ses bras.

— Par tous les dieux, que s'est-il passé ? s'exclama-t-elle en voyant la jambe ensanglantée de Kira.

— Nous avons été attaqués par un dragon, répondit Jasson en essayant de se défaire de l'enfant mauve.

— Kira, mon trésor, il faut soigner cette jambe sans tarder, insista Armène pour qu'elle relâche son emprise sur le Chevalier.

— Mène... geignit Kira.

Sous le regard attentif de Wellan, Armène persuada l'enfant mauve de libérer Jasson. Elle la serra contre son cœur et Santo s'empressa d'examiner les traces de crocs avec ses mains habiles de guérisseur. Il constata avec soulagement que le dragon n'avait pas endommagé de muscles. Il ne décela pas non plus la présence de poison dans son sang. Il se concentra, et une belle lumière blanche apparut dans ses paumes. Avec soin, il referma les plaies une à une, puis laissa la servante emmener la petite fille dans ses appartements pour la réconforter.

Wellan ordonna à ses soldats de se rendre dans leur hall où il voulait discuter des derniers événements loin des oreilles des paysans déjà suffisamment terrorisés. Santo suivit ses frères en les sondant un à un. Il capta aussitôt la douleur de Wellan, mais aussi sa fureur.

Chevaliers et Écuyers prirent place autour de la grande table en silence, mais Wellan, incapable de maîtriser sa colère, arpentait la pièce comme un animal en cage, le bras replié contre sa cuirasse. Santo s'assit près d'Hettrick, son Écuyer, et posa une main rassurante sur son bras, pressentant que le grand chef était sur le point d'éclater.

— Je croyais que tout le monde ici connaissait la prophétie ! tonna Wellan en se retournant vers ses frères d'armes. Savez-vous ce qui serait arrivé si le dragon avait réussi à tuer cette enfant ?

Son reproche s'adressait évidemment à Bridgess qui l'avait emmenée à l'extérieur des murs du château. La jeune femme se contenta de le fixer sans rien dire. Il était bien trop fâché pour qu'elle tente de lui expliquer qu'elle avait seulement voulu récompenser les progrès de la fillette.

— Le sort d'Enkidiev dépend de sa survie ! hurla-t-il.

— Et nous l'avons heureusement sauvée, répliqua Santo en lui transmettant une puissante vague d'apaisement.

De tous les Chevaliers, seul Santo pouvait se permettre d'agir ainsi avec Wellan sans s'attirer ses foudres, puisqu'ils étaient très proches. Le baume invisible frappa le grand chef en pleine poitrine et apaisa momentanément son irritation.

— Moi, ce qui m'inquiète, intervint Dempsey, c'est qu'un dragon se soit rendu jusqu'au Royaume d'Émeraude.

— S'il y avait eu des percées sur la côte, on nous aurait prévenus, ajouta Falcon.

— À moins que l'ennemi ait trouvé une autre façon de débarquer sur le continent, avança Chloé.

— Ou que l'un des royaumes côtiers ait relâché sa surveillance, lança Bergeau.

Haletant pour supporter la souffrance que lui causait son bras, le grand Chevalier scruta ses compagnons inquiets. Bridgess l'observa en pensant qu'il aurait décidément été un roi puissant et redoutable.

— Il n'y a qu'une façon de le savoir, déclara-t-il sévèrement. Dès demain, la moitié d'entre vous se rendra sur la côte pour y mener une enquête, tandis que l'autre parcourra Émeraude et questionnera les paysans. Si d'autres dragons s'y cachent, vous trouverez certainement des pistes ou des cadavres d'animaux mutilés. Je veux un portrait complet de la situation aussi rapidement que possible.

Ils acceptèrent tous cette nouvelle mission sans discuter, même Bridgess qui sentait que Wellan allait ensuite s'en prendre à elle.

— Vous m'informerez de vos moindres découvertes en me transmettant vos pensées.

— Tu peux compter là-dessus, assura Jasson.

Incapable de supporter plus longtemps la douleur, Wellan tourna les talons vers la sortie. Cameron courut derrière lui et le rattrapa dans le couloir des chambres.

— Et nous, maître ? demanda le garçon en trottinant près de lui.

— Nous allons nous assurer que Kira est hors de danger.

Wellan se dirigea vers le palais en tentant d'ignorer la douleur qui se propageait à sa poitrine.

16
Les reproches de Wellan

Cameron le suivant comme son ombre, Wellan se rendit aux appartements de l'enfant en tentant désespérément d'engourdir son bras avec sa magie. Il s'arrêta devant la porte de la chambre de Kira et l'aperçut sur son lit, tremblant toujours comme une feuille, malgré les cajoleries d'Armène. Wellan s'avança jusqu'au pied du lit et la sonda rapidement. Il ne décela aucune trace de poison dans son sang, ce qu'il craignait plus que tout, puisque c'était ainsi que l'empereur avait tué la Reine Fan.

— Vous n'avez pas besoin de me disséquer pour voir que je suis morte de peur, se lamenta la petite en baissant misérablement la tête.

— Je veux seulement m'assurer qu'on a soigné tes plaies, fit froidement le Chevalier.

— Le Chevalier Santo les a refermées.

Kira risqua un œil sur lui. « Il est beau même lorsqu'il est furieux... et si brave », pensa-t-elle. Il n'avait pas hésité une seule seconde à s'attaquer à un animal qu'il savait ne pas pouvoir vaincre avec sa seule épée.

— Vous aviez raison, concéda-t-elle. Je n'aurais pas dû quitter le château.

— Ce n'est pas ta faute, mais celle d'un certain Chevalier qui a manqué de jugement, fulmina-t-il.

— Je vous en conjure, ne la punissez pas. Comment aurions-nous su qu'il y avait un dragon dans ces bois si...

— Suffit ! explosa Wellan. Rien n'excuse la conduite imprudente de Bridgess. Elle connaissait la prophétie mieux que quiconque, mais elle a choisi de défier les dieux.

Kira faillit répliquer, mais craignant de causer plus d'ennuis à Bridgess, elle se blottit contre Armène et ferma les yeux.

« Au moins, la petite n'a rien », se rassura Wellan. Il quitta ses appartements et retourna dans l'aile des Chevaliers. Le grand hall étant vide, il comprit que ses compagnons se préparaient pour leur mission. Il se rendit donc à la chambre de Bridgess afin de s'entretenir avec elle et la trouva en train de remplir ses sacoches avec l'aide de Swan.

— Laissez-nous, ordonna Wellan à leurs Écuyers.

Les enfants quittèrent aussitôt la pièce, mais Bridgess continua de placer calmement ses effets dans les sacs de cuir en attendant qu'éclate l'orage.

— De tous les Chevaliers, c'est à toi que j'ai confié les origines de Kira, lui rappela-t-il. Pourquoi l'as-tu éloignée du château ?

— Je voulais seulement lui faire plaisir, Wellan, se défendit la jeune femme en levant les yeux sur lui. Et comment voulais-tu que je sache que ce monstre se cachait dans nos forêts tandis que nos pièges fonctionnent à merveille sur la côte ?

— Nous avons décidé, il y a fort longtemps, que cette enfant ne devait pas quitter la sécurité de la forteresse d'Émeraude Ier !

— Oui, c'est vrai, mais nous avons également oublié que Kira, malgré son sang d'insecte, a aussi un cœur humain. Et tu sais aussi bien que moi ce que font les humains lorsqu'on les repousse en marge de la société. Il pourrait bien arriver un jour où elle sera obligée de choisir entre les deux races, alors nous devrions faire un petit effort pour l'intégrer à la nôtre, tu ne crois pas ?

Wellan n'y avait jamais songé. Son instinct de mâle le poussait surtout à protéger l'enfant pour qu'elle puisse accomplir un jour son destin.

— Je suis désolée d'avoir désobéi à tes ordres, s'excusa Bridgess. Cela ne se reproduira plus.

Il accepta ses excuses d'un geste sec de la tête, en pensant qu'il devenait vraiment de plus en plus difficile de diriger autant de guerriers. Et bientôt, il y en aurait vingt-huit, et, par la suite, plus de soixante.

— Mais si tu considères les choses sous un angle différent, poursuivit-elle, Kira n'essaiera plus de quitter le château en notre absence. Comme tu me l'as si souvent répété quand j'étais ton Écuyer, il y a un bon côté à toutes les tragédies.

— Mais celle-ci aurait pu nous conduire à notre perte, maugréa le grand Chevalier.

— Rien ne nous arrivera tant que tu veilleras sur nous, Wellan.

Il ravala un commentaire désobligeant.

— Laisse-moi examiner ton bras, lui dit-elle.

— Non. Je m'en occuperai moi-même, riposta le grand chef en reculant vers la porte.

Il tourna les talons et sortit de la chambre, heurtant presque Santo qui l'attendait dans le couloir. Il voulut le contourner, mais le Chevalier guérisseur se remit sur sa route.

— Santo, je n'ai pas le cœur à plaisanter ce soir, l'avertit Wellan.

— Moi non plus. Fais voir ce bras.
— Ce n'est rien de grave. Je verrai plus tard.

Son frère d'armes lui servit un regard sévère, et Wellan obtempéra. Ils se rendirent à la chambre du grand Chevalier, et Santo lui retira sa cuirasse et sa tunique. Il le fit ensuite asseoir sur son lit et déplia doucement son bras enflé en lui arrachant une plainte sourde.

— Rien de grave ? répéta Santo, découragé. Il est cassé, Wellan.

Les paumes du guérisseur se mirent aussitôt à briller et il les appliqua sur les os et les ligaments endommagés. Wellan sentit aussitôt une chaleur apaisante pénétrer sa peau. Il ferma les yeux et laissa son frère achever son travail sous le regard émerveillé de Cameron. Lorsque la lumière s'évanouit de ses mains, Santo examina de nouveau le bras et se déclara satisfait.

— Merci, fit Wellan avec embarras.
— Tu aurais dû venir me consulter tout de suite en rentrant, lui reprocha l'autre.
— Tu sais bien que j'oublie ces choses-là quand je suis fâché.
— Oui, je ne le sais que trop bien. Mais tu as besoin de soins comme tout le monde.
— Je m'en souviendrai la prochaine fois.

Santo exigea qu'il se repose quelques minutes avant de se préparer à quitter Émeraude, et Wellan promit de lui obéir. Le guérisseur le serra dans ses bras avec affection et quitta sa chambre.

— Dites-moi ce que je peux faire pour vous, maître, lui glissa alors le petit garçon près de lui.
— Nous pourrions méditer ensemble jusqu'à ce que le Magicien de Cristal termine ses classes. J'ai quelques questions à lui poser.

Cameron accepta avec joie de partager ce moment de sérénité avec lui. Il n'avait pas vu son combat contre le dragon, mais il savait que son maître s'était montré brave et courageux, et qu'il devait maintenant s'accorder beaucoup de repos pour s'en remettre.

Après la méditation, Wellan revêtit une tunique propre et demanda à son Écuyer de se rendre seul dans le hall des Chevaliers en lui promettant de revenir dans une demi-heure. En quittant sa chambre, le grand chef se sentit tout de même coupable de l'abandonner ainsi. Mais il ne voulait pour rien au monde inspirer de la terreur à l'enfant en discutant de l'incident du dragon avec l'Immortel.

Wellan traversa la grande cour qui s'assombrissait rapidement et entra dans la tour d'Abnar. Assis au milieu de la salle de cours, le Magicien de Cristal examinait les rouleaux de parchemin rédigés par ses jeunes élèves.

— Maître ? l'appela-t-il.

— J'ai appris ce qui s'est passé ce matin, le renseigna celui-ci, et je regrette de n'avoir pu intervenir, mais je me trouvais auprès des dieux à cette heure.

— Même les Immortels ne peuvent tout prévoir, j'imagine, l'excusa Wellan. Pouvez-vous au moins me dire comment ce monstre a réussi à atteindre les forêts d'Émeraude ?

— Je n'en sais rien, mais Fan mène une enquête à ce sujet au moment où nous nous parlons. Une chose est certaine : l'Empereur Noir déclenche son offensive. Kira est encore jeune, mais dans quelques années elle ne sera plus aussi malléable.

— Ce monstre ne l'aurait donc pas dévorée ?

— Non. Il l'aurait très certainement ramenée à son maître.

Wellan soupira. En tuant le dragon, les Chevaliers avaient raté l'occasion de découvrir le chemin emprunté par ce monstre pour se rendre jusqu'au Royaume d'Émeraude.

— Dès demain, je déploierai mes hommes sur Enkidiev, afin de découvrir comment l'ennemi a franchi nos lignes de défense, laissa tomber Wellan, le cœur lourd. J'aimerais que vous assuriez la sécurité de la petite en notre absence.

— Je resterai avec elle jusqu'à votre retour. Partez en paix.

Le Chevalier s'inclina devant lui, puis se dirigea vers la porte de la tour. Il s'arrêta brusquement et tourna la tête vers l'Immortel.

— Que disent les étoiles au sujet de notre avenir, maître Abnar ? demanda Wellan.

— Elles annoncent des temps difficiles, mais non sans espoir. Nous devons nous attendre à de nombreux affrontements et pas seulement sur la côte.

Wellan le remercia et poursuivit sa route jusqu'au hall des Chevaliers. Il s'assit auprès de Cameron en posant une main rassurante sur son épaule. Bergeau et Jasson faisaient de leur mieux pour égayer les jeunes en leur racontant toutes sortes d'anecdotes cocasses, mais Wellan ne vit aucune joie sur leurs visages, seulement une grande inquiétude à la pensée que des dragons circulaient librement sur le continent. Ne sachant comment les rassurer, Wellan mangea à peine ce soir-là et ne but pas de vin. Après le repas, il écouta Santo pincer la harpe, puis se retira pour la nuit.

Il rassembla ses affaires avec l'aide de Cameron et ils se mirent au lit. L'enfant s'endormit presque instantanément, mais le grand chef chercha le sommeil. Il se coucha sur le côté pour admirer les étoiles et sursauta lorsque les mains froides de la Reine de Shola effleurèrent la peau de son dos. Il se retourna et plongea son regard dans les yeux liquides de la magicienne.

— *Je vous remercie d'avoir sauvé ma fille*, lui sourit-elle.

— Je n'ai fait que mon devoir, Majesté.

— *Vous avez fait preuve d'un grand courage, Wellan. Vous saviez que la carapace de ce monstre est indestructible, mais vous l'avez tout de même attaqué sans penser à votre propre sécurité.*

Reconnaissante, elle l'embrassa sur les lèvres, mais les jeux de l'amour ne figuraient pas dans les plans de Wellan, cette nuit-là, et il l'éloigna doucement.

— Pouvez-vous me dire comment ce dragon a réussi à se rendre jusqu'ici ?

— *La réponse à cette énigme réside au pays des Elfes.*

La seule mention de cette race d'êtres magiques fit courir des frissons de colère sur la peau du Chevalier, puisque, dans son cœur, il les tenait tout aussi responsables du massacre de Shola que les hommes-insectes et leurs dragons.

— Dites-moi ce que j'y trouverai, demanda-t-il en faisant taire son irritation.

— *L'ennemi a utilisé les rivières qui prennent naissance sur les hauts plateaux de Shola pour les introduire sur Enkidiev, mais je ne sais pas comment. Je dépense mon énergie à déchiffrer l'esprit tortueux de l'empereur, Wellan, et ses nombreux plans ne sont pas tous clairs, même pour un maître magicien.*

— Ce sera donc à moi de le découvrir.

— *Surtout, ne partez pas seul*, lui recommanda le fantôme en serrant ses mains avec insistance.

— Craignez-vous pour ma vie ?

— *Je sais fort bien que je passerai le reste de l'éternité avec vous, beau Chevalier, mais avant de me rejoindre dans mon monde, vous avez une mission à accomplir. L'Empereur Noir est un ennemi beaucoup plus puissant que vous ne le croyez. Il est seulement lent à réagir. Emmenez avec vous celui de vos hommes dont les perceptions sont les plus aiguisées.*

Elle se blottit contre lui, et il caressa ses cheveux en essayant de déterminer lequel de ses Chevaliers se révélerait le plus utile. Il ne faisait aucun doute que Santo était le plus sensible.

— Moi aussi, j'ai hâte d'être à vos côtés à tout jamais, Majesté, mais j'accomplirai d'abord la mission que les dieux m'ont confiée.

Elle releva la tête, et il effleura ses lèvres d'un baiser. La défense d'Enkidiev attendrait quelques heures. Il céda au plaisir de s'abandonner totalement aux mains sublimes de la Reine de Shola et oublia tous ses soucis.

17

De bien jeunes dragons

Au matin, tandis que ses compagnons se préparaient à partir avec leurs Écuyers, Wellan demanda à Santo de l'accompagner au pays des Elfes. « Une excellente précaution », pensa son compagnon, car le chef des Chevaliers avait toujours de la rancune contre le Roi Hamil, depuis la nuit du massacre de Shola. La présence d'un de ses frères d'armes permettrait sans doute à Wellan de maîtriser sa colère s'il devait affronter le seigneur de la forêt pendant cette mission.

Dans la grande cour du château, sous un ciel à peine éclairé, Wellan et Santo souhaitèrent bonne route à leurs compagnons et quittèrent le Château d'Émeraude les derniers. Ils chevauchèrent côte à côte sur le chemin de terre menant au Royaume de Diamant, leurs deux jeunes apprentis derrière eux.

— Le dragon qui a attaqué Kira n'était pas un adulte, déclara soudainement Wellan. Le cheval qui a tenté de l'enlever était aussi un bébé, selon elle. Je me demande si l'empereur a trouvé une façon de faire naître ses monstres sur le continent.

— Et tu crois obtenir la réponse à cette question chez les Elfes ?

— C'est là que m'envoie le maître magicien Fan de Shola.

— Ta dame fantôme... Elle n'a rien ajouté ?

— C'est tout ce qu'elle pouvait me dire. Son rôle consiste à épier les pensées de l'empereur. Elle ne sait pas comment ses ordres sont exécutés.

Tandis que leurs compagnons sillonnaient les autres royaumes à la recherche de traces des dragons, Wellan et Santo traversèrent le Royaume de Diamant et pénétrèrent sur le territoire des Elfes. Pour leurs Écuyers, c'était le début d'une longue aventure. Bien qu'ils ne fussent pas tout à fait prêts à combattre, ils avaient bien hâte de rencontrer l'ennemi face à face.

Après une bonne nuit de sommeil dans une clairière, ils parcoururent les denses forêts des Elfes sans en rencontrer un seul, ce qui, de l'avis de Santo, était une bonne chose, puis ils arrivèrent en vue des hauts plateaux de Shola. Assis sur son cheval, Wellan observa attentivement les alentours. Les paroles de Fan résonnèrent dans son esprit : *La réponse à cette énigme réside au pays des Elfes...*

Ils dressèrent leur campement dans une clairière, située à proximité de la rivière Mardall, d'où ils admirèrent les magnifiques cascades dévalant les falaises de Shola pour se jeter dans un profond bassin, avant de parcourir Enkidiev sur toute sa longueur. Santo prépara le repas avec les Écuyers pour permettre au grand Chevalier de laisser libre cours à ses pensées. *L'ennemi a utilisé les rivières... De quelle façon ?*

— Comment est-ce possible, puisque ces bêtes ne savent pas nager ? s'étonna Santo.

— Et elles ne pourraient certainement pas survivre à ces cascades, soupira le grand chef.

Wellan n'aimait pas les devinettes. Il préférait la stratégie fondée sur des faits concrets. L'esprit de Santo était plus flexible, plus intuitif que le sien, mais ce fut finalement le jeune Cameron qui perça le mystère avec sa simplicité d'enfant.

— Maître ?

Les deux Chevaliers se tournèrent vers l'enfant en même temps, le faisant rougir de timidité.

— Parle, fit amicalement Wellan.

— Peut-être mettent-ils les dragons dans des barils, suggéra innocemment le gamin.

— Si c'était le cas, quelqu'un sur le continent les aurait vus flotter sur nos rivières, rétorqua le grand chef en ébouriffant les cheveux du gamin. Il faudra attendre demain pour résoudre ce mystère.

Ils s'enroulèrent dans leurs couvertures pour la nuit, mais chacun des Chevaliers ne dormit que quelques heures pour assurer tour à tour la garde du campement.

À l'aube, ils se rendirent à la cascade de Shola à pied en tirant leurs chevaux derrière eux. Wellan examina longuement les eaux bouillonnantes au pied de la falaise en se demandant comment l'on pouvait survivre à une telle chute.

— Le bassin semble profond, lui fit remarquer Santo.

— Mais l'eau est glacée, ajouta Cameron en y trempant un doigt.

— Marchons sur la berge vers le sud et ouvrons l'œil, décida Wellan en remontant à cheval.

À la frontière des Royaumes de Shola et des Elfes, le terrain devenait plus rocailleux et la végétation plus clairsemée, mais en s'enfonçant dans les terres du peuple d'Hamil, le paysage verdissait à vue d'œil, et les arbustes se transformèrent bientôt en beaux arbres touffus. Wellan sondait le terrain davantage avec ses sens invisibles qu'avec ses yeux, mais les deux Écuyers, n'ayant pas l'expérience de leurs aînés, jetaient des coups d'œil furtifs autour d'eux. Heureusement d'ailleurs. Ce fut Cameron qui aperçut le premier un étrange objet parmi les plantes aquatiques.

— Maître, qu'est-ce que c'est ? demanda-t-il en pointant l'objet insolite.

Wellan mit pied à terre et lui tendit les rênes de son cheval. Il marcha prudemment en direction de ce qui ressemblait à un énorme coquillage et s'agenouilla dans l'eau, au milieu des roseaux, pour constater avec stupeur qu'il s'agissait plutôt des écailles d'un œuf géant.

— Je crois bien que c'est ton baril, Cameron, déclara le Chevalier en se relevant.

L'air sinistre, il rapporta un fragment de l'épaisse coquille vers les autres. Santo comprit aussitôt de quoi il retournait. Incapables de faire pénétrer des animaux adultes sur le territoire des humains en raison des trappes, les hommes-insectes balançaient des œufs de dragon dans la cascade. Ils flottaient ensuite jusqu'à la rive pour éclore dans les quenouilles.

— Ils ne sont pas passés par la côte, comprit Wellan, et seule Theandras sait combien de ces œufs ils ont semés chez nous.

— Il y a vraiment des dragons partout sur le continent ? s'effraya Cameron.

— C'est ce que je crains, en effet, s'affligea le grand chef. L'ennemi n'a plus qu'à attendre, les bras croisés, que les dragons grandissent et nous dévorent tous, mais ça ne se passera pas comme ça.

Santo descendit de cheval et posa ses paumes sensibles sur la coquille grisâtre que son compagnon tenait toujours dans ses mains. Il leva aussitôt un regard inquiet sur Wellan.

— Cet animal est né il y a quelques jours à peine et il n'est pas plus gros qu'un chien.

À peine eut-il prononcé le dernier mot que la tête hideuse du bébé dragon jaillit entre les plantes aquatiques, ses dents pointues visant les jambes de Wellan. Santo projeta brutalement son frère d'armes sur le sol, et les mâchoires de la bête happèrent le vide à quelques centimètres des genoux repliés du grand chef. Le guérisseur tira son épée. Le dragon fonça sur lui et, d'un coup sec, le Chevalier lui trancha la tête. Assis dans l'eau, Wellan fixa le cadavre avec stupeur.

— La base de leur cou est vulnérable, conclut Santo, tenant toujours l'épée à deux mains. Chez les jeunes dragons du moins.

Wellan se releva en analysant rapidement la situation. Si les dragons sillonnaient les berges des cours d'eau d'Enkidiev, il avait donc expédié la moitié des Chevaliers sur une fausse piste.

— Éloignons-nous de la rivière, déclara-t-il en reprenant les guides de son cheval.

Ils s'installèrent dans une clairière et, pendant que ses vêtements séchaient sur lui, Wellan dessina de mémoire dans la terre meuble une carte du continent où apparaissaient les divers royaumes et les rivières. Son compagnon et leurs apprentis observèrent le croquis avec intérêt.

— Il y a trois grands cours d'eau sur Enkidiev : les rivières Sérida, Amimilt et Mardall. Cette dernière prend sa source à Shola, traverse les Royaumes des Elfes, des Fées, d'Argent, de Cristal et de Zénor pour se jeter dans l'océan. C'est le long de celle-ci que nous retrouverons surtout les monstres. Trois branches s'en détachent pour s'enfoncer à l'intérieur des terres. La première, Tikopia, parcourt le Royaume des Elfes et se dirige vers le sud-est en passant au travers des Royaumes de Diamant, de Rubis et de Jade. La seconde, Wawki, quitte la rivière Mardall au Royaume d'Argent pour pénétrer dans ceux d'Émeraude et de Turquoise. La troisième, Dilmun, avant de s'abîmer dans la mer, au-delà du Désert, court le long de la frontière entre les Royaumes de Perle et d'Émeraude, puis traverse le Royaume de Fal ainsi que la Forêt Interdite.

— Ces animaux risquent de faire beaucoup de dommages, nota Santo.

Wellan ferma les yeux et se concentra. Utilisant ses facultés télépathiques, il informa ses soldats de la situation et demanda aux Chevaliers dépêchés sur la côte de remonter la rivière Mardall vers le nord à partir de Zénor jusqu'à la rivière Wawki, de localiser les œufs et de tuer les monstres qu'ils contenaient en leur recommandant de leur trancher le cou.

Wellan envoya ensuite la seconde équipe le long de la rivière Dilmun en ordonnant à ses frères d'armes de descendre vers le sud pour commencer leurs recherches au Royaume de Fal et d'utiliser tous les moyens nécessaires pour détruire les jeunes dragons avant qu'ils ne deviennent un véritable fléau. Santo et lui-même ratisseraient les berges des rivières Mardall et Wawki. Il communiqua finalement avec le Magicien de Cristal et lui demanda d'envoyer les soldats d'Émeraude sur les berges de la rivière Tikopia, qu'aucun de ses hommes n'était en mesure de couvrir, et d'éliminer les dragons. Il ouvrit les yeux et aperçut la mine perplexe de son compagnon d'armes.

— Maintenant que j'ai touché une coquille, je pense que je pourrai facilement repérer l'énergie des dragons, déclara Santo, pour encourager son chef.

— Me montrerez-vous aussi comment faire, maître ? implora Hettrick.

— Bien sûr, assura le Chevalier en posant une main affectueuse sur son épaule. Tu sais bien que je suis là pour t'enseigner toutes les notions que j'ai acquises.

Ils se remirent en route en silence, utilisant leurs sens magiques pour explorer les alentours. Wellan traversa la rivière sur un pont en bois construit par les Elfes et patrouilla sur une berge avec son Écuyer pendant que Santo ratissait l'autre avec Hettrick. Ils découvrirent plusieurs fragments de coquilles, mais aucune trace des monstres.

Au crépuscule, il devint trop dangereux de demeurer aux abords du cours d'eau, les écrits anciens prétendant que les dragons étaient actifs surtout la nuit. Wellan retraversa donc la rivière à gué et rejoignit Santo pour établir un campement à une distance suffisante de ses rives. Dès le lendemain, ils mettraient au point un plan pour piéger les jeunes dragons.

18

Une véritable invasion

Suivant les ordres de Wellan, les Chevaliers Chloé, Jasson, Falcon, Bridgess, Buchanan, Kevin et leurs Écuyers ratissèrent les berges de la rivière Dilmun et repérèrent les premières coquilles vides au Royaume de Perle. Bridgess descendit de cheval pour examiner l'objet insolite de plus près. D'un tempérament plus aventureux que les autres apprentis, la jeune Swan l'imita sans lui en demander la permission et fouilla les roseaux plutôt que de surveiller leurs chevaux. Elle se retrouva bientôt séparée de son maître dans les longues plantes aquatiques.

Bridgess caressa la surface dure et luisante de la coquille défoncée à une extrémité. Lorsqu'elles naissaient, ces bêtes avaient certainement la taille d'un gros chien, mais personne ne savait à quelle vitesse elles grandissaient.

— Il n'y a qu'un seul œuf ici, annonça-t-elle à Jasson et Chloé qui balayaient doucement les roseaux avec le bout de leurs épées.

Elle entendit un feulement rauque qui lui rappela celui d'un chat en colère. Elle laissa aussitôt tomber la coquille dans l'eau et empoigna son épée à deux mains, ses sens en alerte.

À quelques mètres d'elle, Swan venait de découvrir un cadavre ensanglanté ressemblant à un petit animal. L'enfant allait se pencher pour l'examiner lorsqu'elle capta un mouvement rapide entre les quenouilles. Un serpent ! Le reptile fonça sur elle à la vitesse de la lance du Chevalier Wellan. Poussant un cri de surprise, l'enfant fit un bond en arrière et la mâchoire remplie de crocs se referma sèchement à quelques centimètres de sa tunique.

— Swan ! s'écria Bridgess en se précipitant vers elle avec ses deux compagnons.

Nullement effrayée, la fillette regarda le dragon droit dans les yeux et rassembla son courage de petite guerrière d'Opale. L'animal, presque aussi gros qu'un loup, complètement recouvert d'écailles noires brillantes, possédait des yeux rouges étincelant comme des rubis.

En grondant, le bébé dragon tendit à nouveau le cou. Swan crispa les bras et abattit durement son épée. L'affreuse petite tête roula à ses pieds. Arrivant sur les lieux, les trois Chevaliers, ébahis, s'immobilisèrent devant l'insolite spectacle.

— Je l'ai eu ! s'exclama victorieusement l'enfant.

Bridgess ne savait plus si elle devait la réprimander pour avoir abandonné leurs chevaux ou la féliciter d'avoir tué un dragon. « Que ferait Wellan à ma place ? » se demanda-t-elle.

— Le premier devoir d'un Écuyer est de surveiller son cheval et celui de son maître, la sermonna Bridgess en tentant de se montrer sévère. Pourquoi n'es-tu pas restée avec Ariane et Morgan ?

L'expression de joie sur le visage de l'enfant fit place à un air de combat.

— Parce que chez moi, les filles ont besoin de prouver qu'elles ont autant de valeur que les garçons, répondit-elle durement, en regardant son maître droit dans les yeux.

Elle donna un coup de pied sur la tête du dragon qui roula dans l'herbe, rengaina son épée et dépassa les Chevaliers d'un pas furieux, se dirigeant vers les chevaux.

— Swan ! la rappela Bridgess.

Mais la fillette en colère n'entendait plus rien. La jeune femme comprit alors la grande responsabilité qui incombait à un Chevalier lorsqu'il formait un apprenti.

— Et tu veux entraîner Kira en plus de ce petit ouragan ? se moqua Jasson.

Mais Bridgess n'avait pas du tout envie de rire. Elle s'élança et rattrapa Swan avant qu'elle atteigne leurs chevaux broutant un peu plus loin. Elle lui barra la route, la forçant à s'arrêter. Ce beau visage de poupée, encadré de douces boucles brunes qui descendaient en cascades sur ses épaules, était cramoisi.

— Tu n'es plus un sujet d'Opale, Swan, lui rappela Bridgess. Tu fais partie de l'Ordre des Chevaliers d'Émeraude et, même si nous nous abritons au Royaume d'Émeraude lorsque nous ne sommes pas en mission, nous appartenons à Enkidiev.

La petite ne rouspéta pas et ne chercha pas à éviter le regard réprobateur de son maître.

— Et, dans notre Ordre, les filles n'ont pas besoin de prouver qu'elles valent les garçons, puisqu'elles reçoivent exactement le même entraînement. Est-ce que tu comprends ce que je te dis ?

— Oui, maître, siffla-t-elle entre ses dents.

— Je ne veux pas que tu prennes de risques inutiles tant que tu seras sous ma tutelle.

— Mais un Écuyer a le devoir de seconder son maître et c'est exactement ce que j'ai fait ! protesta vivement l'enfant. Si ce dragon ne s'était pas intéressé à moi, il vous aurait blessée pendant que vous teniez son œuf dans vos mains !

— Un Écuyer ne doit jamais répliquer lorsque son maître lui fait des reproches, lui rappela Bridgess.

Swan baissa la tête en essayant de maîtriser sa colère. Bridgess reconnaissait sa bravoure, mais elle ne devait pas encourager sa désobéissance. Elle l'observa pendant un moment en pensant que Wellan aurait été exactement ce genre d'Écuyer au même âge, sauf que les sept Chevaliers de la génération de Wellan n'avaient jamais été des apprentis.

— Je te suis reconnaissante de m'avoir évité une blessure sans doute mortelle, déclara finalement Bridgess, mais je me dois d'insister pour que tu obéisses à mes ordres et que tu respectes les règles.

— Même le Chevalier Wellan dit que dans certaines situations d'urgence il est nécessaire de les contourner, protesta Swan en levant les yeux sur elle.

— Wellan est notre chef et son titre lui confère des droits que nous n'avons pas. Est-ce bien clair ?

— Oui, maître, soupira la petite pour mettre fin à la remontrance.

— Maintenant, va chercher nos chevaux pendant que je continue de fouiller les roseaux avec les autres.

L'enfant inclina légèrement la tête et s'élança vers les deux chevaux qui se gavaient d'herbe tendre. Elle attrapa la bride du premier et se dirigea vers le second sous l'œil protecteur de Bridgess qui ne se souvenait pas d'avoir eu autant de témérité au même âge. Un grondement rauque et le choc d'une lame s'abattant durement sur le cou d'un dragon la ramenèrent à la réalité. Un de ses compagnons venait d'abattre un autre monstre et elle s'empressa de retourner au bord de la rivière pour leur prêter main-forte.

— Deux coquilles, deux dragons, c'est une bonne moyenne, non ? plaisanta Jasson. Je me demande comment nos frères se débrouillent sur l'autre rive.

*
* *

Falcon, Kevin et Buchanan passèrent leur côté de la rivière au peigne fin sans relever la moindre trace de monstres, jusqu'à ce que Kevin s'arrête devant ce qui lui sembla d'abord être un petit rocher grisâtre. Mais sa forme un peu trop arrondie éveilla aussitôt sa curiosité. Il appela ses compagnons et ils examinèrent tous l'objet inhabituel, se demandant s'il s'agissait bien de l'un des œufs que Wellan leur avait ordonné de détruire, car aucun d'entre eux n'en avait jamais vu.

Falcon tira son épée de son fourreau et frappa la surface rugueuse du petit rocher. Il s'agita et les Chevaliers reculèrent avec prudence. Devaient-ils attendre l'éclosion ou précipiter la fin de la bête ? Avant qu'ils puissent prendre une décision, le jeune dragon fendit soudainement sa coquille en deux. Dégoulinant du liquide verdâtre que contenait sa prison, il se dressa sur ses pattes arrière et poussa un cri aigu.

L'horrible petite créature noire sortit de sa coquille en se tortillant et attaqua les Chevaliers sans perdre une seconde. Falcon abattit son épée, mais manqua son long cou de quelques centimètres, et sa lame s'enfonça dans le sable. La bête recula en balançant sa tête triangulaire d'un Chevalier à l'autre, ses yeux enflammés choisissant sa proie. Après quelques secondes seulement d'existence, son premier réflexe était de se nourrir de chair humaine.

Disposés en triangle, les hommes attendirent que le dragon bouge le premier. Après avoir jeté un coup d'œil intéressé à Buchanan à sa droite, c'est sur Kevin, à sa gauche, que l'animal fonça sans avertissement. Falcon n'hésita pas un seul instant et frappa, séparant la tête du reste du corps de l'animal avant qu'il puisse atteindre sa proie.

Kevin fixa le cadavre avec horreur, reconnaissant que si son frère d'armes avait manqué sa cible, les crocs étincelants du dragon se seraient enfoncés dans sa chair. Falcon entoura les épaules du jeune Chevalier d'un bras rassurant, le forçant à s'éloigner, mais Kevin était incapable de détacher ses yeux bleus du cadavre encore gluant de la bête.

— Combien y en a-t-il sur le continent ? murmura-t-il, en proie à la frayeur.

— C'est ce que nous tentons de déterminer, répondit Falcon.

— Des villages longent ces rivières ! lança-t-il. Il faut prévenir les gens que ces horribles bêtes risquent de les attaquer !

— Nous le ferons au fur et à mesure que nous avancerons vers le nord, assura Buchanan, en lui transmettant une vague d'apaisement.

— Ressaisis-toi, Kevin, exigea Falcon. Nous devons trouver tous les petits frères de cette horrible bête et les éliminer avant qu'ils atteignent la taille de celui que nous avons affronté à Émeraude.

Il lui tapota le dos en lui donnant du courage et poursuivit ses recherches dans les plantes aquatiques.

*
* *

Ce furent les Chevaliers Bergeau, Dempsey, Kerns, Wanda, Nogait et Wimme qui furent les premiers aux prises avec un dragon plus âgé et plus téméraire aussi. Ils remontèrent la rivière Mardall et arrivèrent dans un village de plusieurs centaines d'habitants. Puisque les Écuyers étaient fatigués et affamés, les Chevaliers décidèrent de s'y arrêter pour manger avant de poursuivre leur mission. Ils approchaient de la place centrale lorsqu'ils entendirent les cris de terreur d'une bande d'enfants. En tête du groupe de Chevaliers, Bergeau lança aussitôt son destrier au galop.

Suivis de leurs apprentis, les soldats magiciens arrivèrent sur les lieux et arrêtèrent brusquement leurs montures devant un horrible spectacle. Un dragon noir de la taille de leurs chevaux arrachait le cœur de la jeune femme qu'il venait de terrasser. Les Chevaliers sautèrent sur le sol et lancèrent leurs guides aux Écuyers. Tirant leurs épées, ils se dispersèrent en éventail autour du monstre. Bergeau et Dempsey avaient vu de leurs propres yeux les victimes de la première attaque de l'ennemi à Shola. Ils ne frissonnèrent même pas devant le macabre tableau, mais leurs compagnons récemment adoubés étaient horrifiés.

Le monstre se mit à gronder de façon menaçante, craignant que ces humains n'essaient de lui enlever son repas. Les deux Chevaliers plus âgés, ressentant la colère de la bête et la frayeur de leurs jeunes frères d'armes, comprirent que c'était à eux de jouer. Dempsey s'approcha du dragon de face pendant que Bergeau en faisait silencieusement le tour. La bête releva vivement son museau sanglant, fixant l'homme blond qui osait la défier.

Avec prudence, Dempsey continua d'avancer, et le monstre dévoila ses crocs recourbés. L'épée tendue devant lui, le Chevalier fit mine de toucher sa proie inanimée. Le dragon tendit le cou, et Dempsey fit un bond en arrière pour ne pas être mordu. Il n'y avait ni colère ni crainte dans le cœur de ce Chevalier blond aux yeux pâles.

Il provoqua une fois de plus le monstre qui pencha le cou à la vitesse de l'éclair vers sa poitrine. S'étant placé derrière la bête, Bergeau abattit durement son épée et lui sectionna la tête. Le dragon s'écroula lourdement sur sa victime, et les épaules des guerriers s'affaissèrent de soulagement. Les villageois les observaient par les portes et les fenêtres de leurs huttes avec reconnaissance. « Comment leur annoncer que ce n'est que la première de plusieurs attaques à venir ? » se demanda Dempsey.

— Nous devons enseigner à ces gens à se défendre eux-mêmes ! suggéra Wimme, le Chevalier à la peau sombre.

Dempsey se tourna vers ses compagnons, nettement plus silencieux depuis les dernières secondes, mais il n'eut pas le temps de les rassurer qu'ils explosèrent de colère.

— Nous ne pouvons pas nous séparer entre tous les villages le long de la rivière pour les instruire ! protesta Nogait. Nous ne sommes pas suffisamment nombreux !

— Il faut prévenir nos compagnons et apprendre aux villageois à se défendre ! insista Wimme.

— Ce n'est pas ce que Wellan nous a demandé de faire, leur rappela Bergeau en s'approchant d'eux.

— Ils ont raison, mon frère, répliqua Dempsey. Si nous pouvons abattre ces dragons, les jeunes hommes de chaque village capables de manier une épée devraient organiser des patrouilles et le faire aussi.

— Wellan comprendra que c'est nécessaire, l'appuya Nogait. Il serait inhumain de laisser ces gens dans l'ignorance.

Pendant que Dempsey communiquait avec leur grand chef en utilisant ses facultés télépathiques, Wanda s'approcha de la jeune victime gisant sous le corps inanimé du monstre et constata qu'elle n'était pas tellement plus âgée qu'elle. Les derniers instants de sa vie ayant été remplis de terreur, le jeune Chevalier posa un genou sur le sol et recommanda son âme aux dieux veillant sur le monde des morts. Ses frères d'armes prièrent en silence avec elle et demandèrent également au ciel de les aider à éliminer les autres dragons.

19

Un roi Lucide

De leur côté, Wellan et Santo connaissaient un succès plus modeste. Des coquilles vides jonchaient bel et bien les berges de la rivière Mardall, mais aucune trace des monstres. Ils s'étaient probablement aventurés dans la forêt à la recherche de nourriture, pourtant ni l'un ni l'autre des Chevaliers ne ressentaient de détresse animale ou humaine autour d'eux.

Le soir venu, assis autour d'un bon feu avec leurs Écuyers, Wellan songea à la façon d'attirer les dragons hors de leurs cachettes.

— Nous pourrions chasser et leur offrir du gibier, suggéra Cameron.

— Ce serait inutile, l'informa Wellan, puisque ces monstres ne mangent que des cœurs battants.

L'image d'un Elfe servant d'appât se forma dans l'esprit du grand Chevalier et, captant cette épouvantable vision, Santo lui envoya un solide coup de coude dans les côtes. Wellan échangea aussitôt un regard amusé avec son compagnon, mais ne fit aucun commentaire désobligeant devant leurs Écuyers.

— Utilisez-moi pour les attirer, maître, offrit Hettrick, faisant preuve de bonne volonté.

— As-tu déjà oublié le premier devoir d'un Chevalier envers son apprenti, jeune homme ? répliqua amicalement Santo. Jamais je ne mettrai ta vie en danger, même pour attraper ces dragons.

Wellan et Santo se redressèrent brusquement, leurs sens aux aguets. Parfaitement immobiles et silencieux, les deux Écuyers tentèrent de chasser leur frayeur pour percevoir la même chose que leurs maîtres. Quelqu'un ou quelque chose approchait. Ce n'était pas un de ces horribles monstres, mais ce n'était pas un humain non plus. Wellan se concentra davantage et capta l'esprit fluide d'un Elfe.

L'adolescent blond apparut finalement à l'orée de la forêt et observa les soldats magiciens un moment avant de s'approcher. Katas ne connaissait pas la race des hommes et leur réputation n'était pas flatteuse, surtout celle du Chevalier qui dépassait son compagnon d'une tête. Les Anciens prétendaient que Wellan d'Émeraude était un habile meneur d'hommes et un puissant magicien, avec des bras d'acier, mais ils disaient aussi qu'il avait tenté de tuer le Roi des Elfes quelques années plus tôt.

— Approche, ordonna Wellan d'une voix autoritaire.

Le jeune Elfe fit quelques pas silencieux vers lui, sans le quitter des yeux. Nul besoin de sonder ses intentions pour savoir que le grand chef n'hésiterait pas à tirer son épée s'il se sentait menacé. Katas s'arrêta à une distance prudente du grand Chevalier et s'inclina devant lui avec respect, comme le lui avaient demandé les Anciens.

— Je viens en paix, déclara-t-il d'une voix caressante.

— Dis-moi qui tu es et ce que tu veux, exigea Wellan, qui avait conservé une profonde aversion pour les Elfes depuis son altercation avec leur souverain.

— Je suis Katas du clan des Armals et je vous apporte un message du Roi Hamil.

— Je suis le Chevalier Wellan et voici le Chevalier Santo. Ces enfants sont nos Écuyers Cameron et Hettrick. Quel est le message de ton roi, Katas ?

— Il vous convie chez lui afin de vous y entretenir d'une affaire urgente.

— Dis à ton roi que notre mission l'est davantage, siffla Wellan.

Santo posa une main sur le bras de son frère d'armes pour lui recommander de conserver son sang-froid, ce garçon n'étant en fait qu'un émissaire.

— Sais-tu ce dont le Roi Hamil veut nous entretenir ? demanda le Chevalier guérisseur.

— Cela concerne les étranges bêtes que nous avons rencontrées dans la forêt.

« Rencontrées ? » s'étonna Santo. Était-ce la raison pour laquelle il n'en restait plus sur la berge ? Mais si elles s'étaient dirigées vers la forêt pour se procurer de la nourriture, pourquoi cet Elfe ne ressentait-il aucune frayeur ? Il s'agissait pourtant de reptiles qui pouvaient atteindre des proportions gigantesques et qui risquaient de se nourrir de son peuple.

— Qu'en avez-vous fait ? demanda-t-il finalement.

— Le roi vous l'expliquera. Laissez-moi vous conduire jusqu'à lui, insista Katas.

— S'il a quelque chose à nous apprendre au sujet des dragons, fit Santo à son chef, je crois bien que nous devrions l'entendre.

Wellan demeura silencieux. Avait-il vraiment envie de rencontrer le roi ? Et s'ils s'enfonçaient avec Katas dans la forêt, plus personne ne ratisserait la rivière Mardall à la recherche des animaux ayant quitté la sécurité de leurs coquilles.

— Il n'y en a plus par ici, déclara Katas en l'observant avec curiosité et méfiance à la fois.

Wellan comprit que l'Elfe sondait son esprit et il le lui referma brusquement. Katas sursauta, constatant que le Chevalier possédait des facultés semblables à celles de son peuple.

— Réfléchis à sa proposition pendant la nuit, insista Santo en le détournant du messager.

— Non, cela ne peut attendre, intervint l'Elfe. Je dois vous ramener chez le roi sans tarder.

Santo ne flairait pas de piège, mais il ne pouvait plus savoir ce que Wellan ressentait, car il lui voilait ses pensées. Il attendit donc sa décision en scrutant les environs, pour s'assurer que les Écuyers ne couraient aucun danger pendant que leur attention était dirigée sur l'Elfe. Il remarqua leurs visages crispés et comprit qu'ils espéraient que Wellan accepte son offre. Ils observaient Katas en se rappelant les histoires qu'on racontait au sujet du conflit opposant le chef des Chevaliers d'Émeraude au Roi Hamil et en se demandant s'ils allaient assister eux-mêmes à un nouveau chapitre de leur rivalité.

— Nous te suivons, déclara Wellan.

Cameron et Hettrick bondirent aussitôt sur leurs pieds et allèrent chercher les chevaux. En un instant, ils rassemblèrent leurs affaires et furent prêts à partir. Wellan ne bougea pas d'un centimètre. Ses yeux glacés continuaient d'observer le jeune Elfe, comme s'il eut craint un geste de trahison. Issu d'un peuple très sensible, Katas ressentit sa méfiance et se demanda ce qu'il avait bien pu faire ou dire pour la provoquer.

Lorsque le feu fut éteint, Wellan signala à l'Elfe de passer le premier. Les deux Écuyers s'empressèrent de suivre le grand chef et Santo ferma la marche. Derrière le messager, ils traversèrent la sombre forêt, leurs sens en alerte, puisque les dragons chassaient surtout la nuit. Tendus, les deux apprentis connaissaient le danger, mais ils suivaient bravement le chef des Chevaliers en rêvant de devenir aussi forts et puissants que lui.

Lorsqu'ils arrivèrent finalement au village, le soleil commençait à poindre à l'horizon. Fidèles à leurs habitudes, les Elfes avaient fui à l'approche des étrangers. Wellan sentait leur peur et ce n'étaient pas les dragons qu'ils craignaient. Les Chevaliers s'avancèrent dans la grande place au milieu du village, là où fumaient encore les cendres du feu de la nuit.

En proie à l'étonnement le plus total, Wellan s'immobilisa devant une vingtaine de dragons morts, pendus par la queue aux branches du plus gros arbre du village. Il mit immédiatement pied à terre et lança les rênes de son cheval à son Écuyer pour s'approcher des carcasses. Il n'y avait aucune trace de blessure sur ces reptiles, aucune incision, aucune lacération, et pourtant, ils étaient bel et bien morts. Mais comment ?

— Il n'y a pas que les épées ou les trappes enflammées qui détruisent ces monstres, déclara une voix derrière le Chevalier.

Wellan fit volte-face, la main sur la garde de son épée. Le Roi Hamil se tenait à une bonne distance de lui, les bras croisés, le visage façonné par l'inquiétude, ses longs cheveux blonds au vent. Le Chevalier le sonda rapidement et comprit que ce n'était pas seulement sa présence dans son village qui le tourmentait, mais aussi celle des jeunes monstres qu'il avait trouvés dans ses forêts.

— Vous nous avez dit que ces bêtes ne franchiraient pas les pièges que vous nous avez fait creuser sur nos terres, reprocha le roi.

— C'est exact. Ces monstres ne sont pas arrivés par la côte, répondit Wellan en gonflant la poitrine de défi. L'ennemi a lancé des œufs de dragon de la cascade de Shola et ils ont éclos un peu partout sur les berges de ses rivières. Nous en avons même déniché au Royaume d'Émeraude.

— Combien en ont-ils semé sur le continent ?

— Nous l'ignorons.

Le visage de Hamil se crispa et Santo pensa que ce n'était pas une bonne attitude à adopter devant le chef des Chevaliers d'Émeraude. Une seule étincelle et les hostilités éclateraient de nouveau entre eux. Il s'approcha de son compagnon d'armes pour observer les carcasses suspendues par la queue.

— Comment les avez-vous tués ? demanda-t-il pour tenter de désamorcer le conflit.

— C'est une information que nous ne pouvons révéler aux humains, répondit Hamil d'un ton sec.

— Si vous êtes capables de tuer des dragons, pourquoi vous êtes-vous cachés dans les arbres quand Shola a été attaqué ? tonna Wellan.

Santo lui agrippa fermement le bras pour s'assurer qu'il ne puisse pas tirer son épée ou utiliser ses pouvoirs magiques. Les deux chefs s'observèrent avec colère, mais aucun d'eux ne semblait décidé à attaquer l'autre.

— Nous avons réussi, par le pouvoir de nos esprits, à étouffer ces bêtes parce qu'elles sont de petite taille, répondit finalement le roi. Nous n'aurions jamais pu le faire avec des dragons adultes.

Wellan se défit brutalement de l'emprise de Santo et marcha en direction de son cheval pour ne pas être tenté de faire subir au Roi des Elfes le même sort que son peuple avait réservé aux jeunes dragons.

— Vous savez pourquoi l'ennemi est revenu sur Enkidiev, Wellan d'Émeraude, mais vous avez choisi de ne rien dire à personne, l'accusa le roi.

Le grand Chevalier s'arrêta net et maîtrisa de son mieux la colère qui recommençait à monter en lui. Il ne pouvait pas se permettre d'enfreindre le code de chevalerie devant les deux apprentis.

— Vous n'avez pas le droit de cacher cette vérité à vos hommes, poursuivit Hamil.

— Vous n'aviez pas le droit non plus d'abandonner Fan de Shola à son sort ! siffla Wellan en se retournant vers lui. Le protocole est bien clair en ce qui concerne les maîtres magiciens, mais vous l'avez condamnée à une mort certaine ! De tous les rois qui gouvernent le continent, vous êtes bien mal placé pour me rappeler mes devoirs !

— Votre emprisonnement au Royaume d'Émeraude ne vous aura donc pas enseigné à respecter les dirigeants de ce monde, Chevalier.

« Quel emprisonnement ? » s'étonnèrent les apprentis qui n'en avaient jamais entendu parler. Wellan ignora la remarque de Hamil puisque le Roi d'Émeraude ne lui avait jamais imposé ce châtiment de toute façon.

— Je respecte les hommes courageux et intègres, qu'ils soient rois ou paysans ! laissa-t-il tomber. Je n'ai aucun respect pour les couards !

Rouge de colère, le grand chef poursuivit sa route jusqu'à sa monture, et les deux apprentis observèrent la scène avec appréhension. Étant des créatures magiques, les Elfes possédaient-ils des pouvoirs semblables aux leurs ? Le Roi Hamil s'en prendrait-il à Wellan ?

— Si les Chevaliers d'Émeraude sont véritablement les protecteurs d'Enkidiev, alors vous savez ce que vous devez faire de l'enfant, le somma le souverain.

« Il connaît l'existence de Kira », comprit le grand guerrier. Il s'arrêta devant son cheval et ferma les yeux en prenant une profonde inspiration. Il tenta d'oublier ce qui s'était passé entre le Roi des Elfes et lui, et de rétablir la paix à l'intérieur de son âme. Les deux hommes étaient toujours fâchés l'un contre l'autre, mais Wellan refusa de se laisser emporter par ses émotions.

— C'est elle qu'ils cherchaient à Shola ! explosa le seigneur de la forêt. Ne le saviez-vous pas ?

C'était donc pour cette raison que les Elfes avaient décidé de ne rien faire lors de l'attaque du royaume voisin. Ils savaient que les hommes-insectes voulaient la ramener avec eux. En se gardant d'intervenir, ils croyaient qu'ils ne remettraient jamais plus les pieds sur Enkidiev.

— Les Chevaliers d'Émeraude ne sont pas des assassins d'enfants, riposta Wellan en grimpant sur son cheval sans lui accorder le moindre regard.

Il talonna sa monture et s'enfonça dans la forêt. Cameron s'empressa de le suivre, mais Hettrick attendit patiemment la réaction de son propre maître. Santo s'inclina respectueusement devant le Roi des Elfes en le remerciant d'avoir capturé et exécuté les dragons, et ne fit aucune allusion à la conversation orageuse qu'il venait d'avoir avec son frère d'armes.

— Si vous êtes son ami et si vous vous considérez vraiment comme les nouveaux protecteurs de notre monde, vous l'obligerez à faire son devoir, réclama Hamil.

Santo ne comprenait pas ce dont il parlait et jugea plus sage de garder le silence. Il regagna son destrier et capta le regard triste et confus de Katas, toujours près des chevaux. Il était probablement difficile pour un Elfe de son âge de comprendre la colère de son monarque et même celle du Chevalier Wellan. Le guérisseur posa une main rassurante sur sa frêle épaule et lui transmit une vague d'apaisement.

— Merci de nous avoir servi de guide, déclara amicalement le Chevalier.

« Les humains sont-ils tous aussi différents les uns des autres ? se demanda l'Elfe. Pourquoi celui-ci n'est-il pas en colère comme son chef ? »

Santo grimpa sur son cheval et le lança au galop dans le sentier qu'avait emprunté son frère d'armes, Hettrick sur les talons. Katas les regarda s'éloigner, se disant que les humains devaient souffrir de solitude puisqu'ils ne semblaient pas entretenir entre eux le même lien invisible et sécurisant qui unissait tous les Elfes.

— Les humains auraient dû être exterminés par l'empereur il y a des centaines d'années, maugréa Hamil, les joues rouges de colère.

— Mais les Anciens disent qu'ils nous ont sauvés de la domination des hommes-insectes, protesta Katas.

— S'ils nous avaient vraiment sauvés, ils ne seraient pas de retour aujourd'hui.

— Saurions-nous vaincre l'envahisseur sans eux, sire ?

— Probablement pas, mais nous pourrions donner à l'empereur ce qu'il cherche afin qu'il reste chez lui une fois pour toutes.

Très contrarié par l'attitude de Wellan, Hamil tourna les talons et se dirigea vers sa chaumière en se promettant d'écrire au Roi d'Émeraude au sujet de la véritable place de ses Chevaliers à Enkidiev.

*
* *

Santo rejoignit finalement Wellan dans la forêt, mais fut incapable de sonder ses pensées et ses émotions toujours enfermées dans son cœur telle une grande tour de pierre.

Il ne put vraiment bavarder avec lui qu'aux abords de la rivière Mardall, à la frontière du Royaume des Fées, lorsqu'ils établirent leur campement. Ayant chevauché toute la journée, les deux gamins étaient épuisés, mais ils ne se plaignirent pas. Ils s'enfoncèrent dans la forêt pour ramasser du bois et en revinrent les bras chargés de grosses branches et des sourires ravis sur le visage.

— Il y a des arbres transparents au fond, là-bas ! s'exclama Hettrick.

— Et les animaux sont venus flairer nos vêtements sans la moindre crainte ! ajouta Cameron.

Pendant qu'ils allumaient le feu, Santo leur expliqua qu'il s'agissait du domaine magique des Fées et répondit à leurs questions sur les merveilles qu'ils avaient vues.

Wellan prit place devant les flammes, mais son esprit continuait de vagabonder. En préparant le repas, le guérisseur se rappela les paroles étranges du Roi Hamil. Il accrocha la petite marmite au-dessus du feu et alla s'asseoir près de son chef.

— De quel enfant le Roi des Elfes parlait-il ? demanda Santo sur un ton amical destiné à faire comprendre à son compagnon qu'il ne désirait surtout pas le brusquer.

Wellan soupira avec une profonde lassitude et regarda tristement son frère d'armes, tel un vieil homme dépassé par les événements. Devait-il maintenant révéler ce qu'il savait à ses frères ? La propagation de cette information n'allait-elle pas mettre la vie de l'héritière présomptive d'Émeraude Ier en danger ?

— Je pense que ça te soulagerait de te libérer de ce fardeau que tu portes seul depuis trop longtemps, Wellan.

— J'ai bien peur qu'il ne soit assorti d'un terrible cas de conscience, mon frère, avoua-t-il.

— N'avons-nous pas fait le vœu de nous appuyer et de nous entraider jusqu'à la mort ? Tu sais que tu peux me parler en toute honnêteté et que je ne répéterai tes paroles à personne si tel est ton vœu, mais je respecterai aussi ton silence, si c'est ce que tu choisis.

Santo avait raison. Ce secret étant devenu beaucoup trop lourd pour lui, Wellan se vida le cœur à voix basse, ne désirant pas que leurs Écuyers entendent ses aveux. Il révéla au guérisseur l'identité de Kira et la raison pour laquelle l'Empereur Noir cherchait à la reprendre. Il lui raconta aussi l'histoire du petit garçon mauve jadis immolé par le Roi Jabe sans que cela dissuade pour autant Amecareth de concevoir un nouvel hybride.

— Y avait-il aussi une prophétie rattachée à cet enfant ? voulut savoir Santo.

— Je l'ignore, répondit le grand Chevalier. Il y a si peu de documents sur ces événements anciens.

Santo demeura silencieux un instant, réfléchissant aux conséquences de ce terrible secret. Wellan avait eu raison de le garder pour lui pendant toutes ces années. Kira ne serait en sécurité que si personne ne savait où elle se cachait.

— À qui as-tu révélé son existence ? demanda-t-il soudainement à Wellan.

— Il n'y a que les magiciens, Bridgess, toi et moi qui connaissons son histoire. La petite elle-même l'ignore.

— Et comme elle doit atteindre l'âge adulte pour pouvoir protéger le futur porteur de lumière, je suggère que nous ne le disions à personne d'autre.

Santo avait toujours été le plus compréhensif des Chevaliers, selon Wellan. Le plus discret aussi. Il ne trahirait pas son secret. Ayant dessellé les chevaux, les Écuyers revinrent vers eux pour déguster leurs portions de ragoût. Le lendemain, la chasse au dragon recommencerait le long de la rivière Mardall.

20

Une petite princesse rassurée

Après le départ des Chevaliers, Kira refusa de quitter la sécurité que lui apportaient ses couvertures, puis, peu à peu, Armène réussit à l'attirer jusqu'à la table de son salon et même à lui retirer sa robe de nuit pour lui faire revêtir une tunique.

Debout devant la fenêtre, l'enfant mauve se rappela la taille gigantesque du dragon et ses crocs étincelants, et frissonna d'horreur. Cet empereur ne pouvait être qu'un insecte très méchant s'il employait de tels monstres pour se saisir de petites filles sans défense. En jetant un coup d'œil sur l'enclos, elle vit Espoir qui clopinait le long de la clôture, la tête basse. Bridgess lui avait offert cette jument en cadeau et elle devait s'en occuper.

Elle enfila un pantalon et des bottes de cuir faites sur mesure et alla prévenir Armène qu'elle sortait dans la cour. À sa grande surprise, elle ne vit aucun soldat surveillant la porte de ses appartements.

— Le roi les a postés sur les créneaux au cas où un autre dragon apparaîtrait dans la campagne environnante, lui expliqua Armène. S'ils en voient un, ils sonneront l'alarme et abaisseront le pont-levis.

— C'est une bonne précaution, conclut l'enfant, rassurée.

Elle courut dans le couloir, dévala l'escalier et passa les grandes portes du palais. Le soleil éblouissant l'aveugla un instant et elle porta la main au-dessus de ses yeux. En surveillant les grandes portes de la muraille, elle se rendit jusqu'à la barrière de l'enclos qu'elle ouvrit prudemment. Le cheval à la robe claire poussa un hennissement de plaisir et trotta jusqu'à elle.

— Je suis vraiment désolée pour l'autre jour, Espoir, minauda l'enfant en caressant l'animal. Nous ne savions pas qu'un dragon se cachait dans la forêt. Tu n'as plus rien à craindre maintenant.

Kira sella le cheval comme le lui avait montré Bridgess et chevaucha toute la matinée, d'abord dans l'enclos, puis dans la cour entre les paysans et les serviteurs qui vaquaient à leurs tâches quotidiennes. Elle conduisit ensuite sa monture à l'écurie, lui retira la bride et la selle, et la brossa avec soin, démêlant même les poils de sa queue et de sa crinière. Une fois Espoir installée dans sa stalle, l'enfant mauve versa de l'eau propre dans son abreuvoir et du grain dans sa mangeoire.

— Avoue que je suis une bonne maîtresse ! déclara fièrement la petite princesse.

Mais la jument, contente de recevoir enfin sa ration de la journée, ne se préoccupa plus de Kira. « Après tout, ce n'est qu'une bête ordinaire, se rappela-t-elle, pas un cheval-dragon intelligent comme Hathir. » Elle quitta l'écurie et retourna dans le palais pour se protéger du soleil torride du midi. N'ayant pas envie de manger, elle piqua du côté de la bibliothèque, l'endroit le plus frais du Château d'Émeraude.

Elle trottina entre les étagères bondées de parchemins et de vieux bouquins et perçut une présence. S'étirant le cou au-delà des rayons, elle entrevit Hawke absorbé par la lecture d'un énorme livre.

De tous les habitants d'Émeraude, cet Elfe, maintenant âgé de dix-sept ans, était son meilleur ami. Elle lui devait ses premiers mots dans la langue des humains et ses premiers contes aussi. Ayant fréquenté les classes d'Élund en même temps que Bridgess et les plus jeunes Chevaliers, Hawke n'était pas devenu un Écuyer comme eux. Émerveillé par sa maîtrise de la magie et des incantations, le vieux magicien avait plutôt décidé d'en faire son apprenti.

La fillette s'approcha de la table de travail où l'Elfe étudiait et jeta un coup d'œil à son grimoire.

— C'est un livre très compliqué sur les potions, répondit-il sans même la regarder.

— Pourquoi est-il compliqué ?

— Parce qu'il requiert un grand nombre d'ingrédients rares qui ne peuvent être mélangés n'importe comment et n'importe quand.

Il releva la tête, et Kira se sentit défaillir. Hawke occupait la deuxième place dans son cœur, après le Chevalier Wellan. Ses longs cheveux blonds ressemblaient à des fils de soie en perpétuel mouvement autour de son visage triangulaire, et ses yeux vert forêt brillaient de sagacité. Kira avait remarqué que ses oreilles pointues trahissaient souvent son humeur, tout comme les siennes. Pour l'instant, il les tenait bien droites, ce qui signifiait qu'il était content de la voir.

— Maître Abnar t'enseigne-t-il l'art de concocter des potions magiques ? s'enquit-il.

— Non et j'ignore s'il a l'intention de le faire, répondit Kira en grimpant sur le banc de l'autre côté de la table. Comme tu le sais, il a été l'apprenti du Magicien de Cristal et les Immortels préfèrent matérialiser ce dont ils ont besoin.

— Es-tu capable de le faire aussi ?

Kira fronça les sourcils un instant, puis tendit la main au-dessus de la table. Une petite grenouille apparut, faisant sursauter l'Elfe.

— Mais comment peux-tu matérialiser une créature vivante ? s'exclama-t-il, stupéfait.

— Pour être franche, on ne crée pas ces créatures. Seuls les dieux ont ce droit. Disons qu'on les déplace momentanément dans le temps et dans l'espace. Cette petite bête se prélassait au bord de l'étang voisin de l'écurie il y a quelques secondes.

— Maître Élund ne m'a jamais parlé de ce pouvoir.

— C'est qu'il ne le possède pas, je pense... ou qu'il ne s'y intéresse pas.

La grenouille sauta sur le grimoire, et Hawke la saisit avant qu'elle disparaisse sous les étagères où elle aurait tôt fait de dépérir.

— Montre-moi comment la renvoyer magiquement dehors, implora l'Elfe.

— Je préférerais que tu la déplaces d'abord de ta main à la mienne, répliqua la petite. Tu sais, au début, on ne maîtrise pas très bien ce pouvoir, et il est facile de perdre les objets que l'on dématérialise.

Un sourire étira les lèvres minces de l'apprenti magicien, amusé de recevoir une leçon d'une fillette de neuf ans. Pour l'aider un peu, Kira transforma les vibrations de sa main aux longs doigts et Hawke n'eut qu'à se concentrer intensément pour faire disparaître la grenouille.

— Où est-elle allée ?

— Ici ! s'exclama Kira en matérialisant le batracien dans sa paume.

— C'est toi qui as tout fait !

Devant la mine déconfite de l'Elfe, l'enfant mauve éclata de rire. Hawke voulut s'élancer vers elle pour lui faire un mauvais parti, mais Kira bondit vers la sortie. Il ne la pourchassa pas, puisque c'était inutile. La Sholienne courait comme un lièvre et escaladait les murs comme un écureuil. Il contempla plutôt sa main vide et se rendit compte que, malgré toutes ses années d'études, il ne possédait pas le tiers des pouvoirs de la fillette.

*
* *

Kira grimpa l'escalier en tenant la petite bête dans le creux de sa main et courut dans le long couloir des appartements royaux, percé d'un côté d'innombrables fenêtres donnant sur la grande cour. Elle s'arrêta près de l'une d'elles et déposa la grenouille sur l'appui de pierre.

— Si Hawke me voyait faire ceci, il ne s'en remettrait jamais... murmura-t-elle.

Elle prononça une incantation dans la langue des mages, et la petite créature se transforma en une belle colombe blanche.

— Maintenant, va explorer le monde ! lui ordonna l'enfant.

L'oiseau s'envola et Kira suivit son parcours dans le ciel bleu. Abnar lui avait appris à métamorphoser des animaux en lui disant que cette opération ne fonctionnait pas sur des humains, des Elfes, des Fées ou des Immortels. Dommage...

Elle poursuivit sa route dans la galerie, retira ses bottes et se faufila dans l'embrasure de la dernière fenêtre. Elle escalada habilement le mur et se rendit jusqu'à la tour de l'ancienne prison, son refuge préféré. Jamais un dragon ne l'y retrouverait. Elle sauta sur le plancher couvert de poussière et glissa l'anneau d'or à son doigt. Le Chevalier Hadrian se matérialisa aussitôt devant elle et la salua.

— *Il y a fort longtemps que vous ne m'avez rappelé du monde des morts, milady*, déclara-t-il. *Je suis fort heureux de vous revoir.*

— Ce n'était pas par choix, croyez-moi, s'excusa l'enfant.

Elle aperçut dans les yeux gris du fantôme l'ombre d'un regret et prit aussitôt sa main.

— Pourquoi suis-je incapable de sonder votre cœur ?

— *C'est que je n'en ai plus*, expliqua Hadrian en s'efforçant de sourire.

— Mais vous arrivez à lire mes pensées.

— *Les émotions disparaissent petit à petit dans l'outre-monde, mais l'intellect est plus coriace.*

— Donc, ce que nous apprenons de notre vivant n'est pas perdu après la mort.

— *C'est exact.*

Hadrian lâcha sa main et marcha en examinant la pièce circulaire comme s'il la voyait pour la première fois. En réalité, il cherchait à chasser l'angoisse que lui causait sa solitude sur la falaise où les Immortels l'avaient exilé, loin de sa famille et de ses amis.

— *M'avez-vous invoqué pour discuter avec moi ou désirez-vous poursuivre votre entraînement à l'épée ?* demanda-t-il en se tournant finalement vers l'enfant mauve.

— Un peu des deux, je crois. On dirait que vous êtes malheureux, sire Hadrian. Ai-je raison ?

— *Je me suis ennuyé de vous, jeune guerrière. Je croyais que vous m'aviez oublié.*

Émue, Kira se jeta dans ses bras et le serra de toutes ses forces.

— Mais comment vous oublier ? Vous êtes mon ami, mon mentor et mon ancêtre ! Grâce à vous, je pourrai un jour devenir Chevalier.

— *Justement, j'ai une surprise pour vous, milady.*

Il la déposa par terre et fit apparaître une arme incroyable faite de deux épées aux gardes soudées. Le Chevalier fantôme se mit à la faire tourner à la manière des ailes d'un moulin à vent, et les yeux violets de l'enfant suivirent avidement les mouvements giratoires de ces lames brillantes. Pourquoi ne s'en trouvait-il pas de semblable dans la collection d'Émeraude Ier ?

— *Seuls le Chevalier Onyx et moi-même nous servions de cette arme fabriquée par les barbares du Désert*, expliqua Hadrian en l'immobilisant brusquement.

Kira s'approcha et caressa le métal froid.

— Elle est magnifique ! s'exclama-t-elle. Me montrerez-vous comment m'en servir ?

— *Ce sera un honneur pour moi.*

Elle capta la sincérité dans les yeux gris du beau fantôme et sut qu'il tiendrait sa promesse. Cette fois, elle était assurée de se tailler une place parmi l'élite guerrière d'Enkidiev.

21

L'empire des insectes

De l'autre côté de l'océan s'étendait un sombre continent appelé Irianeth où s'élevait le château de l'Empereur Amecareth. Il ne ressemblait à aucune des fortifications humaines que l'on trouvait sur Enkidiev. Pas de grand hall, pas de chambres privées, pas de cuisines royales ou de salles d'audience. Il s'agissait surtout d'un labyrinthe aux couloirs sombres dans lesquels étaient percées de petites pièces rondes comme des alvéoles sans fenêtres.

Creusé dans la montagne, ce château ressemblait davantage à une fourmilière qu'à une forteresse. Tous les sujets de l'empereur remplissaient des fonctions bien spécifiques, et les esclaves déambulaient sans cesse dans les couloirs éclairés par des pierres mystérieuses émettant une lumière diffuse. Pas question d'allumer des torches dans cet endroit, car les hommes-insectes craignaient le feu. Ils avaient donc édifié leur civilisation d'une façon différente, s'éclairant avec des cristaux et mangeant leur nourriture crue.

Dans l'une des alvéoles vivait le sorcier Asbeth, l'un des hybrides conçus par l'empereur durant son règne. Amecareth ne traitait pas ses enfants de façon privilégiée. Ils étaient des serviteurs au même titre que tous les autres, sauf qu'ils partageaient un lien plus étroit avec l'esprit de l'empereur. Né à la suite de la conquête d'une île d'hommes-oiseaux, le jeune sorcier était le seul survivant de sa couvée, et Amecareth l'avait ramené avec lui dans son monde d'obscurité pour lui apprendre son art.

Asbeth n'avait qu'une centaine d'années de vie, ce qui faisait de lui un jeune adulte parmi le peuple des hommes-insectes, mais son ambition égalait celle de l'empereur qu'il comptait bien supplanter un jour. En attendant, il jouait son rôle de marionnette sans se plaindre.

Asbeth n'avait hérité de son père que son visage à la peau noire, ses yeux violets et ses oreilles pointues. Le reste de son corps était couvert de plumes sombres. Son bec recourbé et les griffes de ses mains émergeant de ses ailes le faisaient plutôt ressembler à un aigle. Il affectionnait les tuniques courtes fabriquées avec la peau tannée des esclaves que l'empereur condamnait à mort, bien qu'il lui eût été loisible de ne porter aucun vêtement.

Ce jour-là, assis devant l'énorme chaudron fumant à la surface duquel il observait les mouvements des humains, le sorcier semblait songeur. Toutes les tentatives d'Amecareth pour s'infiltrer sur leur continent échouaient les unes après les autres, et ce dernier allait éventuellement remettre cette mission entre ses mains. De tous les peuples que les hommes-insectes tentaient de conquérir, celui des humains était le plus coriace. Ces êtres primitifs manquaient de cohésion et ils ne possédaient pas de pensée collective, ce qui les rendait imprévisibles et dangereux. L'empereur croyait avoir dissipé les craintes des humains en attendant quelques centaines d'années avant de reprendre pied sur leurs terres, mais en retournant à Enkidiev il avait découvert d'autres trappes destinées à détruire ses dragons.

Son deuxième plan avait consisté à déposer des œufs dans les cascades du plateau de Shola afin qu'ils pénètrent à l'intérieur du continent, mais les humains les avaient repérés avant que les dragons soient suffisamment matures pour causer les dommages prévus. Que faire maintenant ?

Asbeth ignorait pourquoi son maître voulait à tout prix récupérer la bâtarde conçue avec une reine humaine. Qu'apporterait à sa gloire cet être dont le sang était inférieur au sien ? Le sorcier pouvait accéder aux pensées de la collectivité, comme tous les autres sujets de l'empereur d'ailleurs, mais il ignorait la réponse à cette question.

Assis dans l'obscurité de son alvéole, Asbeth scrutait les humains vêtus de vert qui tuaient ses dragons un à un. Laquelle de leurs faiblesses pourrait-il exploiter ? Comment les déstabiliser pour ensuite les écraser ?

Il reçut alors l'injonction qu'il redoutait depuis le début des tentatives d'invasion des hommes-insectes sur Enkidiev. La voix du maître retentit dans sa tête comme le cri d'un dragon furieux, et Asbeth serra les poings. Il n'aimait pas être convoqué par l'empereur lorsque ce dernier était en colère, mais ignorer la sommation lui était interdit.

Le sorcier enfila donc une tunique de cuir noir, lissa ses plumes et sortit de sa cellule. Dans le crâne des hommes-insectes se cachaient des antennes leur permettant de retracer leur route dans ce dédale de couloirs. Les hybrides, eux, éprouvaient plus de difficulté à s'orienter. Asbeth s'était donc établi une série de repères un peu partout dans le château pour ne pas se perdre.

Lorsque Asbeth arriva enfin dans l'alvéole impériale, Amecareth chassa ses femelles d'un grognement et lui demanda d'avancer. Bien qu'il fût à son service depuis l'enfance, Asbeth n'avait pas eu à rencontrer son géniteur très souvent. Il se prosterna devant l'empereur.

Imposant, ayant deux fois la taille des autres insectes, des yeux violets lumineux et des mandibules d'acier capables de fendre la pierre, Amecareth portait une tunique rouge sang ornée de breloques brillantes léguées par de lointains ancêtres et dont plus personne ne connaissait la signification originale. Ses bras recouverts d'une épaisse carapace noire avaient été huilés par ses femelles, et ses doigts armés de griffes étaient ornés de bagues, symboles des nombreux raids menés sur les continents voisins.

L'empire prenait sans cesse de l'expansion, et les hommes-insectes de la caste des ouvriers se reproduisaient à une vitesse effarante. Pour cette raison, Amecareth devait continuellement conquérir des terres nouvelles afin d'y installer son peuple et lui procurer de nouvelles sources de nourriture. Il n'était pas facile de gouverner une nation aussi puissante que la sienne, et il tenait à ce que son sorcier et ses sujets reconnaissent ses efforts. L'empereur se cala finalement sur son trône d'hématite et daigna poser son regard violet sur son serviteur magique.

— Que disent les étoiles, Asbeth ? demanda-t-il d'une voix sifflante.

— Elles annoncent des temps difficiles, sire, bafouilla le sorcier en tremblant de toutes ses plumes.

— Continue.

— Il y a une étrange prophétie dans le ciel, fit-il en risquant un œil sur son monarque, afin de s'assurer qu'il n'était pas à la portée de ses bras musclés.

— Cesse de me faire languir, sorcier, s'impatienta Amecareth.

— Il semble qu'un humain mâle soit sur le point de naître sur leur horrible continent couvert de verdure et que les dieux lui donneront le pouvoir de vous détruire, seigneur.

S'il avait eu des sourcils, l'empereur les aurait arqués avec surprise, car il se croyait invincible. Et les humains n'étaient-ils pas des êtres inférieurs aux hommes-insectes ? Comment l'un d'eux, qui n'existait pas encore, pouvait-il représenter un danger pour son règne ?

— Dis-moi ce que tu as appris sur cet enfant, ordonna-t-il.

— Mes observations me laissent croire qu'il deviendra un guerrier lorsqu'il aura atteint l'âge adulte. Il ne s'agit que d'une poignée d'humains qui croient pouvoir défendre leur continent.

— Une poignée d'humains, dis-tu ? Mon armée les éliminera facilement cette fois, et si ces guerriers humains cessent d'exister, la prophétie ne pourra plus devenir réalité.

— C'est, en effet, une bonne façon de se débarrasser de l'enfant, admit Asbeth.

Amecareth se releva et marcha lourdement autour du sorcier en faisant cliqueter ses bijoux. Ces humains étant sans doute les fils de ceux qui lui avaient infligé une cuisante défaite bien des années auparavant, il serait donc encore plus satisfaisant de les éliminer.

— Je m'occuperai d'eux, déclara finalement l'empereur. Dis-moi plutôt où se trouve Narvath.

C'était la question qu'Asbeth redoutait le plus, puisque tous ses efforts pour localiser l'enfant hybride s'avéraient inutiles. Amecareth appelait Narvath sa fille conçue au pays des hommes avec une magicienne que son sorcier avait pourtant réussi à tuer sans la moindre difficulté.

— Il y a trop de sang humain dans ses veines, seigneur, déplora-t-il. Elle ne répond pas aux appels de l'esprit collectif.

— Trouve une autre voie de communication, sinon ta carcasse reposera parmi mes nombreux trophées de guerre.

Il le chassa d'un geste de la main, et Asbeth s'empressa de quitter l'alvéole à reculons avant que l'humeur de son maître s'envenime. Ébranlé, il retourna dans ses quartiers et consulta de nouveau la surface lisse du chaudron contenant un épais liquide noir qui laissait s'échapper une fine fumée. Il était en mesure d'y faire apparaître tous ceux qu'il voulait retracer, pourvu qu'ils aient un lien avec la communauté des hommes-insectes, mais la fille de l'empereur en avait été coupée peu de temps après sa naissance.

Depuis quelque temps, Asbeth étudiait les guerriers habillés en vert qui éliminaient ses bébés dragons. Ces humains ne lui semblaient pas particulièrement puissants, mais ils affichaient beaucoup plus de courage que leurs ancêtres, plus d'intelligence aussi. Il devenait donc urgent que l'empereur se débarrasse d'eux, car ils étaient étroitement liés aux événements dont parlait le ciel. Mais l'avenir se mouvait sans cesse et il était difficile, même pour un sorcier aussi puissant que lui, de le prédire avec justesse. Le porteur de lumière serait sans doute protégé par les dieux, et les Immortels l'aideraient sûrement à accomplir son destin même si tous les Chevaliers périssaient. Et les étoiles parlaient aussi d'un autre personnage mystérieux...

N'arrivant pas à l'identifier, Asbeth n'en avait pas glissé mot à l'empereur. Le ciel faisait allusion à un mage portant l'épée et fauchant quiconque tenterait de lever la main sur le porteur de lumière. Pouvait-il s'agir du Magicien de Cristal que son maître avait affronté dans le passé ? Était-ce un nouveau mage ? Le sorcier passa sa serre au-dessus du chaudron en prononçant des paroles qui ressemblaient surtout à des sifflements. Il appela de nouveau l'esprit de Narvath, qui aurait dû normalement être branché à celui de la collectivité, mais la surface sombre du chaudron ne lui révéla rien de plus.

— Quelqu'un sur ce continent doit bien savoir où elle se cache ! s'énerva-t-il.

Asbeth connaissait Enkidiev pour y avoir accompagné son maître lors de la fertilisation de la femme du pays de neige et pour y être retourné lorsque l'empereur lui avait ordonné de lui ramener son héritier. Mais la femme avait donné naissance à une fille, non à un prince. Ne l'ayant pas trouvée et s'étant heurté à l'ignorance de la population de Shola à son sujet, il avait laissé ses dragons dévorer tous les habitants de la forteresse. Cette expédition lui avait néanmoins appris plusieurs choses sur les humains. La plupart se plaignaient continuellement de leur sort et n'hésitaient pas à trahir leurs semblables par vengeance personnelle. Ce comportement, non toléré chez les hommes-insectes où il était plus facile de perdre sa tête que d'obtenir des promotions, semblait courant chez ces animaux primitifs. Incapables de s'unir pour assurer leur survie, les habitants de Shola s'étaient mis à courir dans la neige pour sauver leur propre peau au lieu de faire front commun contre l'ennemi, sans même protéger leur magicienne.

Pour repérer Narvath, il lui faudrait la chercher lui-même et utiliser la faiblesse des humains à son avantage. En tant que sorcier, il pourrait facilement emprunter une autre forme, mais il lui faudrait en choisir une qui n'attirerait pas l'attention et qui lui permettrait d'avoir accès aux palais des rois.

Le dernier enfant conçu par Amecareth sur ce lamentable continent ayant la peau mauve, il était donc fort probable que sa fille ait hérité de la même caractéristique. Il lui serait donc facile de la distinguer parmi tous ces êtres à la peau blanche, dorée ou noire.

Asbeth informa la collectivité de sa décision de patrouiller dans le monde des humains à la recherche de Narvath et quitta le château dans la montagne, n'emportant rien avec lui. Il marcha sur le terrain pierreux entourant le palais de l'empereur en direction de l'océan. De gigantesques dragons levèrent la tête sur son passage mais ne l'attaquèrent pas, car ils respectaient la main nourricière.

La créature à plumes se rendit au bord de la mer sans se presser. Les hommes-insectes vivaient beaucoup plus longtemps que les humains, alors le temps ne comptait pas vraiment pour eux. Il s'arrêta sur la plage de gros cailloux et regarda au loin. Il détestait l'eau, mais il affectionnait le vent salin qui balayait la côte. Sans doute était-ce là un trait qu'il avait hérité de ses ancêtres oiseaux habitant une île au milieu de l'océan.

Il y avait plusieurs façons de traverser cette immense étendue bleue. Lors de ses deux expéditions sur Enkidiev, un immense vaisseau en bois avait propulsé les hommes-insectes jusqu'aux lointaines plages du pays de neige, mais maintenant qu'il agissait seul, il ne s'encombrerait pas de ces embarcations. Étant sorcier, les éléments représentaient ses meilleurs alliés. Il releva les bras de chaque côté de son corps, et le vent l'emporta, caressant ses plumes noires.

En se laissant planer au-dessus des flots, Asbeth songea à la réaction de l'empereur. S'il tenait à récupérer à tout prix cette enfant impure, il avait sans doute de grands plans pour elle. Le sorcier servait fidèlement son maître et géniteur depuis trop longtemps pour laisser cette inconnue lui ravir sa place. Il décida donc de s'emparer de Narvath et de la mettre à mort plutôt que de la ramener à Amecareth. Il rejetterait évidemment le blâme sur les humains, et la disparition de la favorite de l'empereur lui assurerait le trône à sa mort.

Le jour fit bientôt place à la nuit et, le lendemain, il atterrit sur une plage de galets semblable à celle de son propre continent, mais devant lui s'élevait une importante muraille de pierre. Les courants aériens l'avaient donc porté très loin de Shola.

Il flâna le long des fortifications, les effleurant de ses serres qui lui servaient de capteurs d'énergie. Les humains à l'intérieur de ces murs lui parurent affamés et mécontents. Sans doute pourrait-il exploiter cette faiblesse pour leur faire révéler la cachette de Narvath. Ses longues années au service d'Amecareth lui avaient appris que chaque créature avait un prix. Il découvrirait celui des hommes.

22

Asbeth

Wellan, Santo et leurs Écuyers campaient au Royaume d'Argent, à proximité de la frontière du Royaume des Fées. Le matin se levait paresseusement au-dessus des arbres, et les oiseaux commençaient à chanter dans la forêt. Assis près du feu, Wellan montait la garde lorsqu'un vent glacial fit soudainement naître des frissons sur sa peau. Il scruta les alentours en se demandant s'il devait sonner l'alarme, mais se ravisa en voyant apparaître devant lui la silhouette diaphane de la Reine de Shola.

— Majesté, la salua-t-il, le cœur inondé de joie.

— *Je vous en prie, Wellan, écoutez-moi*, déclara-t-elle sur un ton angoissé. *Le sorcier qui m'a enlevé la vie a mis le pied sur le continent.*

— Dans quel royaume ? la pressa Wellan en se levant.

— *Le Royaume d'Argent, près de ses remparts du nord. Je crois qu'il cherche Kira, mais il est difficile de déchiffrer son esprit tortueux. Je vous en conjure, Chevalier, protégez ma fille.*

La reine disparut subitement, sans plus d'explication. « L'empereur a donc semé ses dragons partout sur le continent pour nous distraire et permettre à son sorcier de se rendre jusqu'à l'enfant », comprit-il. Il avait donc pris une mauvaise décision en envoyant ses compagnons à la chasse aux monstres. Seul Abnar veillait sur la petite au Château d'Émeraude. Arriverait-il à la protéger contre un sorcier ?

Il évalua mentalement la distance entre les fortifications et son campement. En partant tout de suite, ils pourraient sans doute intercepter l'assassin avant qu'il n'atteigne le Royaume d'Émeraude. Wellan secoua donc Santo.

— Qu'y a-t-il ? s'alarma le Chevalier guérisseur. Tu ressens l'approche de dragons ?

— Si ce n'était que ça, soupira Wellan.

Santo se redressa en chassant complètement le sommeil de ses yeux et remarqua l'air sévère sur le visage de son chef.

— Le sorcier de l'Empereur Noir a atteint le Royaume d'Argent, et Fan de Shola croit qu'il se dirige vers le Château d'Émeraude, lui apprit Wellan en rangeant prestement ses affaires. Si nous nous mettons en route maintenant, je pense que nous le rattraperons.

Le grand Chevalier arrêta son geste et regarda son frère d'armes, éperdu de détresse. Santo comprit aussitôt qu'il l'implorait silencieusement de mettre sa puissante sensibilité vibratoire à son service pour retrouver ce sorcier.

— Un jeu d'enfant, répondit le guérisseur avec un sourire rassurant.

Santo réveilla les deux gamins et les aida à seller leurs chevaux. Les pauvres apprentis dormaient debout, mais ce genre de situations d'urgence faisait partie de la vie d'un Chevalier. Ils grimpèrent tous sur leurs montures et foncèrent vers l'ouest, dans la forêt, en évitant les berges de la rivière, car des dragons pouvaient encore s'y cacher.

Ils atteignirent les remparts du Royaume d'Argent vers midi. Wellan voyait pour la première fois les immenses murailles élevées par le Roi Cull. Ses compagnons Santo et Falcon, qui connaissaient bien ce pays, les lui avaient décrites jadis, mais elles lui semblèrent encore plus imposantes que dans leur récit. « Pourquoi un peuple ne cherchant qu'à cacher sa honte après les agissements discutables de l'un de ses anciens rois a-t-il choisi de se couper du reste du monde ? » se demanda Wellan en admirant les solides constructions. Les deux Écuyers écarquillèrent aussi les yeux devant la muraille qui descendait à perte de vue en direction de la mer.

— Que ressens-tu ? demanda Wellan à son frère d'armes.

Santo sauta de son destrier et balaya doucement l'air de ses mains, à la recherche d'une vibration étrangère. Il parcourut les quelques mètres le séparant du mur de pierre et s'arrêta brusquement en y posant les paumes.

— Il est passé par ici, déclara-t-il en se tournant vers son chef.

— Quand ? s'alarma Wellan.

Le guérisseur ferma les yeux et écouta les murmures que lui renvoyait la pierre, chassant l'impatience de Wellan pour qu'il ne l'empêche pas de se concentrer. Il ressentit une force inhumaine, sombre et froide. L'esprit du sorcier rappelait davantage celui d'une bête sanguinaire que celui d'un homme. Le Chevalier y décela même la détermination sauvage d'un prédateur. Il ne voulait pas enlever Kira pour la remettre entre les mains de l'empereur, mais pour l'éliminer afin qu'elle perde son futur trône !

Santo ouvrit subitement les yeux et vit sur le visage de Wellan qu'il lisait ses pensées.

— Où est-il maintenant ? s'impatienta le grand chef.

— Il est passé ici il y a un peu plus d'une heure et il se dirigeait vers l'est, affirma-t-il.

— Nous avons encore le temps de le rattraper, jugea Wellan en regardant au loin.

— Et comment allons-nous vaincre un sorcier ?

— Nous le saurons lorsque nous le sonderons face à face.

Santo grimpa sur son cheval, et le quatuor s'élança au galop le long de l'interminable muraille. Au bout d'une demi-heure de route à vive allure, Wellan remit sa monture au pas, inquiet de ne pas encore dénicher celui qu'il cherchait, bien que la visibilité fût excellente sur des kilomètres devant lui. Captant sa question silencieuse, Santo tendit les bras de chaque côté de son cheval et chercha de nouveau la trace du serviteur de l'empereur.

— Je le sens toujours, assura-t-il. Il devrait être droit devant nous.

— Pourrait-il être invisible ? demanda Wellan.

Les deux Écuyers ouvrirent de grands yeux effrayés, sachant fort bien qu'un ennemi très puissant rôdait aux alentours. Leurs maîtres rassemblèrent toute leur énergie pour l'affronter et continuèrent d'avancer plus lentement en scrutant la forêt sur leur gauche. Quant à eux, les apprentis guettèrent plutôt le sommet du mur pour s'assurer que la créature n'y était pas grimpée pour les surprendre.

À proximité, ressentant l'approche des humains, Asbeth s'était dissimulé derrière un bouclier invisible pour mieux les observer. Il trouva surprenant que l'un d'eux possède la faculté de suivre sa trace sans même le voir. Les constatations qui s'étaient dégagées de la surface de son chaudron ne lui avaient pourtant pas révélé des pouvoirs aussi étendus chez ces êtres primitifs. Se croyant à l'abri, Asbeth prit le temps d'analyser leurs esprits.

Le plus grand des guerriers alliait une volonté de fer à une logique implacable, mais le réservoir d'émotions en fusion qui bouillonnaient au fond de lui en faisait aussi un être dangereux. Cette combinaison le rendait imprévisible, et les hommes-insectes n'aimaient pas l'imprévu.

Son compagnon aux cheveux sombres était plus calme, moins féroce, et son esprit ressemblait davantage à celui de son peuple. Il captait tout ce qui se passait autour de lui en se servant de sens semblables aux siens. Celui-là risquait de détecter sa présence malgré son bouclier d'invisibilité.

Asbeth se tourna ensuite vers les deux enfants et ressentit aussi de la magie en eux. Cela le troubla beaucoup. S'était-il trompé sur le degré d'évolution de ces créatures ? Finalement, cette incursion sur leur territoire allait se révéler fort profitable pour son maître et lui, la connaissance étant l'arme la plus redoutable en temps de guerre.

Santo dépassa l'endroit où se cachait le sorcier entre les arbres. Il arrêta son cheval et projeta son énergie autour de lui.

— J'ai perdu sa trace, annonça-t-il à Wellan.

Le grand chef connaissait la sensibilité de son frère d'armes. S'il ne ressentait plus le sorcier devant lui, il devait certainement se cacher dans les environs. Il pivota sur sa selle en scrutant la forêt. Lorsque, sans le savoir, il regarda Asbeth droit dans les yeux, ce dernier fit un geste irréfléchi, par pure vanité, pour faire connaître son nom aux humains et les faire trembler de peur. Il s'avança vers le plus grand des soldats et laissa tomber son bouclier d'invisibilité, apparaissant subitement sur le sentier en semant la terreur parmi les chevaux.

Incapable de maîtriser suffisamment sa monture pour attaquer son ennemi, Wellan sauta à bas du cheval, donna ses rênes à Cameron et lui ordonna d'emmener les bêtes plus loin. Le gamin lui obéit sans discuter. Santo fit la même chose avec Hettrick et les deux Chevaliers se campèrent devant la créature recouverte de plumes noires aux yeux lumineux, empoignant la garde de leurs épées à deux mains. Le sorcier, si c'était bien lui, ne ressemblait pas à un homme-insecte. Pas de carapace, pas de mandibules, mais un bec d'aigle et des serres au bout de ses ailes rognées et de ses pattes de rapace.

— Je suis le Chevalier Wellan d'Émeraude ! tonna le plus grand des deux humains en tirant son épée.

— Et je suis le Chevalier Santo d'Émeraude ! ajouta son compagnon.

— Identifiez-vous ! exigea Wellan.

— Des Chevaliers… répéta la créature dont la voix râpeuse rappelait le croassement d'une corneille.

Elle pencha la tête de côté et ses yeux mauves examinèrent les deux hommes des pieds à la tête avec l'avidité d'un prédateur.

— Identifiez-vous ! le somma de nouveau Wellan.

— Je suis Asbeth, fit-il en bombant son torse partiellement recouvert d'une tunique de cuir sombre, le sorcier de l'Empereur Amecareth, et mes pouvoirs sont encore plus étendus que ceux de vos meilleurs magiciens. Baissez vos armes ou mon maître punira votre insolence.

— Vous êtes sur les terres des braves hommes d'Enkidiev et vous périrez si vous ne retournez pas vers votre empereur ! l'avertit Santo.

— Si le maître magicien du pays de neige n'a pas réussi à me vaincre, je ne vois pas quel mal vous pourriez me faire, répliqua Asbeth en gonflant ses plumes noires.

L'image de la Reine de Shola agonisant dans son palais, une dague empoisonnée dans le corps, apparut aussitôt dans l'esprit de Wellan. Asbeth était son meurtrier ! Le code obligeait les Chevaliers à sommer leurs ennemis de se rendre ou de battre en retraite avant de les mettre en pièces, mais la rage qui enflamma subitement le cœur du grand Chevalier effaça toute sa civilité.

Wellan fonça sur le sorcier à la vitesse d'un chat sauvage, mais Asbeth avait prévu son geste. Il s'éleva magiquement dans les airs, et la lame de Wellan manqua sa cible. Pas question de le laisser s'enfuir. Le grand Chevalier tendit aussitôt sa main libre vers le corbeau géant. Un rayon de lumière aveuglante s'échappa de ses paumes et frappa Asbeth au milieu du corps. Le sorcier se débattit contre le pouvoir d'attraction de Wellan qui le tirait lentement mais sûrement vers le sol. « Mais où les humains ont-ils appris à manier ainsi la puissance de la foudre ? » s'étonna le sorcier.

L'homme-oiseau s'abattit durement sur le sol à quelques pas de ses adversaires. Santo et Wellan se jetèrent aussitôt sur lui. Étourdi et surtout offensé par l'attaque sournoise de Wellan, Asbeth étendit ses deux ailes devant lui, et des serpents bleuâtres dansèrent au bout de ses serres. Ils coulèrent sur le sol comme de la lumière liquide en provoquant une violente explosion. Tenant leur épée tendue devant eux, les Chevaliers fouillèrent la fumée dense, cherchant en vain le sorcier. Lorsqu'elle se dissipa, il avait disparu.

— Santo ! cria Wellan, désespéré.

Le Chevalier guérisseur tourna lentement sur lui-même en captant toutes les vibrations qui l'entouraient, même les plus faibles.

— Les Écuyers ! s'exclama-t-il avec frayeur.

Les Chevaliers reçurent leurs appels de détresse en même temps dans leurs esprits et s'élancèrent au secours de leurs jeunes apprentis. Lorsque Wellan et Santo les rattrapèrent plus loin le long du mur de pierre, Hettrick gisait sur le sol, serrant son bras droit contre sa poitrine, le visage ravagé par la douleur, tandis qu'Asbeth retenait Cameron par la gorge avec ses serres. Le sang ruisselait sur la tunique verte de l'enfant, les griffes acérées du sorcier s'enfonçant de plus en plus dans sa chair.

— Non ! hurla Wellan en chargeant son ennemi.

Avant que le grand chef puisse l'atteindre avec la lame effilée, le sorcier referma brusquement ses serres, et les Chevaliers entendirent craquer les os du cou de l'enfant. Son corps inanimé s'effondra sur le sol devant Asbeth. En poussant un cri de rage, Wellan attaqua son adversaire comme un taureau déchaîné. Serrant son épée à deux mains et utilisant toute la force de ses muscles, il lui fit tracer un arc de cercle devant lui. Le bout de la lame s'enfonça aussitôt dans sa cible, et du sang noir jaillit de la poitrine du sorcier.

Asbeth exhala une plainte rauque et s'envola vers la cime des arbres. Wellan ne possédait pas la faculté de se déplacer ainsi dans les airs et ne put le poursuivre, mais derrière lui, Santo laissa tomber son épée, se servant de ses deux mains pour projeter des rayons incandescents en direction du sorcier qui tentait de fuir à vive allure. Essayant d'incendier ses ailes, il ne parvint qu'à roussir ses plumes. Le corbeau disparut au-dessus de la forêt, et Santo laissa ses bras retomber de chaque côté de son corps en étouffant un profond soupir. Pas question de courir après lui avant de venir en aide aux Écuyers. Wellan rengaina son épée et se précipita sur Cameron, cherchant à entendre son cœur, mais il s'était arrêté de battre.

Santo revint vers Hettrick et s'accroupit près de lui pour examiner son bras meurtri. Ses paumes lumineuses étudièrent ses os cassés à deux endroits. Le Chevalier s'employa aussitôt à les ressouder avant qu'il soit trop tard.

— Occupez-vous plutôt de Cameron, maître, s'alarma l'enfant terrorisé. Il en a plus besoin que moi.

Santo tourna la tête vers Wellan et son Écuyer et aperçut les larmes silencieuses qui roulaient sur les joues du grand Chevalier, à genoux près de la dépouille de son apprenti.

— Je ne peux plus rien faire pour lui, répondit Santo qui ne désirait pas cacher la vérité à son apprenti.

— Il est mort ? hoqueta le gamin en pâlissant.

— Il est retourné auprès des dieux, et je suis certain qu'ils lui ont ouvert les portes des grandes plaines de lumière, car son cœur était pur comme le tien.

Hettrick éclata en sanglots amers. Santo termina la délicate opération médicale et l'attira dans ses bras en lui transmettant une vague d'apaisement.

— Il y a parfois des morts lors des affrontements, mon petit, murmura le guérisseur à son oreille. Nous faisons l'impossible pour que personne ne soit blessé dans notre camp, mais ce sorcier a agi de façon malhonnête en s'attaquant à un enfant plutôt qu'à nous.

— C'était un homme-insecte ? sanglota Hettrick.

— Non. Il s'agissait d'une créature différente, mais elle n'en était pas moins un serviteur de l'empereur.

Lorsque les pleurs de son apprenti s'apaisèrent enfin, Santo l'embrassa sur le front et lui demanda d'aller chercher les chevaux. Hettrick rassembla son courage et accepta l'ordre d'un bref mouvement de la tête. Le guérisseur rejoignit Wellan.

— C'était mon devoir de le protéger, pleura le grand Chevalier qui serrait le corps de Cameron contre lui.

— Et c'est ce que tu as fait en l'éloignant du sorcier. Nous ne pouvions pas savoir qu'il se déplaçait aussi facilement ou qu'il s'en prendrait aux enfants.

— Il a tué la Reine de Shola et mon Écuyer... Santo, je te jure qu'il mourra de ma main.

— Peut-être est-ce déjà fait, Wellan. Ta lame s'est enfoncée profondément dans son corps.

— Mais il possède certainement des pouvoirs de récupération comme nous...

Santo frictionna la nuque de son compagnon, envoyant ainsi une vague d'apaisement à travers son corps, mais rien ne pouvait plus le consoler et il continua à presser son apprenti contre lui en pleurant.

Par-delà tout le continent, ses frères d'armes ressentirent sa douleur et s'immobilisèrent pour diriger un baume calmant vers lui. Wellan accepta leur intervention avec reconnaissance et, déposant le corps de Cameron devant lui, il informa silencieusement ses soldats de ce qui venait de se passer au Royaume d'Argent.

Nous pourrions être auprès de toi dans deux jours à peine, fit la voix de Bergeau. *Non*, protesta Wellan en se ressaisissant. *Vous devez débarrasser Enkidiev des dragons avant qu'ils atteignent leur taille adulte.*

Dès que vous aurez ratissé les berges de la rivière Mardall, dirigez-vous vers la rivière Wawki. Surtout, gardez vos Écuyers près de vous. Je ne sais pas où se cache le sorcier en ce moment, mais il n'hésitera certainement pas à s'attaquer à eux.

Tu es bien certain de ne pas avoir besoin de nous ? demanda Jasson. *Je suis avec lui,* lui répondit Santo. *N'ayez aucune inquiétude, je m'occupe de Wellan.* Rassurés, les Chevaliers acceptèrent tous leurs ordres sans protester.

— Tu veux ramener Cameron à Émeraude ? demanda le guérisseur à son chef.

Wellan hocha négativement la tête. Il savait que le sorcier risquait de les suivre ou de les confronter de nouveau et il ne voulait pas s'encombrer d'un cadavre, même pour lui rendre hommage dans le château où il avait grandi. Des larmes roulant toujours sur ses joues, il procéda aux rites funéraires avec l'aide de Santo et recommanda l'âme de l'Écuyer aux dieux. Puis, le cœur serré, il brûla magiquement le corps de l'enfant pour que les prédateurs de la forêt ne le dévorent pas.

Tentant désespérément de mettre de l'ordre dans ses idées, le grand chef longea silencieusement le mur de pierre. Santo fit grimper Hettrick sur son cheval et lui remit les rênes de celui de Cameron. Tirant derrière lui son cheval et celui de Wellan, le guérisseur suivit son frère d'armes à pied. Il le connaissait suffisamment pour savoir que cette période de réflexion était cruciale à son rétablissement.

— Sens-tu toujours la trace du sorcier ? lui demanda soudainement Wellan.

— Non et je sonde toute la forêt depuis plusieurs minutes. J'espère qu'il est mort.

Le grand Chevalier darda sur l'apprenti de Santo son regard le plus glacial et l'enfant, assis sur son destrier, sentit un nœud lui serrer la gorge.

— Le sorcier vous a-t-il parlé ? s'informa Wellan.

— Oui... suffoqua Hettrick, la gorge comprimée. Il voulait savoir si nous avions vu une fille à la peau mauve... Nous avons tenu notre langue, sire.

— L'image de Kira s'est-elle formée dans votre esprit lorsqu'il vous a posé cette question ?

L'Écuyer baissa les yeux et Wellan poussa un cri de rage qui mit en fuite les oiseaux perchés dans les arbres voisins. Santo lâcha aussitôt les rênes des chevaux et se dirigea vers le grand Chevalier. Il illumina ses paumes et les plaqua brusquement sur les tempes de son frère d'armes. L'énergie anesthésiante de ses mains traversa le corps de Wellan comme la foudre et le fit tomber sur les genoux.

— Santo, c'est assez, implora-t-il, se sentant faiblir.

Le guérisseur recula et fit disparaître la lumière de ses mains. Wellan leva des yeux remplis de souffrance sur lui, mais son frère ne chercha pas à justifier son geste.

— Si tu ne te ressaisis pas, je t'en donne une autre dose, le menaça-t-il.

La dernière fois que Santo avait fait ce geste remontait à l'époque de leur adolescence, quand la mort de son premier cheval avait provoqué chez Wellan un terrible accès de colère.

— Je comprends ta peur, mon frère, poursuivit le guérisseur en se radoucissant, mais si tu ne la maîtrises pas sur-le-champ, nous sommes perdus.

Wellan calma graduellement sa respiration, et Santo l'aida à se relever en lui faisant comprendre que si le sorcier avait vu Kira dans la tête de leurs apprentis, ce n'était pas leur faute.

— Et puis, cette créature maléfique n'a peut-être pas la faculté de lire nos pensées, ajouta-t-il.

— Tant que nous n'en saurons pas davantage sur ce sorcier, nous ne devons pas sous-estimer ses pouvoirs, Santo. S'il sert l'Empereur Noir, sans doute est-il très puissant.

Wellan jeta un coup d'œil plus conciliant du côté de Hettrick qui gardait toujours les yeux baissés, en proie à de terribles remords. Le grand chef se dirigea vers lui et s'arrêta près du cheval.

— Je suis désolé, déclara le Chevalier. Je me suis laissé emporter par mes émotions au lieu de comprendre ta peine. Pardonne-moi.

— Vous n'avez pas à demander pardon, répliqua Hettrick, fort impressionné par l'humilité de l'adulte.

Wellan lui tendit le bras à la manière des Chevaliers, et le gamin le serra de son mieux. Santo observa cette réconciliation avec satisfaction. Son compagnon apprenait petit à petit à dominer sa colère. Élund serait très fier de l'apprendre.

— Nous rentrons au Royaume d'Émeraude, annonça Wellan en se tournant vers lui. Si ce sorcier a survécu à ma lame, c'est probablement là qu'il tentera de se rendre.

— Je suis d'accord, l'appuya Santo.

Les Chevaliers remontèrent à cheval et mirent le cap sur le royaume de leur protecteur. Hettrick s'empressa de les suivre en tirant le cheval de Cameron derrière lui.

23
De retour au château

Kira se tenait à la fenêtre de la grande tour du Château d'Émeraude aux côtés du Magicien de Cristal lorsque Wellan, Santo et Hettrick passèrent le pont-levis et se dirigèrent vers l'écurie. Elle remarqua aussitôt la selle vide du quatrième cheval et son cœur capta la détresse de Wellan, tandis qu'il remettait les bêtes aux bons soins des palefreniers.

— Cameron est mort, s'affligea-t-elle.

— Nous sommes en guerre, Kira, lui rappela Abnar, sans manifester la moindre émotion. Ce sont malheureusement des choses qui arrivent.

— Wellan aura besoin d'un nouvel Écuyer.

Le visage de l'enfant mauve s'éclaira soudainement et elle s'élança vers l'escalier.

— Kira, attends.

Elle disparut par la porte avant que l'Immortel puisse la retenir. Il aurait pu utiliser sa puissante magie pour la ramener auprès de lui, mais il se ravisa. Cette leçon était importante pour elle et il décida de ne pas la lui éviter.

*
* *

Kira dévala les marches de la tour et traversa la cour à toute vitesse pour finalement rattraper le

Chevalier dans le vestibule du palais. Un seul coup d'œil à la tristesse qui ravageait les traits du grand chef aurait dû la mettre en garde, mais elle fut poussée par son ambition de devenir Écuyer.

— Sire Wellan, le salua-t-elle, essoufflée.

— Le roi est-il dans la salle d'audience ? demanda-t-il d'une voix blanche.

— Non, sire, il se repose dans ses appartements.

Wellan hocha la tête de façon absente et poursuivit sa route en direction du grand escalier. La petite s'élança sur ses talons en le sondant plus profondément. Loin d'être aussi insensible qu'il voulait le faire croire à tout le monde, la mort de son Écuyer le bouleversait.

— Vous aurez sans doute besoin d'un nouvel apprenti, tenta la princesse avec espoir.

Wellan s'arrêta si brusquement que la fillette lui fonça dans les jambes. Étourdie, elle recula et sentit la colère monter en lui comme la lave bouillante dans le cratère d'un volcan. Il se retourna lentement en faisant des efforts surhumains pour ne pas exploser de rage comme il l'avait fait devant Hettrick.

— Cameron a été tué par le serviteur de l'empereur qui te cherche, lâcha le Chevalier. Il est mort en tentant de te protéger, Kira. Ni Hettrick ni lui ne lui ont révélé où tu te caches. Honore la mémoire de mon Écuyer en demeurant sous la protection du Magicien de Cristal et en cessant de vouloir quitter la sécurité des murs de ce château.

— C'est Élund qui choisit les Écuyers et les futurs Chevaliers, sire, et ma magie est suffisamment puissante pour que je...

— N'as-tu donc aucune conscience ? hurla Wellan, hors de lui.

Son éclat se répercuta dans les couloirs du palais, et plusieurs serviteurs s'immobilisèrent, se demandant ce qui se passait. Nullement impressionnée par sa colère, Kira fixait bravement le Chevalier, prête à défendre son point de vue.

— Peut-être que non, répliqua-t-elle en relevant fièrement la tête, mais je ne suis pas une couarde. J'ai l'intention de défendre moi aussi la terre et les gens que j'aime. Je ne passerai pas ma vie enfermée ici juste pour que votre conscience soit en paix.

Wellan serra les dents en ravalant des paroles désobligeantes. Il n'avait pas le droit de corriger lui-même cette enfant gâtée, parce que le roi et Fan ne le lui pardonneraient jamais, mais il ne pouvait pas non plus la laisser croire qu'il avait ordonné son emprisonnement au château. Il posa donc un genou en terre pour être à la hauteur de l'enfant mauve et inspira profondément pour se calmer avant d'ouvrir la bouche.

— J'ai fait la promesse à ta mère, au moment de sa mort, que je te protégerais contre tes ennemis. J'ai ensuite appris que c'était toi qui veillerais un jour sur le porteur de lumière, alors j'ai redoublé d'ardeur pour que rien ne t'arrive jamais. Tu es assez vieille maintenant pour comprendre tout ça, n'est-ce pas, Kira ?

— Je vous suis reconnaissante d'avoir passé ces derniers instants avec ma mère, répliqua la fillette en adoptant un air de royauté qui la faisait beaucoup ressembler à Fan. Et je vous suis reconnaissante d'avoir veillé sur moi depuis mon arrivée au Royaume d'Émeraude, mais je crois ne pas me tromper en affirmant que mon avenir m'appartient aussi.

— Il y a des hommes et des femmes dans ce monde qui appartiennent au peuple, jeune fille. Les Chevaliers en font partie, tu en fais partie et le porteur de lumière aussi. Nous sommes des pions importants du destin et, lorsque le sort de milliers de personnes dépend de nos actions, nous avons le devoir de mettre nos propres désirs de côté et de servir le bien commun.

— Mais je peux le faire en devenant un Écuyer d'Émeraude, souligna l'enfant.

— J'ai bien peur que ce ne soit jamais possible. Le sorcier rôde sur Enkidiev, et c'est toi qu'il cherche. Tu ne pourrais pas accompagner un Chevalier en mission sans mettre ta vie et celle de ton entourage en danger. Et si tu péris, l'empereur mettra la main sur le porteur de lumière, et la race humaine disparaîtra à jamais.

— Vous ne voulez pas que je devienne Chevalier parce que vous me détestez ! s'exclama la petite, ses yeux se remplissant de larmes.

— Non, c'est faux.

— Vous ne m'avez jamais aimée ! Aucun de mes accomplissements ne vous fait jamais plaisir ! Vous vous entêtez à ne voir que mes fautes !

— Kira, ce n'est pas vrai... soupira le Chevalier, exaspéré.

— C'est ma peau qui vous fait horreur ? Mes yeux ? Mes griffes ?

— Mes raisons pour t'empêcher de devenir Écuyer ne sont pas d'ordre personnel.

— Les Chevaliers ne sont pas censés mentir ! Vous prétendez vouloir me protéger, mais ce que je ressens dans votre cœur, c'est de la haine !

Elle tourna les talons et se sauva en courant dans le couloir en direction des cuisines. Pas question de donner la chasse à une enfant aussi agile qu'elle dans ce palais dont elle connaissait les moindres recoins. Wellan demeura sur place un moment à réfléchir à ses paroles. « Elle a malheureusement raison », déplora-t-il. C'était bien de la haine qui surgissait en lui chaque fois qu'il posait les yeux sur elle, mais c'était l'empereur et ses serviteurs qu'il détestait, pas Kira. Et puisqu'il ne pouvait pas encore lui révéler ses origines, il lui était impossible de lui avouer le véritable objet de sa colère.

Il se releva, décidant qu'il ne voulait pas ajouter ce problème à tous ceux qui avaient surgi dans sa vie ces derniers temps. Il poursuivit donc sa route vers le grand escalier en chassant le visage en larmes de la petite Sholienne de ses pensées.

Il se rendit d'abord chez le roi et lui raconta sa confrontation avec le sorcier au Royaume d'Argent. Émeraude Ier l'écouta avec attention puis lui recommanda de se rendre auprès des magiciens pour leur demander conseil au sujet de ce nouvel émissaire maléfique de l'empereur. De son côté, il enverrait des missives à tous les monarques d'Enkidiev pour les mettre en garde.

Wellan s'inclina avec respect et quitta le palais. Il traversa la grande cour et se dirigea vers la tour du Magicien de Cristal, isolée des autres constructions. Tout comme il s'y attendait, Abnar était debout au milieu de la pièce circulaire, les mains jointes, le visage grave. Ses yeux gris sondèrent les pensées du soldat à la vitesse de l'éclair.

— Les dieux m'ont déjà prévenu de la présence d'un sombre personnage sur Enkidiev, le devança l'Immortel.

— Nous l'avons rencontré près des murailles du Royaume d'Argent. Il ne ressemble pas aux hommes-insectes que nous avons affrontés sur la côte et il possède des pouvoirs que nous ne connaissons pas. Il est capable de s'élever dans les airs et de scinder les rayons d'attraction par une pluie de feu. Je n'avais jamais rien vu de tel.

— Laissez-moi le voir par vos yeux.

L'Immortel fit asseoir Wellan sur un tabouret en bois. Plaçant ses doigts à des endroits stratégiques sur le visage et les tempes du grand Chevalier, le Magicien de Cristal observa l'attaque du sorcier dans tous ses détails. Il mit fin au contact télépathique.

— Je croyais que ces sorciers avaient été éliminés par les premiers Chevaliers… murmura-t-il.

— Il y en a donc d'autres ? s'alarma Wellan en bondissant sur ses pieds.

— Je ne puis vous répondre sans consulter mes maîtres et les autres Immortels à ce sujet, je suis désolé.

— Montrez-moi au moins comment me défendre contre cette créature malfaisante, demanda Wellan.

— La magie des Chevaliers n'est pas assez puissante pour vaincre ce sorcier, déplora-t-il. Il n'y a que les maîtres magiciens qui puissent le détruire.

— Mais la Reine de Shola était un maître magicien, et il a réussi à la tuer.

Abnar fit quelques pas dans la pièce en contemplant ses pieds, cherchant les mots qui ne blesseraient pas le brave Chevalier.

— Fan a accepté la mort plutôt que de trahir son enfant, expliqua-t-il finalement. Elle savait également qu'elle pourrait plus facilement observer l'ennemi à partir du monde invisible et ainsi mieux protéger Kira.

— Elle aurait pu vaincre Asbeth ? s'étonna Wellan.

— Aisément, car elle est puissante. Mais elle a choisi de mener son combat d'une autre façon. C'est le privilège des mages.

Le grand Chevalier à l'esprit combatif ne pouvait tout simplement pas comprendre qu'un magicien se laisse immoler sans se défendre, mais il savait aussi qu'il ne possédait pas la sagesse d'un Immortel.

— Il n'y a donc que vous qui puissiez empêcher le sorcier d'accomplir les sombres desseins de son maître, comprit-il finalement.

— Si j'y suis contraint, mais mon rôle est surtout celui d'un conseiller, pas d'un guerrier. Les dieux ne m'ont pas accordé ce pouvoir. Toutefois, il y a parmi nous une autre magicienne encore plus puissante que ce sorcier.

— Dites-moi de qui il s'agit et j'irai requérir ses services à genoux ! s'exclama Wellan.

— Il s'agit de Kira.

Cette révélation inattendue le fit presque vaciller sur ses jambes.

— Mais ce n'est qu'une enfant ! protesta-t-il.

— Elle grandira, sire Wellan, tout comme ses pouvoirs.

— Le sorcier n'attendra pas qu'elle soit devenue une adulte pour tenter de s'emparer d'elle ou du porteur de lumière ! Il est à notre porte, dois-je vous le rappeler ? Je l'ai blessé avec mon épée, mais je n'ai pas réussi à le tuer.

— Il aurait fallu que vous le coupiez en deux pour l'anéantir. C'est la seule façon de se débarrasser d'un sorcier.

Wellan longea le mur en réfléchissant. Santo et lui avaient empêché le sorcier de se rendre jusqu'à l'enfant mauve et l'échec d'Asbeth risquait de pousser l'empereur à envoyer d'autres dragons ou d'autres guerriers pour reprendre Kira.

— Je ne peux pas mobiliser les Chevaliers au Château d'Émeraude, déclara-t-il finalement en se tournant vers l'Immortel. L'ennemi saurait tout de suite que c'est ici que nous cachons la fille d'Amecareth et il y enverrait ses troupes. Pouvez-vous assurer la protection de Kira jusqu'à ce qu'elle soit prête à se battre ?

— Je vous l'ai déjà dit, sire Wellan, je la cacherai dans la Montagne de Cristal s'il le faut, mais je ne la leur remettrai jamais. Son rôle est trop important pour l'avenir du monde.

Wellan éprouvait de la frustration à l'idée de ne pas pouvoir tout faire lui-même, mais il ne disposait pas encore d'un nombre suffisamment important de soldats pour couvrir le continent. Il remercia Abnar et quitta la tour, plutôt inquiet que leur sort repose entre les mains d'une fillette aussi gâtée.

Il se dirigea ensuite vers les bains pour purifier son corps, changea ses vêtements puis grimpa à la bibliothèque du palais pour obtenir plus d'informations sur les sorciers d'antan. Il s'arrêta devant les longues tablettes poussiéreuses et jeta un coup d'œil derrière lui, mais son Écuyer aux grands yeux pleins de questions ne marchait plus dans son ombre.

24

Une petite fille étonnante

Après s'être plainte une fois de plus à Armène, dans les cuisines, du manque de compréhension et de la méchanceté de Wellan, Kira refusa d'être cajolée et retourna à ses appartements. Elle arpenta sa chambre en traitant Wellan de tous les noms. Elle comprenait sa propre importance pour la survie de la race humaine, mais elle ne voulait pas être enfermée dans un beau coffre en nacre sculptée comme les joyaux de Sa Majesté jusqu'à ce qu'elle accomplisse ses exploits. Elle avait la trempe d'un bon guerrier, le Roi Hadrian ne cessait de le lui répéter, et elle le prouverait au chef des Chevaliers d'Émeraude.

Elle se jeta à plat ventre sur son lit en se demandant comment démontrer à Wellan qu'elle était digne d'être son Écuyer. Comment le convaincre que ses facultés différentes de celles des autres enfants pourraient l'aider à vaincre ses ennemis ? Elle se concentra et sonda le palais. Il cherchait un livre dans la bibliothèque. C'était là une occasion en or, puisqu'elle connaissait l'emplacement de tous les ouvrages !

Elle sauta de son lit et se rendit à la vaste salle de savoir. Elle entra dans la pièce sur la pointe des pieds et vit le grand Chevalier assis dans un coin, un parchemin dans les mains. Il en parcourait les lignes avec intérêt. Kira étudia les traits de son visage volontaire. « Il est si beau lorsqu'il n'est pas fâché », soupira-t-elle.

Elle sonda son esprit et ressentit sa profonde inquiétude. Il cherchait des renseignements sur le sorcier responsable de la mort de son apprenti, mais en vain. La fillette fouilla plus profondément en lui et découvrit des images qui la troublèrent : une créature noire ressemblant à un homme-oiseau, le visage angoissé de Cameron en train d'étouffer, le sang sur sa tunique, l'apparition d'un fantôme transparent au visage familier...

— Mama ? s'étonna Kira.

Wellan releva vivement la tête et baissa le parchemin en regardant autour de lui. L'enfant mauve se cacha entre deux rayons de vieux bouquins. L'image de Fan de Shola continuait de flotter dans sa conscience de façon obsédante. Mais comment était-ce possible ? Pourquoi cette vision se trouvait-elle dans la tête du Chevalier au même niveau que celle du meurtre de son apprenti ? Où avait-il vu le fantôme de sa mère et pourquoi ? Absorbée dans ses réflexions, Kira n'entendit pas approcher Wellan.

— Tu n'as pas le droit de sonder un Chevalier, la tança-t-il. Et encore moins de l'espionner.

— Les Écuyers n'ont pas ce droit, sire, rétorqua-t-elle en levant les yeux sur lui. Je ne suis qu'une créature d'une étrange couleur qui essaie de faire sa place dans un monde qui ne veut même pas d'elle. C'est aussi écrit dans votre esprit.

— Kira, je n'ai nulle envie de recommencer sans fin cette discussion, soupira Wellan.

— Dans ce cas, dites-moi pourquoi j'ai vu le visage de ma mère dans vos pensées.

Un coup de poignard d'un bébé ne l'aurait pas saisi davantage. En protecteur farouche de son intimité, Wellan tourna les talons et se dirigea vers la sortie de la bibliothèque.

— L'avez-vous revue depuis sa mort à Shola ? s'impatienta Kira.

Wellan ferma les yeux un instant pour retenir sa langue et continua d'avancer. Kira tendit brusquement les deux bras, et les pieds du grand Chevalier quittèrent le sol. Il se mit à flotter sur place comme l'avait fait le sorcier Asbeth, à un mètre du plancher. L'enfant mauve courut jusqu'à lui, lui agrippa un pied et le tourna face à elle aussi facilement que s'il avait été un pantin suspendu par des fils.

— C'est toi qui as fait ça ? se fâcha Wellan.

— Oui ! le défia Kira. Et je ne vous libérerai que lorsque vous aurez répondu à ma question !

— Le code de chevalerie prévoit des sentences sévères pour ceux qui traitent ainsi un Chevalier, jeune fille.

— Mais je ne vous ai encore rien fait ! Dites-moi pourquoi le visage de ma mère occupe vos pensées ou je vous abandonne à votre sort !

Wellan détestait ce genre de chantage, surtout de la part d'une enfant, mais il ne connaissait pas d'autre façon de se tirer de cette situation embarrassante.

— Je suis amoureux d'elle, avoua-t-il dans un soupir contrarié.

Sa réponse donna un si grand choc à Kira qu'elle rompit sa concentration. Le Chevalier retomba lourdement sur ses pieds, consterné par la puissance de la Sholienne. Abnar avait raison, elle deviendrait sans nul doute une puissante magicienne, pourvu qu'elle apprenne à dominer son terrible caractère.

— Vous êtes amoureux d'une femme morte ? s'horrifia la petite.

— Tu ne pourrais pas comprendre...

— C'est de ma mère qu'il s'agit, sire ! Expliquez-moi ce que j'ai vu sinon je vous plaque au plafond pour toujours !

Wellan pensa qu'il n'aurait jamais la paix à moins de lui avouer la vérité. Elle se tenait devant lui, les bras croisés sur sa poitrine, la tête penchée sur le côté, tapant du pied avec impatience. Le Chevalier n'aimait pas ouvrir son cœur aux autres, mais s'il ne lui disait pas ce qu'elle voulait savoir, elle irait le chercher elle-même dans son esprit et elle risquait d'y découvrir l'information qu'il préférait garder secrète.

— Je suis tombé amoureux de Fan de Shola peu de temps avant sa mort, lui révéla-t-il finalement.

— Êtes-vous mon père ?

— Non ! s'exclama Wellan, avant qu'elle se fasse des idées fausses. Tu avais déjà deux ans lorsque j'ai rencontré ta mère.

— L'image que j'ai vue dans votre esprit était celle d'un fantôme, pas celle d'un être vivant.

Le grand Chevalier hésita à s'aventurer sur ce terrain glissant. La fillette n'avait que neuf ans. Comment lui décrire cet amour étrange et impossible ?

— Je crois que c'est la manifestation inconsciente d'un amour qui n'a pas pu s'épanouir du vivant de Fan puisque je continue de rêver à elle la nuit. Mais je ne suis pas un expert dans l'interprétation des cris du cœur, Kira, je suis désolé. Maintenant, c'est à ton tour de répondre à mes questions. Pourquoi m'as-tu sondé tout à l'heure ?

— Je voulais vous aider dans vos recherches, et j'ai regardé dans votre tête.

— Tu serais beaucoup plus utile à l'Ordre si tu retournais auprès d'Abnar pour poursuivre tes leçons de magie. Je suis capable de me débrouiller seul dans cette bibliothèque.

Kira pensa que si elle lui obéissait aveuglément pendant les prochains jours, il songerait sans doute à elle au moment de choisir un nouvel Écuyer. Elle s'inclina donc devant lui et quitta la bibliothèque sous son regard incrédule. « Depuis quand m'obéit-elle aussi rapidement ? » s'inquiéta-t-il. Il fixa la sortie pendant un moment, mais la petite ne revint pas. Soulagé, il retourna s'asseoir pour fouiller les parchemins traitant de la première guerre contre l'empereur.

*
* *

Wellan ne retourna dans l'aile des Chevaliers que pour le repas du soir. Tous ses compagnons étant à la chasse aux dragons, seuls Santo et Hettrick bavardaient dans la grande pièce. Ayant déjà mangé, les élèves d'Émeraude, rassemblés sur la galerie du deuxième étage, les observaient en silence. Le grand Chevalier prit place près de Santo et sonda les esprits des élèves à quelques mètres au-dessus d'eux. La mort de Cameron et le trou béant qu'elle creusait dans son cœur les attristaient beaucoup. D'un commun accord, ils lui transmirent une vague d'amour pour le réconforter.

« Les magiciens sont de bons enseignants », pensa Wellan, puisque, sous leur tutelle, ces enfants étaient devenus des êtres pleins de compassion pour leurs semblables. Il toucha à peine son repas, mais but plusieurs coupes de vin. Habituellement, Santo le grondait lorsqu'il cherchait à engourdir ainsi ses sens, mais, ce soir-là, il se contenta de le surveiller. Le guérisseur alla chercher sa harpe accrochée au mur, près de l'âtre, et revint s'asseoir. Il commença à gratter délicatement les cordes de l'instrument, et une belle mélodie résonna sur les murs de pierre de la grande pièce.

Wellan leva sur lui des yeux chargés de tristesse et écouta la douce complainte de l'instrument. Puis Santo chanta une ballade ayant pour thème les exploits du premier Roi de Rubis, et l'allusion au royaume de son enfance fit finalement sourire le grand chef.

Lorsqu'il retourna à sa chambre, Wellan constata que les serviteurs avaient retiré le lit de Cameron et nettoyé sa cuirasse, sa ceinture et ses bottes. Épuisé physiquement et moralement, il se laissa tomber sur son lit. « Rien n'arrive jamais sans raison », lui répétait jadis Élund. Malgré le brouillard créé par l'alcool flottant dans son esprit, Wellan tenta de comprendre la décision des dieux de reprendre Cameron. Le garçon n'avait certes pas eu le temps de leur déplaire. Pourquoi ?

— *Parce qu'il y aura certaines choses que vous devrez faire seul désormais*, chuchota une voix féminine près de lui.

Une main glacée effleura son bras nu et il comprit que sa visiteuse était l'être qu'il aimait le plus au monde.

— Fan...

Elle posa les doigts sur ses joues, les fit glisser dans ses cheveux, et pressa la tête du Chevalier contre sa poitrine lumineuse. Wellan encercla sa taille de ses bras puissants et étreignit Fan avec désespoir. Il n'avait pas envie de parler avec elle, il voulait seulement qu'elle le soulage de sa tristesse.

— *Votre Écuyer ne vous a pas été enlevé pour combler les caprices d'un dieu ou d'une déesse*, chuchota Fan en lui caressant les cheveux. *C'est à vous qu'ils songeaient, Wellan, lorsqu'ils ont pris cette décision. Les mois qui viennent seront difficiles pour les humains, et vous serez plus efficace sans apprenti.*

— Ce n'était qu'un gamin.

— *Une âme pure qu'ils ont admise sur-le-champ dans les grandes plaines de lumière. Vous le reverrez,*

Wellan. Pour l'instant, conservez vos forces pour les combats à venir.

— Gardez-moi dans vos bras cette nuit, Fan, ne me quittez pas.

Elle le sentit trembler contre elle et attendit patiemment qu'il se calme. Puis elle l'obligea à s'allonger sur le lit et l'embrassa avec tendresse pendant de longues minutes.

— *Je suis contente que Kira et vous arriviez enfin à vous parler*, le félicita la reine en se blottissant dans ses bras.

— Si je ne l'avais pas fait, je serais encore accroché au plafond de la bibliothèque.

— *Vous savez bien que je vous aurais sauvé*, se moqua-t-elle.

— Votre fille a de très grands pouvoirs, Fan, mais elle les utilise de façon inconsidérée.

— *Elle est encore jeune, Chevalier. Je vous en prie, soyez patient avec elle. Kira ne vous décevra pas.*

N'ayant plus envie de poursuivre cette conversation sur l'intraitable enfant mauve, Wellan chercha les douces lèvres de la reine et l'embrassa avec passion, malgré le vin qui engourdissait ses sens.

— *Je vois que vous portez toujours ma chaînette*, susurra la reine en soulevant la belle étoile enchâssée dans un cercle d'or.

— Elle est bien souvent mon seul lien avec vous, lui reprocha le Chevalier.

— *Sachez que même un puissant maître magicien ne peut pas toujours rassembler suffisamment d'énergie pour se matérialiser dans le monde des vivants, mais je pense constamment à vous.*

Wellan la renversa sur le lit et mit fin à cette conversation en parsemant sa peau glacée de baisers.

25

Une terrible morsure

Les compagnons de Wellan continuèrent de patrouiller les berges des rivières d'Enkidiev tout en enseignant aux paysans qu'ils rencontraient comment tuer les jeunes dragons qui s'aventuraient dans leurs villages.

Bridgess, Chloé, Jasson, Falcon, Buchanan et Kevin traversèrent les Royaumes de Fal puis de Perle, à la frontière du Royaume d'Émeraude, pour aboutir au Royaume d'Argent sur la rive est de la rivière Mardall. Quant à Bergeau, Dempsey, Kerns, Wanda, Nogait et Wimme, ils remontaient la rivière Mardall dans les Royaumes de Zénor, de Cristal et d'Argent en se dirigeant vers la rivière Wawki. Ils ne rencontrèrent que quelques dragons encore plus jeunes que les premiers et s'en débarrassèrent aisément.

En arrivant au Royaume d'Argent, Chloé fut la première à ressentir une curieuse énergie et elle se rappela aussitôt les paroles de Wellan. Un sorcier, l'assassin d'un de leurs Écuyers, errait sur le continent. Elle ralentit l'allure de son groupe et étendit ses sens invisibles le plus loin possible autour d'elle. Une présence maléfique hantait la forêt, un esprit froid, sombre et meurtrier. Elle descendit de son cheval et donna les rênes à Ariane. Les autres Chevaliers et leurs apprentis l'observèrent avec beaucoup d'inquiétude, car ils ressentaient eux aussi l'esprit cruel du mage noir.

— Gardez vos apprentis près de vous, ordonna Chloé.

Elle s'avança lentement entre les arbres, balayant l'air devant elle de son bras, la paume relevée, cherchant à localiser l'ennemi. Bridgess et Jasson mirent aussi pied à terre et demandèrent à leurs apprentis de demeurer groupés en marchant derrière eux. Ils cherchaient un humanoïde couvert de plumes avec une tête d'insecte possédant d'immenses pouvoirs magiques. Wellan leur avait dit que cette créature savait briser leur pouvoir d'attraction et probablement faire échec à toutes leurs facultés, mais qu'elle n'était pas immunisée contre les blessures corporelles. Pour la détruire, il fallait la couper en deux.

— Trouvez-moi ce sorcier et je me charge de le débiter en cubes ! s'exclama Jasson pour détendre l'atmosphère.

— Jasson, je t'en prie, le gronda Chloé dans un demi-sourire, il faut que je me concentre.

Le trio avança prudemment entre les arbustes et les plantes touffues poussant au pied des grands arbres à la frontière du Royaume d'Argent et du Royaume d'Émeraude. Les Chevaliers Falcon, Buchanan et Kevin les suivirent, ayant rassemblé les Écuyers au centre et gardant l'œil sur eux. Ce sorcier pouvait voler, aux dires de Wellan, alors ils se servaient eux aussi de leurs sens à pleine capacité, afin de ne pas être surpris comme l'avaient été leurs compagnons près des remparts du Château d'Argent.

*
* *

Après sa désastreuse rencontre avec les humains Chevaliers, Asbeth avait fui vers le sud-est en toute hâte. Ayant perdu beaucoup de sang, il se posa dans la partie la plus dense de la forêt. Devant lui, le terrain était parsemé de petites collines rocheuses fendues en plusieurs endroits par les tremblements de terre au début des temps. En traînant les pieds, il se réfugia au fond d'une de ces petites grottes pour soigner la blessure infligée par le Chevalier Wellan.

La lame de métal n'avait pas endommagé ses organes internes, mais suffisamment sectionné sa peau pour lui causer d'horribles douleurs. Trop faible pour retourner au château de son maître, Asbeth choisit d'interrompre momentanément ses recherches en vue de retrouver l'héritière de l'empereur. Obligé de passer plus de temps sur le continent des humains, il en profiterait pour se venger de l'affront des soldats vêtus de vert aux pouvoirs étranges avant de mettre la main sur Narvath.

Couché sur le côté, sur la pierre froide de la caverne, Asbeth ressentit soudain l'approche d'une bande d'humains. Des chasseurs traversaient régulièrement la forêt depuis la veille sans que leurs chiens ne le flairent. Il demeura donc parfaitement immobile, prêt à se rendre invisible de nouveau, n'ayant pas encore la force de régler son compte à cette vermine.

*
* *

Dans la forêt de plus en plus dense, Chloé marchait entre Jasson et Bridgess. Les arbres empêcheraient bientôt les chevaux de les suivre. La trace maléfique s'intensifiait dans le sol, et Chloé sut qu'ils approchaient de leur cible. Près d'elle, Bridgess n'arrivait pas à se détendre, car si Wellan n'avait pu vaincre ce sombre serviteur de l'empereur, elle voyait mal comment ses compagnons et elle y parviendraient. Ses sens scrutant tous les recoins de la forêt à la recherche d'un oiseau-insecte de la taille d'un homme moyen, elle cessa de regarder où elle mettait les pieds.

Sans avertissement, quelque chose de très dur lui enserra brutalement la cuisse. Aussitôt, de petits poignards s'y plantèrent et Bridgess poussa un cri de douleur en s'écrasant dans les fougères. Chloé et Jasson s'élancèrent vers leur sœur d'armes, l'épée à la main. Abasourdie, la jeune femme se releva vivement sur les coudes, croyant être la victime de la fourberie du sorcier, mais vit plutôt la tête triangulaire d'un petit dragon noir enfonçant ses crocs dans sa chair. Jasson éperonna le monstre avec la pointe de son épée pour attirer son attention, mais la créature refusa de lâcher prise et émit des grondements sourds.

— Nous ne pourrons pas lui trancher le cou sans couper également la jambe de Bridgess ! s'écria Jasson en faisant le tour du dragon.

— Dans ce cas, il faut trouver une façon de la lui faire lâcher, répliqua Chloé.

Elle assena plusieurs coups d'épée sur son dos et ses pattes et évita de justesse sa queue hérissée d'épines.

— Même à cet âge, ils ont des écailles aussi dures que l'acier, déclara-t-elle à ses compagnons.

Sur le sol, Bridgess n'osait pas bouger, de peur que l'animal ne referme complètement la gueule et ne lui sectionne la jambe. Curieusement, sa vision s'embrouillait et la douleur s'amenuisait. Elle fixa les yeux enflammés du dragon, persuadée qu'elle allait mourir dans cette forêt, loin de l'homme qu'elle aimait.

Pendant que Falcon et Kevin surveillaient étroitement les apprentis pour que le sorcier ne profite pas de cette diversion pour les attaquer, Buchanan descendit de son cheval pour aller prêter main-forte à ses compagnons.

— J'ai une idée ! s'exclama Jasson en rengainant son épée. Buchanan, installe-toi derrière Bridgess et sois prêt à la tirer vers l'arrière dès que le dragon la lâchera. Chloé lui tranchera la tête.

La femme Chevalier empoigna son épée à deux mains pendant que Buchanan prenait position derrière Bridgess. Jasson se concentra profondément, et un vent violent secoua les fougères et les jeunes arbres sans pour autant inquiéter le dragon.

— Préparez-vous ! cria Jasson en tendant ses deux bras devant lui.

Se servant de ses puissants pouvoirs de lévitation, Jasson souleva lentement Bridgess et le dragon dans les airs. Ne sentant plus le sol sous ses pattes, la bête lâcha sa proie. Buchanan agrippa solidement les épaules de Bridgess et l'attira dans ses bras.

Sans perdre une seconde, Chloé abattit brutalement sa lame effilée et décapita le dragon. Jasson laissa aussitôt tomber les bras, et le corps du monstre s'écrasa sur le sol. Buchanan transporta sa sœur d'armes jusqu'aux chevaux pendant que Chloé utilisait ses sens magiques afin de s'assurer qu'aucun autre danger ne guettait le groupe.

*
* *

Reposant toujours sur le plancher humide de la grotte, Asbeth assista à l'exécution de son dragon sans pouvoir intervenir. En sentant les humains s'éloigner de sa cachette, il comprit que l'attaque de la bête avait au moins servi à distraire les soldats de leur mission. Il lui fallait donc récupérer ses forces le plus rapidement possible afin de leur donner une bonne leçon à leur retour. Il ferma les yeux et une intense lumière mauve enveloppa son corps tel un cocon. Cette faculté lui provenait de son sang paternel, tous les insectes étant capables de se guérir eux-mêmes. Il s'abandonna à l'énergie bienfaisante en sachant très bien que personne ne pourrait le toucher sans être cruellement brûlé.

*
* *

Buchanan amena Bridgess près de la rivière et retourna auprès des Écuyers pour les protéger avec Kevin. Falcon déchira le pantalon de toile sur la jambe de sa sœur d'armes et examina aussitôt sa blessure. Tous les Chevaliers possédaient des dons de guérisseur, mais certains y excellaient davantage que d'autres. Bien que Santo fût le plus doué dans ce domaine, Falcon avait traité des blessures infligées à ses frères d'armes par les hommes-insectes lors des derniers affrontements.

Sous le regard attentif de Chloé et des autres Chevaliers, Swan, l'apprentie de Bridgess, s'accroupit derrière Bridgess et déposa sa tête fiévreuse sur ses genoux. Falcon nettoya sommairement les trous causés par les dents avec l'eau de sa gourde et les couvrit avec ses paumes lumineuses. Les plaies se refermèrent sans difficulté, mais la lumière thérapeutique n'apporta aucun soulagement à la jeune femme dont la peau devenait de plus en plus glacée.

— Dites à Wellan que je l'attendrai... murmura Bridgess en sombrant dans l'inconscience.

Chloé passa la main au-dessus de son corps pour s'assurer qu'elle ne rendait pas l'âme. Elle découvrit avec stupeur que les battements de son cœur ralentissaient.

— Cet animal l'a empoisonnée ! s'écria-t-elle, effrayée.

— Pourtant, nous n'avons pas décelé de poison dans le sang de Kira lorsqu'elle a été mordue, riposta Falcon.

— Peut-être que les plus petits dragons en ont dans leurs crocs, suggéra Swan en portant un regard brouillé de larmes sur les adultes.

— Dans ce cas, seul le Magicien de Cristal pourra l'aider, conclut Jasson.

— Il faut la ramener tout de suite au Château d'Émeraude, décida Chloé. Pendant que je communique avec Wellan, essayez de rassurer nos jeunes Chevaliers et nos Écuyers.

Jasson se dirigea aussitôt vers les enfants serrés les uns contre les autres.

— Bon, y a-t-il des volontaires pour dépecer ce dragon et l'apprêter pour notre repas ? lança Jasson avec un large sourire.

Les apprentis firent tous la grimace en oubliant momentanément le danger qui les guettait. Pâles et effrayés, Buchanan et Kevin ne réagirent pas à sa plaisanterie. C'était la première fois qu'un des Chevaliers subissait une blessure grave depuis le début de la chasse aux monstres et cela les angoissait. Falcon arbora un air confiant et rejoignit les enfants.

— Renonçons-nous à la mission ? s'informa Kevin, debout près de son cheval.

— Seulement si Wellan l'exige, répondit-il. Chloé lui demandera des instructions. Si vous avez faim ou soif, c'est le moment de vous rassasier parce que je crois bien que le grand chef nous ordonnera de rentrer directement à la maison.

Mais aucun d'eux n'avait d'appétit, surtout à la pensée de devoir manger du dragon. Toujours agenouillée près de Bridgess, Chloé ferma les yeux et se concentra pour appeler Wellan.

26

À la rescousse de Bridgess

Le grand Chevalier effectuait des recherches dans la bibliothèque du Château d'Émeraude lorsqu'il entendit la voix de sa sœur d'armes dans son esprit. Il déposa aussitôt le vieux livre poussiéreux qu'il consultait et ferma les yeux. Chloé lui raconta ce qui venait de se produire au Royaume d'Argent et lui demanda conseil. *Vous êtes rendus à l'endroit où Santo et moi nous sommes arrêtés*, répondit Wellan, craignant pour la vie de son ancien Écuyer. *Vous ne découvrirez plus de dragons.*

Mais le sorcier se cache dans cette forêt, protesta Chloé.

Wellan fronça les sourcils en réfléchissant. Empoisonnée par la morsure d'une bête maléfique, Bridgess devait être traitée le plus rapidement possible par un maître magicien. Ses compagnons se trouvaient par contre à proximité de la cachette d'Asbeth, et cette créature blessée serait sans doute facile à abattre même pour de jeunes Chevaliers.

Continue de traquer le sorcier avec Falcon et Jasson, et renvoie Buchanan et Kevin au château avec Bridgess. Soyez très prudents, Chloé. Wellan mit fin à l'échange et garda les yeux fermés, le dos appuyé contre le mur. Les Chevaliers se trouvaient à deux jours du Château d'Émeraude et il ignorait la vitesse à laquelle le poison circulait dans les veines de Bridgess. Il pria

Theandras, la déesse de Rubis, de veiller sur sa vie et rouvrit subitement les yeux.

— Maître Abnar ! appela-t-il.

Le Magicien de Cristal apparut près de lui et Wellan bondit sur ses pieds.

— Bridgess a été mordue par un dragon, l'informa le grand Chevalier, le cœur serré. Je vous en prie, faites quelque chose.

— Considérant la menace qui pèse en ce moment sur Kira, je ne peux la laisser sans défense à Émeraude ou l'emmener avec moi pour traiter la jeune Bridgess.

— Mais sans votre aide, Bridgess mourra ! protesta violemment Wellan.

— Retardez les effets du poison en lui faisant avaler ceci et ramenez-la ici.

Un petit flacon de verre contenant un liquide verdâtre se matérialisa dans la main d'Abnar et ce dernier recommanda à Wellan de faire boire tout son contenu à sa jeune amie.

— Allez seller votre cheval, ordonna l'Immortel. Je vous rejoins à l'écurie.

Wellan quitta la bibliothèque à la course. Il se rendit d'abord à l'aile des Chevaliers pour revêtir sa cuirasse et prendre ses armes. Santo apparut à la porte de sa chambre, flanqué de son Écuyer.

— J'ai entendu ta conversation avec Chloé, déclara-t-il. Veux-tu que je t'accompagne ?

— Non, décida Wellan. Veille sur le château. Je crains que ce ne soit une autre diversion du sorcier pour s'emparer de Kira. Assure-toi qu'il ne lui arrive rien.

— Tu peux compter sur moi.

Santo et Hettrick accompagnèrent le grand chef à l'écurie et le regardèrent seller son cheval en vitesse. Wellan sortit du bâtiment en tirant l'animal derrière lui et mit le pied à l'étrier. Le Magicien de Cristal se matérialisa devant le cheval et entonna des incantations dans une langue mélodieuse rarement entendue par l'oreille humaine. Assis sur sa selle, le grand Chevalier n'eut pas le temps de lui demander ce qu'il faisait. Un tourbillon de lumière multicolore s'éleva autour de lui, effrayant son destrier. L'animal se cabra en hennissant de terreur et Wellan s'accrocha à ses rênes.

Puis, de la même façon qu'elle s'était manifestée, la lumière disparut brusquement, et le Chevalier se retrouva sur la berge de la rivière Dilmun à l'embouchure de la rivière Mardall. Il calma la bête et fonça vers le groupe de soldats qu'il apercevait au loin. Lorsqu'il arriva finalement près d'eux, Buchanan tentait de remettre Bridgess dans les bras de Kevin, assis sur son cheval, pour qu'il la porte jusqu'au château. Tous écarquillèrent les yeux en voyant approcher leur chef.

— Mais comment as-tu pu te rendre ici en si peu de temps ? s'exclama Jasson, incrédule.

— Le Magicien de Cristal m'a transporté magiquement, répondit Wellan en sautant sur le sol. Comment va-t-elle ?

Il tendit les bras à Buchanan qui lui remit aussitôt la jeune femme inconsciente dont la peau était devenue aussi blanche que celle de Fan. Wellan déposa Bridgess sur le sol et tira sur le bouchon de liège du flacon avec ses dents. Il souleva délicatement les épaules de la blessée et lui fit absorber la potion verte jusqu'à la dernière goutte.

Le cœur serré, il attendit d'en constater les effets bénéfiques, mais Bridgess demeura immobile et pâle comme la mort. Chloé s'accroupit près de Wellan et posa la main sur son épaule.

— C'est toi qu'elle a réclamé avant de perdre conscience, lui dit-elle.

Wellan leva un regard malheureux sur sa sœur

d'armes. Aucun Chevalier n'avait perdu la vie depuis le début des affrontements et, en quelques jours seulement, Cameron avait connu une fin atroce et Bridgess flottait entre la vie et la mort.

— Le Magicien de Cristal la sauvera ! affirma-t-il d'une voix forte, comme pour s'en persuader lui-même.

Il remonta à cheval, et Buchanan plaça Bridgess dans ses bras. Wellan la serra contre sa poitrine et talonna sa monture. Accompagné de Kevin, de Buchanan, de leurs apprentis et de Swan, il fonça droit sur Émeraude et ne s'arrêta qu'une fois dans la grande cour du château, une journée plus tard, après quelques rares arrêts pour faire boire les bêtes et les cavaliers. Morts de fatigue, les soldats et leurs destriers soufflaient bruyamment, mais Wellan n'affichait aucun signe de faiblesse.

Il se laissa glisser sur le sol, Bridgess dans ses bras, et se dirigea vers la tour d'Abnar pendant que les palefreniers s'occupaient des chevaux et que les jeunes Chevaliers poussaient leurs Écuyers vers leur aile pour un repos bien mérité.

Kevin et Buchanan lui emboîtant le pas, Wellan grimpa au deuxième étage de l'antre de l'Immortel, sa jeune amie dans les bras. Les enfants avaient heureusement déjà quitté les lieux pour aller prendre leur repas dans le grand hall du roi, sinon l'arrivée précipitée des soldats aurait causé de l'émoi.

Le grand Chevalier déposa Bridgess sur le lit d'Abnar, levant un regard suppliant sur lui, puis recula pour lui céder la place. L'anneau de cristal au cou de l'Immortel s'illumina pendant qu'il passait lentement la main au-dessus du corps inanimé de la jeune femme. Le poison s'était déjà répandu dans son organisme. Une petite bouteille se matérialisa dans l'autre main d'Abnar, et il en versa quelques gouttes dans la gorge de Bridgess. Aucune réaction.

— Je crains que le mal ne soit déjà fait, déplora-t-il.

— Non ! protesta violemment le grand chef, les yeux noyés de larmes. Il y a certainement quelque chose que nous puissions faire !

Abnar garda le silence. Il connaissait suffisamment Wellan pour savoir qu'il n'écouterait aucun de ses arguments sur la volonté des dieux. Le grand chef s'agenouilla près du lit, prit la main de Bridgess et la porta à ses lèvres pour l'embrasser. Ne pouvant plus rien faire pour elle, l'Immortel se dématérialisa.

— Nous pourrions éplucher la bibliothèque pour trouver un antidote, suggéra Kevin, tout aussi éploré que son chef.

— Ou même prier dans la chapelle, ajouta Buchanan.

La gorge serrée par le chagrin, Wellan se contenta de hocher lentement la tête. Malgré leur fatigue, les deux hommes échangèrent un regard complice et quittèrent la tour. Ils feraient l'impossible pour sauver leur sœur d'armes.

Wellan demeura au chevet de Bridgess sans savoir combien de temps elle survivrait au poison. À la tombée de la nuit, des serviteurs vinrent allumer des torches sur le mur et lui apporter de la nourriture ainsi que de l'eau. Le grand Chevalier refusa de manger mais se servit de l'eau pour rafraîchir le front de plus en plus brûlant de Bridgess.

Santo le rejoignit dans la soirée et passa aussi la main au-dessus du corps inanimé de la jeune femme, étonné de l'étendue de son mal.

— Kevin épluche toujours les ouvrages sur les poisons avec l'aide d'Élund, déclara-t-il pour encourager son frère d'armes, même s'il constatait lui-même que Bridgess dépérissait à vue d'œil.

Wellan le fixa sans pouvoir prononcer un seul mot.

— Et Buchanan prie avec les Écuyers dans la chapelle, poursuivit Santo. Je ne savais pas que tu éprouvais des sentiments aussi profonds pour Bridgess.

— Moi non plus, articula péniblement Wellan. Je m'en veux de ne m'en rendre compte qu'au moment de sa mort...

Des larmes recommencèrent à couler de ses yeux gonflés et le guérisseur lui transmit une vague d'apaisement. Il prit place sur un banc de l'autre côté du lit pour veiller la mourante avec Wellan et observa son visage paisible et blanc comme la neige. Les desseins des dieux étaient parfois si difficiles à comprendre.

*
* *

En robe de nuit et pieds nus, Swan se présenta dans la tour vers minuit et trouva Wellan seul auprès de son maître, tenant sa main dans la sienne. Comme elle sondait souvent Bridgess, l'enfant connaissait ses sentiments envers leur grand chef et elle comprit en le voyant ainsi qu'il les partageait.

— Sire Wellan, pourrais-je rester avec vous auprès d'elle ? demanda Swan, la gorge serrée.

— Mais bien sûr, mon enfant, répondit Wellan d'une voix rauque.

L'apprentie prit place de l'autre côté du lit et imita son chef en prenant l'autre main de Bridgess.

— C'est tellement injuste, murmura-t-elle. Ce n'est pas un dragon que nous traquions, mais un sorcier...

Wellan ne savait pas comment réconforter la petite fille qui allait perdre son maître pendant la nuit, mais il promit silencieusement à Bridgess qu'il prendrait Swan sous son aile lorsqu'elle aurait rejoint ses ancêtres dans le monde des morts.

27
La lumière violette

Aux premières lueurs de l'aube, au chevet du Chevalier mourant, Wellan et Swan, complètement épuisés, s'endormirent sur des couvertures posées à même le sol près du lit. C'est à ce moment que Kira se glissa silencieusement dans la tour du Magicien de Cristal. Ressentant la peine qui baignait le château, elle n'arrivait pas à fermer l'œil. Bridgess ayant été le seul Chevalier à la traiter avec amour et dignité, à lui apprendre à se battre et à voir en elle un véritable Écuyer, elle tenait à lui dire au revoir avant qu'elle rejoigne sa mère, la Reine Fan, dans le monde des morts.

La fillette mauve s'approcha du lit sur la pointe des pieds en contournant Swan roulée en boule sur le plancher. Étrangement, Bridgess ne paraissait pas souffrante. Son visage était paisible et si beau à la lueur des dernières chandelles. Kira se pencha et l'embrassa sur la joue. Puis, par curiosité, elle repoussa la couverture sur sa cuisse pour examiner les blessures causées par le bébé dragon.

Elle vit les cicatrices des nombreux crocs dans la chair pâle de la jeune femme et, sans comprendre pourquoi, elle avança ses deux petites mains au-dessus des marques violacées. Une intense lumière violette s'échappa soudainement de ses doigts, lui arrachant un cri de surprise. Wellan se réveilla en sursaut et aperçut l'étrange spectacle.

— Kira, que fais-tu là ? tonna-t-il, en se redressant.

— Je n'en sais rien ! s'exclama l'enfant, effrayée. Je ne peux plus bouger !

Swan se réveilla aussi et écarquilla les yeux devant les faisceaux de lumière enveloppant tout le corps du Chevalier blessé.

— Retire tes mains tout de suite ! ordonna Wellan.

— Je vous dis que je ne peux pas !

Wellan se planta derrière Kira, l'agrippa et la tira vers l'arrière. Aussi lourde qu'un rocher, la petite ne bougea pas d'un seul centimètre et le Chevalier ressentit un féroce picotement sur sa peau. Une force mystérieuse clouait la fillette sur place, une force d'origine magique. Le grand chef utilisa ses sens invisibles pour tenter de comprendre l'effet que cette lumière avait sur le corps inanimé de Bridgess et sur le sien, mais il se heurta à un tourbillon étourdissant de couleurs et de sifflements aigus. Il lâcha prise et pria le ciel de protéger sa sœur d'armes. Tout à coup, Abnar apparut auprès de lui.

— Elle ne lui fait aucun mal, affirma l'Immortel. Au contraire.

— Mais elle ne sait même pas ce qu'elle fait !

— Elle obéit à son instinct, sire Wellan. Je vous en prie, laissez-la terminer ce qu'elle a commencé.

Il n'était pas dans les habitudes du grand Chevalier de se croiser les bras et d'attendre que les autres fassent le travail à sa place. Guerrier et homme d'action, il réglait ses problèmes en prenant des décisions et en les mettant à exécution. Mais, à ses côtés, le Magicien de Cristal ne semblait pas inquiet de voir le corps de Bridgess se gorger de cette étrange lumière de la même couleur que la peau de la petite Sholienne. Il paraissait même fasciné.

Et puis la lumière disparut aussi brusquement qu'elle était apparue. Bridgess prit une bouffée d'air en sursautant comme si elle en avait été privée depuis fort longtemps. Wellan se précipita aussitôt vers elle et la prit dans ses bras. Se remémorant les derniers instants précédant sa perte de conscience, elle s'accrocha à son cou et pleura. Wellan serra la jeune femme contre lui avec soulagement, remerciant Theandras pour ce miracle.

Tandis que l'Immortel tentait de déterminer si le poison circulait toujours dans les veines de Bridgess en passant la main à quelques centimètres de son corps, Kira l'observait, étonnée de la guérison qu'elle venait d'opérer. Swan porta sur elle un regard empli de reconnaissance, mais la Sholienne ne la vit pas. Quelque chose d'étrange se produisait dans son propre corps. Des frissons coururent sur ses bras, puis dans son corps, et elle sentit soudain un grand froid dans son ventre. Effrayée, elle pivota en direction de l'escalier de pierre et le dévala, sentant son cœur battre de plus en plus rapidement dans sa poitrine.

Elle traversa la cour à toutes jambes et fit irruption dans le palais en faisant sursauter les serviteurs qui commençaient leur travail. Elle se précipita dans sa chambre. Ses jambes tremblaient violemment, et sa vision s'embrouillait. Elle se dirigea vers son lit mais ne l'atteignit pas. Un voile d'obscurité tomba sur ses yeux, et elle s'effondra.

Ce fut Armène qui la découvrit, une heure plus tard, couchée sur le ventre sur la pierre froide, enrobée d'un cocon de lumière violette. La servante poussa un cri d'effroi, laissa tomber les tuniques propres qu'elle rapportait et se jeta à genoux à côté d'elle. Mais lorsqu'elle voulut la prendre dans ses bras, des filaments électrifiés de couleur violette lui pincèrent les doigts. Ne sachant plus que faire, Armène fila aussitôt vers la tour d'Élund pour le supplier de lui venir en aide. Il était encore tôt, et le vieux magicien détestait qu'on le bouscule à cette heure matinale, mais la terreur sur le visage de la servante eut raison de sa mauvaise humeur.

Il la suivit jusque dans les appartements royaux et s'alarma en apercevant la princesse évanouie ainsi entourée de lumière. Il n'aimait pas cette enfant, car elle ressemblait à la description que donnaient les textes anciens des démons habitant le Royaume des Ombres, mais étant la pupille du roi et un personnage important de la prophétie, il souffrait sa présence au Château d'Émeraude.

— A-t-elle tenté de jeter un sort ? demanda le magicien en observant la fillette lumineuse.

— Je n'en sais rien, maître Élund, répondit Armène en joignant nerveusement les mains. Je l'ai mise au lit hier soir et, quand je suis arrivée ce matin, je l'ai trouvée comme ça.

Élund suspecta le sorcier assassin de s'être infiltré dans le palais à son insu. Il fouilla rapidement tous les recoins du château avec ses sens magiques, mais ne décela heureusement aucune présence maléfique.

— Pouvez-vous l'aider ? implora Armène.

— Je ne sais même pas ce qui lui arrive ! s'exclama le magicien contrarié. Faites-la porter dans son lit pendant que je vais consulter mes grimoires. Je suis certain que ce phénomène est la conséquence d'une autre de ses expériences irréfléchies.

Élund bomba le torse et quitta la chambre dans un froissement d'étoffe. Armène savait bien qu'il n'aimait pas la petite Sholienne, mais elle ignorait vers qui se tourner, car pour le reste du royaume, Abnar n'était qu'un apprenti travaillant sous la tutelle d'Élund, même s'il possédait des connaissances beaucoup plus vastes que lui. La servante demeura aux côtés de Kira en se demandant comment la transporter dans son lit avec cette lumière qui la protégeait férocement.

*
* *

Dans la tour du Magicien de Cristal, Wellan relâcha finalement son emprise sur Bridgess et la laissa s'asseoir. Elle avala avidement un gobelet d'eau sous les regards attentifs de Wellan, de Swan et d'Abnar. À la grande surprise de l'Immortel, plus une seule goutte de poison ne circulait dans son corps, et sa fièvre était tombée. Cette soudaine guérison relevait du miracle, et Bridgess la devait à une petite fille de neuf ans.

Wellan regarda partout autour de lui, mais ne vit Kira nulle part. Craignant sans doute d'être grondée après cette curieuse intervention, elle avait pris la fuite.

— J'ai si faim que je mangerais un dragon ! plaisanta alors Bridgess pour rassurer son entourage.

Swan éclata de rire, et Wellan se contenta de sourire avec soulagement. La jeune femme avait retrouvé son sens de l'humour, donc elle était hors de danger.

Bridgess posa les pieds sur le sol avec la bénédiction de l'Immortel, et Wellan l'aida à se relever. Pas d'étourdissement, seulement un léger mal de tête causé par la faim. Elle fit quelques pas seule, puis son expression passa du ravissement à la détresse.

— Il est sans doute trop tôt pour que tu quittes le lit, lui reprocha gentiment Wellan.

— Non, c'est Kira... murmura-t-elle en se tournant vers son frère d'armes. Elle est en danger...

Avant que Wellan puisse lui demander ce qui la menaçait ou qu'il puisse sonder lui-même le château avec ses sens invisibles, Bridgess passait la porte, son Écuyer sur les talons. Le grand Chevalier n'eut d'autre choix que de les suivre. Mais Abnar, lui, emprunta un chemin plus rapide. Il disparut et se matérialisa de nouveau dans les appartements royaux, derrière Armène, toujours agenouillée près du corps illuminé de la fillette.

— Que s'est-il passé ? demanda-t-il en s'approchant.

— Je n'en sais rien, pleura la servante, impuissante.

Il se pencha sur Kira, mais les filaments brûlants l'attaquèrent aussitôt et lui piquèrent les mains. Ses facultés lui indiquaient qu'il s'agissait de la même lumière qui avait guéri Bridgess, alors pourquoi l'empêchait-elle de lui venir en aide ? Et pourquoi Wellan avait-il pu toucher l'enfant sans être lui-même brûlé ?

Les Chevaliers d'Émeraude s'entouraient également de lumière après une intervention de guérison, mais, de couleur blanche, elle était surtout destinée à refaire leurs forces et n'affichait certes pas autant d'agressivité que cette lumière violette.

— Je voudrais l'installer dans son lit, dit tristement la servante, mais on ne peut pas la toucher. Dites-moi au moins qu'elle n'est pas en train de mourir.

— Non, Armène, je pense que c'est plutôt le contraire. Elle refait ses forces.

— Mais elle n'était pas souffrante.

L'Immortel comprit ce qui se passait. En opérant la guérison de Bridgess, Kira avait transféré le poison dans son propre corps et elle utilisait maintenant ses pouvoirs réparateurs pour s'en débarrasser. Il s'agissait sans doute d'un pouvoir hérité de son père insecte, puisque les humains ne le possédaient pas.

Wellan, Bridgess et la petite Swan firent irruption dans la chambre et aperçurent le curieux cocon lumineux. Craignant que le sorcier ait jeté un mauvais sort à l'enfant, le grand Chevalier tourna sur lui-même en scrutant la pièce.

— Ce n'est pas lui, assura Abnar en lisant ses pensées. Elle produit elle-même cette lumière destinée à la guérir tout comme elle a débarrassé Bridgess du poison.

— Mais pourquoi est-elle sur le plancher ? s'étonna Wellan.

— Je crois qu'elle n'a tout simplement pas eu le temps de se rendre à son lit.

— Nous ne pouvons pas la laisser là, protesta Bridgess.

— Nous ne pouvons pas la toucher non plus, les prévint Abnar.

— Qu'arriverait-il si je la prenais dans mes bras pour la déposer sur son lit ? insista Wellan.

— Vos bras seraient probablement brûlés par ce cocon qui la protège. Le mieux, pour l'instant, c'est de rester auprès d'elle pour nous assurer que cette manifestation de puissance n'attire pas le sorcier à Émeraude.

— Savait-elle qu'elle risquait d'être ainsi repérée en me sauvant la vie ? demanda Bridgess qui ne voulait pour rien au monde être responsable de la perte de l'enfant.

— Tu plaisantes ? fulmina Wellan. Elle ne sait jamais ce qu'elle fait ! C'est un véritable fléau ambulant !

La jeune femme posa une main douce sur le bras du grand Chevalier pour lui recommander de ne pas se montrer injuste envers celle qui venait de l'arracher à la mort, et Wellan ravala ses commentaires.

Armène leur approcha des sièges confortables et ils y prirent tous place pour surveiller l'enfant. Bridgess fit taire sa faim et ignora la douleur qui lui enserrait la tête. Elle avait maintenant une grande dette envers cette petite fille mauve.

Au bout d'une heure, la lumière se mit enfin à faiblir, et Armène s'approcha de la tête de sa protégée. Kira reprit graduellement conscience et se releva sur ses coudes, posant un regard confus sur la servante. Dès que le cocon eut complètement disparu, Armène l'attira sur son cœur avec amour.

— Mais que s'est-il passé, Mène ? s'effraya la petite.

— Tu as utilisé tes pouvoirs de guérison pour la première fois, répondit Abnar à sa place.

Kira se retourna vivement sur les genoux d'Armène et aperçut Wellan, Bridgess, Swan et le Magicien de Cristal, assis à quelques pas d'elle, l'observant avec curiosité. Elle fouilla sa mémoire pour se rappeler les derniers moments précédant son arrivée dans sa chambre. Ressentant sa confusion, Bridgess quitta son siège et s'avança vers elle afin de lui rafraîchir la mémoire.

— J'étais sur le point de quitter le monde des vivants, et tu m'as sauvé la vie en utilisant ta lumière violette, fit la jeune femme avec un sourire de reconnaissance.

— Ce n'est pas tout à fait ce qui s'est passé, maître... protesta-t-elle.

Kira se rappela la colère de Wellan lorsqu'il l'avait entendu appeler Bridgess de cette façon dans le grand hall du roi et elle baissa aussitôt les yeux avec repentir, mais, à son grand étonnement, le Chevalier n'eut aucune réaction. Elle le sonda rapidement, malgré l'interdiction du code, et ne ressentit aucune émotion négative dans son cœur.

— Je suis montée dans la tour pour vous dire au revoir, et mes mains se sont élevées toutes seules au-dessus de vos blessures. La lumière a jailli d'elle-même, je vous le jure.

— Et elle m'a guérie, Kira. Je t'en serai éternellement reconnaissante.

— Même si j'ai agi sans réfléchir ? demanda l'enfant en jetant un coup d'œil inquiet du côté de Wellan.

Mais le grand chef continuait de les observer sans passer le moindre commentaire. « Bizarre », pensa la fillette.

— Il s'agit d'un réflexe de guérisseur, intervint Abnar.

— Mais je ne veux pas être un guérisseur, geignit Kira. Je veux devenir Chevalier.

Bridgess embrassa Kira sur le front, comme les Chevaliers le faisaient à leurs apprentis lorsqu'ils étaient contents d'eux, et l'enfant se recroquevilla timidement dans les bras d'Armène.

— N'oublie pas la promesse que je t'ai faite, déclara Bridgess. Repose-toi maintenant. Je reviendrai plus tard.

Kira hocha doucement la tête en continuant de surveiller Wellan du coin de l'œil, mais il demeura impassible. Armène la souleva dans ses bras et la transporta à son lit. Quant à elle, Bridgess se redressa et annonça à son frère Chevalier qu'elle se rendait aux cuisines pour avaler tout le contenu du garde-manger, puis quitta la chambre avec Swan.

Wellan n'avait toujours pas remué un cil. Désireux de s'entretenir seul avec le Magicien de Cristal, il la laissa partir avec son Écuyer, même s'il avait encore des doutes quant à son rétablissement. Il suivit plutôt Abnar dans le couloir.

— Je n'ai jamais vu de guérison aussi rapide, déclara le Chevalier, perplexe.

— Cette enfant est la fille d'un maître magicien, et son père est sans doute un sorcier. Je crains qu'elle ne continue de nous étonner, sire. Elle a guéri votre sœur d'armes en transférant le poison dans son propre corps, puis elle s'est servie de ses pouvoirs pour se guérir elle-même. C'est un processus tout à fait étonnant. En général, les guérisseurs ne font que transmettre leur propre force vitale à leur patient lorsqu'ils opèrent une guérison. Ils ne se transfèrent pas la maladie.

— Alors il est fort probable que le sorcier possède les mêmes pouvoirs que Kira et qu'il se remettra de ses blessures, comprit Wellan. Ce n'est donc pas une créature sans défense qu'affronteront mes compagnons dans la forêt.

— Je crains que non et je vous suggère de les rejoindre en toute hâte.

Wellan acquiesça d'un hochement sec de la tête et obliqua vers le grand escalier de pierre.

Il se rendit d'abord dans l'aile des Chevaliers pour se purifier rapidement dans les bains avant de foncer vers le Royaume d'Argent où Chloé, Jasson et Falcon couraient un grand danger.

28

Wellan et Bridgess

En se laissant couler dans l'eau chaude, Wellan se concentra. *Chloé, où êtes-vous rendus ?* demanda-t-il. *Nous ratissons la forêt centimètre par centimètre*, répondit-elle. *Nous pouvons sentir sa trace dans le sol, mais nous ne savons pas où il s'est arrêté.*

Cette créature possède la faculté de guérir ses blessures. Lorsque vous l'aurez repérée, communiquez avec moi. Je me mettrai en route dans les prochaines heures et je serai bientôt avec vous. Chloé acquiesça, préférant affronter le sorcier en présence de son grand chef.

Wellan ouvrit les yeux en pensant qu'il pouvait faire confiance à la femme Chevalier. Elle était un soldat prudent qui ne se précipiterait jamais sur un ennemi plus fort qu'elle. Elle tenterait plutôt de piéger Asbeth par la ruse ou de lui faire commettre une erreur. Quant à Falcon, sa réserve devant les créatures maléfiques l'empêcherait certainement de commettre un geste malheureux s'il devait arriver face à face avec le sorcier. Mais la réaction de Jasson l'inquiétait davantage. Très souvent, le jeune Chevalier téméraire ne se rendait compte de la gravité d'un danger que lorsqu'il y était enfoncé jusqu'au cou. Cet être recouvert de plumes n'impressionnerait pas Jasson et il essaierait certainement de le terrasser de la même façon qu'il éliminait les soldats de l'Empereur Noir. Mais, contrairement aux hommes-insectes, le sorcier était un guerrier magique qui risquait de leur infliger de lourdes pertes.

Profondément perdu dans ses pensées, Wellan ne sentit la présence de Bridgess que lorsqu'elle entra dans l'eau et nagea jusqu'à lui.

— Tu connais pourtant le règlement, lui reprocha Wellan. Les femmes et les hommes ne peuvent pas venir ici en même temps.

Choisissant d'ignorer l'avertissement, elle se blottit contre sa poitrine, passa les bras autour de son torse et coucha la tête sur son épaule. Découragé, il soupira, mais ne la chassa pas. Après ce qu'elle venait de vivre, elle méritait certes un peu de réconfort.

— Je veux seulement te remercier, minauda-t-elle à son oreille.

— Ce n'est pas moi qui t'ai débarrassée du poison, mais Kira.

— Buchanan m'a dit que si tu n'étais pas venu me chercher, je n'aurais pas survécu.

— Je n'ai fait qu'écouter mon cœur, tu le sais bien.

— Ton cœur de frère d'armes ou ton cœur d'homme ?

La question était plutôt embêtante pour un Chevalier qui préférait ne pas sonder ses émotions. Avant cette terrible tragédie, il avait ignoré la profondeur de son attachement pour cette ravissante jeune femme. Mais maintenant…

En tant que compagnon d'armes, il appréciait son soutien et ses stratégies militaires. En tant que femme, elle lui offrait beaucoup d'amour et de réconfort. Mais son cœur appartenait à Fan de Shola, même si elle vivait dans un univers parallèle.

— Les deux, répondit-il finalement pour ne pas lui donner l'occasion de l'entraîner dans une discussion dangereuse.

— Quelle diplomatie ! se moqua-t-elle. Tu aurais fait un bon roi.

Elle remonta les bras autour du cou de cet homme qu'elle admirait plus que tout au monde et le fixa pendant un moment, en devinant ses émotions. Il avait eu très peur de la perdre, elle pouvait le ressentir dans toutes les fibres de son corps, mais maintenant qu'il la savait hors de danger, que se passait-il vraiment dans son cœur si bien gardé ?

— Je sais que tu m'aimes et pas de la même façon que tu aimes nos compagnons, laissa-t-elle tomber.

— Oui, je t'aime, Bridgess... mais mon cœur n'est pas libre.

— À cause de la reine.

Soudain, un grand chagrin s'empara de tout son être. « Comment pourrais-je lui faire comprendre qu'il est victime d'un sort ? » se demanda-t-elle.

— Ton choix est pourtant fort simple, déclara-t-elle avec son air de guerrier qu'il appréciait tant. Ou bien tu passes le reste de tes jours à attendre qu'elle veuille bien te rejoindre dans ton lit, ou bien tu profites de l'amour d'une femme bien en vie qui peut te combler toutes les nuits jusqu'à ton vieil âge.

Il garda le silence.

— Moi, je t'aime sans condition, continua Bridgess, ajoutant à son supplice.

Elle approcha ses lèvres des siennes et l'embrassa sans qu'il cherche à s'esquiver. Elle ne voulait pas profiter de sa confusion, mais seulement lui prouver qu'elle disait vrai. Lorsque ses mains glissèrent sur sa peau, il résista.

— Non, s'opposa-t-il.

Elle tenta de l'embrasser une fois encore, mais il tourna la tête. « Jamais je ne pourrai gagner son cœur tant que la Reine de Shola y séjournera », comprit-elle en posant un regard infiniment malheureux sur lui.

— Bridgess, je suis désolé... s'attrista Wellan, voyant qu'il l'avait peinée.

— Je sais bien que je n'ai aucune chance de l'emporter contre ton fantôme.

— Ce n'est pas à cause de Fan. Mon esprit est préoccupé par le sort de nos compagnons qui traquent le sorcier en ce moment. Je crains pour leurs vies.

Bridgess se surprit à le sonder, ce qu'elle n'avait pas fait très souvent depuis qu'elle le connaissait. Il disait la vérité. Les forêts du Royaume d'Argent et le sort de leurs frères d'armes hantaient incontestablement ses pensées, mais, tout au fond, flottait l'image de la magicienne.

— Je pars leur prêter main-forte, déclara-t-il.

— Tu nous emmènes avec toi ?

— Non. Je préfère que tu restes ici avec Santo, Kevin et Buchanan au cas où le sorcier réussirait à nous échapper. C'est Kira qu'il cherche, rappelle-toi. Vous devez vous préparer à vous défendre si nous devions échouer.

— Mais je suis rétablie, Wellan ! protesta violemment la jeune femme. Je suis parfaitement capable de me battre à tes côtés !

— Je n'en doute pas une seconde, mais j'ai besoin que tu prennes les choses en main à Émeraude.

Elle lui tourna brusquement le dos en croisant les bras et Wellan réprima un sourire amusé. « C'est décidément son fort caractère qui me séduit », pensa-t-il. Même enfant, elle lui avait toujours fait connaître son point de vue, surtout lorsqu'il différait du sien.

— Quelqu'un doit consulter les étoiles afin de pouvoir me dire ce qui nous attend, poursuivit-il.

— Tu essaies de te débarrasser de moi, grommela-t-elle.

— Tu sais bien que c'est faux. Ne fais pas l'enfant.

— Kevin est plus doué que moi pour interpréter les signes dans le ciel, déclara-t-elle en s'éloignant de lui. Et c'est habituellement à Santo que tu confies les missions importantes. Tu veux seulement me laisser au château parce que tu me crois toujours souffrante.

Wellan nagea jusqu'à elle, passa les bras autour de sa taille et attira son dos contre sa poitrine. « Et il va tenter de m'amadouer, en plus ! » s'offusqua la jeune femme. Elle se débattit pour lui échapper, mais il resserra son étreinte.

— Je ne me suis pas entraînée à me battre toute ma vie pour perdre mon temps à interpréter les étoiles ! s'insurgea-t-elle.

— Tu me ressembles trop, s'amusa Wellan en appuyant tendrement la joue sur ses cheveux blonds.

— Alors tu comprends pourquoi je ne peux pas rester ici pendant que tu te couvres de gloire !

— Ou que je me fais mettre en pièces par ce sorcier dont nous ne connaissons presque rien. Il est vrai que je me soucie de ton état de santé, mais c'est parce que j'ai confiance en toi que je te demande de rester ici et de protéger Kira.

Elle tenta de se dégager, mais il l'en empêcha.

— Il y a des passages secrets dans ce château, poursuivit-il. Ce serait une bonne idée que tu te familiarises avec les différentes cachettes qu'ils offrent et que tu enseignes à la petite à s'y tapir.

Habituellement, lorsque Wellan donnait un ordre, il ne s'attendait pas à ce que ses Chevaliers les refusent ou les négocient. Cette belle jeune femme était la seule de ses compagnons à qui il accordait ce privilège.

— C'est d'accord, tu gagnes, accepta-t-elle finalement, sans cacher sa déception.

— Je savais que je pourrais compter sur toi.

Il la ramena face à lui et l'embrassa sur les lèvres. L'espace d'un instant, le fantôme de la belle reine se volatilisa des pensées de Wellan et ils échangèrent de langoureux baisers. En s'abandonnant à son étreinte, Bridgess comprit que son plus grand combat ne serait pas celui l'opposant aux hommes-insectes, mais la bataille qu'elle devrait mener contre Fan de Shola pour lui ravir le cœur du grand Chevalier.

29
L'élémental de feu

Au même moment, allongée sur son lit, Kira regardait ses paumes en songeant à la lumière qu'elle avait réussi à matérialiser. Elle ressentit alors une délicieuse sensation de bien-être, comme lorsque Mène la berçait avant de la mettre au lit. Une vague d'amour la parcourut et elle se demanda si elle émanait de sa défunte mère. Étant maître magicien, elle possédait la puissance nécessaire à ce genre de manifestation invisible.

Avant qu'elle puisse y réfléchir davantage, Élund fit irruption dans sa chambre. Vêtu d'une ample tunique rouge et d'une cape bleue, il lui rappela les gros perroquets que les paysans vendaient parfois au marché public dans la cour du château. Il transportait un énorme livre en cuir et parut plutôt étonné de ne pas la trouver évanouie sur le plancher.

En fronçant ses épais sourcils gris, il s'approcha prudemment de son lit, comme si elle était un serpent qu'il voulait remettre dans sa cage.

— Qui t'a libérée de la transe ? se troubla-t-il.

— Personne, répondit Kira en relevant fièrement la tête. La lumière est disparue toute seule.

L'air incrédule du magicien fit aussitôt comprendre à l'enfant qu'il ne croirait pas un seul mot sortant de sa bouche.

— Quel sort as-tu tenté de jeter pour te mettre dans une aussi fâcheuse position ?

— Aucun ! s'exclama l'enfant mauve, insultée. J'ai guéri un Chevalier, cette nuit !

— Entourée d'une étrange lumière sur le plancher de tes appartements ? se moqua Élund. Ça me paraît peu probable, mademoiselle. Je pense plutôt que tu as payé pour ta témérité, cette fois. Si tu avoues la vérité, je ne te dénoncerai pas au roi.

— Je vous dis la vérité, mais vous ne m'écoutez pas ! se fâcha Kira.

— Personne ne peut ainsi s'entourer de lumière sans raison.

— J'ai débarrassé Bridgess du poison que contenaient les crocs du dragon, et cette lumière violette m'a redonné mes forces. Ce n'est pourtant pas compliqué à comprendre, mais vous ne connaissez rien à la véritable magie.

— Surveille tes paroles, jeune insolente ! la menaça Élund en se redressant de toute sa hauteur.

— Mes parents étaient tous deux de grands mages. C'est pour cette raison qu'un jour je serai encore plus puissante que maître Abnar et vous.

Piqué au vif, Élund étouffa un juron tandis que son visage passait du rose au rouge vif. Il se plaindrait à Émeraude Ier de l'attitude arrogante de cette enfant.

— Vous ne me croyez pas ? le défia la fillette en levant sa main mauve à quatre doigts. Jetez donc un coup d'œil à votre vieux bouquin.

Le magicien tendit l'énorme livre à bout de bras et découvrit, en plein centre de sa couverture en cuir, un gros œil vert qui l'observait avec intérêt. Il laissa tomber le bouquin sur le plancher et prononça des incantations dans une langue inconnue en balayant l'air de ses mains au-dessus de sa tête. Mais l'œil se contenta de cligner et continua de le fixer.

— Vous voyez bien que je suis déjà plus forte que vous, se vanta l'enfant.

— Ce n'est pas de la magie ! C'est de la sorcellerie ! protesta-t-il.

— Je peux créer ce genre d'illusion à volonté. Et vous ?

— J'ai toujours su que tu n'étais qu'un démon ! Le roi va entendre parler de ton impertinence, Kira de Shola !

Élund poussa un cri de rage, mais ne fit aucun geste qui aurait pu provoquer l'enfant. Il tourna plutôt les talons et quitta les appartements de la petite en faisant voler ses robes d'oiseau exotique autour de lui. « Il y prendra garde, la prochaine fois qu'il voudra m'insulter », pensa Kira, fière d'elle.

À quatre pattes sur son lit, elle jeta un coup d'œil au livre qui gisait sur le sol. Elle fit disparaître l'œil vert unique et souleva l'ouvrage ancien avec difficulté. Incapable de le poser sur son lit par la seule force de ses bras, elle agita les mains, et il s'éleva de lui-même pour finalement retomber sur les couvertures en levant un nuage de poussière. Kira s'assit sur le lit, les jambes croisées.

— Grimoire des mages d'Émeraude... lut-elle à haute voix sur la couverture usée.

« Qu'a-t-il l'intention de faire avec ce livre ? » songea l'enfant. Elle tourna les pages fragiles, découvrant toutes sortes d'incantations et de sortilèges dont le magicien Abnar ne lui parlait jamais. Cet ouvrage couvrait tous les sujets, de la potion pour soulager le mal de dent à la fabrication d'un onguent pour prévenir les infections à la base des ailes des Fées. Elle se rendit jusqu'à la dernière section sans trouver de formule pouvant libérer les princesses de l'étrange lumière mauve les emprisonnant. Pourquoi Élund avait-il choisi ce grimoire ?

En poursuivant son exploration, elle dénicha une section étrange à la toute fin du bouquin, là où les pages semblaient collées deux par deux. Rien n'apparaissait sur leur surface extérieure, mais en approchant la flamme d'une chandelle, Kira aperçut de drôles de dessins à l'intérieur.

Elle s'empara donc d'un petit poignard qui lui servait de coupe-papier et en inséra la pointe effilée entre deux plis. Le livre poussa alors un effroyable cri de douleur. Kira sursauta et recula vivement sur les couvertures. Du sang se mit à couler dans la fente et elle perçut même des sanglots. Mais les grimoires ne pouvaient pas prendre vie ainsi !

— Je suis vraiment désolée, s'affligea-t-elle. Je ne voulais vous causer aucun mal.

Une écriture ancienne apparut aussitôt sur la page vierge, et l'enfant tendit prudemment le cou pour la lire. Ayant déjà vu ces symboles dans des vieux livres de la bibliothèque, elle se rappela aussi qu'ils se trouvaient dans la section défendue.

Avec beaucoup de patience, elle prononça lentement chaque syllabe de la langue des premiers habitants d'Enkidiev, et le livre se mit à vibrer comme s'il allait exploser. Kira s'éloigna davantage sur son lit, se demandant si elle était responsable de ce curieux phénomène. Des étincelles éclatèrent au-dessus du grimoire. Une créature bizarre s'éleva des pages jaunies en s'étirant comme après un long sommeil. De la taille d'un petit poulet, sa peau orangée ressemblait à l'écorce des vieux arbres. Deux cornes scintillantes paraient son crâne circulaire lisse comme celui d'un bébé et, au centre de son visage rondelet, deux yeux jaunes sans pupilles cherchaient à s'orienter.

*
* *

Dans sa tour, assis parmi les enfants à qui il enseignait l'histoire des Chevaliers d'Émeraude, Abnar ressentit tout de suite la présence de la créature maléfique dans le palais et crut qu'il s'agissait d'une nouvelle tentative de l'Empereur Noir pour reprendre sa fille. Conservant son sang-froid, il annonça à ses élèves qu'il devait s'absenter quelques minutes et leur demanda de continuer à lire les lettres brillantes sur le grand tableau noir au milieu de la pièce, mais les élèves les plus sensibles avaient aussi ressenti la sombre énergie.

— Sommes-nous en danger, maître Abnar ? demanda Maïwen, une jeune Fée de six ans.

— Pas si vous restez sagement ici, assura le Magicien de Cristal. Cette tour est protégée par la magie des Immortels, et aucun sorcier ne peut y mettre les pieds. Pour vous rassurer davantage, je vais demander à un Chevalier de vous aider à poursuivre cet exercice pendant que je m'occupe de cette perturbation.

Les enfants se serrèrent les uns contre les autres en se demandant ce qui pouvait bien menacer le palais. Abnar les enveloppa d'une vague d'apaisement et quitta sa tour en requérant l'aide des Chevaliers par télépathie. Puis il se dématérialisa dans l'escalier. Suivant son instinct d'Immortel, il localisa l'énergie étrangère dans les appartements royaux et réapparut dans le somptueux couloir percé de larges fenêtres. Ayant aussi ressenti la manifestation maléfique,

Santo, Bridgess, Buchanan et Kevin arrivèrent en courant devant lui, suivis de leurs Écuyers.

— Que se passe-t-il, maître ? s'inquiéta Santo.

— Nous avons un visiteur indésirable.

Bridgess frissonna d'horreur en pensant que Wellan avait eu finalement raison. Le sorcier profitait de son absence pour s'en prendre à la petite !

— Que deux d'entre vous se rendent auprès de mes élèves pour les rassurer et que les deux autres me suivent.

Imitant leur grand chef, Bridgess fit aussitôt signe à Buchanan et Kevin de foncer en direction de la tour du Magicien de Cristal. Ils lui obéirent sans discuter pendant que Santo et elle emboîtaient le pas à Abnar.

*
* *

Dans sa chambre, Kira observait la créature orangée avec de grands yeux effrayés, se demandant ce qu'elle pouvait bien être. Elle possédait deux petits bras de chaque côté du torse, mais pas de jambes. Comment se déplaçait-elle ? C'est alors qu'elle se contorsionna brusquement, le bas du corps emprisonné dans les pages, et darda ses yeux jaunes sur l'enfant.

— Tourne les autres pages et finis l'incantation pour que je puisse enfin quitter ce livre maudit ! ordonna-t-elle d'une voix éraillée.

Elle releva ses petits bras et sa peau s'enflamma brusquement, faisant reculer Kira sur son lit jusqu'à ce que son dos heurte le mur.

— Non, ce n'est pas une bonne idée, bredouilla-t-elle en pensant à la terrible sanction qui l'attendait si cette créature mettait le feu au palais.

Tandis qu'elle cherchait désespérément une façon de neutraliser cette abomination, Abnar, les Chevaliers Santo et Bridgess ainsi que leurs Écuyers Hettrick et Swan firent irruption dans sa chambre et se postèrent rapidement autour du lit. La créature se mit à proférer des injures en apercevant l'Immortel parmi les humains et se débattit de toutes ses forces pour se libérer du grimoire.

Les soldats tirèrent leur épée mais, d'un geste sec de la main, le Magicien de Cristal leur ordonna de ne pas intervenir. L'anneau de cristal à son cou émit une aveuglante lumière blanche, et il prononça des incantations dans une langue que les Chevaliers ne connaissaient pas. Aussitôt, la créature orangée disparut dans une nouvelle explosion de fumée en criant des mots étranges. Kira leva un regard piteux sur le mage qui l'observait, découragé.

— Était-ce un démon ? demanda Bridgess, en rengainant son épée.

— Non, c'était un élémental, un esprit de feu, répondit Abnar dans un soupir.

— Un autre cadeau de l'ennemi ? s'informa Santo.

— Non, affirma l'Immortel en continuant de fixer Kira.

Tous les yeux se tournèrent vers l'enfant mauve qui comprit qu'elle était la seule responsable de la libération de cette créature dans leur univers. Abnar referma le gros livre et s'assit sur le lit en attendant qu'elle veuille bien s'expliquer.

— Ce n'est pas ma faute, geignit-elle en baissant la tête. C'est Élund qui a laissé ce bouquin dans ma chambre. J'ai seulement voulu savoir ce qu'il y avait entre les pages collées ensemble.

— Élund ? s'étonna Bridgess. Est-ce qu'il t'en a fait cadeau ?

— Pas vraiment... confessa Kira.

— Que s'est-il passé exactement ? demanda Abnar qui avait peine à croire que le vieux magicien d'Émeraude puisse être mêlé à cette affaire.

— Il est arrivé ici avec son gros livre et quand il a vu que je n'étais plus enveloppée de lumière, il s'est mis en colère... et j'ai répliqué...

La petite s'arrêta en reconnaissant sa faute et se mit à pleurnicher. Considérant que cet épisode troublant résultait d'une maladresse de sa part et non d'un geste calculé, Bridgess s'assit près de Kira et l'attira dans ses bras pour la serrer avec affection.

— Je suis certaine que rien de ceci n'était ta faute. Dis-nous ce que tu as fait à maître Élund, la calma le Chevalier en lui frictionnant le dos.

— J'ai fait apparaître un œil sur la couverture du livre. Élund a eu très peur et il l'a laissé tomber sur le plancher... pleura Kira. Il a dit que j'étais un démon et que je faisais de la sorcellerie... Et il est parti...

— En laissant ce dangereux ouvrage ici, se troubla Abnar.

— Je voulais juste voir ce qu'il y avait dedans, maître...

L'Immortel ramassa le grimoire et quitta la pièce sans un mot. Santo le suivit du regard, puis demanda à sa jeune sœur d'armes si elle avait besoin de lui pour réconforter l'enfant. Bridgess fit signe que non, et il quitta la chambre avec Hettrick afin d'aller prêter main-forte à Kevin et à Buchanan dans la tour d'Abnar. Swan grimpa sur le lit avec Bridgess et la petite Sholienne et observa attentivement le travail de réconfort de son maître.

— Tu sais, j'aurais fait exactement la même chose que toi, assura Bridgess en serrant Kira dans ses bras. Moi aussi, je suis curieuse. J'aurais voulu savoir ce qui se trouve entre ces pages.

— Mais vous, vous ne mettez pas le château en danger avec votre curiosité ! se lamenta l'enfant, inconsolable. J'aurais pu tous nous faire brûler !

— Personne n'a souffert des quelques minutes que cette créature a passées à l'extérieur du grimoire, Kira. Tu as vu la facilité avec laquelle le Magicien de Cristal a maîtrisé la situation ? L'élémental n'a pas eu le temps de mettre le feu où que ce soit.

— Je ne ferai plus jamais de bêtises, promit Kira, mais je vous en supplie, n'en parlez pas au Chevalier Wellan.

— Tu as ma parole, il n'en saura rien. D'ailleurs, il est en route pour le Royaume d'Argent et il a d'autres chats à fouetter. Si tu n'as rien de mieux à faire aujourd'hui, nous pourrions poursuivre ton entraînement à l'épée ou tenter de découvrir les passages secrets de ce palais.

— J'en connais déjà un ! s'exclama l'enfant mauve en s'égayant brusquement.

Le Chevalier l'embrassa sur le front et lui demanda de lui indiquer l'entrée de l'endroit caché en lui promettant de passer beaucoup de temps avec elle durant les prochains jours. La tristesse se dissipa aussitôt sur le petit visage mauve. En tant que Chevalier, c'était son devoir non seulement de protéger la pupille du roi, mais aussi de s'assurer qu'elle reçoive une éducation proportionnelle à son destin. Mais rien ne l'empêchait de jouer un peu avec elle dans les dédales du château.

30

Abnar se dévoile

L'air grave, le Magicien de Cristal transporta le gros livre jusque dans la tour du magicien Élund. Lorsqu'il arriva dans la grande pièce circulaire, il trouva les élèves assis devant de petites tables en bois à faire des opérations magiques fort simples à l'aide d'incantations, mais leur professeur n'était pas parmi eux. D'un regard direct, il parcourut tous les visages et s'arrêta sur les yeux verts de Hawke, le jeune assistant du magicien.

— Où est le maître ? demanda Abnar.

— Là-haut, répondit l'Elfe. Il ne se sentait pas bien et il m'a demandé de m'occuper des enfants.

Sans ajouter un mot, le Magicien de Cristal se dirigea vers les marches de pierre qui conduisaient dans la partie supérieure de la tour. Pas question d'employer ses pouvoirs magiques pour s'y rendre devant ces petits qui ne connaissaient pas encore sa véritable identité. Il grimpa jusqu'à l'antre d'Élund et le trouva assis dans son fauteuil à s'éventer avec l'aile séchée d'un hibou. Il sonda rapidement son cœur humain et constata que Kira l'avait en effet effrayé. Mais cette explication ne pouvait plus attendre. Abnar rejoignit le vieil homme et posa le livre sur la table, au pied de son lit.

— Ceci vous appartient, je crois, déclara l'Immortel sans exprimer son déplaisir.

— Exact, répondit Élund. J'ai dû le laisser dans les appartements de cette infernale enfant. Je vous remercie de me le rendre.

— Vous auriez dû le rapporter avec vous, lui reprocha sévèrement Abnar. Vous savez que la curiosité de cette petite princesse est sans borne.

— Petite princesse, dites-vous ? Êtes-vous aussi aveugle que le roi ? Kira est l'enfant d'un monstre ! Un démon qui possède des pouvoirs maléfiques depuis le berceau !

— Elle ne nous ressemble pas, mais elle n'est certes pas un démon.

Élund comprit aussitôt qu'Abnar prenait le parti de l'enfant mauve.

— Pourquoi la protégez-vous ? s'étonna-t-il. Vous a-t-elle aussi ensorcelé ?

— Je crois qu'il est temps pour moi de vous dire qui je suis vraiment.

— Le chat sort enfin du sac ! siffla Élund en se redressant.

— Je n'ai jamais été l'apprenti du Magicien de Cristal.

— Je m'en doutais ! Qui êtes-vous et pourquoi vous intéressez-vous autant à cette petite sorcière de Shola ?

— Je suis le Magicien de Cristal, et les dieux m'ont demandé de protéger cette enfant parce qu'elle sauvera les mortels qui vivent dans cet univers.

— Vous ?

Sans bouger un seul cil, Abnar illumina toute la pièce d'une centaine de petites sphères lumineuses, comme si, tout à coup, il avait fait descendre les étoiles de la nuit sur la terre. Le vieil homme observa le phénomène avec stupéfaction, puis son regard se posa sur le visage impassible de l'Immortel.

— Mais comment est-ce possible ? balbutia-t-il. Vous avez à peine l'âge des Chevaliers.

— En apparence seulement, je vous assure, mais j'ai déjà cinq cents ans et, si je veux vous servir tout un millénaire, je dois veiller sur Kira de Shola. Je suis navré de vous avoir menti, maître Élund, mais personne ne devait connaître mon identité. Je ne suis pas venu au Royaume d'Émeraude pour prendre votre place, mais quand j'ai vu le grand nombre d'enfants ayant répondu à mon appel, j'ai cru qu'il était de mon devoir de vous donner un coup de main.

— Votre appel ? s'étonna le vieil homme. Ce n'était pas une initiative du Chevalier Wellan ?

Abnar secoua doucement la tête, l'air coupable, et Élund se laissa lourdement tomber dans son fauteuil, en pensant aux accusations qu'il avait portées contre le chef des Chevaliers quelques années plus tôt.

— Jamais il n'aurait défié votre autorité, affirma l'Immortel. C'est moi qui ai envoyé des messagers dans tous les royaumes, car il était évident que vous auriez besoin d'un grand nombre de soldats magiciens.

— Vous avez donc vu le sort du monde dans les étoiles... s'effraya le vieil homme.

— J'ai vu beaucoup d'obscurité, en effet. Nous devons travailler ensemble et empêcher l'empereur de décimer la race humaine avant la naissance du porteur de lumière. Il faut nous assurer que Kira pourra le protéger. C'est pour cette raison que je lui enseigne une magie différente de celle des Chevaliers d'Émeraude.

— Savez-vous ce qu'elle en fait ? s'emporta le vieux magicien en se rappelant l'œil vert sur la couverture de son bouquin.

— Elle n'est encore qu'une enfant, je ne le sais que trop bien, et je peux difficilement l'empêcher de réaliser des expériences avec ses nouvelles facultés. Je veux bien continuer de m'occuper d'elle, mais il ne faudra plus la laisser mettre la main sur un grimoire renfermant des élémentaux.

— Je ne la croyais pas capable de les libérer ! protesta Élund. Je voulais seulement enrayer l'étrange cocon de lumière dans lequel elle était emprisonnée ce matin. Et si j'ai abandonné ce livre dans sa chambre, c'est qu'elle ne m'en a pas donné le choix !

— Kira est très puissante, c'est vrai, mais elle ignore l'étendue de ses pouvoirs. Je vous en conjure, ne la provoquez plus.

— Ne craignez rien, je n'aurai plus aucune relation avec elle.

Le vieil homme se sentit curieusement soulagé d'apprendre que seul le Magicien de Cristal approcherait ce monstre en puissance.

— J'apprécie que nous puissions continuer à travailler ensemble, ajouta Abnar.

— Mais je suis le fidèle serviteur des Immortels, assura Élund. Il en sera fait selon votre volonté.

Satisfait, le Magicien de Cristal rappela à lui toutes les petites sphères lumineuses qui foncèrent dans sa paume pour y disparaître une à une sous le regard émerveillé d'Élund. Puis, en s'inclinant respectueusement devant lui, Abnar se dématérialisa dans une pluie d'étincelles.

31

La cachette du sorcier

Chloé, Falcon et Jasson suivirent les ordres de leur chef et redoublèrent de prudence en fouillant la forêt, les Écuyers à leurs côtés. Pas question de les laisser marcher derrière eux pour qu'ils deviennent aussi vulnérables qu'un troupeau de jeunes agneaux. Ariane, Murray et Morgan avancèrent donc entre leurs maîtres en tenant leurs chevaux par les rênes, se servant eux aussi de leurs sens magiques pour repérer le sorcier qui avait froidement assassiné Cameron et la Reine de Shola. Ils ressentaient tous l'esprit maléfique du serviteur de l'Empereur Noir dans chaque arbre, chaque feuille, mais ils ne comprenaient pas les méandres obscurs de son esprit.

Chloé ne voulait surtout pas perdre un Chevalier ou un autre Écuyer aux mains de l'ennemi. C'est pourquoi elle préférait poursuivre ses recherches durant le jour, avec la ferme intention de battre en retraite si elle devait découvrir un ennemi trop fort pour les Chevaliers. Wellan n'étant pas certain quant à la faculté de la créature meurtrière de soigner ses propres blessures, Chloé userait donc d'extrême prudence et ne terrasserait le sorcier que s'il n'avait pas encore pansé ses plaies. Il ne fallait surtout pas sous-estimer ses pouvoirs.

Les Chevaliers avancèrent lentement entre les arbres, sondant la forêt en silence. Ce fut Jasson qui flaira le premier une piste intéressante dans le sous-bois. Il se servit aussitôt de ses mains pour la signaler aux autres, de peur que leurs échanges télépathiques ne soient interceptés par le sorcier. Ils se dirigèrent donc vers le nord-ouest avec encore plus de précaution. Voyant que le soleil allait bientôt se coucher, Chloé décida de localiser l'ennemi et d'attendre le lendemain pour l'attaquer à la lumière du jour.

Jasson arrêta soudainement le groupe et pointa du doigt le flanc rocheux d'une colline, une centaine de mètres devant eux. À plusieurs endroits, certaines des fissures étaient suffisamment larges pour qu'un homme puisse s'y glisser. Plutôt tendue, Chloé s'approcha en silence de son frère d'armes.

— Il est là-dedans, chuchota Jasson en indiquant la colline.

— Oui, je le sens aussi.

— On pourrait sûrement l'obliger à sortir en utilisant de la fumée ou du feu magique.

— Pas sans savoir si ces grottes ont d'autres issues, répliqua Chloé qui aurait aimé que Wellan soit là pour diriger la capture.

— Il n'y a qu'une façon de le savoir, répondit le jeune Chevalier.

— Jasson, il s'agit d'un sorcier, lui rappela la jeune femme.

— Et alors ? C'est un ennemi au même titre que les hommes-insectes, sauf qu'il pratique la sorcellerie. Wellan nous a donné l'ordre de l'éliminer et c'est exactement ce que nous allons faire pour le bien commun.

Falcon les observait de loin, tout en balayant la colline de ses sens invisibles, craignant que le sorcier ne profite de cette discussion pour les attaquer. Mais Asbeth n'était pas encore assez fort pour écraser la vermine qui le cherchait. Tapi sur le plancher froid de la grotte, il utilisait la totalité de ses pouvoirs pour accélérer la guérison de sa blessure. Il s'était entouré d'une énergie protectrice, mais la présence de ces hommes devant la grotte lui fit comprendre qu'ils se servaient de leur magie pour le traquer. Encore quelques heures et le sorcier serait en mesure de régler leur sort à ces êtres primitifs une fois pour toutes. Il jeta un coup d'œil à la lumière mauve s'échappant de sa poitrine et constata qu'il était en bonne voie de guérison.

*
* *

Dans la belle lumière dorée du couchant, Jasson contourna prudemment la colline et sonda tout le terrain à la recherche d'autres fissures dans le roc. À sa grande satisfaction, il n'en décela aucune. Il revint donc vers ses deux compagnons qui conversaient à voix basse.

— Il n'y a pas d'autres entrées, annonça-t-il. À qui l'honneur de faire sortir cet assassin de sa cachette ?

— Il va bientôt faire nuit, Jasson, riposta Falcon. Chloé a raison, il serait plus prudent de ne l'attaquer qu'à l'aube.

— Et risquer qu'il se soit remis de ses blessures ? protesta son frère d'armes.

Chloé se mordit les lèvres, hésitante. Ses compagnons lui présentaient tous deux de bons arguments. Que faire ? Attaquer le sorcier même si la nuit approchait rapidement ou attendre au matin et courir le risque de se retrouver aux prises avec un ennemi en pleine possession de ses moyens ?

— Maître ? fit alors Ariane.

Les Chevaliers se tournèrent vers la jeune Fée aux cheveux de jais tressés sur sa nuque et aux yeux aussi bleus que le ciel.

— Je pense que nous ne devrions pas attendre, lança l'enfant. Il s'agit d'un être cruel qui, lui, n'hésitera pas à nous massacrer.

— Un Écuyer est déjà mort parce que son maître a agi impulsivement, lui rappela Chloé.

— Mais le sorcier pensera certainement que vous n'oserez pas l'attaquer dans l'obscurité, alors le moment est tout indiqué, non ?

— La petite a raison, l'appuya Jasson.

« Que ferait Wellan à ma place ? » se demanda Chloé. Le premier devoir d'un Chevalier consistait à éliminer tout péril pour ses frères d'armes et pour le peuple. Mais à quel prix ?

— Communique avec lui, suggéra Falcon, ressentant l'hésitation de sa sœur d'armes.

Chloé consulta Jasson du regard pour s'assurer que cette solution lui convenait aussi et il hocha vivement la tête, même s'il craignait que le sorcier puisse intercepter cet échange télépathique avec leur grand chef. Sa compagne ferma les yeux et se concentra. *Wellan, est-ce que tu m'entends ?*

Dans la grotte, Asbeth releva la tête. Wellan... le Chevalier qui lui avait causé cette atroce douleur à la poitrine. Il allait enfin pouvoir se venger de lui. *Je t'entends, Chloé*, fit la voix du grand Chevalier dans son esprit. *Je suis à la frontière des Royaumes d'Émeraude et d'Argent, près de la rivière Dilmun. Où êtes-vous ?*

Nous sommes aussi au Royaume d'Argent, répondit la jeune femme. *Dirige-toi vers le nord.*

*
* *

Wellan poussa son cheval dans la bonne direction. *L'avez-vous retrouvé ?* demanda-t-il en pénétrant dans la forêt. Chloé lui expliqua qu'il se terrait dans une grotte à quelques pas d'eux et qu'ils hésitaient à le faire sortir puisque le soleil allait bientôt se coucher. Le grand Chevalier hésita un instant en analysant les deux possibilités dans son cerveau de stratège. Chloé avait raison de se méfier d'Asbeth. Dans le noir, si sa vision égalait celle de la petite princesse mauve, il risquait de leur faire subir de graves pertes.

Fabriquez des torches et plantez-les devant l'entrée de la grotte pour y voir clair toute la nuit, ordonna le grand Chevalier. *Mettez aussi des branchages devant l'issue pour qu'il soit obligé de les déplacer s'il décide de sortir sous un écran d'invisibilité. Il ne doit pas profiter de l'obscurité pour s'échapper.*

*
* *

« M'échapper ? » s'insurgea Asbeth en ouvrant ses yeux violets. Pour qui ces êtres inférieurs se prenaient-ils ? Il ne les craignait certes pas et il se savait parfaitement capable de les anéantir dès le retour de ses forces. Les sorciers de l'empereur ayant fait preuve de trop de confiance lors de la première invasion, ils avaient été anéantis d'un seul coup par les ancêtres de ces soldats vêtus de vert. Mais, contrairement à ses prédécesseurs, Asbeth possédait la faculté d'apprendre par ses erreurs. Maintenant qu'il connaissait l'usage qu'ils faisaient de cette arme qu'ils appelaient une épée, il ne les laisserait plus s'en servir contre lui. Il ne fuirait pas devant les humains, peu importe le nombre de guerriers magiques qui accompagnaient le Chevalier Wellan dans cette mission suicidaire.

*
* *

Tu ne veux pas que nous le fassions sortir de son trou ? s'obstina Jasson. *Non !* répondit sévèrement Wellan en se rappelant ce qui était arrivé à Cameron. *Ne faites rien avant mon arrivée ! Cette fourbe créature n'hésitera pas une seule seconde à trancher la gorge de ton Écuyer, Jasson. Je t'en prie, sois patient.* Le grand Chevalier poussa son cheval afin d'arriver sur les lieux avant que son frère d'armes ne tente un geste téméraire.

Il faisait nuit lorsqu'il arriva devant la colline, mais il n'eut aucun mal à s'orienter, la forêt étant illuminée par les torches que ses compagnons avaient plantées dans le sol entre les arbres. Les Écuyers dormaient entre Jasson et Falcon, et Chloé veillait sur une couverture, devant la falaise. Wellan descendit de cheval et se dirigea aussitôt vers elle, prenant soin de ne pas réveiller ses frères. Le visage de sa jeune amie se détendit en le voyant, et Wellan serra ses mains dans les siennes avec affection en prenant place près d'elle.

— Il est toujours là, fit-elle à voix basse.
— C'est bien, murmura Wellan entre ses dents.
— Comment se porte Bridgess ?
— Elle est parfaitement remise, grâce à l'intervention de Kira. Le Magicien de Cristal a raison de dire que cette enfant deviendra une puissante magicienne.

Il dirigea ses sens magiques vers la caverne et la scruta attentivement. Il capta aussitôt l'essence glacée et maléfique d'Asbeth. Il ne bougeait pas, mais son esprit, lui, bouillonnait. Le grand Chevalier se concentra davantage et entendit une étrange conversation dans l'esprit de l'homme-oiseau. Ces créatures possédaient donc le pouvoir de communiquer entre elles tout comme eux. Wellan ne comprenait pas cette langue surtout composée de sifflements, de grondements et de cliquetis métalliques, mais il se doutait que le sorcier faisait son rapport à Amecareth. « Pourvu qu'il ne lui demande pas des renforts », espéra-t-il.

— Y a-t-il beaucoup de sorciers comme celui-là dans l'empire des hommes-insectes ? lui demanda Chloé, brisant soudainement sa concentration.

Wellan se tourna vers elle et lut l'angoisse sur son visage. Il tendit la main et caressa sa joue pour la réconforter. Curieusement, malgré sa grande beauté, il ne l'avait jamais regardée avec les yeux d'un homme, ceux qu'il réservait à Fan ou à Bridgess. Les cheveux blonds qu'elle portait très courts, comme Falcon et Dempsey, lui donnaient un air espiègle. Ses yeux transparents, ni bleus ni gris, lui rappelaient une source de montagne. Jamais elle ne deviendrait sa compagne de vie, puisque dans son cœur, elle était et serait toujours sa sœur.

— J'ai lu d'autres documents au château, et il semble bien qu'il n'y ait eu qu'un seul empereur depuis la dernière guerre, mais une multitude de sorciers, ce qui me laisse croire qu'Amecareth les exécute chaque fois qu'il essuie une défaite importante.

— Autrement dit, s'amusa Chloé, tout ce que nous avons à faire pour nous débarrasser de cette créature cachée dans la grotte, c'est de gagner une grande bataille sur la côte ?

— Encore faudrait-il que l'ennemi nous attaque, ce qu'il n'a pas fait depuis des mois.

— Il préfère envoyer un assassin unique et s'attaquer directement à Kira, si je comprends bien.

— C'est ce que je crains, soupira Wellan.

« Nous n'avons donc plus le choix », comprit la jeune femme. La seule façon de sauver Enkidiev consistait, semblait-il, à obliger ce sorcier à sortir de sa cachette et à le détruire une fois pour toutes. « Mais comment ? » se demanda-t-elle.

— Pour le tuer, il faut le couper en deux, expliqua Wellan en lisant ses pensées. Mais puisqu'il a le pouvoir de guérir ses blessures, il faudra que les deux morceaux ne puissent pas être rattachés ensemble. Nous les emporterons donc dans des endroits opposés sur le continent.

— À nous quatre, j'imagine que nous arriverons à l'éliminer, lui dit Chloé sans grande conviction.

Ressentant sa frayeur, Wellan glissa ses doigts entre les siens et les serra avec douceur pour la réconforter, car il comprenait sa réaction devant le meurtrier de Cameron. Il sonda ses pensées et capta sa crainte que le sorcier ne s'en prenne à leurs Écuyers.

— Tu veux que je les renvoie au Château d'Émeraude ? s'enquit-il.

— Par eux-mêmes ? Non, je ne crois pas que ce soit une bonne idée.

— Je pourrais demander à Falcon de les accompagner. Je suis certain que ça lui plairait davantage que d'affronter une créature sortie tout droit des épouvantables contes de son enfance.

— Nous ne serions plus que trois pour l'attaquer, Wellan, protesta la jeune femme. Ce serait risqué.

— Trois Chevaliers contre un sorcier, il me semble que c'est raisonnable.

Chloé demeura silencieuse un instant, tiraillée entre la nécessité de mettre les apprentis en sécurité et l'imprudence de diminuer leurs forces pour affronter Asbeth. Leurs Écuyers n'étaient que des enfants de dix et onze ans qui ne méritaient pas de mourir aux mains de l'ennemi avant d'avoir acquis le titre de Chevalier.

— Ils seront indignés si tu proposes de les éloigner du combat, lui rappela-t-elle.

— Pas si je leur confie une mission en même temps, répliqua Wellan avec un demi-sourire. Je pourrais les envoyer chercher Bergeau et les autres au Royaume de Diamant.

— Ils te diront que tu peux communiquer avec eux par télépathie.

— Je leur répondrai que je ne veux pas que le sorcier intercepte mon message. Oui, je sais, c'est une piètre excuse, ajouta-t-il, prévenant ses protestations, mais c'est la seule solution à laquelle je puisse penser.

« Cela pourrait peut-être fonctionner », pensa-t-elle, dubitative. Une fois les Écuyers en sécurité, les Chevaliers pourraient attaquer leur ennemi sans retenue. Elle hocha vivement la tête pour lui indiquer son accord. Il le ferait donc dès le réveil des enfants.

— Je suis content que nous soyons ensemble pour nous acquitter de cette tâche, Chloé, déclara-t-il alors en embrassant sa main qu'il tenait toujours dans la sienne.

— Jamais autant que moi, avoua-t-elle avec soulagement. Je n'ai pas tes dons de stratège.

— Mais tu te débrouilles fort bien, assura Wellan en jetant un coup d'œil à la multitude de torches éclairant l'entrée de la grotte. Asbeth est toujours au fond de son trou.

— Mais il n'est pas encore mort.

— Demain, l'empereur devra trouver un nouveau sorcier. Allez, va dormir un peu, je le surveillerai à ta place.

Chloé protesta, car il avait chevauché longtemps, mais en le regardant dans les yeux elle comprit qu'il n'arriverait pas à sombrer dans le sommeil, sa tête bourdonnant de stratégies et de plans d'attaque. Elle l'embrassa sur la joue et alla rejoindre Falcon, Jasson et les enfants qui dormaient en cercle serré. Wellan les observa un moment en pensant que les Chevaliers étaient les guerriers les plus braves de tout l'univers. Chloé tremblait à l'idée d'affronter la créature maléfique cachée dans la grotte, mais elle serait quand même à ses côtés au moment de le faucher en deux.

La nuit passa lentement pour le grand chef qui surveillait la colline crevassée en laissant voguer ses pensées. Il pensa à Bridgess, à l'élan d'amour qu'il avait ressenti pour elle lorsqu'elle se mourait dans la grande tour du Magicien de Cristal et à ses tendres aveux. Jamais la Reine de Shola ne lui disait qu'elle l'aimait. Lorsqu'elle lui apparaissait, elle comblait ses moindres désirs et s'informait ensuite des progrès de sa fille ou lui rapportait ses dernières découvertes au sujet des intentions d'Amecareth. Comment distinguer le véritable amour de la passion associée aux sens ?

Un sourire amusé apparut sur les lèvres de Wellan. Si Asbeth avait employé la nuit à tenter de déchiffrer ses plans, il venait certainement de le confondre avec ces questions existentielles. « Les sorciers connaissent-ils les mêmes problèmes que les magiciens dans le domaine des sentiments ? » se demanda-t-il en arquant un sourcil. Aucune réponse du côté de la grotte.

Quelques heures plus tard, lorsqu'il se réveilla pour relayer sa sœur d'armes, Jasson fut bien surpris de trouver Wellan à sa place, observant avec des yeux fatigués la façade de la falaise éclairée par des torches. Il s'assit près de lui et ils échangèrent une chaleureuse poignée de main à la façon des Chevaliers.

— Quand es-tu arrivé ? demanda Jasson.

— Ça ne fait pas longtemps, répondit calmement le grand chef.

— Tu dois être éreinté. Va te coucher auprès des autres, ma couverture est encore chaude.

— Seulement si tu me promets de ne pas faire de bêtises pendant que je dors.

— Moi ? ricana Jasson.

Wellan lui donna une petite tape amicale et alla rejoindre ses compagnons et leurs apprentis qui dormaient toujours à poings fermés.

32

Un formidable duel

Wellan sombra dans le sommeil en posant la tête sur le sol, entre deux Écuyers, et fit un rêve terrifiant. Il marchait sur un sentier de petites pierres brillantes dans une forêt d'arbres noirs. Il n'y avait aucune étoile dans le ciel d'encre, aucun son autour de lui, aucune présence qu'il puisse détecter. Il poursuivit sa route et s'arrêta devant un vaste étang aux eaux calmes. Des images d'abord embrouillées se formèrent à sa surface, puis devinrent graduellement limpides. Avec stupeur, il assista à une terrible bataille sur la plage de Zénor. Était-ce celle où les premiers Chevaliers avaient infligé une humiliante défaite à l'Empereur Noir ? Il commença à discerner les visages des combattants portant la cuirasse verte des Chevaliers et vit qu'il s'agissait de lui et de ses frères d'armes. La pointe d'une lance s'enfonça dans son armure, au centre de la croix de l'Ordre.

Wellan se réveilla en sursaut et mit un moment avant de constater qu'il se trouvait dans la forêt, à proximité de la grotte d'Asbeth. « Quel horrible cauchemar... » songea-t-il. La forêt baignait dans une douce lumière rose et, près de lui, les Écuyers s'agitaient sous leurs couvertures, sur le point d'ouvrir les yeux. Wellan décida d'attendre le repas avant de leur annoncer qu'ils ne participeraient pas au combat.

Falcon se réveilla avant eux et aperçut son chef assis près des enfants, qui émergeait lentement de son cauchemar. Il s'approcha aussitôt de lui et présenta sa main. Wellan la serra avec affection, rassurant aussitôt le Chevalier superstitieux.

Le grand chef but l'eau de la gourde que lui tendit Falcon en promenant son regard sur le campement. Un peu plus loin, Jasson préparait le repas des enfants sur le feu pendant que Chloé surveillait la falaise. Wellan déplia ses longues jambes et se dirigea vers sa sœur d'armes. Il ébouriffa les cheveux blonds de Jasson en passant près de lui et évita un coup de coude enjoué de sa part dans les genoux.

— Comment se porte notre abomination à plumes favorite ? demanda Wellan en s'asseyant près de Chloé.

— Tu es en forme, dis donc ! remarqua-t-elle, amusée.

Wellan choisit de ne pas lui parler de son cauchemar.

De toute façon, Élund leur avait répété assez souvent que les rêves ne représentaient jamais la réalité et que très peu de mortels pouvaient prédire l'avenir grâce à eux. Plus souvent qu'autrement, ils servaient à libérer l'esprit des tensions quotidiennes.

— Il a bougé aux premières lueurs de l'aube, ajouta Chloé en perdant son sourire. Je l'ai sondé de mon mieux, mais il n'est pas facile d'interpréter les sons étranges dans sa tête.

« Il est donc temps d'éloigner les apprentis », comprit-il.

— Qu'as-tu ressenti ? demanda-t-il.

— Il a recouvré ses forces et il est prêt à se venger.

— Dans ce cas, l'affrontement sera encore plus intéressant, parce que moi aussi je me sens d'attaque.

Falcon vint s'asseoir près d'eux pendant que Jasson achevait les préparatifs du repas. Wellan en profita pour lui expliquer son plan à voix basse. Son frère, qui n'affectionnait pas les sorciers, accepta sans regimber d'emmener les enfants à la recherche de leurs compagnons plus loin vers le sud.

— Une fois que nous les aurons rejoints, faudra-t-il que nous les ramenions ici avec nos Écuyers ? demanda Falcon, les yeux chargés d'inquiétude.

— Oui, répondit Wellan. Que deux Chevaliers demeurent auprès des enfants et que les autres viennent nous prêter main-forte.

Voyant que les trois apprentis ne se levaient pas, Jasson accéléra les choses en leur lançant de l'eau. Les gamins sortirent de leurs couvertures en grommelant et virent le grand Chevalier assis un peu plus loin. Leurs visages s'égayèrent aussitôt et ils vinrent le saluer avec courtoisie.

Ils mangèrent tous ensemble autour du feu pendant que Falcon assurait le guet. Ariane demanda des nouvelles de Bridgess et de Swan, et Wellan leur raconta sa guérison miraculeuse grâce à la potion d'Abnar. Pas question de parler de l'intervention de Kira à ces gamins. Son image reviendrait à leur esprit, et le sorcier pourrait fort bien lire leurs pensées de sa cachette. Puis, en tentant de se montrer aussi convaincant que possible, le grand Chevalier leur expliqua leur nouvelle mission.

— Vous nous chassez, sire ? s'offensa Morgan.

— Surveille tes paroles, jeune homme, le gronda aussitôt son maître, Jasson, assis près de lui.

L'enfant baissa la tête avec repentir, mais Wellan leva la main devant Jasson pour lui demander de ne pas intervenir.

— Je ne vous chasse pas, Morgan, répondit-il. Je vous confie une mission qui m'importe beaucoup et, en même temps, je vous éloigne de ce meurtrier d'enfants. Je ne m'en remettrais jamais si vous perdiez la vie comme Cameron et j'ai vraiment besoin que vous conduisiez mes frères jusqu'à moi.

— Pourquoi ne pas les appeler avec votre esprit ? suggéra Ariane.

— Parce que le sorcier saurait ce que je prépare. Ce n'est pas une bonne idée de dévoiler notre stratégie à nos ennemis.

— À quoi cela sert-il de posséder une telle faculté si nous ne pouvons nous en servir en temps de guerre ? s'étonna Murray, l'Écuyer de Falcon.

— Nous pouvons nous en servir lorsque nous sommes certains que nos adversaires ne comprennent pas notre langue, ce qui est le cas des soldats-insectes, mais ce sorcier tapi dans la grotte la comprend et la parle. Puis-je compter sur vous pour retrouver Bergeau et nos compagnons ?

— Oui, sire, répondit Morgan au nom de tous les autres.

Wellan caressa la joue du garçon avec affection, en pensant à son propre apprenti, et il espéra qu'il aurait une plus longue vie que lui. Avant de sombrer dans la tristesse une fois de plus, le grand Chevalier fit signe à Falcon de les emmener. Les enfants saluèrent leurs maîtres et le suivirent sans répliquer.

Fier d'eux, Wellan les regarda disparaître entre les arbres. Il continua de les suivre avec ses facultés magiques pendant un moment, puis coupa le contact et se tourna vers la falaise. Ses deux compagnons devinèrent immédiatement ses intentions et vinrent se placer de chaque côté de lui.

— Comment comptes-tu l'obliger à sortir de là ? demanda Chloé.

— Pourquoi se donner tout ce mal ? s'exclama Jasson. Nous pourrions unir nos pouvoirs et l'écraser dans la grotte.

« Ce n'est pas une mauvaise idée », pensa Wellan. Il ferma les yeux et fouilla les replis rocheux avec ses sens magiques. Son esprit toucha instantanément celui du sorcier. Désormais conscient, il savait que les Chevaliers l'attendaient. En ressentant la présence de son ennemi juré, Asbeth se releva et s'avança vers la fissure dans le roc d'un pas lourd.

Wellan capta ses mouvements laborieux. Souffrait-il encore de sa blessure à l'abdomen ? Puisque le sorcier était presque sorti de son antre, les Chevaliers ne pourraient pas utiliser le plan de Jasson. Le grand chef avertit aussitôt ses frères d'armes de se préparer à l'affronter et ils tirèrent tous leurs épées.

L'homme-oiseau se faufila dans la fente et écarta les nombreuses branches qui l'obstruaient en bombant le torse devant les humains. Chloé et Jasson avaient combattu des centaines d'hommes-insectes depuis le début de la guerre contre l'empereur, mais jamais de créatures ressemblant à cet être recouvert de plumes noires.

— Wellan… croassa-t-il en le reconnaissant.

— C'est la créature la plus horrible que j'aie jamais vue, ne put s'empêcher de commenter Jasson.

— Je vous ai déjà sommé de quitter nos terres, Asbeth, tonna Wellan en serrant la garde de son épée à deux mains. Maintenant, vous allez payer pour vos crimes contre la race humaine.

Le sorcier tourna lentement sa tête à demi insecte et à demi oiseau vers Chloé puis vers Jasson en évaluant rapidement leurs forces. Plus solide que le mâle, la femelle lui sembla aussi plus prudente, mais son compagnon affichait la même énergie guerrière que l'homme Wellan.

— Je suis venu reprendre ce qui appartient à mon maître, l'Empereur Amecareth, déclara le sorcier sans bouger un seul muscle.

— Notre continent ? répliqua moqueusement Jasson.

Wellan fut tenté de faire taire son jeune compagnon, mais il ne voulait surtout pas que leur adversaire interprète son geste comme de la dissension parmi les Chevaliers.

— Nous n'avons rien qui vous appartienne, siffla-t-il.

— Vous détenez Narvath contre son gré, poursuivit Asbeth de sa voix éraillée. Si vous ne la rendez pas volontairement à l'empereur, je la reprendrai moi-même et j'éliminerai ceux qui tenteront de m'en empêcher.

— C'est quoi, une Narvath ? chuchota Jasson à Wellan.

Le sorcier capta aussitôt l'interrogation sur le visage de ce Chevalier. Comment pouvait-il ignorer que la fille d'Amecareth se trouvait parmi eux ? Son image lui était apparue clairement dans la tête de l'enfant qu'il avait égorgé devant Wellan.

— Si vous me la remettez, je quitterai vos terres sans répandre le sang.

— Il est trop tard pour ça ! jeta Wellan. Vous avez déjà pris la vie d'un de nos Écuyers et celle de la Reine de Shola !

Asbeth pencha la tête de côté en se rappelant comment la mère de Narvath avait refusé d'utiliser sa puissante magie pour défendre sa vie dans son palais de glace.

— Oui... se rappela-t-il en hochant lentement la tête. Une femelle têtue et stupide, facile à tuer.

La colère monta en flèche dans le corps du Chevalier Wellan. « La reine magicienne occupe une grande place dans son cœur et pourtant elle n'existe plus », s'étonna Asbeth. Les humains étaient vraiment des créatures incompréhensibles.

— Je serai forcé de vous détruire si vous ne me donnez pas ce que je cherche, menaça le sorcier.

— Personne ne fait ce genre de menace à un Chevalier d'Émeraude ! se fâcha Wellan.

Il s'avança vers le sorcier, l'épée prête à frapper, et ses deux compagnons foncèrent sur ses flancs comme ils avaient été entraînés à le faire. L'un d'eux aurait certainement l'occasion de le faucher si les autres attiraient son attention. Wellan possédait le bras le plus puissant des trois, mais Jasson pouvait l'expédier contre les rochers avec ses pouvoirs de lévitation et Chloé, en influençant les vents, parviendrait certainement à l'assommer contre les arbres.

Ayant rapidement établi sa stratégie, le grand chef fit signe à sa sœur d'armes de l'attirer vers elle, et la jeune femme répondit sans hésitation à son ordre silencieux.

Sans ciller, elle éleva un vent violent autour d'Asbeth en essayant de se faufiler derrière lui pour briser sa concentration et permettre à ses compagnons de frapper.

Le sorcier fit pivoter sa tête sur son cou d'oiseau en la suivant de ses yeux lumineux. Wellan s'élança à la vitesse de la foudre, mais son épée heurta un puissant bouclier invisible qui refléta une lumière mauve sous le choc de sa lame. Jasson passa lui aussi à l'attaque et fut confronté au même obstacle.

Avant que les mâles ne recommencent à l'attaquer, Asbeth tendit vivement l'aile et saisit Chloé par le cou. La femme Chevalier étouffa un cri de douleur et laissa tomber son épée sur le sol afin d'utiliser ses deux mains pour tenter de se libérer des griffes s'enfonçant cruellement dans sa peau. Wellan attaqua son ennemi, mais rien ne pénétrait la barrière invisible qu'il avait levée autour de lui.

— Où est Narvath ? s'énerva l'homme-oiseau, en appliquant son autre main sur la tête de Chloé pour y planter ses serres.

Wellan releva son bras libre, et un rayon incandescent s'échappa de sa paume. Si son épée ne réussissait pas à percer le bouclier invisible, sans doute ses faisceaux incendiaires y parviendraient-ils. Le grand Chevalier bombarda Asbeth avec l'énergie de ses mains et Jasson fit de même sur son flanc. Ils concentrèrent les flammes sur la barrière magique et réussirent finalement à y ouvrir une brèche.

Le feu lécha les jambes du sorcier qui retira brusquement ses griffes de la chair de Chloé. La jeune femme s'écroula à ses pieds comme une poupée de chiffon. Asbeth leva ses deux ailes devant lui afin de retourner les faisceaux incandescents contre les Chevaliers, mais Jasson fut plus rapide. Faisant appel à toute sa puissance, il se servit de son pouvoir de lévitation pour resserrer les flammes autour de la créature maléfique. Wellan empoigna solidement sa longue épée, prêt à l'utiliser pour le couper en deux.

Sentant roussir ses plumes à l'intérieur de son cocon protecteur, Asbeth comprit qu'il lui fallait sortir rapidement du piège s'il voulait contre-attaquer. Il s'éleva brusquement dans les airs, et Jasson utilisa son pouvoir d'attraction pour lui agripper les pattes et le ramener brutalement au sol. Le choc expédia d'abord Asbeth contre le tronc d'un gros chêne avec suffisamment de force pour l'assommer, mais au lieu de tomber devant les Chevaliers, il s'accrocha à l'écorce avec ses serres. Outragé, il contempla de ses yeux mauves la vermine humaine qui osait lui résister. Personne ne traitait un serviteur de l'empereur de cette façon sans perdre sa tête !

Mais les guerriers d'Enkidiev n'avaient pas dit leur dernier mot. Wellan libéra une main et dirigea un rayon brillant dans les branches de l'arbre où Asbeth se réfugiait et y mit le feu pour l'obliger à descendre. L'homme-oiseau se laissa immédiatement tomber sur le sol, à quelques pas seulement du grand chef, en découvrant les dents acérées dans son bec.

— Je reviendrai et vous serez le premier à mourir ! le menaça Asbeth, ses yeux soudainement plus lumineux.

Une violente explosion se produisit devant Wellan qui protégea son visage avec son bras pour ne pas être brûlé par les étincelles bleuâtres qui furent aussitôt suivies d'une épaisse fumée tourbillonnant vers la cime des arbres. Lorsqu'elle se dissipa enfin, le sorcier avait disparu. Jasson sonda rapidement les environs pendant que son chef éteignait magiquement le feu dans les branches.

— Où est-il ? cria Jasson en tournant sur lui-même. Je ne le sens plus !

Wellan capta un filet d'énergie maléfique s'éloignant rapidement vers le nord, probablement par la voie des airs. Son premier réflexe fut de le poursuivre, mais en apercevant Chloé gisant sur le sol, le visage couvert de sang, il laissa tomber son épée et se précipita à ses côtés. Elle respirait toujours, mais très faiblement. Du sang coulait abondamment des cavités creusées dans sa chair par les serres d'Asbeth.

Jasson tendit sa gourde d'eau à Wellan, puis s'empara de sa couverture, s'agenouilla de l'autre côté de sa sœur d'armes et déchira des bandes d'étoffe. Ensemble, ils nettoyèrent et pansèrent les plaies de Chloé de leur mieux, puis Jasson apposa ses mains sur le crâne de la jeune femme en rassemblant tous ses pouvoirs de guérison. Ils n'étaient certes pas aussi puissants que ceux de Santo ou de Falcon, mais ils arriveraient au moins à arrêter le sang. Chloé se mit à gémir, et Jasson cessa le traitement. Elle ouvrit ses yeux transparents et les regarda sans cacher sa souffrance.

— Je suis désolée, Wellan... murmura-t-elle.

— Désolée de quoi ? susurra le grand Chevalier en la cueillant tendrement dans ses bras. D'avoir été la malheureuse victime d'un être aussi fourbe ?

— Il a fouillé mon esprit...

Wellan capta le regard effrayé de Jasson. Cette créature possédait donc le pouvoir d'extraire ce qu'elle voulait des pensées de ses proies en enfonçant ses serres dans leurs têtes ? Qu'avait-elle trouvé dans celle de Chloé ? Le nom et la description de tous ses frères d'armes ? L'emplacement du Château d'Émeraude ? Jusqu'où avait-elle eu le temps de se rendre ?

— Que cherchait-il ? demanda Wellan, même s'il connaissait déjà la réponse à cette question.

— Une enfant mauve... souffla la jeune femme en perdant conscience.

— Cette Narvath, c'est Kira ? s'étonna Jasson.

L'air sérieux de Wellan lui fit comprendre qu'il en savait beaucoup plus long qu'eux sur le sorcier et sa quête.

— Tu ne penses pas qu'il est temps de nous dire la vérité pour que nous sachions au moins pourquoi nous serons nous aussi un jour torturés comme Chloé ? se hérissa Jasson.

— Le Magicien de Cristal m'a demandé de garder pour moi ce terrible secret, soupira Wellan en berçant leur sœur d'armes dans ses bras.

— Nous sommes tous des Chevaliers d'Émeraude au même titre que toi ! Ce traitement de faveur est tout à fait injuste !

— Oui, tu as raison... avoua Wellan en baissant honteusement les yeux.

En continuant de serrer Chloé contre lui, le grand chef lui raconta tout ce qu'il savait au sujet de l'enfant mauve, et Jasson l'écouta en écarquillant les yeux.

— Kira est donc la fille d'Amecareth ? Mais la Reine de Shola, là-dedans ?

— L'empereur l'a agressée dans son château. Elle n'est pas notre ennemie, mais une victime de l'Empereur Noir, comme bien d'autres.

— As-tu l'intention de lui remettre Kira ? demanda Jasson, le front plissé par l'angoisse.

— Non.

— Tu te rends bien compte que le sorcier n'hésitera pas à tuer tout le monde jusqu'à ce qu'il mette la main sur elle ?

— Nous trouverons une façon de l'arrêter ! riposta violemment le grand Chevalier. Personne n'est invincible.

Il se releva en soulevant Chloé dans ses bras et marcha vers les chevaux. Jasson se précipita derrière lui sans comprendre ce qu'il avait l'intention de faire.

— Tu vas rentrer au Royaume d'Émeraude et remettre Chloé aux soins de maître Abnar, lui ordonna Wellan.

— Oh non ! s'opposa Jasson. Il n'est pas question que tu partes seul à la recherche de cet assassin. C'est beaucoup trop dangereux.

— Ce l'est encore plus de le laisser circuler où bon lui semble sur Enkidiev.

— Ce qu'il a fait à Chloé, il peut te le faire aussi et tu détiens beaucoup plus de renseignements que nous. Imagine un peu le dommage qu'il causerait s'il arrivait à les extraire de ta tête ? Et nous avons trop besoin de toi pour te laisser risquer aussi stupidement ta vie. Nous allons rentrer au château ensemble et échafauder de nouveaux plans avec ce que nous avons appris sur cette créature. Les Chevaliers ne sont pas qu'un seul homme, Wellan. Ils fonctionnent en groupe.

Le grand chef déposa Chloé sur le sol, près des chevaux, et, en silence, rassembla ses affaires dans ses sacoches en cuir. Exaspéré par sa conduite, Jasson lui saisit brutalement le bras pour arrêter son geste.

— As-tu au moins entendu ce que j'ai dit ? explosa-t-il.

— Oui et je suis en train d'y penser, répondit Wellan en le transperçant du regard.

Jasson lâcha prise en se rappelant sa place dans l'Ordre. Il ne devait pas questionner les décisions de son chef, mais il ne pouvait pas le laisser se jeter dans la gueule du loup non plus. Il baissa le regard avec soumission et rangea lui aussi ses affaires et celles de Chloé, puis récupéra leurs épées.

Lorsque Wellan grimpa finalement sur son cheval, il demanda à Jasson de lui remettre leur sœur d'armes. Soulagé, Jasson comprit qu'il avait convaincu son chef de rentrer au château.

Ils quittèrent la forêt et mirent le cap sur le Royaume d'Émeraude. Wellan serrait contre lui le corps inanimé de Chloé de la même façon que celui de Bridgess quelques jours plus tôt. En l'observant, Jasson comprit la profondeur de l'amour que le grand Chevalier portait à tous ses compagnons, car il aurait fait la même chose pour n'importe lequel d'entre eux.

*
* *

Wellan et Jasson rattrapèrent Falcon et les trois Écuyers au moment où ils traversaient la frontière d'Émeraude et rencontrèrent le groupe de Bergeau peu de temps après. Dempsey sauta aussitôt sur le sol et vint arracher Chloé des bras de son chef pour examiner ses blessures. Wellan descendit de cheval pour se délier les jambes et observa le travail de guérison de son frère d'armes.

— Que s'est-il passé ? demanda Bergeau.

— C'est l'œuvre du sorcier, l'informa Jasson en descendant aussi de sa monture.

Il raconta aux sept Chevaliers et à leurs Écuyers la perfidie de l'horrible créature à plumes. Lorsqu'un des plus jeunes voulut savoir ce que cherchait le sorcier dans la tête de leur sœur d'armes, Jasson consulta Wellan du regard. Le grand Chevalier était immobile comme une statue depuis plusieurs minutes, mais il n'avait rien perdu de l'échange. Il était évidemment préférable que la vérité au sujet de Kira ne se répande pas sur le continent, mais il ne pouvait pas non plus se permettre de perdre la confiance de ses soldats. Il leur raconta donc toute l'histoire en insistant sur le fait que Kira ignorait sa véritable identité et qu'aucun d'entre eux ne devait la lui révéler. Puis il leur rapporta le récit du petit garçon mauve jadis sacrifié pour sauver la race humaine.

— Mais il n'a rien sauvé du tout, puisque l'empereur est de retour, conclut Wanda.

— C'est exact, acquiesça Wellan, et c'est la raison pour laquelle nous ne ferons pas la même erreur que nos ancêtres. Il nous faut aussi protéger Kira contre l'empereur parce que, s'il la reprend, elle ne pourra pas remplir son rôle de protecteur auprès du porteur de lumière.

— Le sorcier sait-il où elle se cache ? s'enquit Nogait.

— Je ne sais pas ce qu'il a découvert dans l'esprit de Chloé, avoua le grand Chevalier en soupirant.

— Nous ne devrions pas rester ici, conseilla Bergeau. Est-ce que Chloé peut être transportée jusqu'au château ?

Dempsey déclara que ses blessures étant superficielles, la route ne les aggraverait pas. Ils remontèrent donc à cheval et reprirent leur route en direction du Château d'Émeraude. Dempsey insista pour transporter lui-même sa sœur d'armes et Wellan capta la profondeur de son amour pour Chloé.

À la tête de la colonne, le grand chef observa ses hommes en pensant qu'ils avaient fière allure malgré leur petit nombre. Ils avaient défait tous leurs ennemis jusqu'à présent et ils élimineraient Asbeth.

33
Dempsey et Chloé

Lorsque Chloé se réveilla, elle commença par sentir le matelas moelleux sous son corps meurtri et l'odeur familière des chandelles de cire fabriquées par les servantes du Château d'Émeraude. Elle ouvrit lentement les yeux et vit que la nuit était tombée. Elle était dans sa chambre de l'aile des Chevaliers. Avait-elle rêvé cette confrontation avec le sorcier ? Elle remua lentement la main, souleva son bras et glissa ses doigts dans ses cheveux courts en cherchant les blessures infligées par cette horrible créature à plumes.

— Nous avons refermé les plaies, l'informa Dempsey.

Elle tourna la tête et vit, à la lueur des flammes, le doux visage du Chevalier blond et ses yeux bleus très clairs qui l'observaient avec inquiétude. Elle tendit la main en tremblant et caressa sa joue avec reconnaissance. Dempsey prit ses doigts et les embrassa avec tendresse.

— Je vais bien, assura-t-elle d'une voix faible. Arrête de t'inquiéter.

— Jasson nous a raconté que cette créature a enfoncé ses griffes dans ta chair. Elles auraient pu être empoisonnées comme les dents du dragon qui a mordu Bridgess.

— Le sorcier s'est servi de ses griffes seulement pour entrer dans mon esprit, Dempsey. Elles sont de puissants capteurs d'énergie. Je ne crois pas qu'il avait l'intention de me tuer.

Il quitta sa chaise et s'assit sur le lit, à côté d'elle. « Son regard est différent tout à coup », remarqua Chloé. Elle allait le sonder lorsqu'il passa ses bras autour de ses épaules et l'attira à lui. Elle le laissa faire, pensant qu'il voulait l'installer plus confortablement sur son oreiller de plumes, et fut surprise lorsque ses lèvres rencontrèrent les siennes.

Ils avaient toujours été très proches, mais jamais Chloé n'avait pensé que les sentiments de ce bel homme des montagnes envers elle puissent être aussi profonds. Malgré son étonnement, elle ne chercha pas à le repousser et ils s'embrassèrent un long moment, étudiant leurs émotions respectives. Dempsey avait toujours eu de petites attentions à son égard, mais jamais elle n'avait pensé qu'il puisse être amoureux d'elle.

— Nous ne devrions jamais attendre que ceux que nous aimons soient en danger de mort pour leur avouer nos véritables sentiments, chuchota Dempsey à l'oreille de Chloé tout en la serrant contre lui.

« C'est ce que Wellan a découvert lui aussi avec Bridgess », se rappela-t-elle.

— Je t'aime depuis que je t'ai rencontrée il y a presque vingt ans.

— À notre arrivée à Émeraude ? s'étonna-t-elle. Mais je n'étais qu'une gamine !

— Tu étais la plus belle gamine de tout Enkidiev, la taquina Dempsey en la faisant rougir. Et tu étais si différente de moi, c'est ce qui m'a attiré. J'ai besoin de ta tendresse, de ton intuition et de ta présence.

Chloé regarda dans son cœur et vit sa sincérité. Touchée, elle caressa ses lèvres du bout des doigts sans savoir quoi lui dire. Cette déclaration d'amour était si soudaine, si inattendue... Elle adorait bien sûr tous ses frères d'armes, mais, faisant appel à ses souvenirs, elle comprit que Dempsey avait occupé plus de place que les autres dans son cœur.

— J'espère que tu partages mes sentiments... s'inquiéta le Chevalier en la voyant hésiter.

— Oui... mais j'aurais aimé que tu m'en parles plus tôt. Si j'étais morte aux mains d'Asbeth, je n'aurais rien su.

— Tu sais bien que je ne suis pas aussi démonstratif que toi. J'attendais le bon moment.

— J'aurais préféré un peu plus de romantisme, mais à quoi puis-je m'attendre de la part d'un guerrier ? plaisanta-t-elle, calmant aussitôt les craintes de son ami.

— Et si je te demandais de m'épouser, serais-je romantique ? demanda-t-il finalement, en prenant son courage à deux mains.

« Décidément, les hommes manqueront toujours de doigté », pensa-t-elle en réprimant un sourire amusé. Elle aurait préféré que Dempsey lui fasse cette demande au début de la saison chaude, dans un grand champ de fleurs embaumant le royaume, et non pas dans sa chambre alors qu'elle apaisait ses blessures.

— J'aimerais partager ma vie avec toi, Dempsey, mais nous ne devons pas oublier qui nous sommes, fit Chloé, ne voulant surtout pas lui briser le cœur. Nous serons souvent séparés lors de missions différentes, et je ne veux pas non plus m'arrêter pour donner naissance à des enfants et les élever et...

Il posa tendrement ses doigts sur les lèvres de sa bien-aimée pour la faire taire, et un large sourire éclaira son visage de montagnard du Béryl.

— Oui, je le sais, et j'y ai beaucoup réfléchi pendant que je chassais les dragons le long des rivières, mais il n'est pas important d'être toujours ensemble du moment que nous pouvons nous retrouver ici. D'ailleurs, nous possédons de magnifiques facultés qui nous permettent d'être constamment en contact quelle que soit la distance qui nous sépare. Quant aux enfants, puis-je te rappeler que nous en avons déjà deux à éduquer : nos Écuyers Colville et Ariane ?

Transportée de joie, Chloé se blottit entre les bras de Dempsey en pensant qu'il serait agréable de partager la vie d'un homme aussi compréhensif.

— Qu'en dis-tu ? demanda-t-il, incertain de sa réponse.

— J'accepte de t'épouser, Chevalier Dempsey d'Émeraude, car je sais que ton amour pour moi ne s'éteindra jamais.

Ils restèrent un long moment l'un contre l'autre, puis Dempsey aida sa future épouse à faire quelques pas dans la chambre pour s'assurer que le sorcier ne lui avait pas infligé de blessures invisibles, et l'emmena avec lui dans le hall des Chevaliers.

*
* *

C'était la nuit, mais Wellan était assis seul devant l'âtre de pierre à regarder danser les flammes au milieu des bûches qu'il taquinait avec un long tisonnier. Le grand Chevalier tourna la tête vers ses deux compagnons, et son sourire fit comprendre à Chloé qu'il connaissait déjà les plans de son frère d'armes. Elle se rendit jusqu'à lui, et il se leva pour la serrer affectueusement dans ses bras.

— C'est une conspiration, n'est-ce pas ? badina-t-elle.

— Dempsey t'aime depuis toujours, mais il ne savait pas comment te le dire. Je l'ai seulement convaincu de t'ouvrir son cœur. C'est tout ce que j'ai fait, je te le jure. Vous formez un si beau couple tous les deux depuis que vous êtes enfants. Je vous souhaite beaucoup de bonheur.

Il embrassa Chloé sur les joues et serra aussi Dempsey dans ses bras avec affection en lui chuchotant à l'oreille qu'il était décidément le plus chanceux de tous les hommes d'Enkidiev.

*
* *

Le lendemain, au repas du matin, Dempsey annonça la bonne nouvelle au groupe, et tous se préparèrent à célébrer l'heureux événement. Puisque les Chevaliers allaient bientôt repartir en mission, le couple décida de s'unir le jour même et le Roi d'Émeraude leur accorda cette faveur.

L'union des Chevaliers Chloé et Dempsey fut donc célébrée en fin d'après-midi, dans la salle du trône, devant Émeraude Ier, le Magicien de Cristal, le magicien Élund et son apprenti Hawke, les Chevaliers, les Écuyers, la petite Kira et les dignitaires de la cour. Pour Wellan, il s'agissait d'une excellente façon de rehausser le moral de ses troupes avant de les lancer à la recherche du sorcier Asbeth.

Oubliant ses soucis pendant quelques heures, il prit place au milieu de ses frères d'armes et de leurs apprentis, en costumes d'apparat, et écouta Dempsey et Chloé prononcer leurs vœux de loyauté et de fidélité. Il en profita également pour sonder ses compagnons afin de déceler tout problème en puissance qu'il réglerait sans tarder.

Tout le monde se réjouissait de la décision de leurs amis et les plus vieux semblaient convaincus qu'ils auraient dû se marier bien avant. Wellan s'amusa de ressentir chez Falcon un tendre intérêt pour Wanda, récemment adoubée Chevalier. Il sonda aussitôt la jeune femme et constata qu'elle répondait volontiers à ses avances par des sourires timides. Bien qu'ils fussent des héros, ses frères d'armes n'en demeuraient pas moins des êtres humains en proie aux mêmes besoins que ceux qu'ils protégeaient. Et Wellan voulait que ses soldats soient heureux. Ils auraient donc un autre mariage à célébrer avant longtemps.

C'est alors qu'il sentit l'esprit de Bridgess effleurer tendrement le sien. Il se retourna et remarqua son regard plein d'adoration. Elle était magnifique dans son costume vert paré de pierres précieuses, les cheveux attachés sur la nuque, mais son cœur ne cessait de désirer la Reine de Shola, et il détourna les yeux avec tristesse.

Pour souligner le joyeux événement, le roi organisa un somptueux festin dans son hall, auquel tous participèrent. Le vin coula à flots, la nourriture abonda, et les rires résonnèrent dans le château. Ils félicitèrent les nouveaux époux et, pendant quelques heures, oublièrent qu'ils étaient en guerre, tous sauf Wellan.

Le grand chef souriait aux plaisanteries de ses compagnons, écoutait en hochant la tête les récits quelque peu pimentés de Bergeau sur la chasse aux dragons et surveillait discrètement Falcon qui faisait la cour à Wanda dans un coin plus tranquille de la vaste pièce. Mais ni l'atmosphère joyeuse ni le vin ne parvinrent à lui faire oublier que l'assassin de Fan errait toujours sur Enkidiev. En vidant son gobelet d'argent pour une deuxième fois, il se mit à échafauder des plans pour le coincer avant qu'il puisse atteindre le Royaume d'Émeraude.

— Vous ne vous détendez donc jamais, remarqua Abnar en s'asseyant près de lui.

— C'est le lot d'un meneur d'hommes, j'imagine, répliqua Wellan en posant son verre sur la table. Je suis incapable d'oublier ce qui m'accable, maître Abnar. Il en a toujours été ainsi.

Les yeux gris d'Abnar le fixèrent intensément, et le Chevalier remarqua pour la première fois qu'il ne clignait jamais des paupières comme les humains.

— J'ai sondé Enkidiev et j'ai trouvé le sorcier. Il s'est réfugié au pays des Elfes.

— J'aurais préféré qu'il choisisse une autre direction, grommela le grand Chevalier qui ne désirait pas revoir le Roi Hamil.

— Tôt ou tard, il vous faudra régler vos différends avec le seigneur des forêts, sire.

— Dans ce cas, ce sera « tard », riposta Wellan, mécontent.

Il s'empara du pichet de grès et se versa une troisième coupe de vin.

— Connaissez-vous les intentions du sorcier ? demanda-t-il pour éviter de parler des Elfes.

— Il cherche Kira. Il l'a vue dans l'esprit de Chloé et dans celui de Cameron, expliqua Abnar.

Le Chevalier abattit brutalement son poing sur le bras de son fauteuil de velours en étouffant un juron. Comment allait-il réussir à protéger l'héritière de Shola si le sorcier avait ainsi accès aux pensées des gens ?

— Sait-il où elle se trouve ? s'enquit-il auprès de l'Immortel en faisant un effort surhumain pour ne pas élever la voix.

— Non, il n'a pas eu le temps de se rendre jusque-là dans la tête de notre belle mariée, mais je crois que le Roi Hamil s'en doute.

Encore lui ! La colère monta en flèche dans le corps de Wellan à la pensée que les Elfes pourraient trahir Kira. Il quitta la grande salle pour éviter de hurler de rage au milieu des réjouissances. Empruntant le couloir menant aux chambres des Chevaliers, il s'arrêta net quand Abnar se matérialisa devant lui, lui bloquant la route.

— C'est pour cette raison que vous devez faire la paix avec le Roi des Elfes, sire Wellan, le somma le Magicien de Cristal en croisant les bras.

— Ou le réduire au silence à tout jamais! s'emporta le Chevalier.

— Cela ne fait pas partie du serment que vous avez prononcé.

— J'ai juré de protéger Enkidiev et ses habitants, et s'il faut que j'élimine un roi pour sauver des milliers de vie, je n'hésiterai pas.

Wellan poursuivit sa route, et l'Immortel ne l'arrêta pas. Peut-être était-il devenu nécessaire de choisir un Chevalier plus diplomate comme Santo pour remettre le Roi Hamil au pas. Il se dématérialisa afin d'aller observer les autres dans le grand hall où les festivités dureraient toute la nuit.

Courroucé, Wellan savait qu'il n'arriverait pas à dormir, mais il n'avait plus le cœur à s'amuser avec ses frères d'armes. Un bain, une longue séance de méditation et, au besoin, plusieurs heures de recherche dans la bibliothèque arriveraient certainement à le détendre.

Il commença donc par se défaire de son costume d'apparat dans sa chambre et revêtit une simple tunique. Pieds nus, une serviette sur l'épaule, il se dirigea vers la salle des bains, mais s'arrêta net sous l'arche de la porte en y ressentant une présence. Il scruta l'endroit avec ses sens magiques et reconnut aussitôt les visiteurs nocturnes : Bridgess et Kevin. Le plaisir qu'ils partageaient lui brisa instantanément le cœur.

Wellan recula silencieusement dans le couloir en pensant que c'était sa faute si Bridgess s'intéressait à un autre homme puisqu'il repoussait sans cesse ses avances. Il retourna à sa chambre, lança violemment le drap de bain contre le mur et se laissa tomber sur son lit. Il valait mieux qu'il soit seul et sans attaches pour accomplir son importante mission. Il avait un continent à sauver et rien ne devait l'en distraire. Mais, au fond de sa poitrine, il ressentait une blessure douloureuse, une souffrance qu'il ne comprenait tout simplement pas.

*
* *

Pendant que Wellan analysait ses sentiments, Kira, assise sur son propre lit, captait toutes sortes d'émotions contradictoires depuis quelques heures. Depuis qu'elle avait transmis de la lumière mauve à Bridgess pour la sauver de la mort et que Wellan lui avait saisi les bras pendant l'opération de guérison, il lui arrivait de temps en temps de partager des moments d'intimité télépathique très étroits avec eux.

Kira ressentait donc en même temps le plaisir de Bridgess et la jalousie de Wellan. Mais, âgée de neuf ans à peine, elle ne comprenait pas ces émotions d'adultes. Armène la trouva assise sur son lit, vêtue de sa magnifique tunique violette parsemée d'améthystes, immobile et songeuse.

— Je t'ai cherchée partout dans le grand hall ! s'exclama la servante.

— Je me suis sauvée après les vœux, avoua Kira.

— Mais pourquoi ? s'étonna Armène en s'asseyant près d'elle. Tu avais tellement hâte d'assister à cette fête.

— J'ai bien réfléchi et j'ai pensé qu'il était préférable que je ne m'y présente pas.

— Mais que racontes-tu là ? Je suis certaine que le roi s'ennuie de toi.

— Je ne voulais pas indisposer le Chevalier Wellan. Après tout, ce sont ses frère et sœur à lui qui unissent leurs vies, je voulais qu'il soit de bonne humeur… Mais je crains d'avoir échoué, parce qu'en ce moment, il est le plus malheureux des hommes.

— Et comment le sais-tu, puisque tu es enfermée dans ta chambre ?

— Je le sens ici, répondit l'enfant en mettant ses doigts griffus sur son cœur.

— Tu te préoccupes trop de ce que pense sire Wellan, mon trésor.

— Tu as raison, Mène, mais je n'y peux rien…

La servante caressa ses cheveux soyeux sans savoir que dire pour l'apaiser. Plus Kira grandissait, plus ses émotions devenaient complexes et elle craignait que, dans quelques années, plus personne ne puisse la comprendre. Elle savait bien que sa peau de couleur inhabituelle, ses griffes et ses dents pointues ne lui permettraient pas de vivre le même genre de vie que les autres enfants du château, mais comment le lui dire ?

— Est-ce que tu préfères te coucher maintenant ? demanda la servante.

Kira hocha affirmativement la tête et Armène l'aida à sortir de sa tunique pour lui enfiler une robe de nuit blanche. Elle brossa ses longs cheveux violets, puis la mit au lit et l'embrassa sur le front en lui souhaitant de beaux rêves. Elle souffla les chandelles et sortit de sa chambre en refermant la porte derrière elle.

Kira tenta de toutes les façons possibles de se soustraire aux émotions de ses deux nouveaux mentors, mais elles hantaient son esprit.

— Je vous en prie, arrêtez ! implora l'enfant.

* *

Dans sa chambre, Wellan entendit clairement sa voix, comme si Kira eut été à ses côtés, et il s'assit brusquement dans son lit. Il regarda partout dans la pièce sans la voir. Il se leva et regarda par la fenêtre en se rappelant que cette enfant pouvait escalader les murs. Rien. Il se rendit à la porte, l'ouvrit et jeta un coup d'œil dans le couloir. Personne.

— Kira, où te caches-tu ? tonna Wellan, mécontent.

Nulle part ! se fâcha la fillette. *Je suis dans mon lit !* Mais après tous les coups pendables qu'elle lui avait joués ces dernières années, il ne pouvait pas la croire. Ne portant que sa tunique, il quitta sa chambre et se rendit aux appartements royaux en évitant de s'approcher du grand hall où la fête se poursuivait. Il entra brusquement dans la chambre de Kira et se rendit jusqu'à son lit. D'un geste de la main, il alluma toutes les chandelles et l'enfant poussa un cri de surprise en remontant ses couvertures sous son menton.

— Mais tu es vraiment dans ton lit ! s'étonna le Chevalier.

— Pourquoi vous aurais-je menti, sire ? s'insurgea l'enfant.

— Parce que c'est ce que tu fais continuellement.

— C'est faux !

— Tu as donc trouvé une façon de t'infiltrer dans mon esprit ?

— Non !

Kira rejeta ses couvertures et se mit sur ses genoux, ses petits poings sur ses hanches, servant un air de combat au Chevalier.

— Depuis que la lumière est sortie de mes mains

lors de la guérison du Chevalier Bridgess, je ressens vos émotions et je ne peux m'en isoler !

Wellan n'osa pas lui demander ce qu'elle captait en ce moment de sa jeune sœur d'armes, puisqu'il la savait dans les bains avec un prétendant, mais ces émotions devaient en effet être troublantes pour une enfant de son âge.

— Mets fin à ce contact entre nos esprits tout de suite, exigea le grand Chevalier.

— Je ne sais pas comment !

— Tu vois, Kira, c'est ce qui me déplaît tant chez toi, la sermonna Wellan. Tu fais des tas de bêtises et tu ne sais jamais comment les réparer.

— Mais je ne le fais pas exprès !

« Elle semble sincère », s'inquiéta le Chevalier en observant ses yeux violets aux pupilles verticales étrangement dilatées à la lumière diffuse des chandelles. Mais il ne pouvait pas conserver ce lien télépathique avec l'enfant de l'empereur, puisque le sorcier savait extraire les pensées de la tête des humains.

— Il est très important de mettre fin à ce lien entre nous, insista-t-il en se radoucissant.

— Mais puisque je vous dis que je ne sais pas comment, soupira-t-elle en s'asseyant sur son lit.

Le seul qui pouvait maintenant les aider était le Magicien de Cristal. Wellan tourna les talons et se dirigea vers la porte.

— En tout cas, moi, si j'étais Bridgess, je ne perdrais pas mon temps avec Kevin, lança innocemment l'enfant mauve.

Le Chevalier étouffa un commentaire désobligeant et, d'un geste brusque de la main, éteignit les chandelles. La soirée devenait vraiment de plus en plus déplaisante.

34
Le secret
des maîtres magiciens

Wellan arpenta sa chambre et appela l'Immortel lorsque sa colère fut tombée. Abnar se matérialisa aussitôt devant lui, inquiet de le voir dans un tel état de détresse. Le grand chef lui expliqua la situation embarrassante dans laquelle Bridgess et lui se trouvaient en raison de l'intervention de Kira sur son ancienne apprentie. Le Magicien de Cristal comprit la gravité de la situation. La profondeur du lien qui l'unissait désormais à la petite Sholienne représentait un grand danger pour elle.

— Il n'aurait pas fallu la toucher lorsqu'elle est intervenue auprès de Bridgess. Ma magie ne peut malheureusement pas briser ce lien, sire Wellan.

— Mais vous êtes un Immortel ! protesta le Chevalier. Vous tenez vos pouvoirs des dieux mêmes !

— Il nous est défendu de modifier ce qu'un maître magicien a créé.

Kira étant incapable de réparer ses bêtises toute seule, Wellan baissa misérablement la tête en pensant qu'il ne pourrait jamais mener la chasse au sorcier s'il ne mettait pas fin au contact avec l'enfant. Abnar posa une main rassurante sur son épaule et le Chevalier tourna les yeux vers lui.

— Laissez Santo conduire cette expédition, suggéra-t-il. Il saura mieux que vous transiger avec le Roi des Elfes.

Wellan secoua vivement la tête pour exprimer son désaccord. Il connaissait les talents de négociateur de son frère d'armes, mais celui-ci ne possédait pas ses qualités de chef.

— Donnez-lui des ordres très clairs sur la marche à suivre, mais je vous en conjure, n'y allez pas vous-même, insista Abnar.

Il se dématérialisa, sachant fort bien que seule la réflexion arriverait à raisonner ce Chevalier intelligent.

Wellan demeura immobile sur son lit à jongler avec les morceaux du casse-tête, mais ils refusèrent de se mettre en place. Il quitta donc sa chambre et se dirigea vers la bibliothèque du palais. Il passa devant les livres généralement utilisés par les élèves d'Émeraude pour se rendre dans la section défendue. Elle contenait des livres très anciens, si dangereux que le magicien Élund leur en avait toujours interdit l'accès.

D'un geste de la main, il alluma les quelques chandelles sur les tables et longea une étagère à la recherche d'un traité sur les pouvoirs des maîtres magiciens. Le seul moyen d'affronter un sorcier, selon lui, c'était de lui opposer des pouvoirs tout aussi puissants. Il dégagea deux vieux ouvrages coincés parmi les autres et souffla sur la poussière qui les recouvrait. Il les déposa sur une des tables et en approcha les chandelles.

Il lut ainsi toute la nuit sans trouver ce qu'il cherchait. Ces livres décrivaient les pouvoirs des mages et donnaient même la recette de certains sortilèges, mais pas la démarche à suivre pour développer des facultés égales à celles des maîtres magiciens.

Les rayons du soleil commencèrent à s'infiltrer par les fenêtres étroites et à balayer le plancher grisâtre de larges faisceaux de lumière. Wellan tombait de fatigue, mais il s'entêtait à parcourir les lignes d'écriture ancienne qui ne lui apprenaient rien de nouveau.

Élund entra dans la grande pièce de bonne heure, ce matin-là, afin de choisir un bouquin pour ses cours, et fut surpris d'y rencontrer le grand Chevalier, en tunique légère, pieds nus, assis à une table où les chandelles avaient laissé couler de petits étangs de cire. Le magicien s'approcha en fronçant les sourcils et aperçut les vieux livres ouverts devant Wellan.

— Ne vous ai-je pas déjà mis en garde contre ces grimoires ? le tança le vieux magicien.

— Oui, des centaines de fois, répliqua le Chevalier d'une voix rauque de fatigue.

— Alors, que fais-tu ici, Wellan ?

— Je cherche le secret des maîtres magiciens.

— Vraiment ? s'étonna Élund. Et tu crois qu'ils ont choisi de le dévoiler dans les pages d'un ouvrage sur lequel les humains peuvent facilement mettre la main ?

— Peut-être bien, si on sait lire entre les lignes.

— S'il se cachait quelque part dans cette bibliothèque, ne crois-tu pas que je l'aurais déjà découvert ?

Le grand Chevalier garda le silence en pensant que le vieux magicien avait certainement dû consulter tous ces ouvrages depuis son arrivée au Château d'Émeraude et que si, effectivement, ce secret s'y était trouvé, il détiendrait les mêmes pouvoirs que les maîtres magiciens.

— Comment peut-on devenir aussi puissant qu'eux ? le questionna Wellan.

— C'est impossible, puisque c'est un cadeau que font les dieux à certains enfants à leur naissance.

— Comme Fan de Shola…

— Tu sais que je te dis la vérité, cesse de perdre ton temps et va te coucher avant de t'effondrer, Wellan.

Le grand Chevalier lui obéit et retourna à sa chambre. Il s'allongea sur son lit et, même s'il tombait d'épuisement, il n'arriva pas à dormir. Il revêtit donc son pantalon, ses bottes et sa ceinture, prit ses armes et sortit du palais. Ayant rarement eu l'occasion de se retrouver seul depuis son retour au Royaume d'Émeraude, il apprécia cette soudaine solitude.

Il sella son cheval et l'entraîna dans la grande cour. Il était si tôt qu'il dut réveiller les soldats de garde pour leur faire ouvrir les portes et abaisser le pont-levis. Il grimpa sur son destrier et quitta le château au galop sous leurs yeux étonnés, ceux-ci n'ayant pas entendu parler d'une nouvelle mission.

Le grand Chevalier se dirigea vers la rivière Wawki, qui paressait au pied des collines, à quelques kilomètres de la forteresse d'Émeraude. Il repéra la carcasse du dragon mort au fond de l'eau et poursuivit sa route, confiant que ses compagnons avaient occis tous les autres monstres lors de leur récente expédition dans la région. Il grimpa la colline surplombant le palais et mit pied à terre. Le temps était frais et agréable et, au-dessus du royaume, le ciel se colorait graduellement de bleu et de rose.

Il laissa brouter le cheval et s'assit dans l'herbe imprégnée de rosée. Ralentissant sa respiration, il se mit à ressentir tout ce qui l'entourait : les arbres, les fleurs, les animaux, les oiseaux. La nature frémissait de leur force vitale et il s'en abreuva comme à une fontaine, chassant ainsi sa fatigue.

Il n'avait pas effectué cet exercice depuis longtemps et se rappela qu'Élund le leur faisait exécuter régulièrement, enfants. D'ailleurs, Santo excellait toujours dans ce domaine. La sensibilité du guérisseur à son environnement lui permettait de capter toutes les vibrations de la nature, y compris les minuscules insectes sur les feuilles des arbres.

— Fan, appela Wellan, presque en transe.

Un vent glacé souffla dans ses cheveux blonds, et la Reine de Shola se matérialisa aussitôt devant lui. Un large sourire étira les lèvres du Chevalier. Il admira le visage parfait de la magicienne pendant un moment, son amour pour elle ne cessant de grandir. La reine s'avança lentement vers lui, ses voiles lumineux flottant autour d'elle, et posa sur lui ses grands yeux argentés remplis de tendresse.

— *Votre voix est de plus en plus puissante dans le monde des morts, noble Chevalier*, déclara-t-elle en s'agenouillant devant lui.

— Je regrette de vous importuner, Majesté, car je sais que vous avez fort à faire dans votre propre univers, mais j'ai besoin de vos précieux conseils, murmura-t-il en plongeant son regard dans le sien. Je vous en prie, dites-moi comment un mortel comme moi peut acquérir des pouvoirs aussi grands que ceux des maîtres magiciens.

Son beau visage s'attrista. Elle aimait bien ce vaillant Chevalier au tempérament orageux, mais elle ne voulait pas non plus mettre sa vie en péril en lui confiant ce grand secret.

— *Je crains que cela ne soit impossible. Il aurait fallu que votre père ou votre mère soit un Immortel ou un maître magicien*, répondit-elle de sa voix douce.

— Il y a sûrement une autre façon. Les dieux, dans leur grande sagesse, prévoient toujours plusieurs chemins pour leurs serviteurs.

— *Il existe en effet une autre façon, Wellan, mais elle comporte de grands risques auxquels je ne désire pas vous exposer.*

— Dois-je vous rappeler que je suis un Chevalier d'Émeraude, belle dame ? fit-il en prenant sa main pour l'embrasser. On m'a entraîné à faire face au danger.

— *Je doute fort qu'Élund vous ait préparé à ce genre d'épreuve.*

— Parlez-m'en, je vous en conjure.

Fan baissa la tête, et ses longues mèches argentées cachèrent son visage. Le Chevalier ne la pressa pas, sachant qu'elle finirait par admettre qu'il devait augmenter ses pouvoirs afin de protéger adéquatement sa fille.

— Comment puis-je atteindre ce niveau élevé de magie ? insista-t-il.

Il embrassa de nouveau ses doigts et sentit diminuer sa résistance.

— *Un grand mage réside au Royaume des Ombres,* avoua-t-elle en relevant la tête.

Wellan la fixa avec incrédulité, car, selon les livres de géographie, personne n'habitait ce pays inhospitalier recouvert de glace, au sous-sol volcanique très actif.

— *Je sais ce que vous pensez,* poursuivit Fan, *mais vous avez tort. Le fait que vous ne puissiez voir les habitants de ce royaume ne veut pas dire qu'ils n'existent pas.*

— Je vous crois, car vous n'avez aucune raison de me mentir. Apprenez-moi comment entrer en contact avec ce mage.

— *Wellan, non...*

— Je vous en supplie, Fan, révélez-moi tout ce que vous savez à son sujet. Vous m'éviterez ainsi de commettre des bévues lorsque je me présenterai à sa porte.

— *Je veux justement vous empêcher d'y aller, beau Chevalier. Votre magie n'est pas assez puissante pour que vous surviviez au portail menant jusqu'à lui. Je vous aime et je veux passer l'éternité avec vous, mais vous avez encore tant de grands exploits à accomplir dans le monde des vivants.*

— Vous me connaissez mieux que ça, milady.

Elle voulut retirer sa main et s'éloigner de lui pour exprimer davantage son désaccord, mais il la retint avec douceur et la força à le regarder dans les yeux.

— Le sorcier Asbeth cherche votre fille et il est beaucoup trop puissant pour la magie des Chevaliers. Même maître Abnar est d'avis que seul un grand maître pourrait le terrasser, mais il ne désire pas intervenir en ce moment, car il est la dernière protection de Kira. La seule façon de contrer cette menace est de lui opposer un magicien suffisamment fort pour l'éliminer.

— *Dans ce cas, choisissez un de vos frères d'armes,* protesta la reine en caressant le visage du Chevalier. *Ce ne doit pas être vous.*

— Est-ce ma mort que vous voyez au Royaume des Ombres, Fan ?

— *Non, mais c'est une possibilité que je ne peux écarter.*

— Avez-vous le pouvoir de communiquer avec ce mage et de lui parler de moi ? Je suis certain qu'il voudra me venir en aide lorsqu'il apprendra que c'est pour sauver Enkidiev que je veux devenir plus puissant et non pour ma gloire personnelle.

La sauvegarde du continent sembla influencer la décision de la magicienne dont le visage se mit soudainement à rayonner. Wellan ne la pressa pas, car il souhaitait obtenir son soutien dans cette entreprise dangereuse.

Il l'attira doucement à lui et effleura ses lèvres glacées d'un baiser amoureux auquel elle ne tenta pas de se soustraire.

35
De touchantes retrouvailles

Dans le palais d'Émeraude, la petite Kira se réveilla en sursaut. Étant désormais reliée étroitement au cœur et à l'esprit des Chevaliers Wellan et Bridgess, elle constata que Bridgess dormait toujours d'un sommeil paisible, mais que le grand Chevalier était à l'extérieur du château, sur une colline où soufflait un vent doux et parfumé et, devant lui, se trouvait... Fan de Shola !

— Mama ! s'écria Kira en rejetant brusquement ses couvertures.

Elle se rappelait vaguement la dernière apparition de sa mère au Château d'Émeraude, lorsqu'elle n'était âgée que de deux ans. Elle sauta sur le sol et sortit en trombe de sa chambre, ne portant qu'une tunique. Elle courut dans les couloirs, bousculant les servantes qui s'affairaient à leurs corvées quotidiennes, et dévala l'escalier au risque de se rompre le cou. Elle poussa avec force les portes sculptées qui s'abattirent sur les murs pendant qu'elle fonçait dans la grande cour en direction du pont-levis.

Comme plusieurs de ses compagnons, Bergeau exerçait son apprenti à l'épée lorsqu'il vit la petite Sholienne filant à vive allure vers la sortie de la forteresse. Il se rappela aussitôt l'interdiction que Wellan lui avait imposée et se précipita pour l'intercepter, son jeune Écuyer Curtis sur les talons. Sous le regard étonné de ses compagnons, le Chevalier aux bras d'acier s'empara de l'enfant mauve et la souleva de terre.

— Non ! Laissez-moi ! tempêta Kira en se débattant.

— Wellan t'a demandé de ne pas quitter le château, lui rappela Bergeau en la ramenant vers le palais sous son bras.

— Vous ne comprenez pas ! Je dois le rejoindre sur la colline !

Les Chevaliers échangèrent un regard consterné. Ils savaient que leur chef méditait à l'extérieur des murs fortifiés, ils l'avaient ressenti avec leurs sens magiques. Mais pourquoi la fillette était-elle ainsi attirée vers lui ? La consigne était claire : la petite princesse ne devait sortir du château sous aucun prétexte. Bergeau poursuivit donc sa route vers le palais, la fillette dans les bras. Désespérée, Kira enfonça ses petites dents pointues dans sa chair, lui arrachant un cri de douleur.

— Si vous ne voulez pas que je vous mette en pièces, lâchez-moi tout de suite ! menaça-t-elle en le mordant de nouveau.

— J'obéis seulement à mes ordres ! répliqua Bergeau.

— Je vous ai dit de me lâcher ! Il est avec mama ! cria-t-elle en plantant ses griffes dans sa cuisse.

Le Chevalier hurla de douleur et chercha à saisir l'enfant d'une autre façon pour la neutraliser, mais elle continua de se débattre furieusement. Son Écuyer Curtis voulut intervenir, mais fut mordu lui aussi.

Jasson, qui avait rapidement compris que l'enfant cherchait à rejoindre sa mère, qui communiquait probablement avec Wellan, courut vers l'enclos, passa la bride à son cheval et le sortit du corral. Il sauta sur son dos, galopa vers Bergeau et lui ravit habilement l'enfant au passage.

Sans comprendre ce qui lui arrivait, Kira se retrouva assise devant Jasson dont le cheval se dirigeait à toute vitesse vers le pont-levis. Dempsey utilisa immédiatement ses pouvoirs magiques pour le relever, mais la bête s'y engagea au galop et sauta au bout du pont pour retomber en deçà des douves et foncer vers les collines.

— Où sont-ils ? cria Jasson dans le vent qui fouettait leurs visages.

— Par là ! répondit Kira en pointant le bras en direction de la rivière.

Depuis longtemps, Jasson voulait voir à quoi ressemblait un fantôme et surtout celui qui entretenait une relation intime avec son chef. Il serait sans doute réprimandé pour sa désobéissance, mais il aurait au moins contenté sa curiosité.

Le Chevalier et l'enfant arrivèrent sur la plus haute colline à proximité de la rivière Wawki juste à temps pour voir une belle dame lumineuse, vêtue d'une longue robe blanche, agenouillée devant le Chevalier Wellan assis dans l'herbe, les jambes croisées. Et les tourtereaux s'embrassaient ! « Le veinard ! » pensa Jasson en ralentissant l'allure de son cheval.

Sans qu'il puisse la retenir, Kira sauta sur le sol et courut en direction de sa mère. Fan sentit aussitôt sa présence. Elle repoussa doucement Wellan et se tourna vers elle, un magnifique sourire éclairant son visage. L'enfant mauve se jeta dans ses bras et la serra de toutes ses forces. La reine appuya sa joue contre ses cheveux violets en fermant les yeux de bonheur.

— Vous m'avez tellement manqué, mama, pleura la petite en s'accrochant désespérément à elle.

— *Je t'ai pourtant dit que je n'étais pas libre de circuler à ma guise entre ton monde et le mien, Kira*, lui rappela Fan.

Le spectacle était touchant, même pour Wellan qui n'aimait pas particulièrement cette enfant turbulente. Mais en la voyant ainsi blottie dans les bras de sa mère, il comprit l'attachement profond de la reine pour sa fille.

— Mais vous visitez souvent le Chevalier Wellan, geignit l'enfant. Je l'ai vu dans son cœur.

— *Je le visite parce que nous devons travailler ensemble pour sauver Enkidiev*, fit la mère en caressant son dos. *Et parce que sa mission consiste aussi à veiller sur toi.*

— Il ne s'en acquitte pas toujours très bien, se lamenta la petite fille mauve en jetant un regard courroucé en direction du Chevalier.

Wellan choisit de retenir sa langue et de ne pas se quereller avec Kira devant la reine. Il lui dirait sa façon de penser plus tard, loin des oreilles qui n'avaient pas besoin de l'entendre.

— *Je fais confiance à Wellan en ce qui concerne ton éducation, jeune demoiselle*, déclara Fan, étonnant le grand Chevalier. *Et j'aimerais que tu commences à lui obéir avec plus de constance.*

— Même quand il me demande l'impossible ?

— *Un jour, tu constateras qu'il avait raison. Maintenant, laisse-moi te regarder un peu.*

Fan la détacha doucement de sa poitrine et l'éloigna d'elle pour contempler son visage. Elle repoussa doucement ses cheveux violets derrière ses oreilles pointues et les caressa du bout du doigt. À la grande surprise des deux Chevaliers, la fillette se mit à ronronner comme un chat.

— *J'aimais tellement t'entendre faire ça quand tu étais bébé*, s'émut Fan en se rappelant les deux années passées avec sa fille de son vivant.

— Est-ce que vous restez avec moi, cette fois, mama ?

— *Non, Kira. Nous n'appartenons plus à la même dimension et j'ai une mission à accomplir pour les dieux. Je reviendrai te visiter quand je le pourrai, mais je dois aussi conserver mes forces pour aider les Chevaliers d'Émeraude à sauver la race humaine.*

Fan embrassa sa fille sur le front avec beaucoup de tendresse et caressa son visage attristé avec regret.

— *Laisse-moi seule avec le Chevalier Wellan maintenant*, exigea la mère.

— Jasson, ramène-la au château, ordonna aussitôt le grand chef à son frère d'armes.

— Non… geignit Kira.

— Fais ce que ta mère t'a demandé, la somma Wellan.

Jasson n'attendit pas qu'éclate une autre querelle entre l'homme et l'enfant. Il souleva Kira dans ses bras et se dirigea vers son cheval. La fillette se mit à sangloter, mais elle ne se débattit pas comme elle l'avait fait dans les bras de Bergeau.

Le Chevalier grimpa sur son cheval en la gardant contre sa poitrine et redescendit lentement la colline, lui donnant le temps de contempler une dernière fois le doux visage de sa mère.

36
Des sentiers différents

Lorsque Jasson rentra finalement au château avec l'enfant mauve, il trouva le pont-levis baissé. Tous ses frères se précipitèrent à sa rencontre pour savoir ce qu'il avait vu. Bridgess s'approcha de Kira qui pleurait toujours à chaudes larmes, accrochée à Jasson, et la prit dans ses bras. La fillette enfouit son visage dans le cou de Bridgess qui la transporta jusqu'au palais, Swan sur les talons. Curieusement, la femme Chevalier ressentait la peine de Kira et se surprit à pleurer avec elle en la reconduisant dans ses appartements.

Jasson descendit de son destrier et s'excusa auprès de son Écuyer pour son départ précipité qui ne lui avait guère donné le temps de le suivre.

— Je comprends, maître, assura Morgan en fixant Jasson avec adoration.

Le Chevalier lui ébouriffa les cheveux avec affection, le faisant sourire. Ses compagnons le rejoignirent.

— Mais qu'est-ce que tu as fait à la petite ? lui reprocha Bergeau. Pourquoi me l'as-tu ravie ainsi et pourquoi est-ce qu'elle pleure ?

— Sa mère lui manque, répondit Jasson.

— Est-ce que tu as vu Wellan ? lui demanda Falcon.

— Oui, je l'ai vu, assura le jeune Chevalier en reconduisant son cheval aux enclos. Il est sur la colline.

Ses frères d'armes se consultèrent rapidement du regard pour décider s'ils devaient aller ou non le rejoindre.

— Si j'étais vous, je ne ferais pas ça, déclara Jasson qui avait lu leurs pensées. Il n'est pas seul.

— Mais avec qui peut-il bien être à cette heure-ci à l'extérieur des murs du château ? s'étonna Bergeau. Moi, je ne ressens personne avec lui !

— Sa dame fantôme, devina Santo.

— C'est exact, répondit Jasson en libérant son cheval dans l'enclos.

— Est-il prudent pour lui de la rencontrer dans un endroit à découvert ? s'inquiéta Kevin.

— Cette femme est un maître magicien, lui rappela Dempsey, je pense qu'elle saurait mieux que nous le protéger si le sorcier fondait sur lui.

— Alors, on ne fait rien ? s'étonna Nogait.

— Nous avons des Écuyers à entraîner, non ? intervint Wanda. La meilleure façon d'aider Wellan, c'est d'être prêts à nous battre lorsqu'il nous enverra au combat.

— Je suis d'accord avec Wanda, l'appuya Buchanan.

Les jeunes Chevaliers s'éparpillèrent dans la grande cour et continuèrent d'exercer leurs apprentis à l'épée et au poignard.

*
* *

Bridgess entra dans les appartements de Kira et la déposa sur son lit en demandant à Swan d'aller chercher Armène. L'Écuyer sortit de la chambre, laissant à son maître le soin de consoler la petite fille mauve.

— Allez, sèche tes pleurs maintenant, la calma Bridgess en essuyant ses joues.

— C'est injuste... hoqueta Kira. Elle visite souvent Wellan et elle ne vient jamais me voir... Je suis sa seule fille...

C'était donc la reine que Wellan avait rejointe à cette heure hâtive sur la colline à l'extérieur de la forteresse, comprit la jeune femme, piquée par la jalousie.

— C'est vous qu'il aime, maître... poursuivit Kira, incapable de contenir ses sanglots.

— Si c'était vrai, il ne serait pas dans les bras de ta mère, en ce moment, s'attrista Bridgess.

— Elle lui fait quelque chose pour l'attirer... Une sorte de magie que je ne connais pas... Mais son cœur vous appartient...

Armène précéda Swan dans la chambre de Kira et serra l'enfant éplorée sur sa large poitrine. Bridgess lui expliqua qu'elle n'était pas blessée, mais profondément meurtrie de n'avoir pas pu passer plus de temps auprès de l'apparition de sa défunte mère.

— Ta mère t'est apparue ? s'étonna Armène en s'avançant vers la berceuse. Mais il faut que tu me racontes ça, mon petit cœur.

— J'ai senti sa présence en me réveillant... commença Kira en essayant d'étouffer ses sanglots.

Voyant que la servante avait les choses bien en main, Bridgess sécha ses propres larmes et retourna avec Swan dans la cour afin de poursuivre son entraînement.

— Maître, est-ce que ça va ? s'inquiéta la fillette en descendant le grand escalier de pierre avec elle.

— Oui, Swan, ça va. En fait, je ne comprends pas pourquoi la tristesse de Kira me touche aussi profondément. J'aurais dû la réconforter, mais j'en ai été incapable.

D'où provenait la jalousie que l'Écuyer avait ressentie quelques minutes plus tôt ? Bridgess choisit un coin tranquille de la grande cour pour un échange vigoureux à l'épée, et le sourire de satisfaction qui illumina le visage de Swan fit oublier à Bridgess la tristesse de l'enfant mauve et la trahison de Wellan.

*
* *

Wellan rentra au château une heure plus tard, et ses frères d'armes purent lire la détermination sur son visage. Ils cessèrent l'entraînement des Écuyers et s'approchèrent tous de lui. Le grand Chevalier arrêta son cheval et promena son regard bleu sur ses compagnons qui attendaient en silence le compte rendu de sa rencontre avec le maître magicien.

— Certains d'entre vous partiront bientôt pour le Royaume des Elfes afin de traquer le sorcier. Les autres resteront à Émeraude pour protéger Kira, déclara-t-il en mettant pied à terre.

Ils ne répliquèrent pas, mais Wellan sentit leurs questions silencieuses assaillir son esprit comme un essaim d'abeilles.

— Qui part et qui reste ? demanda finalement Bergeau, qui n'aimait jamais être dans le noir bien longtemps.

— Dempsey, Chloé, Kevin et Bridgess resteront ici, répondit leur chef qui s'attendait à des protestations. Les autres quitteront le château demain sous la direction de Santo.

— De Santo ? s'étonna Jasson en s'approchant et en posant ses yeux verts sur le grand chef. Mais toi, que feras-tu ?

— Je reste ici.

Les Chevaliers échangèrent des regards consternés. Wellan les ayant toujours dirigés dans toutes leurs missions, ils ne comprenaient pas pourquoi il se retirait tout à coup. Il leur expliqua donc que, lors de la guérison de Bridgess, le contact de l'énergie étrange de la petite fille mauve avait tissé un lien étroit entre eux, et le sorcier risquait de s'en servir. Santo hocha doucement la tête en comprenant pourquoi il ne pouvait courir le risque de mener la chasse, mais Bridgess n'accepta pas aussi facilement cette explication.

Lorsque Wellan poursuivit sa route pour aller reconduire son cheval à l'écurie, Bridgess ordonna à Swan de continuer seule ses exercices sur le mannequin de bois et entra dans le bâtiment de pierre derrière son chef. Elle le trouva au milieu de l'allée à détacher les sangles de la selle et se planta devant lui, un air de combat sur le visage.

— Mes ordres sont sans appel, lui rappela le grand Chevalier en retirant la selle du dos de l'animal.

— Est-ce que tu m'obliges à rester ici avec Dempsey, Chloé et Kevin parce que je me suis fait stupidement mordre par un dragon lors de la dernière mission que tu m'as confiée ?

— Non.

Il déposa la selle sur l'un des caissons en bois servant à ranger l'équipement équestre. Devant sa désinvolture, le visage de la jeune femme devint écarlate.

— Alors pourquoi ? explosa-t-elle, furieuse.

— Parce que tu partages toi aussi un lien trop étroit avec Kira. Si le sorcier mettait la main sur ton esprit ou sur le mien, il aurait accès au sien.

Wellan s'empara d'une étrille accrochée au mur et se mit à brosser la robe lustrée de son cheval sous le regard interrogateur de sa jeune amie.

— Et j'ai pensé que ça te ferait plaisir de rester ici avec Kevin, ajouta-t-il pour sonder ses sentiments à l'égard du jeune homme.

— C'est donc ça ! s'exclama Bridgess, furieuse. Tu me punis parce que tu as découvert qu'il me faisait la cour.

— Je ne considère pas que la protection de Kira soit une punition, surtout dans ton cas. Vous vous entendez bien toutes les deux.

— J'ai repoussé les avances de Kevin, Wellan, et tu sais très bien pourquoi.

Il continua de brosser son cheval en feignant l'indifférence. Elle tenta donc de le sonder afin de savoir ce qu'il pensait vraiment, mais se heurta à un mur. Elle saisit le bras de Wellan, arrêtant son travail.

— Il y a un seul homme sur cette planète que je veux combler ! s'emporta la jeune femme. Mais cet homme ne veut pas de moi ! Alors, dis-moi ce que je suis censée faire, grand chef ?

— Je suis bien mal placé pour te donner des conseils dans ce domaine, riposta-t-il, en la fixant droit dans les yeux.

— Pourquoi es-tu incapable de te rendre compte que cette reine se sert de toi, Wellan ? Elle ne partage ton lit que pour s'assurer que tu protèges sa fille !

Piqué au vif, il se détacha brusquement d'elle et alla reconduire son cheval dans sa stalle en lançant l'étrille contre le mur. Bridgess savait qu'elle l'avait blessé, mais il fallait bien que quelqu'un le mette une fois pour toutes en face de la réalité. Il referma la porte de fer forgé de la stalle, caressa les naseaux de la bête et se dirigea vers la porte de l'écurie, passant devant Bridgess sans même lui accorder un regard. Elle courut derrière lui, l'attrapa par le bras avant qu'il atteigne la sortie et le força à se retourner vers elle.

— Quels sont tes véritables sentiments envers moi, Wellan ? Je veux le savoir maintenant.

— Je n'aime pas parler de mes sentiments, siffla-t-il entre ses dents.

— Tu es un homme de chair et de sang, que tu le veuilles ou non. Il n'y a que les hommes-insectes qui n'ont pas de cœur, et tu n'es pas l'un d'eux.

— Ne me provoque pas, Bridgess.

— Est-ce que tu as peur de ce qui se trouve dans ton cœur ?

Il libéra son bras et quitta l'écurie. Bridgess ne s'attendait pas à des excuses de sa part, mais elle savait qu'elle l'avait suffisamment bousculé pour qu'il réfléchisse à ses paroles.

Wellan traversa la cour en maîtrisant de son mieux la colère qui bouillonnait dans sa poitrine. Il aurait aimé hurler et casser quelque chose, mais il ne voulait pas perdre son sang-froid devant les Chevaliers et les Écuyers qui s'entraînaient et le regardaient passer du coin de l'œil.

Il se réfugia plutôt dans la bibliothèque, son sanctuaire préféré, et fureta une fois de plus dans les rayons défendus à la recherche d'ouvrages sur le Royaume des Ombres. Il n'en dénicha finalement qu'un seul et le déposa sur la table pour constater avec mécontentement qu'il était protégé par un cadenas magique. Sans l'incantation destinée à l'ouvrir, il ne pourrait jamais en connaître le contenu.

— Je peux vous aider, sire, déclara Kira derrière lui.

— Est-ce que tu n'as pas mieux à faire que de m'épier à tout instant ? explosa Wellan en se retournant brusquement vers elle.

— Je sais que votre colère n'est pas vraiment dirigée contre moi. C'est le Chevalier Bridgess qui vous a contrarié.

Wellan serra les poings et prit une profonde inspiration en se calmant. Avec bravoure, Kira s'approcha du grimoire et passa la main au-dessus de sa couverture de cuir. À la grande surprise du Chevalier, des symboles anciens s'y dessinèrent en spirales, et la petite prononça des mots qu'il ne connaissait même pas. Le bouquin se mit à craquer comme un vieux tonneau qu'on essaie de remplir d'eau froide et le cadenas magique s'envola en fumée.

L'épaisse couverture se souleva et retomba sur la table en découvrant des pages jaunies parsemées d'une écriture mystérieuse. Une fois de plus, Kira effleura l'ouvrage, et tous les symboles se métamorphosèrent en lettres de l'alphabet du Royaume d'Émeraude. C'était une magie puissante que ni les Chevaliers ni Élund ne possédaient, et cette fillette de neuf ans la maîtrisait sans effort.

— Quand vous refermerez le livre, le cadenas se verrouillera de lui-même, déclara l'enfant étrangement calme. Bonne lecture, sire.

L'air soumis, elle tourna les talons et gagna la sortie sous le regard sidéré du grand Chevalier.

— Kira, attends ! la rappela-t-il.

Elle s'arrêta, se retourna et posa un regard infiniment triste sur lui. Au fond, ils étaient pareils tous les deux, séparés de la femme qu'ils aimaient par le sombre voile de la mort.

— Merci, ajouta Wellan, d'une voix étranglée.

— Vous aimez vraiment ma mère, n'est-ce pas ?

— Si elle n'était pas morte aux mains du sorcier, je crois que j'aurais tenté de l'enlever à Shola, avoua-t-il avec beaucoup de sincérité.

— J'aurais bien aimé, sourit Kira.

Elle tourna les talons et quitta la grande pièce de savoir. Wellan se surprit à penser qu'elle aurait eu un caractère bien différent si elle n'avait pas été élevée par un vieux roi et une servante qui faisaient ses quatre volontés.

Wellan prit place devant le livre et se mit à consulter les textes destinés à le renseigner sur le pays qu'il désirait explorer. Rédigé par un mage plusieurs centaines d'années auparavant, cet ouvrage prétendait que des démons habitaient le Royaume des Ombres. Monstres à la peau violacée, ils craignaient les humains et ne désiraient pas entretenir de contacts avec eux. Mais l'information contenue dans les livres n'était pas toujours exacte, surtout dans les ouvrages très anciens.

Il lut toute la journée sans qu'on vienne le déranger et, pourtant, ses frères pouvaient le localiser facilement avec leur esprit. Sans doute avaient-ils compris son besoin de solitude afin de refaire le calme dans son âme. Il termina sa lecture au moment où le soleil commençait à se coucher à l'ouest et entendit son estomac crier famine. Il referma le vieux livre et le cadenas se verrouilla, comme Kira l'avait prédit. Il le replaça sur sa tablette et se rendit à la salle commune des Chevaliers.

Lorsqu'il entra, tous arrêtèrent de parler et se tournèrent vers lui, mais Wellan garda le silence et alla s'asseoir entre Santo et Wimme. Il ressentit aussitôt l'inquiétude du jeune Chevalier à la peau sombre assis près de lui, mais ne voulut pas justifier son retard. Il se servit dans les nombreux plats posés par les serviteurs au milieu de la table. Constatant qu'il agissait de façon normale, ses compagnons d'armes continuèrent de manger et de bavarder.

— Qu'est-ce que tu mijotes, Wellan ? demanda finalement Santo.

— Un voyage, répondit le grand Chevalier en rompant une miche de pain chaud en deux. J'ai besoin de renforcer ma magie si nous voulons sauver Enkidiev.

— Et c'est la raison pour laquelle tu m'as demandé de diriger la mission au Royaume des Elfes ?

— C'est l'une d'entre elles. Je ne peux pas m'approcher du sorcier tant que mon lien étroit avec Kira perdurera, et il est préférable que ce ne soit pas moi qui traite avec le Roi Hamil, comme tu t'en doutes déjà.

— Et où iras-tu pour renforcer ta magie, mon frère ?

— Au Royaume des Ombres.

Le silence tomba sur le hall, et Wellan comprit que ses frères d'armes n'avaient pas manqué un seul mot de sa conversation avec Santo. De tous ses compagnons, ce fut l'inquiétude de Bridgess qu'il ressentit davantage. Assise auprès de Kevin et de leurs Écuyers respectifs, à l'autre bout de la table, ses yeux bleus le transpercèrent.

— Mais il n'y a rien au Royaume des Ombres ! s'exclama Jasson, parlant au nom de ses frères.

— Je n'en suis plus aussi sûr, répondit calmement Wellan qui s'attendait à un feu roulant de questions.

— C'est un pays inhospitalier, lui rappela Dempsey en fronçant les sourcils. Tu n'y trouveras rien ni personne et tu risques même de perdre la vie dans les crevasses qui s'ouvrent subitement dans l'épaisse couche de glace.

— Ceux que je cherche habitent justement sous la glace, répliqua le grand Chevalier.

— Des démons ? s'alarma Falcon.

— De puissants magiciens, le reprit son chef avec un calme déconcertant.

— Nous ne pouvons pas te laisser aller là-bas seul ! protesta Bergeau en frappant la table de son poing massif. Il n'en est pas question !

— Pourtant, il le faut.

— Non ! se hérissa Bridgess en se levant. Est-ce que tu n'as pas déjà compris que tu es irremplaçable dans l'Ordre ?

— Personne n'est irremplaçable, répliqua Wellan sur un ton plus dur. Si je venais à disparaître, d'une façon ou d'une autre, l'un d'entre vous puiserait dans ses nombreux talents et assumerait mon rôle auprès de nos frères. Je n'ai aucune inquiétude de ce côté-là.

— Mais pourquoi risquer ainsi ta vie ? s'étonna le jeune Kerns. Je ne comprends pas.

— Écoutez-moi bien, lança Wellan en se redressant de toute sa taille et en promenant son regard glacé sur l'assemblée. Demain, certains d'entre vous partiront avec Santo et les autres resteront ici pour protéger Kira. Ceux qui traqueront le sorcier auront pour mission de lui faire comprendre qu'il n'est pas libre de faire ce qu'il veut chez nous. Ils ne devront s'attaquer à lui que s'il ose le premier geste, car c'est un ennemi beaucoup plus dangereux que nous le pensons.

Chloé baissa misérablement la tête en se rappelant avec quelle aisance il avait subtilisé dans son esprit l'information qu'il cherchait. Dempsey glissa aussitôt ses doigts entre les siens pour la rassurer, sans arrêter de regarder son chef.

— Leur rôle consistera à le repousser vers l'océan sans risquer inutilement leur vie, continua Wellan. Seul un maître magicien ou un Immortel peut terrasser un sorcier aussi puissant. Nous ne disposons que du Magicien de Cristal et de la Reine Fan de Shola, mais ils ne l'affronteront qu'en tout dernier ressort, puisqu'ils doivent assurer la survie de Kira. C'est pour cette raison que je me rendrai seul au Royaume des Ombres dans les prochains jours, afin de demander aux maîtres magiciens de renforcer ma magie.

— Mais combien de temps cela prendra-t-il ? s'inquiéta Nogait.

— Je possède déjà de bonnes connaissances dans cet art, j'imagine que ce ne sera pas très long.

— Mais il est également possible que ça ne fonctionne pas ou que tu ne trouves pas ces maîtres, protesta Jasson. Tu pourrais aussi périr sur la glace.

— C'est une possibilité.

— Alors, nous aurons perdu un bon Chevalier au Royaume des Ombres, s'affligea son frère d'armes.

— Qui ne risque rien n'a rien, lui rappela son chef.

— Mais si nous unissions nos talents pour coincer ce sorcier et si nous utilisions notre magie tous ensemble, ne pourrions-nous pas le détruire ? s'enquit Buchanan qui ne désirait pas voir Wellan perdre inutilement la vie.

— Peut-être, admit le grand Chevalier, mais si cette tentative devait échouer, ce sont quatorze braves soldats magiciens que les royaumes perdraient ainsi que toutes leurs chances de survie.

Ses frères d'armes gardèrent un silence coupable, sachant très bien qu'il avait raison. Il était d'ailleurs tout à fait naturel que ce soit lui qui se sacrifie pour la sauvegarde du continent, puisqu'il lui aurait été impossible de choisir un de ses compagnons pour cette mission suicidaire.

— Le sujet est clos, déclara donc Wellan en s'asseyant pour poursuivre son repas.

Mais la plupart de ses frères n'arrivaient plus à avaler une seule bouchée à la pensée de perdre celui qui avait toujours été l'âme dirigeante de leur Ordre.

37
La quête de Wellan

Sa décision étant prise, Wellan se coucha l'âme en paix, ce soir-là. Il savait que Fan de Shola ne l'abandonnerait pas une fois sur les terres glaciales du Royaume des Ombres, puisque, tout comme lui, elle voulait que la petite Kira vive assez longtemps pour accomplir son destin. Et, pour y arriver, ils devaient se débarrasser d'Asbeth.

Il se leva avant le soleil, de façon à ne pas essuyer une nouvelle volée de protestations de la part de ses compagnons. Ils comprenaient qu'il devait partir, mais certains d'entre eux étaient particulièrement émotifs et il ne voulait surtout pas leur briser davantage le cœur.

Il alla se purifier dans les bains chauds du palais, puis s'arrêta à la chapelle pour faire une dernière prière à Theandras, la déesse qu'il avait appris à respecter dans sa petite enfance. Il retourna ensuite à sa chambre, revêtit sa cuirasse, sa ceinture où pendaient son épée et sa dague, ses bottes et sa cape. Il ramassa la couverture et la chaude fourrure qui lui permettraient de survivre dans le climat inhospitalier du nord et les roula ensemble.

Il quitta l'aile des Chevaliers en silence et se dirigea d'abord vers les cuisines royales où les servantes devaient remplir ses sacoches pour un voyage d'au moins une semaine. Il fut bien surpris de trouver la petite Kira assise sur la table, devant le feu de l'âtre, à surveiller Armène qui enfouissait elle-même les provisions dans les sacs en cuir.

— Elle voulait s'assurer que vous ne manquiez de rien, expliqua la servante, amusée. Elle a donc décidé de superviser les opérations.

— Je l'apprécie beaucoup, la remercia Wellan.

— Bridgess dit que ce voyage est dangereux, hoqueta l'enfant mauve, les yeux mouillés de larmes.

— Tout ce que les Chevaliers d'Émeraude entreprennent est dangereux, mais ils sont entraînés à affronter le danger, affirma-t-il en se redressant fièrement.

Kira se pendit au cou de Wellan. Ce dernier ne sut pas très bien comment réagir, mais les larmes chaudes de l'enfant coulant sur la peau de son cou lui firent refermer les bras sur elle. Cette petite était définitivement pleine de surprises.

— Je ne veux pas qu'il vous arrive malheur, pleurnicha-t-elle.

— Tu n'as donc pas confiance en mes talents de guerrier et de magicien ? plaisanta Wellan pour la calmer.

— Si, bien sûr, mais j'ai lu que le Royaume des Ombres est une terre inhabitable et que tous ceux qui s'y sont aventurés sont morts.

— Parce qu'ils ne savaient pas ce qu'ils cherchaient, contrairement à moi.

Il déposa Kira sur la table et se surprit à essuyer ses larmes comme il le faisait jadis à Bridgess. Il remarqua alors qu'elle ressemblait de plus en plus à Fan en vieillissant : même bouche, même nez, mais la couleur de sa peau et ses pupilles verticales le firent frissonner de dégoût.

— Je reviendrai encore plus fort, assura-t-il en s'emparant de ses sacoches.

Il les jeta sur son épaule et quitta la pièce sans plus prononcer un mot. La servante s'approcha de la petite Sholienne et caressa ses cheveux.

— Tu sais bien que les Chevaliers disent toujours la vérité, fit-elle pour la consoler. Il reviendra.

Kira se blottit dans ses bras, car elle avait l'impression que son héros ne remettrait plus jamais les pieds au Royaume d'Émeraude.

*
* *

Wellan se rendit à l'écurie. Tous les palefreniers dormaient encore à cette heure. Il prépara donc son cheval et attacha ses sacoches, sa couverture et sa cape à la selle. La route était longue jusqu'au Royaume des Ombres, mais il ne pouvait plus échapper à son destin.

Au moment où il allait faire sortir l'animal du bâtiment de pierre, il aperçut Bridgess lui barrant la route au milieu de l'allée. Il sonda rapidement son cœur et comprit qu'elle était déchirée par son départ.

— Continue d'entraîner Kira, fit-il en s'approchant d'elle, les rênes de son cheval dans les mains. Elle doit pouvoir se défendre seule.

— Je ferai ce que tu me demandes, accepta la jeune femme, sa voix rauque révélant qu'elle avait beaucoup pleuré.

— Et comble Kevin, il le mérite.

Tout comme Kira, Bridgess céda à ses émotions et se jeta dans ses bras pour le serrer avec force, puis elle releva la tête pour le regarder droit dans les yeux.

— Si tu dois revenir, sanglota-t-elle, j'espère que ce sera avec plus de clarté dans ton cœur. C'est toi que j'aime, Wellan, et si je dois un jour épouser Kevin, ce sera parce que tu auras perdu la vie.

Bouleversé par cet aveu, Wellan demeura muet, mais ce n'était guère le moment de débattre de ses sentiments avec elle. Il devait partir avant que le reste du groupe se réveille. Bridgess chercha ses lèvres avec insistance et il n'eut pas la force de lui refuser ce dernier baiser. Puis, il la sentit rassembler son courage pour se détacher de lui. Elle recula dans l'ombre d'une stalle et le laissa partir.

La gorge serrée, le grand chef entraîna son cheval dans la cour et réveilla les gardiens de la porte qui abaissèrent aussitôt le pont-levis pour lui. Wellan grimpa sur sa monture et la talonna sans regarder derrière lui. Il traversa la campagne en remontant vers le nord. Les paysans ne travaillaient pas encore dans les champs, mais des lumières brillaient déjà aux fenêtres de leurs maisons de pierre. Le Chevalier franchit plusieurs villages tandis que le soleil commençait à poindre et salua des enfants qui sautillaient de chaque côté de son cheval.

Le grand Chevalier contourna la Montagne de Cristal et choisit de ne pas mettre les pieds au pays des Elfes. Il parcourut donc le Royaume de Diamant, longea sa frontière occidentale, en profita pour s'assurer que des sentinelles surveillaient toujours les pièges à dragons et entra au Royaume d'Opale où il fit la même vérification. Il ne pénétra dans le domaine du Roi Hamil qu'à proximité des cascades de Shola, certain de ne rencontrer aucun Elfe dans cette plaine à découvert. Il campa au pied de la falaise et médita une bonne partie de la nuit.

Au matin, Wellan libéra son cheval et cacha sa selle et sa bride dans les branches d'un gros sapin. Pas question de soumettre la bête au climat glacial du Royaume de Shola ou du Royaume des Ombres pour ensuite l'abandonner à son sort. Ou bien elle continuerait de paître dans cette luxuriante végétation aux abords de la rivière Mardall ou bien elle retournerait d'elle-même au Château d'Émeraude, mais Wellan espérait la retrouver au même endroit à son retour.

Le grand chef chargea les provisions sur ses épaules et entreprit de grimper la falaise à pied. Bien qu'il fût vigoureux, l'escalade lui fit perdre une demi-journée. L'air devint de plus en plus frais et, lorsqu'il atteignit finalement les hauts plateaux de Shola, il s'enroula dans sa cape de fourrure. À l'est, au-dessus d'autres falaises, s'étendait le Royaume des Ombres.

Wellan avait lu dans des ouvrages de géologie que, chaque année, le sous-sol volcanique de ce tablier s'élevait un peu plus vers le ciel et que, dans un proche avenir, il se transformerait en une magnifique chaîne de montagnes. En raison de la température du sol, la neige tombant sur cette partie du continent toute l'année se changeait en glace.

Le Chevalier commença le long périple dans la neige et sa grande force musculaire lui permit d'atteindre les premiers pics rocheux à la tombée de la nuit. Il mangea de la viande séchée, but un peu d'eau et s'enveloppa dans sa cape et sa couverture sous un repli de pierre. Près de lui, il alluma un feu magique qui le réchauffa toute la nuit.

Au matin, il entreprit l'escalade de la deuxième falaise. Aucun sentier n'y avait été aménagé, mais les mouvements fréquents de la terre l'avaient déchiquetée à plusieurs endroits, créant des marches géantes, lui facilitant grandement la tâche. Lorsqu'il arriva au sommet, il fit face à un désert de glace où le vent faisait courir de brusques rafales de neige immaculée.

Wellan ferma les yeux et pria Theandras de lui venir en aide. Il se servit ensuite de ses sens magiques pour sonder la plaine glacée, à la recherche de la moindre vibration inhabituelle. Il crut alors percevoir un battement de cœur devant lui et s'avança prudemment sur la surface glissante. Il marcha à pas de tortue toute la journée sans jamais se rapprocher de l'étrange pulsation qu'il ressentait maintenant jusque dans sa moelle. Il alluma un autre feu sur la glace et mangea en faisant bien attention de ne pas épuiser ses provisions, même s'il était affamé. Au chaud dans sa cape et sa couverture, Wellan plongea dans un sommeil profond.

Ce fut une terrible secousse tellurique qui le réveilla le lendemain. Elle ne dura que quelques secondes, mais fit craquer la glace autour de lui. Jasson avait-il eu raison de lui déconseiller cette quête ? Était-elle vouée à l'échec depuis le début ? Il demeura parfaitement immobile jusqu'à ce que le sol cesse de trembler.

Comment faire savoir au maître magicien du Royaume des Ombres qu'il désirait s'entretenir avec lui ? Il formula sa demande grâce à ses facultés télépathiques et la propulsa magiquement devant lui, mais ne reçut aucune réponse. Il se releva lentement et recommença à marcher. Il avança pendant des heures sans se rapprocher de son but, puis fut ralenti par une tempête de neige venue de nulle part.

Wellan persista en direction du mystérieux cœur d'énergie qui battait toujours de façon régulière au loin, mais il s'enfonça dans la neige jusqu'à la taille. Incapable d'avancer, il creusa un trou et alluma un cercle de feu autour de lui pour se protéger de la tempête. Il se laissa tomber sur les genoux, épuisé. Il ne voulait pas mourir aussi bêtement, vaincu par les éléments. Ce serait un déshonneur pour un Chevalier d'Émeraude aussi puissant que lui. Mais lorsqu'il tenta de se relever, ses muscles refusèrent de lui obéir. Il perdait rapidement le peu de force qui lui restait, mais il n'était pas question qu'il fasse marche arrière. Il devait à tout prix trouver le grand magicien et, grâce à son aide, devenir plus puissant afin de vaincre le sorcier Asbeth et sauver le continent. Ses sens commençaient à s'engourdir, et ses pensées s'embrouillaient.

— Fan, murmura Wellan en frissonnant.

Son essence vitale le quittant peu à peu, il ferma les yeux, enivré par la morsure insidieuse du froid. C'est alors qu'il sentit une main se glisser dans la sienne avec tendresse, mais ses paupières étaient trop lourdes pour qu'il puisse ouvrir les yeux.

— *Wellan, combattez le froid*, l'incita la Reine de Shola de sa douce voix. *C'est l'épreuve que le maître vous envoie.*

— Combattre... répéta-t-il faiblement.

Mais la fatigue s'était emparée de chacun de ses membres et il n'avait plus la force de réagir.

38

Une aide inespérée

Dans la tour du Magicien de Cristal, Kira terminait un exercice de magie compliqué lorsqu'elle capta l'engourdissement de Wellan. Toutes les petites sphères de métal qu'elle faisait voler autour d'elle en arcs parfaits s'écrasèrent en même temps sur le plancher. Étonné par son soudain manque de concentration, Abnar s'approcha d'elle.

— Le Chevalier Wellan est en train de mourir ! s'écria-t-elle, affolée.

— Concentre-toi et dis-moi ce que tu vois, lui ordonna l'Immortel en s'accroupissant devant elle.

Elle fit de gros efforts pour calmer ses craintes et ferma ses yeux violets. Des flocons immaculés remplirent aussitôt ses pensées en tourbillonnant, lui rappelant son pays d'enfance. Elle repéra Wellan, replié sur lui-même dans un trou illuminé par des flammes magiques.

— Il est dans la neige ! se récria Kira. Il est épuisé !

— Dans ce cas, aide-le.

— Mais comment ?

— Crée de la chaleur dans ta tête et dirige-la ensuite vers son corps. Tu dois le réchauffer sinon il mourra.

Kira n'allait certainement pas abandonner son Chevalier préféré. Elle se concentra davantage et imagina qu'elle se trouvait sous le chaud soleil du Royaume d'Émeraude à l'heure du midi, puis tendit les bras vers le grand chef en train de mourir devant elle. À sa grande surprise, des rayons de lumière éclatante s'échappèrent de ses mains et frappèrent Wellan en pleine poitrine.

*
* *

Au Royaume des Ombres, le Chevalier, prisonnier de la tempête de neige, ressentit un grand choc et se redressa brusquement, le corps en feu. Il ouvrit les yeux et vit le fantôme de la Reine de Shola flottant devant lui, les flocons passant à travers son corps transparent.

— *Soyez brave*, recommanda-t-elle en s'évaporant lentement.

— Fan ! souffla Wellan en tentant de saisir sa main.

Mais sa main traversa celle de la reine sans rien toucher. Le sol céda brusquement et il fut aspiré dans une énorme crevasse semblable à la gueule d'un gigantesque prédateur.

*
* *

Dans la tour du Magicien de Cristal, Kira ouvrit les yeux et s'accrocha aux bras d'Abnar, enfonçant ses griffes violettes dans sa peau. Mais n'étant pas humain, l'Immortel ne ressentit rien.

— Je l'ai trop réchauffé ! s'énerva l'enfant mauve en le secouant. J'ai fait fondre toute la glace et il s'enfonce dans la terre !

— Kira, calme-toi et laisse-moi voir ce qui s'est passé.

Elle ferma les yeux en tremblant d'effroi et Abnar aperçut le grand Chevalier disparaissant dans les entrailles du Royaume des Ombres, puis ce fut le noir. En proie à un vertige incoercible, la petite Sholienne relâcha l'Immortel.

— Il est mort, n'est-ce pas ? hoqueta-t-elle.

— Pas du tout, répondit Abnar en se relevant. Il a atteint sa destination.

D'un geste de la main, il fit danser autour de l'enfant les petites sphères de métal qui étaient tombées pour la distraire. Puis, soudainement, elles se transformèrent en gros flocons de neige scintillants. L'ombre d'un sourire apparut sur les lèvres de Kira qui leva un regard rempli de gratitude sur son mentor.

*
* *

Au même moment, au Royaume des Elfes, les neuf Chevaliers poursuivant la trace du sorcier tirèrent brusquement sur les rênes de leurs chevaux en ressentant la terreur de leur chef.

— Que lui arrive-t-il ? s'exclama Bergeau.

Ils échangeaient un regard consterné lorsque leur lien avec le grand chef se rompit.

— Wellan ! s'affola Jasson.

— Est-ce qu'il est mort ? s'enquit Falcon, soudainement très pâle.

— Pourquoi le lien est-il rompu ? s'étonna Wimme cédant à la panique.

Santo leva rapidement le bras pour les faire taire et reprendre la maîtrise du groupe. Ce n'était guère le moment de flancher alors qu'ils traquaient leur ennemi le plus dangereux. Il lui fallait rapidement fournir une explication à ce phénomène effarant.

— Pour les raisons que vous connaissez déjà, nous ne pouvons entretenir de contacts avec Wellan sans risquer de dévoiler la cachette de Kira, expliqua le

Chevalier guérisseur, adoptant un ton autoritaire. Wellan a probablement décidé de se couper ainsi de nous afin de la protéger.

Les plus jeunes Chevaliers et les Écuyers semblèrent accepter cette explication, mais Santo entrevit les regards incrédules de Bergeau, Jasson et Falcon. Il était évident qu'ils ne le croyaient pas, mais ils ne protestaient pas et ils n'avanceraient aucune hypothèse contraire susceptible d'alarmer les recrues.

— Nous tenons une piste, ajouta le Chevalier guérisseur, et je ne veux pas que nous la perdions, aussi j'apprécierais que vous vous concentriez.

— Santo a raison, l'appuya Bergeau en talonnant son cheval et en secouant la torpeur de ses compagnons. Plus vite on aura mis la main sur cet abominable oiseau, plus vite on rentrera chez nous auprès de notre grand chef.

Malgré la terreur que leur causait l'absence des vibrations de Wellan dans leurs esprits, les Chevaliers poursuivirent leur route dans la forêt des Elfes en suivant la trace énergétique d'Asbeth sur le sol et dans les arbres.

*
* *

Quant aux Chevaliers et aux Écuyers qui étaient demeurés au Château d'Émeraude, dès que le lien se rompit avec le grand Chevalier, ils se réunirent sans perdre de temps dans le grand hall de leur aile. Dempsey prit place près de Chloé à la grande table, leurs Écuyers de chaque côté d'eux, mais Kevin se mit à arpenter la pièce, le long du mur de l'âtre, sous les yeux inquiets de son apprenti.

— Qu'est-ce que j'ai ressenti, Dempsey ? demanda Bridgess en faisant irruption dans la pièce, la jeune Swan derrière elle.

— Je n'en suis pas certain, répondit son frère d'armes qui tenait la main de sa nouvelle épouse dans la sienne.

— C'est comme s'il était mort, murmura Chloé en tremblant.

— Wellan ne peut pas mourir ! éclata Kevin en s'arrêtant brusquement.

— Il n'est pas mort, lança la voix aiguë de Kira depuis la porte du hall.

Ils se tournèrent vers elle, une lueur d'espoir dans les yeux. Bridgess se précipita vers l'enfant mauve, lui prit la main et la tira vers le groupe. Elle la jucha sur la table et exigea qu'elle lui raconte tout ce qu'elle savait.

— Il est entré dans le Royaume des Ombres, expliqua la fillette avec beaucoup de fierté. Maître Abnar l'a vu en même temps que moi. Il soutient que ce monde souterrain est protégé par une barrière d'énergie et que c'est pour ça que nous ne captons plus la présence de Wellan.

Tous les muscles de Bridgess se détendirent d'un seul coup, et Kira passa ses petits bras autour de son cou pour lui faire un câlin. Elle en profita aussi pour murmurer à son oreille que le Chevalier Wellan était beaucoup trop têtu pour se laisser emporter par une simple tempête de neige. La remarque fit naître un sourire sur le visage de la jeune femme. Wellan avait donc réussi une fois de plus là où tant d'autres avaient échoué.

— J'ai découvert un autre passage secret dans la salle des armures, déclara Kira, enjouée.

— Avez-vous envie de jouer à cache-cache ? demanda Bridgess à Kevin et aux Écuyers.

Les jeunes gens se dirigèrent aussitôt vers elle, et les Chevaliers Dempsey et Chloé laissèrent leurs Écuyers se joindre au groupe qui gambada vers la porte comme une bande de gamins à la sortie des classes. Dempsey porta la main de Chloé à ses lèvres et l'embrassa.

— Kira a dit la vérité, confirma-t-il.

— Je sais, mais cela me trouble de ne plus le ressentir, murmura la jeune femme.

— C'est la même chose pour moi, mais Wellan compte parmi les plus grands héros d'Enkidiev. Il réussira et, lorsqu'il reviendra, il sera mille fois plus fort.

Elle quitta son siège et se blottit dans ses bras réconfortants. Dempsey avait raison d'admettre que Wellan d'Émeraude était un héros, mais Chloé le savait aussi mortel et terriblement têtu.

39
Le miroir de la destinée

Kira prit les devants et conduisit le groupe dans la salle où Émeraude Ier exposait ses plus belles armes et armures. Elle alluma magiquement les flambeaux et s'arrêta à la hauteur d'un énorme écusson du Roi Jabe qui ornait l'un des murs.

— Regardez bien, déclara-t-elle à son auditoire.

Elle exerça une pression sur l'une des émeraudes incrustées, et l'armoirie métallique s'ouvrit comme une porte en grinçant sur ses vieux gonds.

— Mais comment as-tu découvert cette entrée ? s'exclama Swan, excitée.

— Par accident, répondit l'enfant mauve. Je pense que si nous touchions à toutes les décorations du palais, nous en trouverions plusieurs autres.

— Tu as exploré ce passage secret ? demanda Ariane.

— Pas encore.

Kevin et Bridgess décrochèrent des flambeaux du mur et s'engouffrèrent les premiers dans l'ouverture ovale pratiquée dans le mur, des centaines d'années auparavant. Comme tous les autres couloirs souterrains, il s'agissait d'un tunnel arrondi qui longeait le mur. L'humidité suintait entre les pierres et il y régnait une désagréable odeur de moisi, mais les jeunes gens avaient trop envie de s'amuser pour la laisser les incommoder.

— Celui-là va dans deux directions, annonça Kevin en éclairant l'ouverture avec son flambeau.

— Dans ce cas, divisons-nous en deux groupes pour les explorer, décida Bridgess.

Ariane et Milos décidèrent de suivre Kevin, tandis que Swan, Colville et Kira se rangeaient du côté de Bridgess. Ils se donnèrent rendez-vous au même endroit une heure plus tard et s'enfoncèrent dans le noir.

Bridgess marcha devant les enfants en éclairant le passage secret. Refusant de se fier uniquement à ses yeux, elle utilisa ses sens magiques pour se repérer en sondant les entrailles du palais à intervalles réguliers. Ce tunnel longeait le côté ouest du château en ligne droite. Le groupe dépassa plusieurs salles d'audience puis la grande bibliothèque pour s'arrêter brusquement là où le palais formait un angle vers le nord.

— On dirait qu'il y a une porte ici, déclara Swan en posant la main sur le mur. Je sens de l'air entre les pierres.

La faible pression exercée par l'Écuyer déplaça une étagère de la bibliothèque, et la lumière du jour se répandit dans le sombre tunnel, aveuglant les aventuriers. Kira pénétra dans la grande pièce et constata qu'ils avaient abouti dans la section défendue.

— Fantastique ! s'exclama Swan.

— Mais comment fait-on pour actionner le mécanisme à partir d'ici ? demanda Colville.

Tenant toujours le flambeau à la main, Bridgess s'avança entre les rayons pour s'assurer que les babillages des enfants n'importunaient personne. Heureusement, la bibliothèque était déserte. Elle se retourna et vit les trois enfants qui repoussaient l'étagère contre le mur. Une fois l'entrée du passage bloquée de nouveau, Swan, Colville et Kira se mirent à tâter tous les bouquins et recoins des tablettes pour découvrir le mécanisme d'ouverture. « Au moins, ils ne pensent plus à l'absence de Wellan », se dit Bridgess avec soulagement.

*
* *

Kevin, Ariane et Milos, qui avaient emprunté la direction opposée dans le tunnel, arrivèrent rapidement à des marches taillées dans la pierre. Légèrement recouvertes d'humidité, elles se révélaient périlleuses, mais ce danger n'arrêta pas les intrépides explorateurs. Ils s'enfoncèrent graduellement dans les entrailles du château où il y avait de moins en moins d'air.

— Nous descendons depuis longtemps, remarqua Ariane, juste derrière Kevin.

— Je me demande à quoi peut bien servir un tunnel aussi long, renchérit Milos.

— Peut-être en sortirons-nous pour découvrir que nous sommes rendus dans un autre royaume.

Kevin se contenta de sourire en écoutant les commentaires des apprentis. Il éclairait à peine quelques marches devant lui avec son flambeau et ne voyait pas la fin du gouffre. En projetant ses sens magiques autour de lui, il ne percevait rien, comme s'ils avaient depuis longtemps quitté le palais pour plonger dans le sol. Puis, soudain, le groupe franchit un palier.

— Enfin ! s'exclama Milos.

Mais le trio ne fit que quelques pas et constata qu'il s'agissait en réalité d'un cul-de-sac. Kevin allongea le bras devant lui, et les flammes du flambeau éclairèrent la face noire et menaçante d'un dragon. Ariane et Milos poussèrent un cri de terreur en reculant jusqu'à l'interminable escalier, mais le Chevalier, lui, ne broncha pas, ayant eu le réflexe de ne pas se fier uniquement à ses yeux. Il détermina, à l'aide de ses pouvoirs, que ce monstre avait été forgé dans un acier très ancien.

« Pourquoi les premiers habitants du château ont-ils choisi d'orner le mur de ce couloir avec une telle bête ? » se demanda Kevin, intrigué. Les dragons n'étaient pas originaires d'Enkidiev, mais plutôt d'Irianeth, le continent lointain des hommes-insectes, et les humains n'en avaient rencontré que pendant la première invasion par Amecareth.

Kevin s'avança et posa la main sur le museau froid du monstre en éclairant le mur avec le flambeau. La tête du dragon émergeait d'un trou circulaire creusé dans le roc.

— Est-il mort, maître ? demanda Milos, prêt à gravir l'escalier en vitesse avec Ariane.

— Il n'a jamais été vivant, répondit Kevin avec un sourire amusé.

Le Chevalier aux cheveux sombres et aux yeux azurés ne pouvait reprocher à ces enfants de ressentir de la peur devant cette effroyable sculpture puisqu'il avait lui aussi éprouvé de la terreur à leur âge devant le squelette du dragon qui trônait au milieu de son village natal, à Zénor.

— Pourquoi un tel monstre se trouve-t-il ici ? demanda Ariane.

— Je me posais justement la même question, avoua Kevin.

Le Chevalier examina la forme de la tête, les yeux globuleux et les crocs recourbés jaillissant de la gueule. Il s'agissait bien de l'espèce qui arrachait le cœur de la poitrine des humains. Il s'approcha davantage afin de voir s'il y avait une autre pièce de l'autre côté. Le dragon de métal tourna lentement la tête de côté.

— Maître ! s'écria Milos pour le mettre en garde.

Kevin vit les yeux du monstre s'allumer. Il tenta aussitôt de revenir vers les enfants pour les protéger, mais le sol se déroba sous ses pieds et il bascula dans le vide. Les apprentis poussèrent des cris d'effroi, tandis que le plancher se refermait au-dessus du Chevalier. Les yeux du dragon perdirent leur luminosité, les plongeant dans l'obscurité totale.

— Il faut demander de l'aide ! décida Ariane en cherchant les marches à tâtons. Milos, viens avec moi !

— Je ne peux pas abandonner mon maître ! protesta le gamin.

— Tu ne peux pas le laisser mourir ici non plus ! On ne sait pas où il est tombé !

La fillette toucha la tunique de son compagnon et le tira dans l'escalier. Trop affolés par ce qui venait de se passer, Ariane et Milos n'arrivaient pas à utiliser leurs esprits pour signaler la tragédie à Bridgess, Dempsey ou Chloé. Ils comprirent donc qu'ils devaient faire vite et retracer leur route jusqu'à la salle des armures.

*
* *

La chute de Kevin ne dura pas longtemps, mais l'impact sur le plancher rocheux fut brutal. Le flambeau s'écrasa près de lui, révélant les murs rugueux de ce qui semblait être une grotte. Avant de tenter de se relever, le jeune Chevalier commença par évaluer l'état de son corps, comme le lui avait enseigné son maître quelques années auparavant. Certains ligaments étaient distendus et une vilaine bosse poussait à l'arrière de sa tête. Kevin se servit de ses pouvoirs magiques pour se soigner. Une fois rétabli, il se hissa sur les coudes et regarda autour de lui. Les marques de ciseau sur les murs lui firent aussitôt comprendre qu'il ne s'agissait pas d'une grotte complètement naturelle. Il s'empara du flambeau et se releva prudemment.

En tournant sur lui-même, la flamme au bout du bras, Kevin découvrit un tunnel arrondi, tel un trou laissé dans une pomme par un ver, au bout duquel brillait une faible lumière dorée. N'ayant rien à perdre, il s'y aventura. Sans doute pourrait-il trouver une autre issue à cet endroit secret. Il marcha pendant une dizaine de minutes sur de petits cailloux ronds qui crissaient sous ses pas. Heureusement, aucun ossement de bêtes ou d'hommes ne jonchait ce labyrinthe, ce qui signifiait qu'aucun monstre n'y vivait. « Mais quel est donc cet endroit et pourquoi ne nous en a-t-on jamais parlé ? » s'étonna le jeune homme.

Kevin déboucha dans une vaste caverne où pendaient d'énormes stalactites. Il avança en écarquillant les yeux devant le plafond dentelé, puis examina le sol. Entre les stalagmites s'étendait un étang étrange qui projetait une lumière dorée. Captivé, il s'en approcha, veillant à ne pas glisser sur la surface humide et crayeuse. Il s'agenouilla prudemment et constata qu'il ne s'agissait pas d'une nappe d'eau mais d'une couche de glace. Pourtant, il ne faisait pas froid dans cet endroit.

Le Chevalier déposa le flambeau sur le sol et sonda la surface gelée. Pour la première fois de sa vie, il ne comprit pas l'information recueillie. Au lieu de le renseigner sur la profondeur de l'étang qui dormait en dessous, ses sens magiques lui renvoyèrent sa propre image, comme s'il se regardait dans un miroir.

Kevin tendit prudemment la main et posa le bout des doigts sur la surface lumineuse qui changea aussitôt de couleur, passant du doré au bleu vif. Des notes cristallines se mirent à tinter partout dans la grotte, comme si elles provenaient des agglomérations de calcaire du plafond et du plancher. Le jeune Chevalier bondit sur ses pieds et posa la main sur la garde de son épée en tournant lentement sur lui-même. Pourtant, ses sens aiguisés ne lui indiquaient pas l'approche de l'ennemi. Un mouvement insolite à la surface de la glace attira son regard et il constata avec stupeur qu'il s'agissait d'une image : lui-même se regardant dans la glace !

— Mais quelle est cette sorcellerie ? s'exclama Kevin, furieux.

Sa voix se répercuta dans la caverne, écorchant ses oreilles. L'image changea aussitôt et Kevin vit les Chevaliers d'Émeraude combattant des hommes-insectes sur les plages d'Enkidiev. Il observa la bataille sans se rappeler y avoir participé. Les guerriers vêtus de vert frappaient leurs ennemis avec leurs épées sans causer beaucoup de dommages. « J'ai dû me cogner sérieusement la tête », pensa Kevin.

La scène se transforma de nouveau et le jeune homme aperçut le visage hideux d'une créature mi-homme, mi-oiseau au bec orné de dents acérées et aux yeux mauves lumineux. Le sorcier ! Mais comment Asbeth pouvait-il se trouver sous le Château d'Émeraude ? Cet étang gelé lui servait-il de lentille afin d'espionner les humains ?

Kevin allait appeler ses frères à son aide lorsque l'image que lui renvoya la glace lui coupa le souffle.

Il se vit cloué par les mains au mur d'une caverne sombre par des rivets d'acier, le sang coulant abondamment de ses paumes, le visage tordu de douleur.

— Non ! s'écria le jeune Chevalier, horrifié.

L'étang se couvrit aussitôt d'épais nuages noirs où éclata un orage violent. Les éclairs aveuglants illuminèrent la caverne et le tonnerre retentit sur les murs de roc. Kevin se boucha les oreilles et recula, heurtant un gros stalagmite humide. La tempête s'intensifia, et le Chevalier tomba à genoux en tentant de se couper du fracas infernal qui résonnait dans son crâne. Succombant à la douleur, Kevin s'écrasa de tout son long sur le plancher crayeux en sombrant dans l'inconscience.

Le corps du Chevalier touchait à peine le sol qu'un large portail lumineux s'ouvrait de l'autre côté de l'étang. Quatre silhouettes sombres s'y dessinèrent et s'empressèrent de contourner la surface gelée, se précipitant sur le jeune homme. L'orage prit fin sur-le-champ. Dempsey se pencha aussitôt sur Kevin et chercha son pouls en appuyant ses doigts sur la surface interne de son poignet.

— Il est vivant, déclara Dempsey à Bridgess et Chloé.

Il chargea Kevin sur son épaule et revint vers Élund qui les attendait à l'entrée du portail en fronçant les sourcils. Le Magicien de Cristal, véritable chef de l'Ordre, ayant quitté temporairement sa tour, laissant ses élèves étudier sous la surveillance d'un serviteur, les Chevaliers avaient compris qu'il visitait les dieux et ils avaient foncé chez Élund pour requérir son aide.

Dempsey passa devant le vieux magicien et quitta la caverne, suivi des deux femmes. Élund poussa un soupir de mécontentement et agita la main au-dessus de l'étang qui redevint laiteux. Il tourna les talons et franchit la porte lumineuse qui claqua derrière lui. Relevant les pans de sa tunique chatoyante, il grimpa les marches de l'escalier en spirale sans se presser. Ces jeunes gens étaient décidément trop curieux. Un jour, ils se retrouveraient dans des situations plus fâcheuses encore et il ne pourrait pas les aider.

Lorsque Élund parvint finalement à l'étage principal de sa tour, le mur de pierre se referma magiquement, sous les regards inquiets de Kira, des élèves d'Émeraude et des apprentis qui y étaient réunis en silence. Dempsey avait déposé le corps inanimé de Kevin sur la table de cristal, mais il ne savait pas comment l'activer. En reprenant son souffle, Élund s'approcha des Chevaliers. Il prononça une formule magique, et la surface de la table s'illumina. Les faisceaux blancs traversèrent le corps du jeune imprudent, mais ne révélèrent aucune blessure.

— Il a seulement perdu conscience, déclara-t-il à ses compagnons. Il a de la chance de s'en tirer à si bon compte.

Dempsey transporta Kevin de nouveau dans ses bras, remercia le vieux maître et quitta la salle de cours, Bridgess et les apprentis sur les talons. Seule Chloé s'attarda.

— Quel était cet endroit, maître Élund, et pourquoi se trouve-t-il sous votre tour ? demanda-t-elle.

— C'est le miroir de la destinée, un outil que nous ont légué les Anciens, répondit le vieil homme. Très peu de mages savent encore s'en servir, et le jeune Kevin n'est certainement pas l'un d'eux.

— Il aurait pu mourir, n'est-ce pas ?

— Si vous n'étiez pas venus directement à moi comme vous l'avez fait, il aurait pu perdre la raison ou mourir de frayeur. Vous avez bien agi, Chevaliers.

Chloé s'inclina respectueusement devant lui et s'élança dans l'escalier menant directement au palais. Utilisant ses sens magiques, elle repéra ses compagnons qui se dirigeaient vers l'aile des Chevaliers et accéléra le pas. Elle les rejoignit finalement dans la chambre de Kevin. Dempsey étendit leur jeune frère d'armes sur son lit afin de le laisser se reposer puis décocha un regard sévère aux enfants.

— Je vous défends de retourner dans ces passages secrets, ordonna-t-il. Est-ce bien clair ?

Ils hochèrent la tête de haut en bas, même Kira. Le Chevalier les poussa ensuite hors de la chambre, et Chloé leur proposa un exercice de lévitation dans la cour du château. Les enfants n'avaient pas vraiment le cœur au jeu, mais ils acceptèrent tout de même de la suivre. Dempsey regarda Bridgess, mais cette dernière secoua négativement la tête pour indiquer qu'elle désirait demeurer auprès de Kevin. Dempsey respecta son désir et referma la porte derrière lui en quittant la chambre.

Bridgess prit place près du lit et observa le visage paisible du Chevalier. Ils étaient du même âge tous les deux, et Kevin affichait de belles qualités. Patient, intelligent, respectueux, il savait aussi se montrer tendre et compréhensif. Il lui faisait la cour depuis quelque temps et il ne se montrait jamais insistant. « Un bon parti pour une femme », soupira-t-elle tandis que le visage de Wellan apparaissait dans ses pensées.

Kevin battit des paupières et s'assit brusquement dans son lit, haletant. Bridgess le prit par les épaules et le força à se recoucher.

— Tu es de retour chez toi, le rassura-t-elle. Tu n'as plus rien à craindre.

Il tourna vivement la tête de tous les côtés pour vérifier ses dires et se calma. « Ses yeux ne sont pas aussi bleus que ceux de Wellan », constata-t-elle.

— Était-ce un cauchemar ? hésita Kevin.

— Je crains que non. Tu as découvert un endroit vraiment bizarre en empruntant ce côté du tunnel.

— J'ai vu des choses atroces à la surface de l'étang, Bridgess... Je crois même avoir vu le sorcier...

— Quand il t'a repéré dans la grotte, Élund nous a dit que l'étang montrait souvent aux humains leurs peurs les plus profondes et que tu serais probablement ébranlé par cette expérience. Il peut t'aider à t'en remettre si tu le désires.

— Ce que j'ai vu n'était donc pas réel.

— Non, je ne crois pas.

Le jeune homme se redressa et passa les bras autour de sa compagne pour l'attirer contre lui et la serrer avec force. Rassuré, il posa un baiser sur sa nuque.

— Kevin, non... protesta-t-elle doucement.

— J'ai besoin de toi.

— Je suis désolée... mais j'aime Wellan.

Kevin relâcha son étreinte et se laissa retomber sur le dos sans tenter de cacher sa déception. Bridgess lui adressa un timide sourire de gratitude et quitta la chambre en baissant la tête.

40

Le Royaume des Ombres

Quand le sol s'ouvrit sous lui, Wellan s'enfonça dans la glace et glissa à une vitesse vertigineuse dans un tunnel de lumière aveuglante qui n'en finissait plus de l'emporter. Il s'écrasa brutalement sur le sol et ressentit une intense douleur dans la poitrine. Il demeura d'abord immobile, à attendre que sa tête arrête de tourner, puis sonda ses membres afin d'évaluer la gravité de ses blessures. Deux côtes cassées, un genou meurtri, une épaule disloquée, mais aucun organe vital touché.

Il scruta ensuite son environnement avec ses sens magiques, persuadé d'être au fond d'un puits de glace, mais fut surpris de voir se dessiner dans son esprit l'image mentale d'une multitude de grottes autour de lui. Pas question de les explorer avant d'avoir soulagé les plus douloureuses de ses lésions. Il se concentra d'abord sur ses côtes avec l'intention de souder les os brisés, mais sursauta lorsque des doigts étrangers déplacèrent les cheveux mouillés plaqués sur sa joue.

— Ne craignez rien, je ne vous veux aucun mal, fit une voix féminine.

Wellan n'aperçut qu'une silhouette noire près de lui, car la source lumineuse de l'endroit se trouvait derrière son sauveteur. Il tenta de s'informer de son identité en utilisant ses sens invisibles, mais se heurta à une barrière glacée semblable à celle que lui avait opposée Hathir, le cheval-dragon.

— Qui êtes-vous ? demanda l'étrangère.

— Je suis le Chevalier Wellan d'Émeraude, haleta-t-il tellement sa poitrine le faisait souffrir. Je cherche le maître magicien du Royaume des Ombres.

Les mains habiles de l'inconnue le retournèrent sur le dos, et ses souffrances lui tirèrent une plainte sourde. Le maître de ces lieux était-il une femme ?

— Vous êtes très mal en point, déclara l'inconnue, mais je peux vous aider.

La douleur, qui se propageait rapidement dans tout son corps, empêcha Wellan de répliquer. Il vit seulement apparaître une lueur mauve près de son visage et perdit conscience.

Lorsqu'il revint à lui, il découvrit qu'il était allongé sur une fourrure dans une grotte éclairée par des pierres lumineuses. Il ne portait plus ses vêtements. Ils reposaient, soigneusement pliés, sur une grosse roche près de sa couchette. Qui s'était ainsi occupé de lui ? Il tenta de s'asseoir, mais une cuisante douleur à la poitrine le cloua au sol. Il ferma les yeux et entra en contact avec sa propre énergie vitale pour la diriger vers ses blessures. Une fois de plus, il ressentit la présence de mains inconnues sur sa peau fiévreuse. Il battit des paupières et eut le souffle coupé en apercevant auprès de lui une jeune femme mauve aux yeux violets qui ressemblait à ce que Kira deviendrait dans une dizaine d'années.

— Je vous en prie, ne bougez pas, le supplia-t-elle.

Une étincelante lumière s'échappa de ses mains. Wellan ressentit un profond soulagement qui lui permit de respirer librement de nouveau. La lumière violette disparut, et il poursuivit son examen de l'étrangère. Ses iris étaient de la même couleur que ceux de Kira, mais leurs pupilles étaient rondes.

— J'avais déjà soigné votre genou et votre épaule, l'informa-t-elle, mais vous vous êtes réveillé trop rapidement pour que je puisse achever mon travail.

— Je vous remercie de votre bonté, répliqua Wellan. Mais qui êtes-vous ? Et où suis-je ?

— Je suis Jahonne, et vous êtes là où vous vouliez vous rendre.

— Je suis au Royaume des Ombres ? Vous êtes un maître magicien ?

— Nomar répondra à vos questions quand vous serez plus en forme.

Elle se releva lentement avec l'intention de se retirer, mais Wellan saisit gentiment son poignet pour ne pas l'effrayer. Sa peau était étrangement douce et chaude.

— Non, attendez, insista-t-il. Je veux savoir pourquoi...

— Je suis de cette couleur ? sourit-elle. Nomar vous le dira.

Elle dégagea son poignet et quitta la grotte avec une discrétion qu'elle ne partageait décidément pas avec Kira. Wellan s'assit prudemment sur la fourrure et constata que ses côtes ne le faisaient plus souffrir. Malgré sa faiblesse, il parvint à se vêtir et sonda les lieux avec ses sens magiques. Il se trouvait dans une petite grotte circulaire parmi une multitude d'autres, à l'intérieur d'une immense caverne, mais il ne réussit pas à pousser son enquête plus loin, ne percevant que le néant au-delà. Aucun livre de la bibliothèque d'Émeraude ne parlait d'un monde aussi étrange.

Lorsqu'il eut attaché sa cuirasse et bouclé sa ceinture, il chercha en vain ses armes. Il enfila ses bottes en tremblant, sortit de la grotte en prenant appui sur ses parois rugueuses et se pencha afin de se glisser dans l'étroite ouverture. Cet endroit n'avait définitivement pas été aménagé pour des hommes de sa taille.

Il s'arrêta net en mettant les pieds à l'extérieur de son alvéole, découvrant qu'il était sur une corniche parmi des centaines d'autres creusées dans les murs de la caverne. Tout en bas coulait une rivière et brillaient plusieurs petits feux autour desquels circulaient des gens en tuniques blanches, mais Wellan était trop loin pour distinguer leurs traits. Il regarda autour de lui et constata que des échelles de bois donnaient accès aux différents étages. Mais comment l'avait-on transporté jusqu'à cette corniche tandis qu'il était inconscient ?

Avec beaucoup de prudence, il descendit jusqu'à la vallée sans qu'on essaie de l'arrêter. Il ne rencontra personne qui ressemblait à Jahonne, seulement des hommes et des femmes à la peau immaculée qui passaient, les bras chargés de paniers d'osier, sans se soucier de lui. Des Sholiens ?

Il se pencha pour toucher le sol et constata avec surprise qu'il était meuble et chaud. Se trouvait-il à l'intérieur de la terre, sous l'épaisse couche de glace du Royaume des Ombres ? Mais comment ces gens survivaient-ils sans soleil ? D'où venait l'air qu'ils respiraient ? Il ne vit ni animaux, ni jardins ni terres cultivés. Que mangeaient-ils ? Une main se posa alors sur son épaule et il fit volte-face.

— Soyez sans crainte, le rassura l'homme qui se tenait devant lui.

Il était impossible de lui donner un âge. Il avait de longs cheveux blancs comme un vieillard, mais son visage était aussi lisse que celui d'un enfant, et ses grands yeux argentés rappelaient ceux de Fan de Shola. Il portait une longue tunique blanche, mais il ne ressemblait pas aux autres habitants de ce monde insolite.

— Je perçois beaucoup de questions dans votre tête, s'amusa-t-il. Je suis Nomar et je crois pouvoir y répondre. Je vous en prie, venez vous asseoir avec moi.

Wellan le suivit jusqu'à l'un des feux qui brûlaient sur la berge de la rivière. Nomar lui indiqua un petit banc en bois, et le Chevalier y prit place en regardant autour de lui. Tout ce qui l'entourait était si inhabituel, si irréel. La voûte de la caverne lui rappela le ciel de la nuit, sans les étoiles, et la rivière coulait sans faire de bruit. Le seul éclairage de ce monde bizarre semblait provenir des pierres rondes qui jonchaient le sol et des feux de camp.

— Êtes-vous un maître magicien ?
— Non, je suis un Immortel. Vous connaissez la différence, je crois.
— Oui, je la connais. Vous êtes né d'une femme dans le monde des morts, tandis que dans le cas des maîtres magiciens, la mère est mortelle.
— Vous êtes un homme instruit, cela me réchauffe le cœur.
— Mais je ne possède malheureusement pas la réponse à toutes les questions. Prenez ces gens, par exemple.

Wellan lui indiqua les hommes et les femmes en tunique blanche qui continuaient de circuler silencieusement autour d'eux.

— Sont-ils aussi des Immortels ?
— Oh non ! s'exclama Nomar. Il n'existe pas autant d'Immortels dans l'univers. Ce sont des maîtres magiciens nés à Shola il y a quelques centaines d'années.

Ils ont accepté de me donner un coup de main dans ce refuge.

Des centaines d'années... « Mais quel âge Fan avait-elle lors de sa mort ? » se demanda le grand Chevalier en observant les Sholiens.

— Mes réponses semblent faire naître encore plus de questions dans votre tête, sire Wellan. Mais vous êtes affamé. Je vous en prie, mangez quelque chose.

Wellan se tourna et vit qu'il lui présentait un petit panier rempli de victuailles dont l'arôme fit crier son estomac. Il l'accepta en posant sur Nomar un regard rempli d'interrogations.

— C'est de la vraie nourriture, assura Nomar avec un sourire aimable.

— Mais comment est-ce possible ? La matérialisez-vous grâce à la magie ?

— D'une certaine façon. Tout ce qui existe dans l'univers peut être déplacé, vous savez. Il suffit de savoir comment s'y prendre. Disons plutôt que nous l'empruntons.

Wellan porta un petit pain chaud à son nez et le huma, de plus en plus étonné par cette expérience surprenante. Les Chevaliers pouvaient faire beaucoup de choses, mais ils ne savaient pas matérialiser ainsi de la nourriture. Il mangea le pain, puis la viande rôtie, le riz et les fruits sous le regard amusé du maître de ce royaume souterrain. Lorsque Wellan fut rassasié, le panier disparut de ses mains et le grand chef leva un regard étonné sur son hôte.

— Il faut bien sûr renvoyer ces objets là d'où ils viennent, expliqua-t-il.

Le Chevalier ne trouva pas les mots qui auraient pu exprimer sa fascination pour ce procédé magique. Mais pourquoi les Anciens prétendaient-ils que cet endroit était peuplé de démons alors qu'il était habité par des maîtres magiciens ?

— Vous êtes un Chevalier d'Émeraude, n'est-ce pas ? s'enquit Nomar.

— C'est exact. Je suis le Chevalier Wellan d'Émeraude.

— Pourtant, je les croyais tous anéantis.

— L'Ordre a été ressuscité de ses cendres il y a une vingtaine d'années par le Roi d'Émeraude afin de défendre Enkidiev contre l'Empereur Noir.

— Amecareth n'a donc pas abandonné ses projets de conquête.

— Je crains que non... Mais, dites-moi, maître Nomar, cet endroit se trouve-t-il réellement sous la terre ou est-ce un univers parallèle ?

— Mon domaine se situe sous les glaces impénétrables du Royaume des Ombres parce que je peux ainsi le protéger contre la sorcellerie d'Amecareth.

— Êtes-vous ici depuis longtemps ?

— Un peu plus de mille ans. Mais les enfants sont arrivés ici à différentes époques.

Wellan se remémora rapidement ses cours d'histoire. Les livres affirmaient que l'empereur gouvernait les insectes depuis au moins cinq cents ans. D'où ces enfants sortaient-ils ?

— Le père d'Amecareth régnait déjà lorsque les dieux m'ont confié la mission de créer cet univers artificiel où je pourrais cacher certaines personnes très importantes, répondit Nomar à sa question silencieuse, puis le fils a poursuivi sa conquête.

— Les deux empereurs ont donc engendré des hybrides...

— C'est leur façon d'asseoir leur domination sur l'univers. Ils en ont conçu avec toutes les races qu'ils asservissent. Vous devez comprendre, Chevalier Wellan, que les hommes-insectes entretiennent des liens télépathiques étroits entre eux. Amecareth a accès au cerveau de ses sujets en tout temps et il peut ainsi les dominer sans le moindre effort. C'est pour cette raison que je recueille les hybrides dès leur jeune âge et que je les cache ici où la sorcellerie de l'empereur n'a aucune emprise.

— Mais le gamin que le Roi Jabe a sacrifié...

— J'étais en route pour le Château d'Émeraude lorsque ce malheureux incident s'est produit. Je n'ai pas pu sauver Mayland, et le Royaume de Zénor en a malheureusement subi les conséquences.

Nomar étudia Wellan qui se soumit à cet examen en abaissant ses murs de protection. Il était très important que l'Immortel lui fasse tout de suite confiance s'il voulait devenir son apprenti.

— Vous connaissez un autre hybride ? s'étonna Nomar.

— C'est exact, répondit le Chevalier. Elle s'appelle Kira et elle a neuf ans. Sa mère, la Reine Fan de Shola, m'a demandé d'assurer sa protection, mais je crains de ne pouvoir m'acquitter de cette promesse si je ne parviens pas à augmenter mes pouvoirs. C'est d'ailleurs la Reine Fan qui m'a suggéré de m'adresser à vous.

Soudainement songeur, Nomar se leva et marcha autour du feu en regardant ses pieds. « Pas question de le sonder », décida Wellan.

— Vous auriez dû nous l'amener ici. Nous l'aurions protégée contre l'Empereur Noir, déclara finalement l'Immortel.

— Je ne savais même pas que cet endroit était destiné à la protection des hybrides, maître Nomar, s'excusa le Chevalier. En fait, je n'étais même pas certain qu'il existait quand je me suis mis en route pour vous trouver. Et, de toute façon, cette enfant est appelée à jouer un rôle actif dans les événements qui vont bientôt secouer le continent. Elle est la clé de notre victoire contre les hommes-insectes. C'est grâce à elle qu'un Chevalier à naître disposera une fois pour toutes de l'empereur. Si nous la cachions ici, Enkidiev serait condamné à subir sa domination.

— Qui la protège, dans ce cas ?

— Maître Abnar, un autre Immortel. Il a quitté la Montagne de Cristal pour assurer l'éducation et la protection de la petite au Château d'Émeraude. Mais si quelque chose devait lui arriver, Kira serait sans défense. C'est pour cette raison que je veux renforcer ma magie.

— Laissez-moi réfléchir à cette situation durant la nuit, ajouta Nomar, quelque peu ébranlé par ces dernières nouvelles du monde extérieur.

— Mais comment pouvez-vous distinguer le jour de la nuit, dans cette caverne ? s'étonna Wellan.

— Vous verrez. Serez-vous capable de retrouver votre route jusqu'à votre alcôve ?

Le Chevalier leva les yeux sur les corniches en tentant de se rappeler le nombre d'échelles qu'il avait dû descendre pour atteindre la vallée, puis hocha affirmativement la tête. Tout le monde laissait des traces d'énergie dans le sol, et les Chevaliers savaient les repérer magiquement. Nomar se dématérialisa sous ses yeux, mais Wellan ne retourna pas immédiatement dans la petite grotte qu'on lui avait assignée. Il alla plutôt près des feux en mémorisant autant de détails que possible sur ce royaume. Curieusement, il n'entendait pas le clapotis de l'eau de la rivière et les craquements des feux. Pas de bavardages, pas de rires, pas de voix d'enfants non plus. Les gens circulaient en silence comme des fantômes, sans se préoccuper de lui.

— Puis-je vous aider, Chevalier ? demanda une voix derrière lui.

Wellan fit volte-face et vit Jahonne qui le fixait avec beaucoup d'intérêt. Il était probablement le premier humain qu'elle rencontrait dans son monde souterrain. Pas très grande, ses cheveux violets lui descendaient jusqu'à la taille. Impossible de voir si ses oreilles étaient pointues comme celles de Kira. Ses yeux, par contre, lui semblèrent moins intimidants, probablement parce que leurs pupilles n'étaient pas verticales.

— Puis-je savoir qui était votre mère ? demanda-t-il.

— Nomar m'a dit qu'elle habitait au bord d'une grande étendue d'eau, l'océan, je crois.

— Connaissez-vous le nom de son royaume ?

— Cristal, mais je ne puis vous en dire plus. Le maître n'aime pas nous parler du monde extérieur.

— Depuis combien de temps êtes-vous ici, Jahonne ? s'étonna Wellan qui n'avait jamais lu quoi que ce soit au sujet d'une enfant mauve née au Royaume de Cristal.

— Depuis toujours, répondit-elle en haussant les épaules.

— Où sont les autres enfants qui ont été emmenés dans cette caverne ?

Elle fronça les sourcils en se demandant pourquoi il lui posait autant de questions.

— Je regrette de vous avoir offensée, s'empressa d'ajouter Wellan. Ce n'était pas mon intention.

— Personne ne s'inquiète de ces choses ici.
— Je ne vous importunerai plus à ce sujet.

Il lui souhaita une bonne nuit et se dirigea vers les échelles en suivant sa propre trace d'énergie sur le sol étrangement chaud de la caverne pour réfléchir dans son alvéole. Il enleva sa cuirasse, sa ceinture et ses bottes, mais garda le reste de ses vêtements. Il s'allongea ensuite sur la fourrure et tenta de faire le point sur son étrange aventure. Enfin au cœur du Royaume des Ombres, il devait maintenant se montrer aussi convaincant que possible afin de pouvoir bénéficier de l'enseignement de Nomar et de retourner vaincre le sorcier d'Amecareth une fois pour toutes.

— Nous sommes quatre, fit la voix cristalline de Jahonne dans l'entrée de l'alcôve.

Wellan se redressa et invita l'hybride à le rejoindre, mais elle préféra rester sur le seuil et le fixer avec curiosité.

— Alors, toute cette installation souterraine ne sert à protéger que quatre personnes ? s'étonna-t-il.

— Oh ! non, bien plus que ça, mais il n'y en a que trois qui sont exactement comme moi.

— J'en connais une cinquième. Elle est toute petite et elle s'appelle Kira.

— Allez-vous la confier à Nomar ? s'égaya Jahonne.

— Je crains que non, mais je suis venu ici pour lui demander de m'apprendre à mieux la protéger dans le château où elle vit.

— Un château ? C'est une alvéole comme celle-ci ?

— Non… répondit Wellan en riant. C'est une immense construction rectangulaire en blocs de pierre à l'intérieur de laquelle se trouvent des alvéoles carrées. Et, contrairement à votre monde, celui de Kira est là-haut, à l'air libre.

— J'ai déjà vu votre monde pendant quelques instants, avoua-t-elle avec beaucoup d'émotion. Il est très beau, mais il est trop dangereux pour les...

Elle s'arrêta net. Wellan la sonda rapidement pour s'assurer qu'elle n'était pas souffrante, et entendit des sifflements et des cliquetis dans sa tête. Quelqu'un communiquait avec elle, et il craignit un moment que ce soit l'empereur ou le sorcier.

— Non, vous n'avez rien à craindre ici, répliqua-t-elle aussitôt. Je ne peux plus rester.

Elle tourna prestement les talons, et Wellan devina qu'elle avait dû recevoir un message télépathique lui intimant de le laisser tranquille. Les pierres lumineuses perdirent graduellement de leur intensité, et le Chevalier s'allongea sur le dos. Il eut du mal à calmer son esprit, mais une fois les yeux fermés, il dormit jusqu'au matin – enfin, ce qui devait être le matin dans cet univers artificiel.

41

Le refuge des hybrides

À son réveil, Wellan ne crut pas nécessaire de revêtir sa cuirasse. Il enfila son pantalon, attacha sa ceinture de cuir autour de sa tunique et mit ses bottes. Il sortit de sa cellule et s'arrêta sur la corniche, stupéfait. Tout en bas, dans la vallée, une centaine de personnes prenaient le premier repas de la journée, et ce n'étaient pas des Sholiens vêtus de blanc. Au contraire, ces habitants des profondeurs portaient des vêtements dans les tons de terre, un peu comme les Elfes. Sa curiosité éveillée, Wellan se dépêcha de descendre les nombreuses échelles et de se joindre au groupe, espérant obtenir plus de réponses à ses questions.

En silence, les mages blancs servaient la nourriture à leurs protégés hybrides, êtres étranges dont l'origine ne faisait aucun doute dans l'esprit du Chevalier. Quelques-uns ressemblaient effectivement à Jahonne, mais les autres étaient bizarres, voire monstrueux. La plupart affichaient des caractéristiques marquées d'hommes-insectes telles que des mains à quatre doigts avec des griffes recourbées, des bras recouverts d'une carapace noire luisante comme celle des scarabées ou la moitié du visage humain, parfois avec une bouche normale, parfois avec des mandibules. Mais peu importait leur apparence, ils ne manifestaient aucune agressivité les uns envers les autres et ils n'eurent pas de réaction hostile en voyant approcher le nouveau venu complètement humain, probablement parce qu'ils avaient été recueillis au berceau par Nomar et ses compagnons pacifiques. Wellan prit place parmi eux en dissimulant sa curiosité de son mieux, car ces pauvres créatures ne méritaient pas d'être dévisagées. Tout comme Kira, elles n'avaient jamais demandé à naître.

Une femme aux longs cheveux dorés et à la peau immaculée s'approcha du Chevalier et lui tendit un petit panier rempli de victuailles. Il la remercia et mangea avec appétit en cherchant Nomar des yeux, mais il ne le vit nulle part. Dès le repas terminé, les paniers se mirent à disparaître des mains des hybrides. Ils se levèrent tous en même temps et se dirigèrent vers des galeries différentes creusées sous les corniches. Wellan voulut les suivre afin de découvrir où ils allaient, mais Nomar se matérialisa devant lui, lui barrant la route.

— Êtes-vous rassasié, sire Wellan ? demanda-t-il amicalement.

— J'ai très bien mangé, je vous en remercie, assura le Chevalier.

— Je vois que vous avez fait la connaissance de mes pensionnaires.

— Non, nous n'avons pas vraiment bavardé.

Wellan le sentit sonder son cœur de nouveau et ne chercha pas plus à se dérober qu'à sa première incursion dans ses pensées intimes.

— Il y a beaucoup de colère en vous, jeune mortel, constata Nomar.

— C'est ma plus grande faiblesse, mais je ne cesse de m'améliorer. Avez-vous réfléchi à ma demande, vénérable maître ?

— Je vous ai en effet analysé pendant votre sommeil. Un prince devenu Chevalier, n'est-ce pas ? Vous avez fait un bien grand sacrifice, Wellan de Rubis. J'ai été très surpris d'apprendre qu'on vous a enseigné la magie dès votre enfance. Ce n'est pas un privilège qu'on accorde normalement aux mortels.

— Mais tous les Chevaliers d'Émeraude sont ainsi entraînés.

— C'est inhabituel, mais j'imagine qu'Abnar sait ce qu'il fait. Puisque vous avez déjà une certaine connaissance de la magie, je crois bien pouvoir y ajouter un peu plus de puissance, mais cela requerra un engagement total de votre part.

— J'en suis conscient et je veux bien m'astreindre à cette discipline afin de sauver Enkidiev.

— La formation d'un véritable maître magicien est longue et ardue, mais puisque vous êtes mortel et que vous n'avez pas une centaine d'années à consacrer à cet apprentissage, je comprimerai le temps pour vous afin que vous soyez prêt à arrêter ce sorcier en quittant le Royaume des Ombres.

— Je vous remercie de votre bonté au nom de l'Ordre des Chevaliers d'Émeraude.

Wellan s'inclina respectueusement devant l'Immortel comme il l'aurait fait devant un roi, et le geste arracha un sourire d'amusement à Nomar qui ne comprenait pas toujours très bien les humains et leurs coutumes.

42

Nomar

Durant les premiers mois de son apprentissage auprès de l'Immortel, Wellan apprit surtout de nouvelles façons de méditer et de chasser toute émotion de son esprit. Avec beaucoup de patience, il s'astreignit aux longues heures de silence ou de contemplation d'une simple flamme vacillant devant lui ou d'un rocher. Nomar ayant décelé sa propension à la colère dès le début de son entraînement, il chercha aussitôt à l'en débarrasser avant de lui enseigner à manipuler avec ses mains la puissance terrifiante des serpents électrifiés.

Après les longues séances d'immobilité, Wellan déliait ses muscles en marchant dans la vallée souterraine. En très peu de temps, il avait exploré les confins de la caverne qui ne semblait pas posséder de sortie sur le monde extérieur. Les hybrides le regardaient déambuler dans sa longue tunique blanche, incapables de communiquer avec lui, en raison de leur langage composé de sifflements et de cliquetis. Wellan les observait également, mais n'arrivait pas non plus à sonder leurs esprits inhumains. La seule avec qui il pouvait bavarder était Jahonne.

La jeune femme mauve lui présenta les trois hybrides qui lui ressemblaient : deux hommes et une femme à la peau violacée, d'une très grande timidité. Après un bref salut et des commentaires télépathiques à Jahonne au sujet du Chevalier, ils disparurent dans des galeries différentes et gardèrent ensuite leurs distances avec lui.

— Ils craignent les humains, lui expliqua Jahonne, pendant un repas. C'est une précaution gravée dans notre sang par notre géniteur-insecte.

— Mais pas toi ? s'étonna Wellan.

— J'ai plus de sang humain qu'eux, selon Nomar. C'est pour cette raison que j'aime tant ta compagnie.

Wellan lui sourit. Lui aussi adorait passer du temps avec elle à parler de tout et de rien. Elle possédait une vive intelligence et une curiosité sans limite. Il lui avait décrit Enkidiev du nord au sud et d'est en ouest : les vastes plaines, les champs cultivés, les collines, les forêts, les plages de galets, le soleil et la lune. Jahonne buvait ses paroles avec dévotion, et le Chevalier se surprit à penser qu'il aurait sans doute de meilleurs rapports avec Kira à l'âge adulte, à condition qu'elle ressemble à sa nouvelle amie en grandissant.

Lorsque le Chevalier maîtrisa enfin les techniques de concentration, Nomar réduisit ses temps libres et le soumit à d'épuisantes séances d'exercices destinés à dominer l'énergie ambiante. Dans la vallée, après chaque repas, le grand Chevalier se retrouvait toujours seul avec son mentor. Au début, il s'agissait de manipuler les flammes et les rayons lumineux émanant de ses mains, puis les choses se corsèrent.

— L'univers est composé d'un grand nombre d'énergies conflictuelles, expliqua Nomar, debout devant lui. Un maître magicien sait les identifier et les utiliser à bon escient. Je vous ai enseigné à en reconnaître quelques-unes. Elles vous suffiront à vous débarrasser du sorcier de l'empereur. Si vous étiez un Immortel, mon cher Wellan, j'aurais l'éternité pour vous apprendre à maîtriser la moindre petite étincelle de vie autour de vous, mais le temps nous est compté.

Wellan écouta son long discours avec beaucoup plus d'attention qu'il en avait jadis accordée à ceux d'Élund. En fait, il s'avérait être un bien meilleur élève à l'âge adulte.

Il porta attention aux explications de Nomar sur l'énergie spécifique qu'il devait maintenant apprendre à capter dans l'Éther pour la jeter ensuite dans la rivière, afin de ne blesser personne. « À qui pourrais-je faire du mal, puisqu'ils se sont enfuis dès que j'ai pris place ici ? se demanda le grand Chevalier. À moins que l'exercice ne soit plus dangereux que Nomar le laisse entendre… »

Il vida son esprit de toute pensée et de toute émotion, et tendit les mains devant lui, les paumes tournées l'une vers l'autre. À l'aide de ses facultés magiques, il fouilla l'atmosphère de la caverne et entra en contact avec une veine électrifiée qui lui sembla facile à atteindre. Il appliqua donc sa volonté à attirer les filaments sauvages entre ses mains et ressentit aussitôt une cuisante douleur dans ses paumes, comme si une multitude de petits serpents y enfonçaient leurs crocs. Il poussa un cri qui se répercuta dans toute la caverne et tomba à genoux.

Nomar se précipita immédiatement vers lui et attira l'énergie de couleur rose dans ses propres mains, amenuisant les souffrances de son élève. Wellan haleta pendant un moment en contemplant ses paumes blessées, puis tenta de faire surgir de son corps la lumière curative qu'il avait appris à maîtriser au Royaume d'Émeraude. Elle ne fit qu'une brève apparition, soulageant à peine sa douleur. Penaud, il leva un regard suppliant sur Nomar.

— Personne ne pourra jamais vous accuser de manquer d'ambition, déclara l'Immortel en cachant son amusement de son mieux. De toutes les énergies qui circulent dans cette caverne, vous avez choisi la plus dangereuse.

Wellan porta son regard sur les serpents lumineux qui tournaient en rond sur la paume de son mentor. Comment aurait-il pu le savoir ?

— Pourrait-elle tuer un sorcier ? gémit-il, toujours en proie à la douleur.

D'un mouvement gracieux de sa main libre, l'Immortel matérialisa un gros pain encore fumant et le lança très haut dans les airs, puis il libéra l'énergie qui dansait toujours dans son autre main. Les filaments brûlants foncèrent aussitôt sur leur cible et la firent éclater en morceaux.

— Je suis certain que les entrailles d'un sorcier ne sauraient résister à cette charge, plaisanta Nomar.

Il prit ensuite les mains du Chevalier dans les siennes pour les examiner. Le pauvre mortel, couvert de sueur, se mordait les lèvres pour ne pas hurler. Sous les yeux émerveillés de Wellan, les plaies se cicatrisèrent et la sensation de brûlure cessa subitement. Nomar observa son élève. Les cheveux et la tunique plaqués contre la peau, le Chevalier balbutia quelques mots de remerciement en baissant la tête, puis rassembla ses forces pour se relever. Tremblant de tous ses membres, il se traîna jusqu'à la rivière.

— Lorsque vous vous serez rafraîchi, revenez ici, exigea Nomar. Je n'en ai pas encore fini avec vous.

Wellan n'eut même pas le courage de hocher la tête afin d'exprimer son accord. Il entra dans l'eau tiède jusqu'aux genoux et s'aspergea le visage.

*
* *

Les exercices de magie se poursuivirent, tout aussi douloureux les uns que les autres, mais au bout de longs mois d'apprentissage, le grand Chevalier réussit finalement à capturer les serpents électrifiés et à les garder dans ses mains sans souffrir. Nomar lui enseigna dès lors à les projeter offensivement devant lui, d'abord dans la rivière où ils ne risquaient pas de blesser quelqu'un. Ses eaux s'illuminaient en rose pendant quelques minutes, à la grande joie des hybrides qui observaient les progrès de l'homme du haut des corniches. Ensuite l'Immortel lui imposa des cibles de plus en plus petites qu'il atteignait une fois sur deux.

Wellan dépensa une si grande quantité d'énergie durant ses premiers mois au Royaume des Ombres qu'il se surprit à dormir de longues heures et à sauter de plus en plus souvent le repas du matin. Il ne mangeait donc qu'une fois par jour, juste avant d'aller s'allonger sur les fourrures dans sa grotte et, plus souvent qu'autrement, il avait peine à avaler la nourriture pourtant excellente qu'on lui offrait.

Jahonne s'inquiétait pour lui, mais elle n'exprima pas ouvertement ses craintes pendant les quelques minutes qu'ils pouvaient passer ensemble durant le repas, dans la vallée, se contentant plutôt de le regarder bâiller de sommeil en écoutant ses propos d'une oreille distraite.

Puis le grand Chevalier perdit finalement la notion du temps. Les jours, les semaines et les mois se succédèrent sans que Nomar apporte de changements à son horaire, jusqu'au matin où son élève captura les serpents roses et les projeta si haut dans la caverne qu'il faillit bien en faire exploser la voûte.

— Excellent ! s'exclama l'Immortel. Maintenant, je vais renforcer votre résistance physique et vous montrer comment vous protéger, car vous pourriez ne pas atteindre le sorcier du premier coup lors d'un affrontement et il ne fait aucun doute qu'il ripostera. Reposez-vous aujourd'hui, Wellan. Nous commencerons cette nouvelle phase de votre entraînement demain.

Il avait eu si peu de temps libre durant les derniers mois qu'il ne sut pas très bien qu'en faire. Dès que Nomar eut disparu, Jahonne quitta le tunnel où elle s'abritait et s'approcha du grand Chevalier. Elle glissa sa main dans la sienne, lui arrachant une grimace de douleur.

— Tes mains ne sont plus aussi douces qu'avant, déplora-t-elle.

— Ce qui n'est pas étonnant avec toutes les écorchures qu'elles ont subies depuis mon arrivée ici.

Ils se promenèrent dans la vallée, comme ils le faisaient à son arrivée, et longèrent la rivière.

— Je ne t'ai pas dit toute la vérité au sujet de la caverne, commença Jahonne en évitant de le regarder.

La jeune femme avait piqué la curiosité de Wellan, mais il ne la pressa pas.

— Quand tu m'as demandé si tu pouvais sortir d'ici, je t'ai répondu que non, mais j'ai menti. Quelque part dans ces galeries, un tunnel mène jusqu'à un monde de lumière où habitent des humains comme toi.

— Pourquoi me dis-tu ça ? s'étonna le Chevalier.

— Pour que tu puisses fuir. Nous savons que l'Empereur Noir est à notre recherche et qu'il pourrait fort bien nous trouver grâce à sa sorcellerie. Je ne voudrais pas que tu sois tué ou emprisonné ici à jamais.

— Tu ne voudrais pas que je sois emprisonné ici avec toi ? se moqua-t-il.

Il ressentit son soudain embarras et réprima un sourire amusé.

— Amecareth s'emparerait des hybrides, Wellan, mais toi, il tenterait certainement de te tuer ou de t'abandonner à ton sort, alors je veux que tu saches comment lui échapper.

— Je ne te croyais pas aussi pessimiste.

Elle ne répondit pas et pointa plutôt un tunnel, à l'autre extrémité de la caverne. Il ressemblait à tous ceux qui avaient été percés à la base des corniches.

— C'est par là, et la lumière de ton soleil se trouve très loin, mais ne te décourage pas.

Wellan obligea Jahonne à s'arrêter et la fit pivoter vers lui, plongeant son regard dans ses magnifiques yeux violets.

— Aurais-tu eu une vision, par hasard ? demanda-t-il en fronçant les sourcils.

— J'ai fait un horrible rêve...

— Mais je t'ai pourtant expliqué ce que sont les rêves, Jahonne.

— Oui, mais celui-là était différent.

Il la força à s'asseoir avec lui, au bord de l'eau, et elle lui raconta qu'elle avait vu tomber la voûte de la caverne sous une pluie de feu. Tous ses frères et sœurs couraient autour d'elle en hurlant de terreur, mais elle ne pouvait pas bouger, paralysée par la magie d'un être sombre et maléfique.

— Il est normal de faire des cauchemars quand on est obligé de vivre caché sous la terre, déclara-t-il en déposant un baiser sur ses doigts griffus.

Le contact de ses lèvres chaudes la fit frémir et, intimidée, elle chercha à se dégager.

— N'aie pas peur, je n'irai pas plus loin, assura-t-il. Je voulais juste te réconforter. C'est une vieille habitude humaine, je m'en excuse.

— N'oublie pas l'emplacement du tunnel... murmura-t-elle en évitant son regard.

Elle se sauva en courant vers la paroi rocheuse. Wellan la suivit des yeux alors qu'elle gravissait les échelles à la vitesse d'un chat. Jamais elle n'avait agi ainsi avec lui. Avait-elle vu autre chose dans ce rêve ?

*
* *

Les mois s'écoulèrent, et Jahonne ne lui reparla plus de son cauchemar. Au lieu de le fuir, elle prit plutôt l'habitude de descendre dans la vallée pour l'observer pendant qu'il apprenait à former des boucliers invisibles pour se protéger des rayons incandescents que Nomar projetait sur lui. Elle savait qu'elle risquait d'être blessée par ricochet, mais elle insistait pour passer le plus de temps possible en compagnie de Wellan, comme si elle pressentait son départ. Cependant, Nomar voyait leur amitié d'un mauvais œil.

Afin de les séparer, l'Immortel permit à son élève d'avoir accès à sa bibliothèque personnelle dans l'une des galeries et lui montra même comment se servir de sa magie afin de choisir rapidement les sujets qui l'intéressaient. Wellan n'avait qu'à tendre le bras en pensant à ce qu'il désirait lire et l'ouvrage en question s'illuminait. Nomar lui enseigna aussi à faire briller les pages des livres afin qu'il puisse lire la nuit, lorsque les pierres s'étaient éteintes.

Le maître du Royaume des Ombres était bien fier des progrès du jeune homme et de sa discipline aussi. Il captait désormais l'énergie incendiaire, la dirigeait à sa guise et se protégeait rapidement contre les ripostes magiques. Avec ses nouvelles armes, il serait certes en mesure de vaincre un sorcier, si tel était toujours son désir.

Puis, un matin, l'Immortel lui enseigna une dernière technique : un état de transe si profond qu'il pouvait remplacer une nuit de sommeil en quelques minutes seulement. Wellan maîtrisa rapidement ce procédé et reprocha en riant à son mentor de ne pas le lui avoir montré plus tôt.

Ce soir-là, Jahonne lui coupa les cheveux à l'épaule. Elle l'avait fait si souvent que Wellan comprit que plusieurs années s'étaient écoulées depuis son arrivée dans le monde souterrain. Les hybrides ne sachant pas calculer le temps, c'est à Nomar qu'il posa la question autour du feu en prenant un succulent repas.

— Vous êtes ici depuis dix ans déjà, répondit l'Immortel qui le regardait se régaler sans lui-même toucher à la nourriture.

Wellan s'étouffa avec un morceau de pain, et Jahonne lui administra de petites tapes dans le dos pour l'aider à l'avaler. Les autres hybrides l'observèrent avec crainte, mais ne cherchèrent pas à s'éloigner de lui pour une fois.

— Mais que reste-t-il d'Enkidiev maintenant ? articula le Chevalier en toussant.

— Je vous ai dit, à votre arrivée, que je comprimerais le temps pour vous, répondit Nomar. Dans votre monde, il s'est écoulé à peine quelques jours. Vous retrouverez les choses presque exactement là où vous les avez laissées.

L'Immortel se volatilisa, comme s'il avait cherché à échapper aux questions qui se formaient à une vitesse effarante dans l'esprit de Wellan. « Dix ans… » se répéta le Chevalier, incapable d'imaginer que l'on puisse réduire autant d'années à quelques jours. Il mangea en silence, essayant de se rappeler les dernières minutes passées auprès de ses compagnons, avant son départ pour les royaumes du nord. Il se souvint de les avoir divisés en deux groupes : l'un demeurant auprès de Kira, l'autre traquant le sorcier. Ses souvenirs étaient si lointains qu'ils lui donnèrent le vertige. Il se retira dans sa grotte peu après le repas, sans remarquer l'expression de tristesse sur le visage de Jahonne.

Dès que les pierres perdirent de leur intensité lumineuse, Wellan s'allongea sur ses fourrures. Il n'avait pas vraiment sommeil, mais Nomar insistait pour que les habitants de son royaume observent un rythme de vie normal. Le Chevalier laissa donc voguer ses pensées vers le Château d'Émeraude et des images se formèrent dans sa tête : le grand hall où brûlait toujours un bon feu, la robe soyeuse de son cheval de guerre, les mains magiques de Santo, les yeux bleus de Bridgess… pleins de larmes.

Il capta un mouvement dans le noir et reconnut les pas feutrés de Jahonne à l'entrée de son alvéole. Malgré l'interdiction de Nomar, elle se rendit jusqu'à lui en silence. Wellan se releva prestement sur les coudes, mais avant qu'il puisse ouvrir la bouche, la jeune femme se blottissait dans ses bras.

— Est-ce que tu as fait un mauvais rêve ? chuchota-t-il à son oreille.

— J'ai rêvé que tu partais… alors je suis venue passer la nuit avec toi. Mais je veux seulement que tu me réconfortes.

Un sourire se dessina sur les lèvres du Chevalier. Il enlaça tendrement son amie mauve. Incapables de dormir, ils bavardèrent à voix basse toute la nuit.

43

Une victime parmi les Elfes

À la suite de la dernière rencontre d'Asbeth avec les Chevaliers d'Émeraude, la haine de celui-ci pour les humains s'aviva. Non seulement ces êtres primitifs avaient le sang impur, mais ils ne savaient même pas reconnaître les races supérieures. Les véritables serviteurs de l'empereur lui auraient tout de suite remis ce qu'il demandait, et leur peuple aurait pu être élevé à un statut plus acceptable dans l'univers, mais les humains le défiaient une fois de plus, poussant l'audace jusqu'à le blesser physiquement.

Il avait vu Narvath dans les pensées de Chloé même si elle tentait de la lui cacher. La fillette mauve avait neuf ans et un corps immature, sans doute à cause de son sang humain. Puisqu'elle était encore influençable, l'empereur pourrait la façonner selon ses désirs. À moins qu'il ne lui arrive malheur pendant qu'Asbeth essayait de l'arracher à ses gardiens... Ayant travaillé très fort pour atteindre une position d'importance auprès d'Amecareth, Asbeth n'avait certes pas l'intention de laisser cette enfant lui ravir sa place. Mais, d'abord, il lui fallait trouver le château où on l'emprisonnait.

L'esprit collectif des hommes-insectes lui donnait accès à l'information détenue par ses congénères. Il y puisa et découvrit plusieurs images des fortifications humaines, mais aucun des anciens guerriers d'Amecareth ayant survécu à la dernière invasion n'avait cru bon d'établir des routes géographiques mentales entre ces constructions. Le sorcier devrait donc demander son chemin, mais pas sous sa véritable identité. Il lui fallait une victime dont il emprunterait le corps, mais l'idée d'avoir à partager le physique d'un humain le répugnait.

En se déplaçant prudemment de cime en cime, Asbeth perçut la présence d'êtres vivants qui, justement, n'avaient rien d'humain. Il s'arrêta sur une branche et scruta la forêt. Ces créatures ressemblaient à des hommes, mais leur cœur et leur esprit étaient différents, plus magiques, plus parfaits. Il s'agissait de quatre mâles cueillant des fruits dans les arbustes en bavardant dans une langue mélodieuse. « Comment les séparer pour n'en capturer qu'un seul ? » se demanda le sorcier.

Il invoqua l'image très réaliste d'un de ses magnifiques dragons noirs et le fit foncer sur le groupe en rugissant. La terrifiante apparition eut l'effet espéré et les Elfes s'enfuirent dans la forêt dans des directions différentes.

Asbeth sauta souplement sur le sol, et l'un des jeunes Elfes s'arrêta brusquement devant lui, terrorisé. Il n'eut pas le temps de s'échapper, le sorcier refermant aussitôt ses serres sur sa gorge pour l'immobiliser sans toutefois le tuer. « Il est parfait », conclut-il en l'examinant sous tous ses angles. Avec ses muscles souples et son corps en santé, il allait lui permettre de couvrir de grandes distances. Mais, avant de l'utiliser à ses fins, il voulut en connaître davantage sur son peuple, puisqu'il n'était pas impossible que l'empereur le récompense en le nommant seigneur de ces créatures magiques. Il posa la main sur la tête blonde de Katas et, du bout de ses griffes, alla chercher dans son esprit l'information qu'il contenait.

Lorsqu'il eut exploré tous les souvenirs de l'Elfe, Asbeth prononça une incantation et se fondit à l'intérieur de son corps. Katas tomba à genoux en aspirant de l'air à pleins poumons. Il sentait la présence de l'entité maléfique dans sa tête, mais il ne pouvait pas la chasser. Se rendant compte que le sorcier envahissait son corps, il voulut manifester sa terreur, mais aucun son ne sortit de sa gorge.

*
* *

Captant soudainement la panique de ses jeunes sujets attaqués par un dragon dans la forêt, le Roi Hamil demanda à ses plus habiles gardiens de les secourir. Il ressentait aussi la présence de Chevaliers d'Émeraude sur son territoire et il apprit que ces derniers cherchaient un sorcier, pas un dragon. Curieusement, Wellan ne se trouvait pas parmi eux. Hamil décida donc d'aller lui-même à leur rencontre pour leur offrir son aide et ainsi piéger la bête qui terrorisait ses jeunes.

Le Roi des Elfes trouva les humains à la tombée de la nuit, assis autour d'un feu dans une clairière, neuf adultes et neuf enfants. Le Chevalier Santo se leva et salua le roi et ses dignitaires avec respect, apaisant aussitôt les craintes de ses compagnons. « Il est plutôt inquiétant de voir autant de cuirasses vertes en un même endroit », pensa le Roi des Elfes.

Santo les invita à s'asseoir, et Hamil accepta avec courtoisie. Les yeux des Écuyers suivaient tous les gestes du monarque, et il se douta que c'étaient ses altercations avec leur chef qui les rendaient aussi curieux. Hamil accepta le gobelet de thé qu'on lui tendait et écouta poliment le récit des méfaits du sorcier qu'ils appelaient Asbeth.

C'est alors que les jeunes Elfes, dont il avait ressenti la terreur plus tôt dans la journée, surgirent de la forêt et se jetèrent aux pieds de leur seigneur en s'adressant tous ensemble à lui dans une véritable cacophonie. Les Chevaliers ne comprenaient pas ce qu'ils racontaient puisqu'ils utilisaient leur propre langue, mais ils devinèrent qu'ils avaient fait une terrible rencontre dans la forêt.

— Ce que ces jeunes gens ont vu n'était pas un véritable dragon, expliqua le roi lorsqu'ils se turent. C'était une apparition fort réussie qui a sûrement été invoquée par le sorcier que vous cherchez.

— Pourraient-ils nous conduire à l'endroit où ils l'ont vue ? demanda Santo.

— Oui, à la première heure demain, et je les accompagnerai. Je n'aime pas plus que vous l'idée qu'un sorcier circule librement sur Enkidiev.

Hamil les salua et s'éloigna avec les Elfes. Santo comprit qu'il voulait les rassurer loin des oreilles humaines. Il se tourna ensuite vers ses frères d'armes et institua des tours de garde, car il craignait que le sorcier n'essaie de semer la même terreur parmi leur groupe. Bergeau fut donc le premier à s'installer en retrait et, malgré ses protestations, Curtis, son Écuyer, refusa d'aller se coucher avec les autres.

— Maître, si je dois un jour devenir un Chevalier d'Émeraude, il faut bien que j'apprenne à monter la garde moi aussi.

— Mais tu as aussi besoin de sommeil, mon garçon, répliqua le Chevalier.

— Je dormirai en même temps que vous dans ce cas.

Pas très sévère comme maître, Bergeau laissait toujours gagner le gamin en se disant qu'un jour Curtis serait obligé d'obéir aveuglément à ses ordres et qu'il pouvait bien profiter un peu de sa jeunesse. Falcon prit la relève quelques heures plus tard, puis Jasson. C'est ce dernier qui vit arriver le Roi des Elfes et quelques-uns de ses sujets, dont une des jeunes victimes de l'illusion du sorcier.

Jasson réveilla ses compagnons d'armes et leurs apprentis, et reçut la délégation royale avec tous les égards dus à son rang. Les Chevaliers et leurs Écuyers avalèrent une bouchée en vitesse et sellèrent les chevaux même s'ils ne les monteraient pas pendant l'expédition. Ils ne voulaient pas les abandonner à cet endroit et risquer de ne plus les retrouver. Enfin prêts, ils suivirent les Elfes en silence, et Santo marcha aux côtés du Roi Hamil.

Ils traversèrent lentement la forêt, tous leurs sens aux aguets, et Santo sonda surtout la cime des arbres où le sorcier pouvait très bien s'être caché puisqu'il volait. Soudain, les Chevaliers et les Elfes ressentirent une présence, droit devant eux entre les arbres, et le Roi Hamil stoppa le groupe.

— C'est Katas, déclara-t-il. Il n'est pas rentré la nuit dernière.

— Faisait-il partie des jeunes gens qui ont vu le dragon ? demanda Santo.

Le roi affirma que oui et attendit que le jeune homme les rejoigne. Katas parut d'abord surpris de rencontrer les humains en compagnie des Elfes, puis une lueur étrange anima son regard. Santo, le plus réceptif des Chevaliers d'Émeraude, capta une onde glaciale, qui ne dura qu'une seconde, et crut que le sorcier était à la poursuite de l'adolescent. Il scruta les environs, mais ne détecta rien d'alarmant.

Katas s'approcha prudemment des soldats en jetant des coups d'œil furtifs autour de lui, comme s'il craignait le retour du dragon, mais Hamil posa une main chaleureuse sur son épaule. Il l'examina sommairement et vit sur son cou les blessures causées par les serres.

— Une apparition n'aurait pas pu faire ça, s'étonna le roi. Que s'est-il passé, Katas ?

— Une créature toute noire m'a attaqué dans la forêt, avoua le jeune Elfe, honteux.

— Un dragon ? demanda Hamil.

— Non, Majesté. C'était un homme ressemblant à un corbeau. Je n'ai jamais rien vu de tel sur notre territoire auparavant.

— Le sorcier est couvert de plumes, intervint Santo en s'approchant.

Katas lui jeta un regard haineux, mais le guérisseur, trop occupé à sonder la forêt, ne le remarqua pas.

— C'est tout ce qu'il t'a fait ? s'inquiéta Hamil, offensé que cette créature se soit attaquée à un de ses sujets.

— Il a voulu enfoncer ses griffes dans ma tête, mais je me suis sauvé, s'agita Katas, les larmes aux yeux. Je ne voulais pas revenir vers vous avant d'être certain qu'il ne me suivait pas. Je ne voulais pas mettre vos vies en danger.

Prisonnier à l'intérieur de sa propre tête, le véritable Katas se débattait furieusement pour prévenir son roi qu'il s'adressait à la sombre créature qu'il recherchait, mais aucun son ne s'échappa de sa bouche.

— Où te trouvais-tu lorsqu'il t'a attaqué ? reprit le roi.

— Pas très loin d'ici.

Le jeune Elfe, qui faisait partie du groupe de Katas la veille, confirma ses dires d'un mouvement sec de la tête. Hamil fronça les sourcils, puisqu'il ne ressentait aucune présence maléfique dans ses forêts. Le voyant hésiter, Asbeth, sous les traits de Katas, passa à l'attaque.

— J'ai eu le temps de lire ses noirs desseins dans son esprit, Majesté, ajouta-t-il en feignant l'effroi. Il attend des renforts au bord de la mer, là où se dressent les rochers géants. Des guerriers y débarqueront bientôt et ils attaqueront nos villages.

Les Chevaliers et les Écuyers se raidirent à la pensée d'un nouveau débarquement de l'ennemi sur leurs plages pendant que leur grand chef était au loin. Santo capta leur consternation et décida d'intervenir rapidement auprès des Elfes.

— Pouvez-vous nous conduire à cet endroit ? les pressa Santo.

Le roi lui expliqua qu'il se situait à quelques kilomètres à peine et qu'ils s'y rendraient facilement avant la fin de la journée. À l'intérieur du corps de Katas, le sorcier se félicita de son adresse à duper les Chevaliers. Il ne pouvait les vaincre seul au milieu de la forêt, mais au bord de l'eau, il utiliserait ses alliés, les éléments, pour les anéantir. Il suivit les Elfes entre les vieux arbres, et les Chevaliers leur emboîtèrent le pas, gardant leurs Écuyers à l'œil.

Inquiet de la réaction qu'il avait observée chez Santo quelques minutes plus tôt, Jasson le rattrapa discrètement et chuchota pour n'alarmer personne.

— Qu'as-tu capté tout à l'heure ? voulut-il savoir.

— Un esprit maléfique, murmura Santo, mais cette impression n'a duré qu'un instant et je ne sais pas d'où elle provenait.

— Le sorcier est peut-être passé au-dessus de nos têtes ?

— Non, c'était une impression plus subtile. D'ailleurs, si Asbeth s'était ainsi approché de nous, vous l'auriez tous ressenti. Mais il est possible qu'il nous observe de loin. Il faut demeurer vigilants.

Les Elfes les menèrent en bordure de l'océan, sur une plage déchiquetée par de gros rochers pointus qui ressemblaient à des crocs jaillissant de la terre. Les Chevaliers examinèrent les lieux avec des yeux de guerriers et comprirent rapidement qu'aucune armée ne pourrait débarquer sur une grève aussi dangereuse sans risquer d'abîmer ses vaisseaux.

— Es-tu certain que les renforts doivent arriver ici ? s'exclama Bergeau en se tournant vers le jeune Elfe. À mon avis, c'est peu probable.

— C'est l'endroit que j'ai vu dans les pensées de la créature, assura le faux Katas, feignant d'être offensé par son manque de confiance.

Les Elfes n'affectionnaient pas particulièrement l'eau et ils n'avaient pas envie de s'y tremper les pieds. Les Chevaliers semblaient se contenter de scruter les environs. Asbeth se devait donc de trouver rapidement une façon de les pousser vers les rochers sans leur dévoiler son identité. Il ne pouvait pas se servir d'une illusion visuelle, car ces hommes maîtrisaient suffisamment la magie pour flairer la supercherie. Il trompa donc leurs oreilles. Ce fut Falcon qui perçut le premier les cliquetis si caractéristiques des mandibules des hommes-insectes.

— Est-ce que vous entendez ce bruit ? demanda-t-il à ses compagnons.

— Je l'entends, mais je ne perçois pas la présence de nos ennemis, riposta Jasson, étonné.

— Nous avons toujours eu de la difficulté à ressentir distinctement les vibrations des hommes-insectes, leur rappela Wanda.

— Je pense que nous devrions quand même aller voir, suggéra Bergeau en dégainant son épée.

Les Chevaliers demandèrent aux Écuyers de rester en groupe près des chevaux. Les enfants hochèrent positivement la tête à l'unisson, et Asbeth pensa qu'il serait facile de les éliminer une fois leurs maîtres éventrés sur les rochers. Il regarda les imprudents guerriers à la cuirasse verte s'avancer vers la plage, l'épée à la main. Que de bravoure et d'inconscience à la fois ! L'empereur serait bien content d'apprendre leur disparition.

Nogait et Jasson furent les premiers à pénétrer dans les eaux froides de l'océan, suivis de près par Bergeau et Buchanan. Derrière eux, Wanda couvrait le flanc droit de Falcon, et Wimme, son flanc gauche, tandis que Kerns fermait la marche avec Santo. Leurs sens invisibles balayaient les alentours sans rien trouver d'anormal et, pourtant, ils entendaient toujours les cliquetis métalliques malgré le ressac.

Lorsqu'ils eurent de l'eau à la taille et qu'ils eurent franchi les premiers rochers effilés pour constater qu'ils ne dissimulaient personne, un sourire maléfique se dessina sur le visage de Katas. Il leva subitement les deux bras, et un vent de tempête s'abattit sur la côte, effrayant les chevaux que les apprentis eurent beaucoup de difficultés à retenir.

Les vagues de l'océan se mirent à monter à vue d'œil et Santo pressentit aussitôt le danger. Il ordonna à ses compagnons de reculer à toute vitesse et s'alarma en voyant un mur d'eau se dresser devant eux. D'une seconde à l'autre, il les écraserait contre les rochers. Dans son esprit apparut la terrifiante scène de ses frères bien-aimés déchiquetés sur la plage, l'océan se gorgeant de leur sang.

— Non ! hurla Santo alors que les Chevaliers tentaient de regagner la terre ferme.

Brusquement, le mur liquide resta suspendu dans les airs sans qu'il comprenne comment. Ses compagnons d'armes battirent en retraite de chaque côté de lui et il sentit leur terreur se transformer en réjouissance. Il se retourna et vit Wellan, debout sur les galets, les mains levées vers l'océan, commandant les flots. C'était lui qui venait de leur sauver la vie en immobilisant l'océan.

— Santo, dépêche-toi ! le pressa le grand chef.

Le Chevalier guérisseur comprit que Wellan ne pourrait pas retenir indéfiniment cette vague monstrueuse et il s'empressa de rejoindre ses compagnons aux abords de la forêt. Dès qu'il fut en sécurité, Wellan laissa retomber l'eau qui s'écrasa avec fracas. Puis, il pivota lentement vers les Chevaliers et les Elfes qui l'observaient avec stupéfaction.

— Qui est responsable de cet acte de sorcellerie ? tonna Wellan en promenant son regard glacé sur eux et tout particulièrement sur le Roi Hamil.

Le corps du jeune Katas se mit à trembler violemment et s'écrasa sur le sol tandis que le sorcier Asbeth en émergeait dans une explosion de fumée bleue. En voyant la créature couverte de plumes de la taille d'un homme, le Roi Hamil et ses sujets prirent aussitôt la fuite entre les arbres, mais les Chevaliers avancèrent sans peur vers leur ennemi, l'épée au poing. Derrière eux, les Écuyers resserrèrent davantage les rangs pour éviter de subir le même sort que Cameron.

— J'aurais dû m'en douter, laissa tomber Wellan en s'approchant du sorcier sans dégainer son arme.

Ses frères d'armes s'inquiétèrent de le voir ainsi s'exposer, sachant que cette créature était dangereuse et sournoise.

— Nous vous avons déjà ordonné de retourner d'où vous venez, Asbeth, l'avertit le grand Chevalier en continuant d'avancer. Notre patience a des limites.

Sans avertissement, Wellan tendit la main, et un éclair fulgurant s'en échappa, frappant Asbeth au milieu de la poitrine. Le sorcier poussa un cri strident et s'écrasa contre un arbre, la poitrine soudainement couverte de sang noir à l'odeur putride. « Mais depuis quand notre chef a-t-il autant de puissance ? » s'étonnèrent les Chevaliers en se positionnant en éventail autour du sorcier pour ne lui laisser aucune chance de s'échapper dans la forêt. Ils ne l'attaquèrent pas et attendirent plutôt les ordres de Wellan.

— Celui-là, c'était pour mon Écuyer, déclara Wellan. Cameron est l'enfant innocent que vous avez sauvagement assassiné sous mes yeux. Et le prochain rayon, ce sera pour Fan de Shola que vous avez poignardée dans son palais.

Le Chevalier tendit l'autre main, et le rayon de lumière éclatante qui s'en échappa aveugla momentanément Chevaliers et Écuyers. Asbeth eut à peine le temps de s'esquiver que le faisceau frappait l'arbre derrière lui, le déracinant et le faisant basculer dans la forêt. Les soldats magiciens ne bronchèrent pas, et le sorcier ne put s'échapper. Coincé, il s'empara du corps de Katas en s'accrochant solidement à son cou avec ses serres et le releva devant lui. Ces humains avaient une faiblesse commune :

ils ne supportaient pas que d'autres êtres souffrent sous leurs yeux.

— Sa vie vous importe-t-elle ? s'énerva Asbeth avec sa voix de corneille.

— La vie de tous les habitants d'Enkidiev importe aux Chevaliers d'Émeraude, et c'est pour cette raison que nous ne laisserons jamais les serviteurs de l'empereur tuer qui bon leur semble, répondit Wellan d'une voix plus calme, mais autoritaire.

Il leva les deux bras au-dessus de sa tête, et des filaments de lumière rose semblables à des serpents flamboyants se mirent à danser entre ses paumes, sidérant ses frères d'armes et inquiétant profondément le sorcier qui n'avait pas cru les humains capables d'une telle magie.

— Cette énergie ne tue pas les humains ou les Elfes, sorcier, précisa Wellan en la laissant librement circuler entre ses mains. Lorsque je la libérerai, vous cesserez d'exister. Mais avant de partir, faites donc savoir à votre empereur que nous ne lui redonnerons jamais sa fille.

Dans un geste désespéré, Asbeth laissa tomber le corps inerte de Katas sur les galets et fila comme une comète vers le ciel, au-dessus de l'océan, malgré le sang noir qui ruisselait sur ses plumes. Wellan fit volte-face et relâcha les serpents de lumière. Comme des éclairs zigzaguant dans une tempête, ils frappèrent le sorcier dans le dos alors qu'il fuyait vers l'ouest. Soudainement privé de la motricité de ses ailes, il tomba comme une pierre, s'abîmant dans la mer.

Le grand Chevalier demeura immobile un long moment à sonder les flots, mais il ne ressentit pas la présence malfaisante d'Asbeth, seulement les vibrations des créatures de l'océan. Ses compagnons l'entourèrent et, comprenant ce qu'il faisait, balayèrent aussi la côte de leurs sens magiques. Rien.

— Je pense bien que tu l'as eu, Wellan ! s'exclama joyeusement Bergeau en lui administrant une tape dans le dos.

— Je veux quand même que nous campions ici ce soir, déclara le chef en conservant son regard immobile sur les flots. Si le corps du sorcier devait être rejeté par la mer durant la nuit, je veux pouvoir le couper en deux et le faire brûler moi-même.

— Pour qu'il soit encore plus mort ? plaisanta Jasson.

Wellan tourna la tête vers lui en esquissant un sourire, à la grande surprise de ses compagnons puisque, habituellement, il réagissait plutôt vivement aux remarques de Jasson.

— Je ne veux courir aucun risque, répondit-il, avec le même calme déconcertant.

Il promena ensuite son regard sur la plage et aperçut les Écuyers effrayés de même que le corps de Katas gisant sur le sol.

— Santo, je t'en prie, essaie de ranimer ce pauvre garçon, lui demanda-t-il avec douceur.

Le Chevalier guérisseur se précipita aussitôt vers le corps de l'Elfe. Heureusement, il vivait encore, mais sa force vitale diminuait. Santo posa une main sur sa tête, et Katas reprit lentement conscience, honteux de se retrouver devant les hommes qu'il avait tenté de tuer pendant que le sorcier habitait son corps. Mais le Chevalier guérisseur le traita avec bonté, lui donna à boire et jeta une couverture sur ses épaules tremblantes.

— Falcon, tu veux bien t'occuper du campement ? fit Wellan en regardant autour de lui.

Le Chevalier superstitieux accepta avec plaisir, bien content que leur chef soit de retour parmi eux. Il se dirigea vers les Écuyers pour leur demander d'installer les chevaux plus loin et leur faire ramasser du bois, ce qui eut pour effet de les rassurer sur-le-champ.

Parmi les soldats, ce fut Santo qui remarqua le premier que les tempes de leur chef avaient grisonné. Wellan lut instantanément ses pensées.

— Un homme vieillit en dix ans, répliqua-t-il amicalement.

— Dix ans ? s'étonna Santo. Mais tu ne t'es absenté que quelques jours.

— Et comment as-tu réussi à te rendre aussi rapidement du Royaume des Ombres à celui des Elfes ? renchérit le jeune Kerns en se grattant la tête.

— C'est une longue histoire que je vous raconterai autour d'un bon feu, mais avant il y a quelque chose que je dois faire, répondit Wellan avec une sérénité déconcertante.

Il tourna les talons et marcha jusqu'au chêne déraciné durant son affrontement avec Asbeth. Il prit une profonde inspiration et leva lentement les bras devant lui. L'arbre immense se redressa en grinçant, et ses racines retombèrent dans le trou creusé lors de son foudroiement. Wellan posa ensuite ses paumes sur la terre au-dessus des racines sectionnées, et les Chevaliers ressentirent aussitôt un picotement sous la plante de leurs pieds, comme si une énergie puissante s'était mise à circuler dans la terre.

Les mains du grand Chevalier s'illuminèrent d'une étrange lueur rose, et il les posa sur le tronc meurtri. Les profondes écorchures dans le bois se refermèrent une à une sous les yeux des soldats et des apprentis. Ils étaient encore figés de stupéfaction lorsque Wellan s'adressa à eux.

— Il ne méritait pas de souffrir à cause de moi, expliqua-t-il en voyant leurs visages étonnés.

— Tu as appris à faire ça au Royaume des Ombres ? demanda Wanda.

Il acquiesça d'un signe de tête en souriant. Ses yeux bleus brillaient d'une nouvelle douceur, et Jasson se demanda si elle affecterait ses qualités de chef de guerre. Mais Wellan ne lui donna pas le temps de le questionner à ce sujet. Il alla plutôt aider les enfants à ramasser du bois, s'amusant des regards pleins de fierté qu'ils lui lançaient en gambadant entre les arbres. Ils allumèrent ensuite un feu sur la grève et formèrent un cercle autour des flammes pour entendre le récit du grand Chevalier sur son séjour au Royaume des Ombres.

Wellan mangea un peu, regrettant la fraîcheur des aliments qu'il avait consommés tout au long de son apprentissage auprès de maître Nomar, puis leur raconta son étrange aventure, sans leur parler des hybrides qui se cachaient au Royaume des Ombres. C'était là un secret trop dangereux qui ne devait jamais tomber entre les mains de l'empereur.

Il répondit patiemment aux questions de ses compagnons d'armes et même des Écuyers, et leur révéla que son cheval ayant décidé de rentrer seul au Royaume d'Émeraude, Nomar avait eu la gentillesse de le transporter magiquement jusqu'au pays des Elfes, juste à temps d'ailleurs.

Lorsque leur curiosité fut entièrement satisfaite, Wellan annonça qu'il se chargeait du premier tour de garde et ordonna à la troupe de vaillants guerriers de s'enrouler dans leurs couvertures autour du feu. Pendant qu'ils sombraient un à un dans le sommeil, il continua de patrouiller la côte avec son esprit pour s'assurer que le sorcier n'était pas miraculeusement revenu à la vie et qu'il n'allait pas fondre sur eux pendant la nuit pour se venger. Mais il ne ressentit rien de maléfique à des kilomètres autour d'eux, seulement le cycle normal de la vie sur Enkidiev. La mort d'Asbeth ne signifiait certes pas la fin de la guerre contre l'Empereur Amecareth, mais elle marquait certainement le début d'une trêve bien méritée.

Wellan aurait pu veiller jusqu'au lendemain, ayant appris, lors de son séjour au Royaume des Ombres, à refaire ses forces en quelques minutes à peine grâce à des techniques de méditation profonde, mais il ne voulait pas vexer ses compagnons qui désiraient eux aussi veiller sur la sécurité du groupe. Il réveilla Buchanan pour son tour de garde et fit semblant de dormir. Il employa plutôt son temps à sonder les apprentis pour s'assurer qu'ils ne faisaient pas de rêves angoissants. Il recommença ensuite le même exercice avec ses frères d'armes et comprit que sa présence parmi eux les rassurait tous.

Au matin, les Écuyers préparèrent le repas de leurs maîtres pendant que ces derniers scrutaient la plage. Toujours pas de cadavre.

— Élund nous a déjà dit que de gros poissons carnivores nagent dans l'océan et mangent les hommes qui s'aventurent trop loin dans l'eau, déclara Wimme en se tournant vers son chef.

— Il existe en effet de telles créatures, confirma Wellan.

— Alors, le corps du sorcier a sûrement été dévoré par ces poissons, frissonna Wanda.

— Mais aucun poisson ne voudra jamais manger un être aussi infect ! s'exclama très sérieusement Nogait.

— L'essence maléfique quitte le corps en même temps que l'âme lorsque survient la mort, leur rappela Wellan en observant leurs jeunes visages.

Il n'avait pas besoin de répéter cette leçon à ses compagnons plus âgés qui la connaissaient déjà, mais il semblait bien que leurs jeunes frères avaient été adoubés avant la fin de leur enseignement.

Les maîtres retournèrent donc s'asseoir avec les Écuyers, et Wellan leur parla des deux grandes forces dans l'univers : le bien et le mal. Ils mangèrent en silence en écoutant ses paroles pleines de sagesse, puis Wellan les envoya seller les chevaux. Les enfants se précipitèrent dans la forêt pour s'acquitter de leur tâche, mais le jeune Corbin revint quelques minutes plus tard, les joues rouges de timidité.

— Vous ne pouvez pas rentrer au château à pied, sire Wellan, déclara le garçon aux boucles noires. Prenez mon cheval, je vous l'offre.

Fier de la générosité de son Écuyer, Nogait décida tout de même de ne pas intervenir et de le laisser transiger seul avec Wellan. Le grand Chevalier observa l'enfant un instant, captant la pureté de son cœur.

— Je ne monterai ton cheval que si tu y prends place avec moi, répondit-il finalement.

— Ce sera un grand honneur, sire, s'enthousiasma le gamin en rougissant davantage.

Il s'inclina respectueusement devant le chef des Chevaliers et retourna dans la forêt en sautillant d'allégresse, s'efforçant de ne pas laisser éclater sa joie, ce qui aurait effrayé les bêtes. Wellan le regarda disparaître entre les arbres en pensant qu'ils avaient vraiment fondé un bel Ordre de chevalerie.

44
Le festin du Roi

Au Château d'Émeraude, Kira capta l'approche des Chevaliers bien avant que les sabots de leurs chevaux martèlent le pont-levis. Elle referma le livre de magie qu'elle était en train de lire, seule dans la bibliothèque, et se précipita dans les marches menant aux grandes portes de bois. Elle bondit sur le porche de pierre juste à temps pour voir arriver les guerriers sur leurs beaux chevaux et ressentit beaucoup de fierté devant ce spectacle. Chloé, Dempsey, Bridgess, Kevin et leurs Écuyers sortirent aussi de leur aile pour les accueillir.

Les Chevaliers mirent pied à terre et furent étreints par leurs frères d'armes demeurés de garde au château. Perchés aux fenêtres des tours des magiciens, les élèves les acclamèrent, et Wellan les salua de la main, redoublant leurs cris de joie. Un serviteur s'inclina devant lui en annonçant que le roi les conviait à sa table pour le repas du soir. Le grand Chevalier accepta avec plaisir l'invitation au nom de tout le groupe.

Il se rendit ensuite à sa chambre, se défit de sa cuirasse et de ses armes, et se dirigea vers les bains. Tout en traversant le couloir, il entendit les bavardages et les rires de ses compagnons dans leurs chambres et se sentit soudainement très heureux. Nomar avait réussi à établir dans son cœur une paix qui semblait vouloir y rester.

Quelques minutes plus tard, ses frères d'armes le rejoignirent dans le grand bassin et il se prélassa avec eux dans l'eau chaude en essayant de faire le point sur sa vie. L'empereur allait certainement réagir fortement à la mort de son sorcier aux mains des Chevaliers, mais, curieusement, il se sentait prêt à affronter un millier d'armées d'hommes-insectes.

Wellan se sécha, enfila une tunique propre et quitta la pièce embrumée avant ses compagnons. En pénétrant dans le couloir, il se trouva face à face avec Bridgess. La jeune femme posa sur lui des yeux remplis à la fois d'espoir et de tristesse, et ce qu'il lut dans son cœur lui causa beaucoup de chagrin.

— Bridgess... souffla-t-il.

Elle posa aussitôt la main sur ses lèvres pour l'empêcher de parler et le fixa avec les yeux d'un animal blessé.

— Je le sentais déjà quand tu es entré dans la cour, mais je refusais d'y croire, s'étrangla-t-elle dans un sanglot. Tu es devenu aussi puissant que les maîtres magiciens, et je ne suis plus qu'une simple mortelle pour toi. Peu importent mes efforts maintenant, tu ne m'accorderas plus d'attention.

— Mais que racontes-tu là ? protesta-t-il en s'emparant de la main de la jeune femme. Je ne suis pas tellement plus puissant qu'avant, loin de là, mais j'ai appris beaucoup de choses au sujet de la magie. Maître Nomar m'a enseigné à me défendre contre les sorciers, mais je ne suis certes pas devenu un Immortel ou un maître magicien. Je suis toujours un simple Chevalier d'Émeraude, et tu as la même importance à mes yeux.

— As-tu au moins pris le temps de clarifier tes sentiments envers moi pendant ton séjour au Royaume des Ombres ?

— J'y ai en effet beaucoup réfléchi. Allons parler ailleurs.

Il l'entraîna à travers le palais, dans les couloirs les moins fréquentés, jusqu'au jardin intérieur où il l'avait jadis emmenée lorsqu'elle était son Écuyer. Ils prirent place sur le même banc au milieu des lierres luxuriants et des fleurs odorantes, et Wellan embrassa les doigts de sa jeune amie avec affection.

— Je t'aime beaucoup, Bridgess, déclara-t-il avec sincérité, mais ce n'est pas mon rôle dans cette vie de devenir le compagnon d'une femme ou le père de ses enfants. Mon destin est différent de celui des autres soldats d'Émeraude. Mais je peux fort bien comprendre que, à ton âge, tu ressentes le besoin d'unir ta vie à celle d'un homme et d'élever des enfants. Et si cela doit te rendre heureuse, je t'encourage à le faire.

— Mais pas avec toi...

Il secoua doucement la tête en signe d'assentiment, appuyant la main de la jeune femme contre sa joue. « Il a terriblement changé », constata Bridgess. Il semblait plus calme et encore plus résigné à son destin de grand chef de guerre.

— As-tu revu ta reine au Royaume des Ombres ? demanda-t-elle sans pouvoir empêcher les larmes de couler sur ses joues.

— Non, répondit-il en s'attristant devant son chagrin.

— Et tu continues de penser qu'elle t'aime autant que tu l'aimes ?

— Bridgess... soupira-t-il, refusant de se laisser entraîner à nouveau sur ce terrain dangereux.

— Tu es le meilleur meneur d'hommes qu'Enkidiev ait jamais connu, Wellan, et le meilleur escrimeur de tous les temps, mais en ce qui concerne le cœur, tu ne vaux pas grand-chose.

Elle libéra brutalement sa main et s'enfuit en courant dans le palais. Il comprenait sa peine, mais il ne savait pas comment la consoler. Tous les jeunes Chevaliers de son âge traversaient une période émotionnelle difficile, et il espérait de tout cœur que les choses rentreraient dans l'ordre avant le retour de l'ennemi.

Il demeura dans le jardin un long moment à exécuter les exercices de respiration appris au Royaume des Ombres et à chasser toute pensée obsédante de son esprit afin d'afficher un visage serein à ses frères d'armes pendant le repas. Une fois calmé, il retourna à sa chambre pour revêtir son costume d'apparat, puis il attacha ses cheveux sur sa nuque et s'engagea dans le couloir. L'aile des Chevaliers était silencieuse et il comprit qu'ils étaient probablement tous déjà dans le hall. Il se dirigea donc vers le palais, sans se presser, et trouva Kevin à l'extérieur de la grande salle du festin.

— Que se passe-t-il ? s'inquiéta Wellan qui percevait de la confusion dans son cœur.

— Pendant ton absence, nous avons exploré les passages secrets, comme tu nous avais demandé de le faire, mais j'ai découvert un endroit mystérieux et un étang glacé où j'ai assisté à de terribles événements, avoua son jeune frère d'armes, la gorge serrée.

— Le miroir de la destinée, comprit le grand chef. Qu'y as-tu vu ?

— J'ai vu...

Les mots s'étranglèrent dans la gorge de Kevin, et Wellan dut aller chercher lui-même ces images dans sa tête. Les supplices subis par son compagnon aux mains d'Asbeth l'horrifièrent, puis il se rappela les quelques bribes d'information qu'avait bien voulu lui fournir Élund au sujet de cet objet de divination.

— Le miroir ne reflète que des possibilités, Kevin, assura-t-il en posant les deux mains sur ses épaules. Tu as vu ces images avant que j'expédie le sorcier au fond de l'océan, donc ces événements n'auront jamais lieu.

Le visage du jeune homme se détendit aussitôt, et Wellan l'attira dans ses bras pour le serrer avec affection.

— Et où est donc ce miroir ? demanda le grand chef en le relâchant, puisque le vieux magicien n'avait jamais voulu lui en révéler l'emplacement.

— Sous le château. Bridgess dit qu'on peut y accéder par une entrée magique dans la tour d'Élund, mais moi, je l'ai découvert par hasard en descendant un grand escalier dans la salle des armures. Le plus étrange, c'est que cet escalier débouche sur un mur percé d'un trou duquel jaillit une tête de dragon en métal.

— Un dragon comme ceux de l'empereur ?

— Sa reproduction fidèle... Et je ne comprends pas pourquoi elle se trouve sous ce château.

— J'ai lu, il y a plusieurs années, dans un livre d'histoire, qu'au début des temps, le monde ne faisait qu'un, et que les continents se sont séparés à la suite de violents tremblements de terre. Il y a probablement eu des dragons ici autrefois et nos ancêtres, qui ont bâti ce château, ont sans doute eu le temps de les voir avant qu'ils soient tous exterminés. Mais, si tu veux, je peux faire d'autres recherches à ce sujet.

— Disons que ça m'empêcherait de faire des cauchemars.

— Dans ce cas, je te le promets, mais tu vas devoir me montrer comment me rendre jusqu'à ce dragon de métal, déclara Wellan en l'entraînant dans le hall du roi.

En pénétrant dans la grande pièce, ils aperçurent leurs compagnons assis autour de la longue table chargée de victuailles. Au centre se trouvaient le roi, les deux magiciens et Kira, mystérieusement transformée en petite princesse.

— Wellan ! s'exclama Émeraude Ier. Nous t'attendions avant de commencer ! Viens t'asseoir près de moi !

Le grand Chevalier prit donc place à la gauche du roi sous les regards étincelant de fierté de ses compagnons. Pourtant, il n'avait fait que son devoir en tuant le sorcier. Il ne méritait certainement pas toute cette attention de la part des siens, mais il accepta les compliments du monarque avec humilité et mangea avec appétit.

Tout en prêtant attention à Bergeau qui rapportait le récit de l'affrontement sur la plage du pays des Elfes, Wellan jeta un coup d'œil discret à Bridgess, assise à l'autre extrémité de la table. Elle grignotait, les yeux rivés sur son assiette, en proie à un immense chagrin. À ses côtés, Kevin murmurait des paroles tendres à son oreille, tentant de la dérider, mais elle semblait indifférente à ses efforts. « Pourtant, ce jeune Chevalier représente un bon parti pour elle », pensa Wellan. Ayant été formé par Dempsey, il affichait la même droiture et la même solidité que lui. Il ne décevrait jamais Bridgess comme lui l'avait si souvent fait.

Il se pencha en avant et croisa les yeux violets de Kira assise à la droite d'Émeraude Ier. Lisait-elle ses pensées ? Probablement, puisqu'elle ne respectait aucun des protocoles d'Émeraude. « Elle est définitivement plus jolie avec une tunique de soie et des fleurs dans les cheveux », songea-t-il. Mais sous cette apparence distinguée bouillonnait toujours la même énergie turbulente. Néanmoins, elle demeurait un trésor précieux du continent qu'ils devaient protéger au péril de leur vie. Dans ses yeux, il voyait aussi ceux de Jahonne. La douceur et l'innocence de la jeune femme mauve lui manquaient déjà. Il avait passé des heures à discuter avec elle des grands principes de l'univers lorsqu'il étudiait au pays des Ombres.

Soudainement, Chloé, assise à sa gauche, mit sa main sur la sienne, le faisant sursauter. Il se tourna vivement vers elle et vit son sourire radieux.

— Où ton esprit était-il rendu cette fois-ci, valeureux Chevalier ? se moqua-t-elle.

— Je suis désolé, Chloé, fit-il, repentant. Depuis mon retour du Royaume des Ombres, il semble que je me perde facilement dans mes pensées.

— Est-il vrai que tu as passé dix ans de ta vie au Royaume des Ombres ?

Il acquiesça d'un signe de tête. Elle remarqua les petites rides au coin de ses yeux et les mèches grises sur ses tempes.

— J'ai du mal à reprendre mon cheminement avec l'Ordre là où je l'ai laissé, car mes souvenirs de la chevalerie sont lointains. Je sais que c'est difficile à comprendre, parce que pour vous je n'ai été absent que quelques jours, mais j'ai l'impression d'être un étranger dans ce château.

— Tu es toujours notre chef, Wellan, et tu n'es certes pas un étranger pour nous. Rien ne pourra jamais changer ça, pas même les Immortels.

— Tu es gentille, la remercia-t-il.

— Je pense que tu as simplement besoin de te replonger dans la philosophie de l'Ordre en tenant de nouveau une épée dans tes mains ou en prenant un nouvel apprenti sous ta protection.

— Peut-être... soupira-t-il en se demandant si cela l'aiderait vraiment. Et toi, la vie d'épouse te plaît toujours ?

— Je dois avouer que oui, répondit-elle en rougissant. J'aurais dû épouser Dempsey il y a longtemps. Il est bon de dormir dans les bras de quelqu'un qu'on aime, Wellan. Peut-être aimerais-tu ça toi aussi.

Le grand Chevalier garda le silence. Apparemment, ses frères et ses sœurs d'armes ne connaissaient pas sa relation intime avec Bridgess. « C'est sûrement mieux ainsi », pensa-t-il. De cette façon, elle pourrait épouser Kevin sans que tout le monde croie qu'elle le faisait par dépit.

Il se perdit de nouveau dans ses pensées, et Chloé l'observa avec inquiétude. Il était physiquement assis près d'elle, mais son esprit errait au loin. Elle le sonda et n'y trouva absolument rien. Les Chevaliers captèrent son effroi, et Santo décida d'intervenir afin de calmer leur inquiétude. Il se leva et se posta derrière Wellan, son gobelet à la main.

— Buvons à la santé du plus grand Chevalier d'Émeraude ! s'exclama-t-il d'une voix forte.

La clameur qui s'éleva dans le hall tira brusquement le grand Chevalier de sa rêverie, et il comprit qu'il avait inutilement inquiété ses compagnons. *Je suis seulement las*, déclara-t-il par voie de télépathie.

— Tu as dépensé beaucoup d'énergie au Royaume des Elfes, murmura Santo en se penchant à son oreille. Il est bien normal que tu sois las. Mais nous te libérerons d'ici une heure ou deux.

Wellan posa une main chaleureuse sur celle de son frère et leva aussi son gobelet avec les autres. Il repoussa son assiette et goûta plutôt à la joie que répandaient ses compagnons d'enfance. Il les observa avec intérêt, les découvrant après son long séjour sous la terre. Il vit alors la main mauve de Kira aux quatre doigts terminés par des griffes qui l'empêchaient de tenir convenablement des ustensiles et comprit que, au fond, il était devenu comme elle un être qui n'avait de place nulle part.

C'est faux ! résonna la voix de Kira dans sa tête. Elle se pencha pour le regarder par-dessus le ventre bedonnant du roi. Ses yeux à la pupille verticale l'observèrent un moment, et il sentit qu'elle avait libre accès à ses pensées.

Qui est Jahonne ? demanda-t-elle. *C'est une femme que j'ai connue au Royaume des Ombres. Je te parlerai d'elle lorsque tu seras plus grande*, répondit Wellan sans agressivité. Cette promesse alluma un sourire sur le visage mauve de la Sholienne.

Lorsque sa confusion entre le présent et le passé devint insupportable, Wellan s'excusa auprès de ses frères et quitta le grand hall. Il fit deux pas dans le couloir, et le Magicien de Cristal apparut devant lui, le forçant à s'arrêter.

— Vous êtes un homme remarquable, sire, déclara l'Immortel. Vous avez réussi là où beaucoup d'autres ont échoué.

— Parce qu'ils n'étaient pas aussi tenaces que moi, c'est tout. Et je vous assure que j'ai gagné ces nouveaux pouvoirs à la sueur de mon front.

— Lorsque vous nous avez quittés l'autre jour, j'étais persuadé que vous ne reviendriez jamais.

« Quelques jours », répéta intérieurement Wellan. Les sentiments des gens qu'il avait connus n'avaient pas changé envers lui, mais il trouvait bien difficile de reprendre sa vie comme si rien ne s'était passé.

— Ce que vous ressentez est tout à fait normal, ajouta l'Immortel. Mais, je vous en conjure, ne regrettez pas les choix que vous avez faits jusqu'à présent. Votre destin est celui d'un grand homme, avec ou sans votre maîtrise de la magie.

— Même si je préférerais retourner au Royaume des Ombres afin d'y poursuivre mon entraînement ? confessa Wellan.

— Vous ne pourriez jamais le terminer puisque vous n'êtes pas un Immortel.

— Kira non plus.

— Son sang différent lui permettra de vivre trois fois plus longtemps que vous. Elle aura donc le temps d'en apprendre beaucoup plus. Vous comprenez bien sûr que vous ne devrez jamais révéler à qui que ce soit l'existence des êtres que protège Nomar, voulut s'assurer le Magicien de Cristal.

— Oui, je le comprends.

Mais le regard du grand chef était triste, et Abnar ressentit sa nostalgie du royaume souterrain.

— Vous pouvez me rendre visite dans ma tour à toute heure du jour ou de la nuit si vous vivez des moments de détresse.

— Merci, maître Abnar. J'apprécie votre compréhension.

Wellan le salua avec respect, et le Magicien de Cristal disparut sous ses yeux comme Fan et Nomar le faisaient aussi. « Ces êtres sont-ils réels ? se demanda Wellan. Se matérialisent-ils seulement sur Enkidiev pour venir en aide aux mortels ? » Il commençait seulement à entrevoir la complexité de l'univers. Combien de trésors recelait-il encore ? Combien d'entre eux aurait-il le temps de découvrir avant sa mort ?

De plus en plus accablé, il poursuivit sa route vers l'aile des Chevaliers en songeant que sans cette guerre, il aurait passé le reste de sa vie à explorer les mondes cachés et les territoires défendus. Abnar avait raison : il n'était pas un Immortel, mais un Chevalier d'Émeraude jusqu'à la moelle, même si sa conscience venait de découvrir un monde fascinant de nouvelles connaissances. Son destin consistait à défendre Enkidiev.

Il entra dans sa chambre et se dévêtit en pensant aussi aux paroles de Chloé. Se sentait-il prêt à reprendre une épée et à combattre ? Et un Écuyer ? Non, pas maintenant. Il aurait été malhonnête de sa part de prendre un enfant sous sa responsabilité alors qu'il était encore si fragile.

Il s'allongea sur son lit et contempla le ciel par la fenêtre percée dans le mur de pierre. Les premières étoiles commençaient à y apparaître, et il se souvint des leçons de Nomar sur les astres et les corps célestes. Cet univers lointain était encore plus vaste que celui dans lequel il vivait. Il lui faudrait bientôt écrire ce qu'il avait appris pour que cette connaissance soit transmise aux générations à venir.

L'obscurité envahit la petite pièce, et il n'alluma pas de chandelle. Il ne craignait plus le noir, ayant développé d'autres sens qui lui permettaient de s'orienter sans difficulté dans les ténèbres. Il laissa ses pensées errer vers le Royaume des Ombres et il allait enfin fermer l'œil lorsqu'il ressentit l'approche de Bridgess.

La jeune femme entra dans la pièce sur le bout des pieds et referma silencieusement la porte. Wellan entendit le glissement feutré de sa tunique sur le sol et il comprit ses intentions, mais il n'eut pas le courage de la chasser. Elle grimpa souplement sur le lit et se blottit dans ses bras.

— J'ai décidé de revenir à notre marché initial, chuchota-t-elle en appuyant sa tête sur l'épaule de Wellan.
— Tu as refusé d'épouser Kevin ? s'étonna le grand Chevalier.
— Et Kerns, et Buchanan et Nogait, soupira-t-elle. Je préfère tes bras, tes lèvres et ta peau même si tu ne me les offres pas souvent.
— Bridgess, je...
Les lèvres de la jeune femme prirent aussitôt possession de sa bouche et l'empêchèrent de protester plus longtemps, puis graduellement, les caresses de ses longs doigts fins sur sa peau eurent raison de ses dix longues années de chasteté. Le grand chef n'était pas seulement un magicien et un guerrier, mais également un homme qui éprouvait les mêmes besoins que tous les autres humains. Il sonda les émotions de Bridgess, et la sincérité de son âme l'émut. Cette nuit-là, ils firent l'amour avec beaucoup de douceur et de tendresse, et la soudaine docilité de Wellan surprit la jeune femme, mais elle ne s'en plaignit certes pas.

45

Asbeth chez son maître

Lorsque les vagues le rejetèrent finalement sur les plages rocheuses d'Irianeth, Asbeth baissa enfin le cocon d'invisibilité qui l'avait maintenu en vie pendant plusieurs jours. Il avait faim et soif, mais, surtout, il souffrait terriblement dans tout son corps d'oiseau.

La blessure infligée par le Chevalier Wellan aurait pu être mortelle s'il ne s'était pas laissé tomber dans les flots, hors de portée d'une deuxième volée de serpents électrifiés. Réussissant ainsi à protéger sa peau, il s'était immobilisé pour limiter les dommages à ses organes vitaux. Incapable d'accélérer sa guérison tandis qu'il flottait vers l'ouest, son cerveau n'avait cessé d'échafauder des plans de vengeance. Le cocon d'énergie lui avait permis d'échapper aux grands prédateurs peuplant l'océan. Son ignorance de l'esprit des humains, qu'il croyait faibles et sans défense, avait failli lui coûter la vie.

Asbeth jeta un coup d'œil à sa poitrine. La puissante magie du Chevalier Wellan ayant fait fondre entièrement sa tunique de cuir et brûlé ses plumes jusqu'à la chair, il se retrouvait avec une immense plaie au milieu du corps qu'il cacherait avec honte pour le reste de sa vie.

Dans l'empire d'Amecareth, les hommes-insectes, reliés de façon télépathique entre eux, ignoraient la notion d'entraide. Ils vaquaient à leurs occupations respectives, et personne ne tendait jamais la main aux autres. Asbeth dut donc se traîner seul jusqu'au château sous les regards inquiets des dragons circulant librement autour des fortifications.

Il accéda à la montagne par une porte secrète aménagée dans ses fondations et parcourut les sombres couloirs jusqu'à son alvéole. Soulagé d'être rentré chez lui, il commença par se reposer, puis entreprit de soigner ses blessures. Sa peau étant grièvement brûlée, il dut avoir recours à des potions magiques pour la soulager, mais aucun traitement ne ferait repousser les plumes calcinées. Allongé sur son grabat, il cacha ses blessures sous une couverture et commanda à ses serviteurs de lui apporter à manger.

Il avala goulûment la nourriture crue et fit le point sur son expédition au pays des hommes. Il n'avait pas réussi à reprendre la fille de l'empereur ni à éliminer les soldats humains qui la protégeaient, mais il avait beaucoup appris sur leurs habitudes et leurs peurs et, dès qu'il serait rétabli, il exposerait son nouveau plan de destruction à Amecareth.

À découvrir dans le tome 3...

Piège au Royaume des Ombres

L'aube se levait paresseusement sur le Royaume d'Émeraude. Dans la tour de l'ancienne prison du château, Kira para habilement le coup d'épée porté par le Roi Hadrian et exécuta une pirouette si rapide que son adversaire spectral n'eut pas le temps de voir sa jambe se relever. Touché au menton, le fantôme du Chevalier chancela, impressionné par la célérité de la jeune princesse.

En raison de la petite taille de son élève, Hadrian lui enseignait un style de combat qui se pratiquait jadis au Royaume d'Argent à l'aide d'une arme redoutable, formée de deux épées dont les gardes étaient soudées ensemble. On s'en servait à la manière d'un long bâton, obtenant ainsi des résultats beaucoup plus dévastateurs. En plus de montrer à Kira comment manier cette épée double avec grâce et souplesse, il lui apprenait à asséner des coups avec ses pieds, ses poings et ses coudes, visant les parties du corps les plus vulnérables de l'ennemi. Hadrian exigeait qu'elle soit continuellement en mouvement, lui répétant sans cesse que l'effet de surprise était crucial dans ce genre d'affrontement.

Personne au Château d'Émeraude ne soupçonnait que la Sholienne pouvait se défendre avec autant de férocité puisqu'elle affichait une docilité exemplaire pendant les classes d'escrime, de maniement de la lance et du poignard avec le Chevalier Bridgess. Elle veillait à ne jamais laisser transparaître sa supériorité lors des entraînements contre les adversaires qu'on lui désignait. Elle se doutait bien qu'un jour viendrait où elle y serait contrainte, mais elle n'était pas pressée.

Le magicien Élund allait bientôt dévoiler les noms des futurs Écuyers et Kira n'ignorait pas que c'était sa dernière chance de pouvoir servir l'Ordre et devenir soldat. Elle s'entraînait donc toutes les nuits avec le fantôme d'Hadrian afin de s'assurer une place d'apprentie.

Au début de la saison des pluies, les Écuyers ayant fidèlement servi leurs maîtres durant les sept dernières années avaient été adoubés par le Roi d'Émeraude. Kira n'avait pas assisté à cette cérémonie qui lui déchirait le cœur. Ayant atteint l'âge de quinze ans, elle aurait dû, selon elle, se trouver parmi ces heureux élus. Évidemment, elle ignorait qu'elle était la fille de l'Empereur Noir et que, pour cette raison, on l'empêchait de quitter le château. Elle savait seulement qu'elle incarnait le rôle essentiel d'une prophétie annonçant la libération des habitants d'Enkidiev de la menace que les hommes-insectes faisaient toujours planer sur eux. Les étoiles disaient que Kira serait appelée à protéger un Chevalier qui, lui, posséderait le pouvoir de détruire Amecareth. Mais comment parviendrait-elle à s'acquitter de cette importante mission si elle ne devenait pas elle-même Chevalier ?

Kira pressa son attaque et accula Hadrian au mur de pierre d'une des anciennes cellules. Puis, d'un coup sec de son arme double, elle lui fit perdre la maîtrise de son épée qui s'écrasa sur le sol dans un bruit métallique. Avant même que le Chevalier puisse la reprendre, Kira le clouait au mur en pressant son pied sur sa poitrine et appuyait sa lame sur sa gorge.

— *Impressionnant, milady*, la félicita le fantôme.

— Assez pour convaincre le Chevalier Wellan de me laisser devenir Écuyer ? demanda-t-elle avec espoir.

— *Écuyer !* s'indigna Hadrian. *Mais vous possédez de si grandes qualités guerrières ! Vous méritez d'être nommée Chevalier sur-le-champ !*

La jeune fille le libéra en pensant que jamais le roi ne l'adouberait sans qu'elle eût d'abord été apprentie, même si elle lui prouvait qu'elle était capable de terrasser tous ses soldats. L'Ordre obéissait à une hiérarchie rigide et sévère qu'elle ne pouvait espérer contourner, surtout avec Wellan à sa tête.

— *Aimeriez-vous que je plaide votre cause ?* proposa Hadrian.

— Vous causeriez un trop grand choc à Élund qui n'a pas l'habitude des spectres, répliqua Kira dans un sourire amusé. Et puis, vous m'occasionneriez des ennuis avec maître Abnar, parce qu'il ignore que j'ai continué d'étudier sous votre tutelle en dépit de sa mise en garde. Je risque de graves ennuis si on découvre que j'ai désobéi.

— *Mais c'était pour une bonne cause !* protesta son ami.

Kira contempla pensivement le beau visage encadré de longs cheveux d'ébène de celui qui avait compté parmi les plus puissants Chevaliers d'Émeraude de son temps.

— Ce serait vraiment épatant si tout le monde se montrait aussi compréhensif, soupira-t-elle.

Remuant le bout de l'index, elle fit disparaître son épée magique. Elle s'empara d'une serviette moelleuse suspendue entre les barreaux d'acier et s'épongea le visage et le cou. Hadrian s'empressa de la suivre.

— *Il y a certainement quelque chose que je peux faire*, insista-t-il.

— Je crains que non, sire, déplora l'adolescente. C'est à moi de jouer maintenant. Mais merci pour tout et à demain.

Elle s'inclina devant lui et retira l'anneau de son doigt. Hadrian se dématérialisa instantanément. Kira enroula ensuite la serviette autour de son cou et entreprit de descendre à l'étage inférieur grâce à ses griffes, l'escalier s'étant écroulé depuis fort longtemps. Elle parcourut les couloirs du palais en silence et vit par les meurtrières que le soleil s'était levé.

Elle entendit alors le cliquetis métallique d'armes qui s'entrechoquaient dans la cour. Elle se pencha à l'une des fenêtres et put observer les nouveaux Chevaliers Hettrick, Ariane, Curtis, Morgan, Murray, Colville, Swan, Pencer, Kagan, Derek, Corbin, Brennan et Milos occupés à croiser le fer amicalement. Fait surprenant, les quatorze Chevaliers plus âgés ne se trouvaient nulle part dans la cour.

Le cœur en pièces, Kira poursuivit sa route jusqu'à ses appartements. Elle s'y glissa en douce, soucieuse de ne pas attirer l'attention. Habituellement, elle regagnait son lit avant le lever du soleil, mais il arrivait que ses leçons avec le défunt Chevalier soient si excitantes qu'elle perdait la notion du temps. Elle atteignait sa chambre lorsque Armène se dressa devant elle, roulant des yeux affolés.

— Mais où étais-tu passée ? s'écria la servante qui ne l'avait pas trouvée dans son lit à son réveil.

— Je suis allée m'entraîner avant qu'il fasse trop chaud, osa Kira, même si la fidèle servante devinait toujours lorsqu'elle lui mentait.

— Seule ? Jeune étourdie ! Et qu'arriverait-il si tu te blessais ? Je ne m'en remettrais jamais si on te retrouvait baignant dans ton sang...

— C'était seulement une séance d'exercice, Mène, protesta-t-elle, tentant de paraître aussi crédible que possible. Je ne vois pas comment j'aurais pu m'infliger ce genre de blessure en courant.

— Eh bien... en trébuchant et en tombant sur un objet tranchant ! s'énerva la gouvernante.

Kira plia l'échine, ne pouvant lui dire la vérité. Ses longs cheveux, plaqués sur son crâne par la sueur, ne suffirent pas à cacher son visage ravagé par le remords. La servante l'observa un moment et soupira avec découragement. Les vêtements trempés de l'adolescente moulaient ses formes naissantes et Armène eut un haut-le-cœur en songeant aux soucis que la jeune fille n'allait pas manquer de lui causer au cours des prochains mois.

— Allez, ouste, dans le bain.

« Pas question de rouspéter », céda Kira, sinon Armène irait se plaindre de son escapade au roi. Déjà, quelques années auparavant, le monarque d'Émeraude l'avait placée sous surveillance à la suite d'une pareille désobéissance, et avec les nominations d'Écuyers qui approchaient, Kira ne pouvait se permettre d'écoper d'une autre punition. Elle entra dans sa salle de bains sans dire un mot et attendit sagement que les servantes remplissent le baquet d'eau chaude. Puis elle laissa Armène la dévêtir et s'assit complaisamment dans la baignoire. Kira n'aimait pas particulièrement l'eau, mais elle comprenait son pouvoir purificateur. D'ailleurs, pour devenir Chevalier, il fallait se soumettre à ce rituel tous les matins. Elle s'était donc graduellement habituée à la baignade.

Armène lava ses cheveux violets en fredonnant une chanson de son enfance et Kira pensa que toutes ces attentions lui manqueraient une fois qu'elle serait devenue un redoutable soldat voyageant entre les différents royaumes et dormant à la belle étoile. Elle rêvait sans cesse d'aventures et de combats aux côtés de Wellan et Bridgess, ses héros, et elle n'osait envisager ce qui se produirait si Élund décidait de la rayer une fois de plus de la liste des Écuyers. Saurait-elle se retenir de donner une bonne leçon à ce magicien qui ne l'avait jamais aimée ?

— Tu es bien songeuse, commenta Armène en rinçant ses mèches soyeuses.

— Je pensais seulement que si Élund ne me choisit pas comme apprentie cette année, je le transforme en souris et je lance ses chats à ses trousses.

— Kira ! se scandalisa la gouvernante.

— C'est tout ce qu'il mérite s'il ne reconnaît pas mes talents.

— Une princesse ne devrait jamais tenir ce genre de propos, même à titre de plaisanterie.

— Mais je ne plaisante pas, Mène.

— Dans ce cas, il faudra que je rapporte cette épouvantable menace au roi.

— Alors dis-lui que c'est en chauve-souris que je changerai son magicien grincheux, ricana l'adolescente.

Armène lui versa le contenu d'un seau d'eau sur la tête pour la faire taire. Kira éclata de rire. Après ce bain relaxant, elle se laissa sécher par sa gouvernante et se mit au lit pour prendre un peu de repos avant le premier repas du jour.

Remerciements

Si cette saga se poursuit, c'est grâce à tous les Chevaliers et à tous les Écuyers qui ont lu et aimé le premier tome. J'ai reçu des témoignages qui m'ont réchauffé le cœur. Merci mille fois. Je tiens aussi à remercier ma sœur Claudia et ma bonne amie Liza, les deux ailes de mon alcyon. Sans vous, il ne pourrait certes pas voler. Merci à mes parents, Pierrette et Jean-Claude, sur qui je peux compter depuis le début de cette grande aventure, à ma belle-sœur Sylvie pour son enthousiasme, à la famille de mon frère Daniel (Hélène, Xavier, Gabriel et Sara Anne) ainsi qu'à la famille de ma cousine Lyne (Louis, Marie-Josée et Justine), qui propage le code de chevalerie en Ontario, et à celle de Suzon (Jean-Claude, Steve, Pascal et Claudia), qui porte le flambeau en Estrie. Merci également à Catherine Mathieu qui donne vie à mes personnages par ses magnifiques dessins et à Max, Caroline et Alexandra, des Éditions de Mortagne, qui continuent de me faire confiance. Enfin, je tiens à remercier tous ceux et celles qui, par la magie de leur présence et de leur sourire, ou par une seule parole d'encouragement, m'aident à suivre mon étoile. Je souhaite beaucoup de bonheur et de courage à tous les Chevaliers de ce monde. N'abandonnez jamais vos rêves...

Découvrez *Les Héritiers d'Enkidiev*, la suite de la série culte d'Anne Robillard, *Les Chevaliers d'Émeraude*.

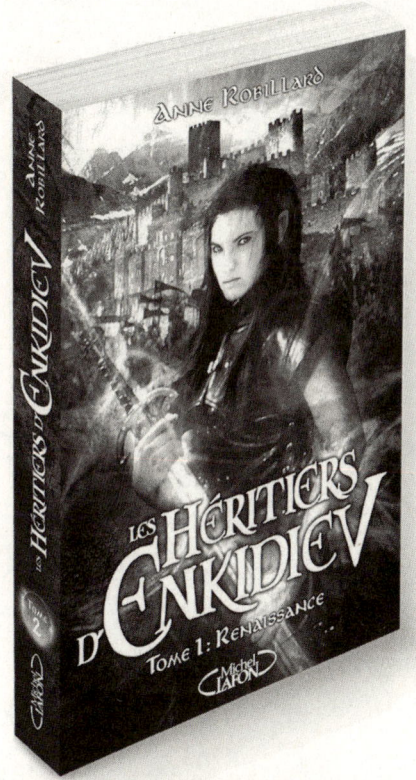

Tome 1 : Renaissance

REJOIGNEZ L'ORDRE

Michel Lafon

CPi
BLACK PRINT

Imprimé en Espagne
Dépôt légal : avril 2012
N° d'impression :
ISBN : 978-2-7499-1539-5
POC 0010